Corrupção
Mortal

J. D. ROBB

SÉRIE MORTAL

Nudez Mortal
Glória Mortal
Eternidade Mortal
Êxtase Mortal
Cerimônia Mortal
Vingança Mortal
Natal Mortal
Conspiração Mortal
Lealdade Mortal
Testemunha Mortal
Julgamento Mortal
Traição Mortal
Sedução Mortal
Reencontro Mortal
Pureza Mortal
Retrato Mortal
Imitação Mortal
Dilema Mortal
Visão Mortal
Sobrevivência Mortal
Origem Mortal
Recordação Mortal
Nascimento Mortal
Inocência Mortal
Criação Mortal
Estranheza Mortal
Salvação Mortal
Promessa Mortal
Ligação Mortal
Fantasia Mortal
Prazer Mortal
Corrupção Mortal

Nora Roberts
escrevendo como
J. D. ROBB

Corrupção Mortal

Tradução
Renato Motta

2ª edição

BERTRAND BRASIL
Rio de Janeiro | 2020

EDITORA-EXECUTIVA
Renata Pettengill

SUBGERENTE EDITORIAL
Marcelo Vieira

ASSISTENTE EDITORIAL
Samuel Lima

ESTAGIÁRIA
Georgia Kallenbach

CAPA
Leonardo Carvalho

DIAGRAMAÇÃO
Beatriz Carvalho
Ricardo Pinto

TÍTULO ORIGINAL
Treachery in Death

CIP-BRASIL. CATALOGAÇÃO NA PUBLICAÇÃO
SINDICATO NACIONAL DOS EDITORES DE LIVROS, RJ

Robb, J. D., 1950-

R545c   Corrupção mortal / Nora Roberts escrevendo como J. D. Robb; tradução de
2ª ed   Renato Motta. – 2ª ed. – Rio de Janeiro: Bertrand Brasil, 2020.
(Mortal; 32)

Tradução de: Treachery in Death
Sequência de: Prazer mortal
Continua com: Viagem mortal
ISBN 9788528624588

1. Ficção americana. I. Motta, Renato. II. Título. III. Série.

CDD: 813
20-64042   CDU: 82-3(73)

Leandra Felix da Cruz – Bibliotecária – CRB-7/6135

Copyright © 2011 by Nora Roberts
Proibida a exportação para Portugal, Angola e Moçambique.

Texto revisado segundo o novo Acordo Ortográfico da Língua Portuguesa

2020
Impresso no Brasil
Printed in Brazil

Todos os direitos reservados. Não é permitida a reprodução total ou parcial desta obra,
por quaisquer meios, sem a prévia autorização por escrito da Editora.

Direitos exclusivos de publicação em língua portuguesa somente para o Brasil
adquiridos pela:
EDITORA BERTRAND BRASIL LTDA.
Rua Argentina, 171 – 3º andar – São Cristóvão
20921-380 – Rio de Janeiro – RJ
Tel.: (21) 2585-2000 – Fax: (21) 2585-2084

Atendimento e venda direta ao leitor:
sac@record.com.br

*Na natureza do homem não existe determinação totalmente
estabelecida e completa, seja para o bem ou para o mal,
a não ser no momento da execução do ato.*

— NATHANIEL HAWTHORNE

Alimentando sua ira, ela a mantinha viva.

— ROBERT BURNS

Capítulo Um

O velho estava morto sobre uma pilha de barras de chocolate e pacotes de chiclete. Garrafas de refrigerante rachadas — entre latas de energéticos e isotônicos — pingavam lentamente seu conteúdo dentro do vidro quebrado do refrigerador, formando rios coloridos pelo piso. Embalagens rasgadas de salgadinhos de soja se espalhavam por todo o chão da loja de conveniência, pisados até virarem uma polpa.

Na parede atrás do balcão havia uma foto emoldurada; exibia uma versão muito mais jovem do homem morto ao lado de uma mulher que Eve imaginou ser a viúva. Eles estavam em pé, de braços dados, junto à porta da frente da loja. Seus rostos cintilavam de orgulho e alegria diante de todas as possibilidades do futuro.

Só que o futuro daquele homem jovem e feliz da foto havia terminado naquele dia em uma poça de sangue e salgadinhos.

Em pé, cercada de morte e destruição, a tenente Eve Dallas analisava o corpo enquanto o primeiro policial que chegara à cena do crime lhe transmitia os fatos.

— O nome da vítima é Charlie Ochi. Ele e a esposa administram esse mercadinho há quase cinquenta anos.

O músculo que latejava em sua mandíbula mostrou a Eve que o policial conhecia a vítima.

— A sra. Ochi está nos fundos da loja, recebendo atendimento médico. — A mandíbula pareceu latejar mais uma vez. — Eles ainda bateram muito nela depois de assaltarem a loja.

— Eles?

— Foram três, segundo o depoimento dela. Três homens de vinte e poucos anos. Ela os descreveu como um branco, um negro e um oriental. Eles já tinham vindo aqui antes, mas fugiram depois de praticarem um pequeno furto na loja. Dessa vez trouxeram uma espécie de dispositivo caseiro. Foi com isso que eles desligaram a câmera de segurança da loja.

Ele ergueu o queixo em direção à câmera.

— A sra. Ochi declarou que eles estavam muito drogados e riam como hienas enquanto enfiavam as barras de chocolate nos bolsos. Bateram nela com uma espécie de taco quando ela tentou detê-los. Quando o velho saiu lá de dentro eles também bateram nele, mas a vítima reagiu. Um deles pressionou o aparelho contra o peito dele. A sra. Ochi disse que nesse instante ele caiu para trás, duro como uma pedra. Eles pegaram um monte de merda... doces, batatas fritas, coisas desse tipo... e riam o tempo todo enquanto destruíam o estabelecimento. Fugiram logo em seguida.

— Ela ofereceu uma descrição deles?

— Sim, uma descrição perfeita. Melhor ainda, temos uma testemunha que reconheceu um deles: Bruster Lowe, conhecido pelo apelido de Skid. Yuri Drew é o nome da testemunha. Estamos com ele ali fora. Foi ele quem chamou a polícia. Disse que eles seguiram para o sul, a pé.

— Ok, aguarde aqui, policial. — Eve se virou para a sua parceira e perguntou: — Como você vai querer lidar com este caso? — Quando Peabody piscou seus olhos escuros, Eve lhe comunicou: — Você será

Corrupção Mortal

a investigadora principal deste assassinato. Qual é a sua primeira providência?

— Ok. — O distintivo de Peabody não era exatamente novo, mas ainda mantinha o brilho original. Eve a deixou refletir por alguns instantes, para organizar os pensamentos.

— Vamos investigar Lowe, descobrir seu endereço e verificar se ele tem antecedentes criminais. Pode ser que seus comparsas também tenham. Precisamos levantar a descrição dos três o quanto antes e acrescentar os nomes *se e quando* os pegarmos. Quero que esses idiotas sejam presos o mais rápido possível.

Eve reparou sua ex-assistente e atual parceira ganhar mais confiança à medida que falava.

— Precisamos chamar os peritos. Provavelmente esses idiotas deixaram impressões digitais e vestígios por toda parte. Vamos ver o que temos nas gravações do sistema de segurança, antes de eles o desligarem, e deixamos o resto para os detetives eletrônicos.

Peabody, com o cabelo escuro puxado para trás num rabo de cavalo curto e saltitante que revelava o seu rosto quadrado, olhou para o corpo.

— É melhor eu calcular a hora exata da morte e confirmar a identidade da vítima.

— Deixe isso comigo — avisou Eve, e Peabody piscou mais depressa.

— Sério?

— Você é a investigadora principal. — Agachada, Eve leu a tela do seu tablet — Bruster Lowe, também conhecido como Skid. Homem branco de 23 anos. Não temos o seu endereço atual. Da última vez que foi visto estava na Avenida B, na casa da mãe. Tem uma longa ficha criminal e os antecedentes juvenis foram protegidos. Posse de drogas ilegais, danos ao patrimônio público, pequenos furtos em lojas, destruição de propriedade privada, roubo de veículos, blá-blá-blá.

— Cruze esses dados com os do...

— Já fiz isso. Você não é a única que sabe trabalhar com esse sistema — lembrou Eve. — Pela referência cruzada encontrei os nomes de Leon Slatter, também conhecido como Slash, mestiço, 22 anos; e Jimmy K. Rogan, também conhecido como Smash, negro, 23 anos. São esses os seus conhecidos que têm a maior probabilidade de envolvimento neste crime.

— Excelente. Algum endereço?

— Slatter mora na rua 4 Oeste.

— Ótimo. Policial, anote os dados da tenente. Quero que esses três indivíduos sejam interrogados. Minha parceira e eu ajudaremos na busca quando terminarmos aqui, mas vamos logo com isso.

— Muito bem!

— Eu converso com a testemunha — disse Peabody a Eve. — Você fica com a esposa. Tudo bem se fizermos assim?

— Você é a...

— Investigadora principal, já sei. Obrigada, Dallas.

Era terrível alguém agradecer por um cadáver como se fosse um presente, refletiu Eve, quando se agachou para confirmar a identidade do morto com os seus aparelhos. Mas tudo bem; afinal de contas, elas eram da Divisão de Homicídios.

Passou mais alguns minutos examinando o corpo... os arranhões na têmpora e nos braços. Certamente o legista confirmaria que nenhum daqueles ferimentos tinha sido fatal. Mas o *jammer*, um aparelho que bloqueia sinais de satélite, contra o peito do sr. Ochi provavelmente provocara uma descarga elétrica que resultou numa parada em seu coração de 83 anos.

Ela ficou em pé e deu mais uma olhada no cenário de caos à sua volta. Pelo que viu, os donos cuidavam muito bem da loja. O piso, a janela e o balcão cintilavam sob as bebidas derramadas e os respingos de sangue. Os produtos que não tinham sido quebrados ou esmagados estavam bem arrumados nas prateleiras.

O primeiro policial a atender ao chamado lhe relatara que o casal cuidava daquela loja havia cinquenta anos. Meio século

Corrupção Mortal

administrando um negócio, prestando um serviço, vivendo uma vida digna, até que três idiotas decidiram destruir tudo por causa de alguns salgadinhos de soja e barras de chocolate, pensou Eve.

Depois de doze anos na polícia, nada do que os seres humanos faziam contra seus semelhantes a surpreendia mais. Só que a indiferença e a violência nesse caso a irritavam.

Foi até os fundos da loja, no pequeno escritório que também funcionava como depósito. O paramédico já guardava o seu equipamento.

— A senhora deveria autorizar que nós a levássemos para um exame mais completo, sra. Ochi.

A mulher negou com a cabeça.

— Meus filhos e netos estão chegando. Vou esperar por eles.

— Depois que eles vierem a senhora precisa ir ao hospital para ser examinada. — O tom suave e cuidadoso do profissional de saúde combinava com a mão que ele colocou gentilmente sobre o braço da velha senhora. — Faça isso, sim? Meus sentimentos.

— Obrigada. — Ela desviou os olhos verdes no rosto escavado pelo tempo e encontrou os de Eve. — Eles mataram Charlie — declarou ela, em voz baixa.

— Sim, senhora. Meus sinceros pêsames. Eu sinto muito.

— Todos sentem. Os três que o mataram também vão sentir e vão se arrepender. Se eu pudesse, faria com que se arrependessem usando minhas próprias mãos.

— Nós cuidaremos disso para você. Sou a tenente Dallas e preciso lhe fazer algumas perguntas.

— Eu conheço você. — A sra. Ochi ergueu uma das mãos e balançou o dedo indicador no ar. — Já vi você na TV, no programa *Now*. Você estava com Nadine Furst. Charlie e eu gostamos de assistir ao programa dela. Planejávamos ler o livro que ela escreveu sobre você.

— Na verdade o livro não é sobre mim. — Mas Eve deixou o assunto de lado porque havia coisas mais importantes para se conversar... e se sentia sem jeito ao falar de si mesma. — Por que não me conta o que aconteceu, sra. Ochi?

— Já contei ao outro policial, mas vou repetir. Eu estava atendendo no balcão e Charlie estava aqui nos fundos quando eles entraram. Já tínhamos dito a eles para não voltarem mais porque eles roubam, quebram coisas, insultam a nós e aos clientes. Eles não prestam, esses três. Bandidos. O garoto branco apontou o aparelho que trouxe para a câmera e o monitor do balcão apagou.

Sua voz entalhava palavra por palavra como uma picareta em pedra, mas seus olhos se mantiveram ferozes e secos. Nada de choro, pensou Eve, pelo menos por enquanto. Só o brilho frio de raiva que apenas uma sobrevivente saberia reconhecer.

— Estavam rindo — continuou a sra. Ochi —, dando tapinhas nas costas uns dos outros, e o rapaz negro disse: "O que você vai fazer agora, sua vaca velha?" e pegou um monte de chocolates. Gritei para eles saírem da minha loja e o outro, o oriental, me agrediu com alguma coisa. Fiquei zonza e tentei correr até os fundos da loja em busca de Charlie, mas ele me bateu de novo e eu caí. Eles continuaram rindo. Estavam drogados — garantiu ela. — Sei como reconhecer um drogado. Charlie veio lá de dentro. Acho que o oriental ia me atacar de novo quando eu estava no chão, mas Charlie deu um soco nele e o derrubou. Tentei me levantar para ajudar na briga, mas...

Sua voz falhou e um pouco da ferocidade deu lugar à culpa.

— A senhora foi ferida, sra. Ochi.

— O rapaz negro bateu em Charlie, mas Charlie não caiu. Ele não é alto nem jovem como aqueles *assassinos*, mas é forte. Sempre foi forte.

Ela respirou fundo e se acalmou um pouco antes de prosseguir.

— Ele revidou. Tentei me levantar e procurei algo para atingi-los. Então o branco disse: "Vá se foder, seu velho" e empurrou o objeto que trazia... um *jammer*, a arma de atordoar, sei lá o que era... contra o peito de Charlie. Bem aqui.

Corrupção Mortal

Ela colocou a mão na altura do coração.

— Aquilo emitiu um som, um ruído elétrico... como se fosse um chiado de estática, entende? Continuou estalando e Charlie caiu. Apertou o peito com a mão e disse "Kata", que é o meu nome. — Os lábios dela estremeceram, mas ela os firmou novamente. — Ele disse "Kata" e caiu. Eu rastejei em direção a Charlie. Eles continuaram rindo e gritando, quebrando coisas, pisando em tudo. Um deles, não sei qual, me chutou aqui do lado antes de todos irem embora.

A sra. Ochi fechou os olhos por um instante.

— Eles fugiram e logo depois... talvez um minuto depois, Yuri entrou. Ele quis ajudar Charlie e tentou reanimar seu coração. Yuri é um bom menino. Seu pai trabalhou para nós há muito tempo. Mas ele não conseguiu ajudar Charlie. Chamou a polícia e uma ambulância, depois pegou gelo no freezer para colocar na minha cabeça. Ficou sentado ali comigo... e com Charlie... até a polícia aparecer.

Ela se inclinou levemente para a frente.

— Eles não são pessoas importantes. Nós também não somos importantes, não somos o tipo de pessoas famosas sobre as quais você conversa com Nadine Furst no *Now*. Mas você não vai deixar que eles escapem sem punição, vai?

— Vocês são importantes para o Departamento de Polícia de Nova York, sra. Ochi. Você e o sr. Ochi são importantes para mim, para minha parceira e para todos os policiais que vão trabalhar neste caso.

— Se você diz, eu acredito.

— Sim, eu lhe garanto. Já estamos procurando por eles e vamos encontrá-los. Ajudaria se eu pudesse levar o seu disco de vigilância. Se eles não interferiram no sinal antes de entrar, nós os veremos na gravação. Também temos a senhora e Yuri como testemunhas. Eles não vão se safar.

— Há dinheiro no caixa. Não muito, nós não temos muito, mas eles não queriam dinheiro. Pegaram chocolates, refrigerantes, batatas fritas. Mas eles também não queriam nada disso. Queriam só depredar, machucar, destruir e matar. O que será que transforma jovens em animais? Você sabe?

— Não, senhora. Eu não sei.

Eve acompanhou quando a família da sra. Ochi a colocou em um carro para levá-la ao hospital — e viu o corpo do sr. Ochi ser posto no rabecão, rumo ao necrotério.

O verão de 2060 havia sido abrasador e a situação não estava com cara de que fosse mudar tão cedo. Ela ficou em pé, no calor, passou a mão pelo seu curto cabelo castanho e desejou uma brisa. Por várias vezes teve de segurar seu impulso para dar ordens a Peabody, orientá-la, dirigi-la, comandá-la.

Peabody era meticulosa e isso era bom, lembrou a si mesma. As fotos dos suspeitos já circulavam e os policiais já tinham começado a interrogar a vizinhança.

Muito depois ela se lembrou dos óculos escuros e ficou levemente surpresa ao encontrá-los no bolso. Colocou-os no rosto e isso ajudou a cortar o brilho que invadia seus olhos cor de uísque. Continuou ali em pé, alta e magra, jaqueta de couro marrom com calça escura e botas arranhadas, até Peabody vir caminhando em sua direção.

— Ninguém em casa nos endereços que temos. A mãe de Bruster disse que não vê o filho há semanas, graças a Deus. Mas um dos vizinhos de Slatter afirma que viu os três saírem juntos hoje de manhã. Contou que todos estão acampados lá há duas semanas.

— Eles são idiotas — concluiu Eve. — Vão voltar para a toca.

— Estou de olho nisso, coloquei dois homens de tocaia. A testemunha, Yuri Drew, atravessava a rua quando os viu sair correndo da loja. Reconheceu Bruster porque já tiveram alguns desentendimentos durante jogos de basquete nas quadras que ficam não muito longe daqui, e estava na loja uma vez quando nossa vítima os expulsou. Reconheceu os três, mas só sabia o nome de Bruster.

Corrupção Mortal   15

O pobre rapaz perdeu a voz duas vezes enquanto me dava sua declaração — informou Peabody — O pai dele já...

— Trabalhou na loja — completou Eve. — Eu já soube.

— Ele analisou as fotografias — voltou Peabody. — Mostrei algumas fotos misturadas para ele no tablet e ele apontou os três sem hesitar. Ele não só vai testemunhar contra eles como quer fazer isso. Você me entregou esse caso porque acha que vai ser moleza?

— Quando a gente acha que vai ser moleza acaba chutando a bola para escanteio.

Peabody colocou seus óculos escuros e Eve se viu encarando o próprio reflexo nas lentes espelhadas em tons de arco-íris.

— Como você enxerga o mundo com essas lentes? Tudo fica parecendo um conto de fadas?

— Você não vê o mundo mais colorido, as outras pessoas é que veem um arco-íris. Isso é totalmente mag.

Totalmente inapropriado para uma tira, isso, sim, na opinião de Eve. Mas ela simplesmente deu de ombros.

— O que você pretende fazer agora? — perguntou a Peabody.

— Acho que devemos conversar com a mãe e com os vizinhos, para ver se descobrimos outros amigos que pertençam ao grupo. Mas também poderíamos dar uma volta por aí. Eles estavam doidões, sentiram a larica bater e invadiram a loja. Agora estão conversando sobre o quanto é divertido assaltar um lugar e bater num casal de velhos. Talvez saibam que Ochi está morto, mas pode ser que não.

Pelo menos os óculos não tinham transformado o cérebro de Peabody em um arco-íris, decidiu Eve. Ela raciocinava como uma policial.

— Aposto que não sabem, e são burros o bastante para estarem por aí em busca de mais drogas.

— Descobri vários locais onde costumam se encontrar, através das declarações da testemunha e da mãe. Muitos policiais já estão à procura deles, mas eu acho que...

— Mais duas pessoas na busca vai ser bom, certo? Quem dirige?

— Tá falando sério? — A boca de Peabody se abriu de espanto.

— Você é a investigadora principal do caso.

— Ok, beleza, eu dirijo! — Empolgada, Peabody se sentou no banco do motorista. — Estou louca para fazer isso desde que Roarke te deu este carro. Ele por fora parece uma lata velha, mas... uau, amiga, os acessórios dele são mais que demais ao quadrado.

Era verdade, concordou Eve. Seu marido nunca perdia a chance de surpreendê-la e adorava lhe dar presentes. Um dos primeiros, um diamante em forma de lágrima com o dobro do tamanho do seu polegar, estava pendurado para dentro de sua blusa.

A joia era bonita, requintada e provavelmente valia mais que o PIB de um país subdesenvolvido. Mas se ela tivesse que escolher entre o diamante e a viatura de péssima aparência, o carro venceria sem sombra de dúvida.

— Estou dividida entre procurá-los em um sex club, um salão de gamers, uma pizzaria e uma quadra de basquete pública — anunciou Peabody. — Posso traçar uma rota para que o GPS nos leve a todos esses lugares no mínimo tempo possível.

— Talvez seja um bom plano, só que...

— Só que *o quê...*? Ah, qual é?! Eu sempre dou bons palpites quando você está como investigadora principal.

— Eles se entupiram de porcarias, por que iriam a uma pizzaria para bater papo, ainda mais estando chapados? Um sex club pode ser, caso estejam a fim de transar.

— Só que...? — repetiu Peabody.

— Eles acabaram de bater em dois velhinhos. É pouco provável que desconfiem que mataram um deles. Foi tudo diversão e brincadeira. Eles não levaram dinheiro algum, não roubaram as alianças dos Ochi, nem seus *smartwatches*, nem a carteira do morto.

— E sex clubs não costumam ser baratos — concluiu Peabody. — Um programa custaria uma grana.

— Eles se encheram de porcarias e estão se sentindo muito fodões. Quando você está chapado, se acha o foda e está a fim de se divertir mais, quer bancar o valente, talvez caindo na porrada por aí.

Corrupção Mortal **17**

— Sobraram o salão de gamers e a quadra de basquete. Entendi. Vamos tentar esses locais primeiro. Se não os acharmos, seguimos para os outros.

Eve assentiu com ar de aprovação e declarou:

— É um plano melhor. Muito bem.

Peabody digitou os locais no GPS.

— Você realmente acha que eles ainda não sabem que o sr. Ochi está morto?

— Estão chapados, são burros e alcançam um ponto alto na escala de idiotice, mas nenhum deles tem ficha por assassinato. Eles fugiram rindo, achando graça. Se soubessem que tinham matado o velho, era grande a chance de matarem a esposa também, ou ficarem cochichado entre si admitindo o crime. Eles não fizeram nada disso.

Elas entraram no salão de gamers, que estava lotado. *Aqui dentro está mais fresco do que lá fora*, pensou Eve. Mas os sons de sinos, assobios, gritos, rugidos, rajadas e luzes giratórias piscando sem parar a fizeram se perguntar por qual razão alguém iria querer passar uma tarde de verão grudado em uma máquina.

O atendente gorducho e de cara redonda na entrada deu uma olhada nas fotos que lhe foram mostradas.

— Sim, é verdade, eles jogam sempre aqui. Slash atingiu uma pontuação altíssima no *Assassins* alguns dias atrás. O recorde ainda é dele. Pretendo ultrapassar essa pontuação pessoalmente assim que eu tiver chance, porque aquele cara é um idiota.

— Eles apareceram por aqui hoje? — quis saber Peabody.

— Negativo. Eles normalmente vêm à noite. E chegam doidões, quando conseguem alguma coisa. — Ele deu de ombros. — Por quê?

— Precisamos conversar com eles. — Peabody entregou um cartão. — Se eles aparecerem, entre em contato comigo. Quem é o campeão da casa no *Bust It*?

Ele concentrou sua atenção nela.

— Você joga?

— Sou viciada. Destruo todos os recordes no *Bust It*. — Ela exibiu três dedos. — Já cheguei ao Triplo.

— Uau, isso eu nunca vi — disse ele, exibindo respeito. — Quer disputar uma rodada?

— Estou trabalhando, talvez mais tarde.

— Eu enfrento você no jogo — ofereceu ele, com um sorriso.

— Combinado! De qualquer modo — completou ela —, se eles aparecerem, me dê um toque.

Ele passou um dedo sobre o coração e guardou o cartão no bolso.

— Que diabos foi aquilo? — quis saber Eve.

— Talvez ele nos ligasse, mas as chances eram pequenas porque ele estava se lixando para nós. Resolvi tentar uma abordagem diferente. Consegui a atenção e o respeito dele. Banquei a gamer. Foi meio idiota, mas funcionou.

— Verdade — concordou Eve, e isso fez Peabody rir.

Elas abriram caminho pelo trânsito, passando por casas pré-fabricadas, construídas após as Guerras Urbanas, mas que agora estavam cobertas de pichações. Ali, os homens que não tinham nada de útil para fazer se sentavam em degraus caindo aos pedaços, tomando bebidas baratas embrulhadas em sacos de papel pardo.

Valentões circulavam em pequenos bandos, a maioria deles em regatas confortáveis que lhes permitiam exibir uma variedade de tatuagens e músculos suados.

Uma cerca enferrujada circundava a quadra de concreto rachado e desbotado. Alguém se dera ao trabalho de empurrar ou varrer as pilhas de lixo para junto da cerca, e cacos de vidro brilhavam ali como diamantes perdidos.

Vários homens cujas idades variavam entre o fim da adolescência e os vinte e poucos anos jogavam, alguns de camiseta e outros sem. Muitos tinham a pele arranhada e cheia de hematomas. Os espectadores estavam encostados ou sentados junto da cerca. Com exceção do casal de adolescentes que tentava arrancar os umbigos um do outro por dentro, com a língua, todos gritavam, xingavam e discutiam com os jogadores.

Peabody parou atrás da carcaça de um carro pequeno e depenado. Alguém tinha pintado FODASI no porta-malas amassado.

— O que se pode dizer sobre a taxa de alfabetização quando um sujeito não consegue nem escrever *foda-se*? É triste — decidiu Eve.

— Bruster — disse Peabody, erguendo o queixo em direção à quadra.

— Sim, já o vi junto de seus companheiros imbecis.

— Vou pedir reforço.

— A-ham.

Eve assistiu ao jogo por alguns instantes. Eles estavam no time dos que jogavam com camisa, as roupas coladas ao corpo por causa do suor. Jimmy K tinha enrolado suas calças até acima dos joelhos; a julgar pelo seu ritmo e seus movimentos rápidos, Eve percebeu que ele sabia jogar bem. Talvez jogasse ainda melhor e não suasse em bicas se não estivesse na rebordosa pelo uso de drogas.

O rosto de Bruster estava vermelho como uma lagosta; pelo suor que escorria e pela sua expressão de ódio, Eve imaginou que os sem-camisa estavam ganhando de lavada. Leon parecia um cão ofegante enquanto corria pela quadra de um lado para outro. Mesmo de longe era possível ver o peito dele se encher e esvaziar.

— Eles estão esgotados — declarou Eve. — Não se aguentam mais em pé e estão sem fôlego. Um bebê pulando numa perna só os venceria numa corrida.

— O reforço chega em quatro minutos. — Quando Eve fez que sim com a cabeça, Peabody se remexeu no banco. — Ah, que se dane, vamos logo pegar esses idiotas.

— Eu estava louca para ouvir isso.

Eve saltou do carro. Alguns dos que assistiam ao jogo perceberam que elas eram policiais, apesar de ainda estarem do outro lado da rua. Alguns fizeram ar de escárnio, outros pareceram ficar nervosos e muitos olharam para algum ponto indistinto ao longe, numa reação que Eve julgou ser uma tentativa de parecer invisível.

Na quadra, Bruster roubou a bola e deu uma cotovelada no estômago do adversário. Uma briga rápida e violenta teve início, e isso deu algum tempo para que Eve e Peabody atravessassem a rua e entrassem pelo portão da quadra.

Eve chutou de leve os espectadores que coçavam a barriga, tentando parecer descontraídos.

— Sumam daqui! — Ela deu um tapinha na arma sob a jaqueta para incentivá-los a ir embora. Eles quase caíram uns por cima dos outros e deram o fora dali o mais depressa possível para escapar de danos físicos.

Eve ignorou os que saíram de fininho ao lembrar subitamente que tinham compromissos inadiáveis. Concentrou o foco em Bruster, mas aproveitou a oportunidade para dar uma bicuda no peito de Slatter quando ele caiu no chão, ofegante e sangrando um pouco.

— Fique no chão. Se você se levantar e tentar fugir vou usar a arma de atordoar com tanta potência que você vai se mijar todo. — Para reforçar o que dizia, sacou a arma enquanto observava Peabody, que tentou escapar de socos e cotoveladas dos jogadores ainda em combate e seguiu valentemente até agarrar Bruster pelo braço.

Jimmy K estava sentado no chão com a mão sobre o lábio cortado.

— Nós não fizemos nada. Aquele branquelo filho da puta me deu um soco.

— Ah, é? — Ele havia se esquecido por completo dos Ochi e da loja, percebeu Eve, e também das vidas que despedaçara — Fique aí e não se mova — ordenou ela.

Mas Bruster não havia esquecido. Ela viu os olhos dele se faiscarem quando Peabody o arrancou de cima do garoto que ele agredia. Peabody desviou do soco e dos chutes quando tentou se identificar como policial.

Slatter tentou sair de baixo da bota, mas Eve aumentou a pressão.

— Posso quebrar algumas costelas suas — anunciou ela — e depois dizer que tudo aconteceu durante o jogo. Pense nisso.

Corrupção Mortal

Em vez de sacar a arma, Peabody tentou desviar de mais um soco, mas o golpe passou por cima do ombro dela e atingiu com muita firmeza, pelo que Eve percebeu, a orelha da sua parceira.

Os óculos espelhados com tons de arco-íris foram deslocados pelo golpe e ficaram tortos no rosto dela.

Peabody conseguiu atingi-lo com um soco fraco que fez Eve balançar a cabeça.

Peabody manteve os pés muito firmes, notou Eve. *Isso telegrafou para o oponente os seus próximos movimentos.*

Quando Bruster pegou o *jammer* no bolso, Eve ergueu a arma, pronta para atirar. Foi quando Peabody exclamou:

— Ah, que se foda! — E o chutou no saco.

O *jammer* pulou da sua mão quando ele caiu, com ânsia de vômito. Eve elogiou o reflexo de Peabody quando ela conseguiu agarrar o aparelho em pleno ar.

— Você está totalmente preso e ferrado. — Peabody caiu sobre ele, os dois rolaram pelo chão e ela conseguiu algemar Bruster. — Você quer um pouco disso também? — gritou ela, quando Jimmy K começou a rastejar para trás como um caranguejo.

Ele ficou imóvel na mesma hora.

— Uh-uh — resmungou ele, balançando a cabeça para os lados — Qual é, cara, isso é só um jogo de basquete, para que tanta neura?

— Pode apostar o seu cu que isso não é neura nenhuma. — Ela se levantou, olhou para trás e viu que Eve também algemava Slatter. — Fique de cara no chão! — ordenou, e terminou o trabalho com Jimmy K quando o reforço apareceu.

— Chame uma ambulância — ordenou Peabody assim que o primeiro policial chegou onde elas estavam. — Alguns desses caras precisam de cuidados médicos. Tome nota de todos os nomes — complementou. — Vou acrescentar agressão a uma policial na ficha desses babacas. E traga um camburão para levar esses três.

— Agora mesmo, senhora.

Peabody olhou para Eve, sorriu e murmurou:

— Ele me chamou de "senhora". — Depois pigarreou para limpar a garganta. — Tenente, você quer informar esses idiotas das acusações sobre eles e recitar seus direitos?

— Claro! Bruster Lowe, Leon Slatter e Jimmy K. Rogan, vocês estão presos por assassinato...

— Ei, nós não matamos ninguém! — Jimmy K quase gritou quando dois policiais fardados o levaram. — Vocês pegaram os caras errados, cara. Estávamos só jogando basquete.

— As acusações adicionais incluem tentativa de assassinato, agressão, destruição de propriedade privada, roubo e, no caso de Bruster, resistência à prisão e agressão a uma policial. Só por diversão, pode ser que acrescentemos às acusações a tentativa de assassinato de uma policial.

Quando tudo acabou e os três estavam dentro do camburão, Peabody passou as mãos sobre o rosto.

— Isso foi ótimo, bom trabalho, mas... *Ai!* — Ela deu um tapinha na orelha.

— Você colocou seu peso todo nos pés — avisou Eve.

— Ei, nada de comentários sobre o meu excesso de peso, porque eu sou a investigadora principal.

— Não estou falando da sua gordura, Peabody, só avisei que você apoiou o corpo todo na base dos pés. E depois hesitou. Tem bons reflexos, mas seus movimentos estão lentos. Você precisa melhorar seu mano-a-mano.

— Como meu ouvido ainda está apitando, não posso discutir. Vou trabalhar nisso.

— Mas você o derrubou, então... sim, bom trabalho. — Eve se virou ao ouvir o alarme agudo de sua viatura.

Viu quando o ladrão esperançoso voou para trás e pousou de bunda no chão ao ser atingido pela descarga elétrica do carro. Seu aparelho de arrombar veículos rolou para a sarjeta.

— O sistema funciona. É bom saber.

Ela voltou e deixou o assaltante sair dali mancando — e com uma bela lição aprendida.

Corrupção Mortal

— Estou com sede. Quero um refri. — Peabody olhou de lado para Eve. — Vou parar a caminho da Central para tomar um. Quero dar a eles um pouco de tempo para se cagarem de medo. Mandei que os policiais os colocassem em celas isoladas e já reservei as salas de interrogatório. Jimmy K é o elo mais fraco, certo? Pensei em pegá-lo primeiro.

— Por mim, tudo bem.

— Quero ser a policial malvada.

Eve ergueu os olhos e fitou a parceira. Uma tira com arco-íris nos olhos.

— Eu me preocupo com você, Peabody.

— Eu nunca sou a policial malvada. Hoje eu quero ser a megera descontrolada e você vai ser a boazinha. Ele chorou como um bebê quando o carregaram. Eu nem vou precisar ser tão má. Além do mais — murmurou ela —, sou a investigadora principal.

— Tudo bem. — Eve se recostou no banco. — Mas os refris são por sua conta.

Jimmy K ainda chorava baixinho quando elas entraram na sala de interrogatório. Peabody exibiu uma cara feia para ele.

— Detetive Delia Peabody e tenente Eve Dallas interrogando Jimmy K. Rogan sobre o assassinato de Charlie Ochi e outras acusações relacionadas a este crime.

— Eu não matei ninguém! — choramingou Jimmy K.

— Você cale a porra da boca! — Peabody jogou a pasta de arquivos sobre a mesa, tirou a foto do morto e a colocou por cima, com um estalo forte. — Está vendo isso aqui, Rogan? Foi isso que você e os seus amigos fizeram.

— Eu não fiz isso. Não fiz!

— E isso também. — Ela mostrou as fotos da sra. Ochi, os closes de sua cabeça sangrando, o olho roxo e a mandíbula inchada. — Acho que você gosta de bater em velhinhas, seu babaca.

— Eu não fiz isso!

Peabody fez menção de se levantar da cadeira.

— Espere, segure a onda. — Fazendo o seu papel, Eve colocou a mão no ombro da parceira. — Dê uma chance a ele, ok? O jovem me parece muito abalado. Eu lhe trouxe uma bebida, Jimmy K. Você aceita uma coquinha gelada?

— Aceito, cara, aceito. — Ele pegou a lata da mão dela e engoliu tudo quase de uma vez só. — Eu não matei ninguém, nada a ver!

— Temos testemunhas, seu idiota.

— Não, não! — Jimmy K balançou a cabeça com força, olhando para Peabody. — Ninguém estava lá quando entramos e Skid desligou a câmera. Não há testemunhas.

Meu Deus, pensou Eve, *que imbecil*.

— Você esteve na loja dos Ochi hoje? — perguntou Peabody. — Com Bruster Lowe... o Skid, e Leon Slatter... o Slash?

— Ok, tudo bem. Queríamos alguma coisa para mastigar, entende? Fomos lá atrás de comida.

— Vocês sempre desligam a câmera quando vão lá atrás de comida? — insistiu Peabody.

— Ficamos só de zoeira por ali, sacou?

— Zoeira? — Peabody rugiu e sacudiu a foto de Ochi diante do rosto de Jimmy K. — Isso foi zoeira?

— Não, cara... não, senhora. Eu nunca fiz isso.

— Relaxe, Jimmy K — disse Eve, exibindo abertamente um ar de reprovação para Peabody. — Você sabe que *jammers* são aparelhos ilegais... até mesmo os caseiros.

— Sim, eu sei. — Ele suspirou. — Mas o lance foi o seguinte... eu estava só testando. Às vezes eu ganho uma grana trabalhando em uma loja de informática e aprendo a fazer uns aparelhos aí. Um lance educacional. Eu disse aos caras que conseguia montar um *jammer* com peças velhas avulsas e eles todos disseram na minha cara: "Ah, qual é, você está mentindo, seu mané" e coisas do tipo. Então eu provei o que dizia. Trabalhei no aparelho durante muitas horas, cara.

Todos ficamos animados com o lance... Sabe como é quando a galera está junta e se empolga.

— Sim. — assentiu Eve. — Claro.

— Testamos a maquininha e ela fodeu com o computador do Slash. Foi divertido pra cacete, cara. Skid e eu quase nos mijamos de rir. Slash ficou meio puto, tentou arrancar o aparelho da minha mão e quando eu tentei segurá-lo com mais força eu apertei o botão errado e dei choque nele. Caraca, vocês precisavam ver o pulo que ele deu quando foi atingido. Caímos de bunda de tanto rir. Brincamos com aquilo mais um pouco, demos choque uns aos outros algumas vezes e aumentamos a carga. De repente, sabe como é, ficamos com fome e decidimos dar um pulo na loja dos Ochi para pegar um rango e brincar um pouco com o zip-zap. Foi assim que batizamos o aparelhinho: zip-zap. Eu o construí sozinho, sem ajuda de ninguém.

Ele disse isso com muito orgulho e Eve percebeu que Peabody começou a sentir pena dele.

— Esse é um baita talento, Jimmy K — elogiou Eve, e deu um chute em Peabody por baixo da mesa.

— Seu imbecil! — Peabody fez cara de durona. — Vocês foram ao mercado dos Ochi para roubá-los, destruir a loja deles e agredi-los, foi isso? Levando um dispositivo ilegal que bloqueia sistemas de segurança e libera descargas elétricas? E, ainda por cima, bastões de luta?

— Ok, ouça, ok, pelo menos me escute. — Ele levantou as mãos para pedir calma. — Estávamos chapados e com muita fome. Os Ochi têm comida boa, mas aquele velho está sempre nos escorraçando, uma vez até mandou os policiais à casa da mãe de Skid só porque derrubamos algumas coisas da loja. Nós só queríamos comida e exibimos o aparelho para eles não se meterem conosco. Só para assustá-los, entende?

— Então era para ser só um pequeno roubo — completou Eve, seguindo o ritmo dele. — Vocês três pegaram o zip-zap, os tacos e tentaram roubar a loja e intimidar os donos; se eles reclamassem vocês iam só bater de leve neles e quebrar algumas coisas.

— Exatamente! Entramos lá de zoeira, cara. Estávamos chapadaços. Skid levou o zip-zap porque era a vez dele e porque o velho tinha chamado os tiras e tal. Ele queimou a câmera, que apagou geral. A velha veio com tudo, entende? Então Slash bateu nela de leve.

— Leon Slatter... o Slash bateu nela com o taco — incentivou Eve — ... porque ela estava gritando para vocês pararem.

— Isso aí! Ela começou a gritar, muito puta e cagando ordens, então Slash deu uma porrada nela com o taco para ela calar a boca. Eu peguei alguns chocolates, batatas fritas, essas merdas, e de repente o velho surgiu lá de dentro metendo o louco. Começou a me agredir, então eu só me defendi e dei um soco nele. Mas ele voou atrás de Skid gritando muito, *alucinado*, então Skid deu só um choque nele. Estávamos tão chapados que quebramos o lugar e saímos. Viu só? Nós não matamos ninguém.

Peabody pegou um documento da pasta do caso.

— Este é o relatório da autópsia do sr. Ochi. Você sabe o que é uma autópsia, seu imbecil?

Ele mordeu os lábios.

— É quando eles retalham as pessoas mortas. Muito escroto fazer isso, cara.

— Exatamente. E quando eles retalharam esse homem descobriram que ele morreu de falência coronária. O coração dele parou.

— Viu só? Foi como eu disse, nós não o matamos.

— O coração parou devido a um choque elétrico que também deixou queimaduras no peito. Seu maldito zip-zap foi a arma do crime.

Os olhos de Jimmy K se arregalaram.

— Não. Porra, não!

— Porra, *sim!*

— Foi um acidente, cara. Um acidente, certo? — retrucou ele, olhando para Eve com ar de súplica.

Ela estava cansada bancar a tira boazinha.

— Vocês foram até a loja dos Ochi com intenção de roubar, destruir propriedade privada, intimidar e provocar danos físicos aos donos e a quem mais estivesse presente. Entraram lá carregando um dispositivo ilegal que sabiam que poderia causar ferimentos e tacos de beisebol. Vocês realmente roubaram, destruíram propriedade privada e provocaram ferimentos, conforme você acaba de admitir aqui. Vou lhe informar o que acontece quando uma morte acontece como resultado de um crime, ou durante o ato do crime. A acusação é de assassinato.

— Impossível!

— Ah, pode acreditar — garantiu Eve. — É muito possível, sim!

Capítulo Dois

Eve deixou Peabody cuidar dos procedimentos finais. Demorou mais tempo que o habitual, mas ela teve de reconhecer que os interrogatórios foram meticulosos. Ao término do longo processo, três idiotas perigosos estavam atrás das grades, onde ela sabia que iriam passar muitas décadas de suas vidas inúteis.

Em sua sala, ela apontou para o AutoChef.

— Estou sem café na minha mesa — disse ela, parecendo um pouco intrigada com a falta da bebida. — Quando você resolver esta situação, pode se servir de um para você.

Peabody programou duas canecas e entregou uma à tenente.

— Bom trabalho — elogiou Eve —, brindando com a colega.

— Foi molezinha, no fim das contas.

— Graças ao seu esforço. Obtive detalhes e descrições de uma testemunha, acrescentou as informações que eu levantei com a esposa da vítima, juntou o que observamos e compilamos a partir da cena do crime.

Eve se sentou e colocou os pés sobre a mesa.

— A partir daí você seguiu seu instinto e localizou os suspeitos, sem precisar acionar os policiais que já estavam na busca.

Peabody se sentou na cadeira de visitantes meio bamba.

— Você teria me esculachado se eu tivesse deixado tudo com os colegas. Era o *nosso* caso, a *nossa* vítima. Eram os *nossos* suspeitos.

— Isso mesmo. Pela minha avaliação, você identificou corretamente o elo mais fraco, interrogou-o antes, interpretou de forma correta as reações dele, fez com que se intimidasse a ponto de nos oferecer uma confissão e relatar detalhes específicos. Quem fez o que, quando e como. Mostrou-se incisiva, e isso foi fundamental. Decidiu aumentar a pressão e esquentar o traseiro de Slatter porque ele é mais duro que Rogan.

— Purê de batata é mais duro que Rogan, mas continue com os elogios. Por favor, continue descrevendo o quanto eu sou uma investigadora mag.

— Você não pisou na bola — confirmou Eve, e isso fez Peabody sorrir sobre a borda da caneca. — Cozinhou Slatter em fogo baixo porque ele ficou revoltado ao saber que Rogan tinha entregado todo mundo; e ele soube disso porque você lhe explicou em detalhes... para fazê-lo incriminar ainda mais os amigos. Ele imaginou que, já que Rogan tinha fabricado a arma do crime e foi Lowe quem teve a brilhante ideia de ir ao mercado e usar a arma em Ochi, ele seria apenas um espectador inocente. Você o deixou pensar isso.

— Sim, mas foi você que o conduziu, bancando a policial boazinha. Uma investigadora mag sabe trabalhar em equipe.

— Você tem só mais alguns minutos para garimpar elogios. — decidiu Eve.

— Tudo bem. Usamos Lowe como um cavalo de tração.

— Se você diz. Foi inteligente o desprezo e a abordagem do "você está ferrado, imbecil, já era". Você usou sarcasmo e simpatia, em vez de ameaças e intimidação. Ele tem quase meio cérebro e poderia ter exigido um advogado se você o tivesse pressionado muito. A frieza funcionou melhor.

— Acho que, de certo modo, ele sabia que Ochi estava morto quando saiu da loja. E, em algum nível, pressionou o dispositivo no coração do velho porque sabia que isso provocaria sérios danos.

Não tinha sido só uma questão de instinto e trabalho em equipe, pensou Eve. Boa percepção era uma ferramenta importante para uma investigadora mag.

E pragmatismo também.

— Eu não discordo, mas nunca teríamos sucesso em enquadrá-los por assassinato em primeiro grau. Você conseguiu o que foi possível e, com a acusação de agressão a uma policial, depois que Lowe tentou atacar você, eles ficaram bem encrencados, Peabody. Vão permanecer enjaulados por mais anos do que têm de idade. A sra. Ochi não terá o marido de volta, mas, quando você entrar em contato com ela, a viúva saberá que as pessoas responsáveis pela morte do marido já começaram a pagar pelo que fizeram.

— Acho que você deveria contar tudo isso a ela, Dallas. Foi você que falou com ela no início e ela já conhece você. Provavelmente significaria mais se *você* lhe contasse que já os pegamos.

— Ok.

— Vou entrar em contato com a testemunha. — Peabody suspirou. — Gostei de ser a policial malvada. Confesso que gostei muito. Só que... isso meio que me deixou com dor de cabeça.

— Porque não é da sua natureza. Sua técnica natural é manipular, se identificar com o suspeito e fazer com que ele se identifique com você. É um bom traço de personalidade, Peabody. Você consegue bancar a durona quando é preciso, mas é melhor na vaselina. Agora vá redigir o relatório.

— Eu sou a investigadora principal. Não sou eu quem deve mandar você redigir?

— Minha patente é maior que a sua e o seu tempo de extrair elogios já acabou. Vou reunir minhas anotações e enviar tudo para você. Entre em contato com a testemunha, termine o relatório e vá para casa.

Peabody assentiu e se levantou da cadeira para visitantes de Eve, que a essa altura estava quase desmontando.

— Foi um bom dia. Não para os Ochi — lamentou Peabody, estremecendo de leve. — Mas... você me entendeu. Estou me sentindo poderosa. Talvez quando chegar em casa eu treine a policial malvada com McNab.

Eve pressionou o canto do olho com os dedos quando ele fechou.

— Por que você acha que eu quero saber sobre seus jogos sexuais pervertidos com McNab?

— Na verdade eu estava pensando em praticar técnicas de investigação, mas agora que você mencionou...

— Dê o fora daqui!

— Fui! Obrigada, Dallas.

Ao se ver sozinha, Eve permaneceu sentada por mais um minuto com seu café, os pés para cima. Iria fazer suas anotações e uma bela avaliação do trabalho de Peabody no caso, para ser anexada ao arquivo.

Só depois resolveu ir para casa, o que tornaria o dia realmente bom.

Olhou para seu *smartwatch* e xingou baixinho. Já estava absurdamente atrasada. Segundo as regras do casamento, precisava entrar em contato com Roarke logo, para informar a hora aproximada da sua chegada em casa.

Assim que esticou o braço para pegar o *tele-link* da mesa, ele tocou.

— Divisão de Homicídios, Dallas falando.

— Olá, tenente. — A sra. Ochi apareceu na tela. — Desculpe interromper seu trabalho, mas eu queria saber se você já sabe... se já tem alguma notícia para me dar.

— Não se preocupe em me incomodar, sra. Ochi. Eu me preparava justamente para ligar para a senhora. Pegamos os três. Conseguimos confissões. Eles estão atrás das grades neste exato momento. O promotor está confiante de que receberão uma condenação tão extensa que ficarão presos por muito tempo.

Corrupção Mortal

— Você os prendeu!

— Isso mesmo, senhora.

Aqueles expressivos olhos verdes se encheram de lágrimas antes da sra. Ochi colocar as mãos sobre o rosto.

— Obrigada. — Ela começou a chorar aos soluços e balançar o corpo para a frente e para trás. — Obrigada.

Eve a deixou chorar; quando seu filho e sua filha apareceram na tela, ao lado da mãe e abraçando-a, Eve respondeu às suas perguntas.

Quando desligou, sua mente estava focada em concluir o trabalho... e não nas regras do casamento. Ao terminar tudo ela finalmente saiu e, quando passou pela sala de ocorrências, viu Peabody curvada sobre a mesa, concentrada em seu relatório.

— Até amanhã.

— Ok, tchau — murmurou Peabody.

McNab teria que bancar o policial malvado sozinho por algum tempo, refletiu Eve ao sair, e imediatamente desejou não ter pensado naquilo. Logo depois, lembrou-se que não tinha ligado para casa.

— Merda! — Pegou o *tele-link* no bolso.

— Tenente! — A detetive Carmichael correu atrás dela. — Santiago e eu estamos trabalhando em um corpo encontrado flutuando no rio. Eu queria trocar algumas ideias com você.

— Ande enquanto fala, estou de saída.

Ela escutou, questionou, considerou os fatos, desceu pelas passarelas aéreas em vez de pegar o elevador, para dar mais tempo à detetive. Pararam em um dos andares quando Carmichael puxou o lóbulo da orelha e perguntou:

— Estamos autorizados a fazer horas extras e continuar a investigação noite adentro?

— Tudo bem, vou liberar essas horas para vocês. Vão em frente.

— Obrigada, tenente.

— Como está rolando a interação com o novo colega?

— Santiago é bom, tem bom faro. Vamos acelerar o ritmo para resolver o caso logo.

— Ótimo, fico feliz. Boa caçada, Carmichael.

Eve pegou o elevador o até a garagem, pensando no corpo no rio que Carmichael investigava, nos caminhos a seguir e na autorização para as horas extras.

Arrastou-se pelo tráfego lento durante algum tempo, riu um pouco dos motoristas lerdos e avançou mais que eles ao mudar de rota algumas vezes. Quando tornou a se lembrar das regras do casamento, estava quase em casa.

Não faz sentido ligar agora, decidiu. Ela simplesmente compensaria Roarke. Ele devia estar trabalhando no escritório de casa enquanto esperava por ela, refletiu. Depois eles poderiam curtir um bom jantar. Ela iria até programar a comida pessoalmente — um daqueles pratos chiques e elaborados que ele apreciava — e abriria uma garrafa de vinho.

Iria relaxar, ficar junto dele. Talvez sugerisse um daqueles filmes antigos de que ele tanto gostava. Noite típica de um casal bem casado e caseiro, pensou, seguida de muito sexo.

Sem assassinatos, sem caos, sem trabalho nem pressões. Só os dois. Puxa, ela poderia até vestir uma daquelas camisolas sensuais, para apimentar a noite.

E quem sabe programar um pouco de música para tornar a cena de romance ainda mais completa.

Satisfeita com os planos, adentrou os portões da mansão. Seu humor melhorou um pouco mais ao observar as luzes que cintilavam na quantidade imensa de janelas na linda casa de pedra. Eles poderiam comer do lado de fora, decidiu, em um dos terraços. Olhou para cima enquanto dirigia, avaliando as torres maiores e as pequenas. Talvez no terraço da cobertura, com sua pequena piscina e vista panorâmica da cidade.

Absolutamente perfeito.

Deixou a viatura na frente da casa e correu para dentro, dizendo a si mesma que estava bem-humorada o suficiente para não ser incomodada por Summerset, certamente à espreita no saguão e pronto para zombar dela por causa do atraso.

Mas o saguão estava vazio, e isso a fez hesitar por um momento. *Onde está Summerset?*

— Não questione a sua sorte — disse para si mesma, e continuou a subir a escada.

Foi direto para o escritório de Roarke e se viu surpresa por não o encontrar lá, fazendo um acordo de negócios ou analisando algum orçamento complicado.

Franzindo a testa, virou-se para o monitor da casa.

— Onde está Roarke? — exigiu saber.

Querida Eve, Roarke está no terraço do andar principal da casa, nos fundos, ala dois.

— Nós temos "alas"? Qual é o...

O local exato está indicado em destaque na tela.

— Tudo bem. — Ela apertou os lábios e estudou o mapa da casa, com a luz piscando. — Já entendi.

Ela tornou a descer. O que ele estaria fazendo lá fora? — imaginou. Talvez tomando um drinque com Summerset — o que servia como resposta para a outra pergunta. Conversando sobre os velhos tempos, sobre golpes bem-sucedidos, grana roubada e arrombamentos memoráveis.

O tipo de coisa que não era adequado relembrar na presença de uma policial.

Estava na hora de acabar com aquela nostalgia e...

Ela parou assim que saiu da casa. Roarke realmente estava com Summerset, mas eles não estavam *só* bebendo. E não estavam sozinhos.

Duas pessoas que Eve nunca tinha visto estavam sentadas com eles em torno de uma mesa coberta por uma toalha branca, onde velas piscavam lindamente contra o pano de fundo da noite em fim de verão. Pelo visto, desfrutavam de um jantar muito elaborado e chique.

Os estranhos eram um casal que ela julgava ter sessenta e poucos anos. A mulher tinha o cabelo louro cintilante cortado muito curto, reto, emoldurando um rosto dominado por grandes olhos redondos; o homem tinha um cavanhaque que realçava seu rosto anguloso de ar acadêmico.

Os quatro riam descontroladamente.

Eve sentiu uma contração nos ombros quando Roarke ergueu seu cálice de vinho. Ele parecia relaxado e feliz; seus lábios esculpidos se curvaram em um sorriso quando ele ouviu algo que a mulher estranha falou ao grupo com um elegante sotaque britânico.

Seu cabelo preto como a noite mais escura brilhava à luz das velas e lhe descia quase até os ombros do paletó. Ela o ouviu responder com a riqueza e o calor da Irlanda que surgiram como traços de fumaça em sua voz.

Nesse instante os olhos dele, perversamente azuis, encontraram os dela.

— Ah, aqui está Eve. — Ele empurrou a cadeira para trás, ergueu o corpo alto e magro. E estendeu a mão para ela. — Querida, venha conhecer Judith e Oliver.

Ela não queria conhecer Judith e Oliver. Não queria conversar com estranhos que tinham sotaque britânico, nem ser o centro das atenções por voltar tarde para casa, provavelmente suada e com sujeira de asfalto nos joelhos das calças, devido a uma briga com três idiotas.

Mas também não podia ficar parada ali, calada.

— Olá. Desculpem a interrupção.

Antes que ela pudesse pensar em colocar as mãos nos bolsos, Roarke a pegou por uma delas e a puxou mais um passo em direção à mesa.

— Judith e Oliver Waterstone, esta é a minha esposa... Eve Dallas.

— Estávamos ansiosos para conhecê-la. — Judith lançou-lhe um sorriso ensolarado e cintilante como o seu cabelo. — Ouvimos muita coisa sobre você.

— Judith e Oliver são velhos amigos de Summerset. Estão em Nova York por alguns dias antes de voltar para a Inglaterra.

— Você investiga assassinatos aqui em Nova York — comentou Oliver. — Deve ser um trabalho fascinante e difícil.

— Às vezes as duas coisas.

— Vou pegar mais um prato — anunciou Summerset, já se levantando da cadeira, mas Eve fez que não com a cabeça.

— Não, não se preocupe. Tenho algumas questões para resolver.

— Pelo que ela podia ver, eles já estavam quase terminando a refeição. Que razão haveria para ela se juntar ao grupo? — Só quis passar aqui para avisar que já estou em casa. Então... foi um prazer conhecê-los. Aproveitem o jantar.

Ela conseguiu recuar para dentro de casa antes de Roarke impedi--la, e ele foi atrás.

— Eve! — Ele pegou a mão dela novamente, mas desta vez a puxou para um beijo de boas-vindas. — Se apareceu algum caso importante eu posso me desculpar com eles e subir com você.

— Não. — Ele realmente era capaz de proceder assim, e isso a fez se sentir mesquinha e irritada. — Nada de especial, apenas...

— Bem, então venha para fora, coma alguma coisa e tome um pouco de vinho. Você vai gostar dessas pessoas.

Ela *não queria* gostar dessas pessoas. Já tinha mais gente em sua vida do que conseguia administrar.

— Escute, foi um dia longo, estou suada e imunda ainda por cima. Já avisei que tinha coisas para resolver, então volte para o seu pequeno jantar e deixe-me em paz.

Ela se afastou, sua irritação vibrando a cada passo que dava. Roarke a observou.

— Tudo bem, você é quem sabe — murmurou ele, e voltou para os seus convidados.

Na Central de Polícia, Peabody terminou de redigir seu relatório, anexou-o aos arquivos, assinou o formulário de encerramento e deu um pequeno tapinha na pasta.

Caso encerrado, pensou. Ela já tinha avisado McNab de que iria chegar tarde e levou mais alguns minutos para organizar sua estação de trabalho, como gostava de fazer quando tinha tempo.

Enquanto arrumava o seu espaço, repassou mentalmente todas as etapas da investigação, sentindo-se satisfeita e um pouco orgulhosa... Até que se lembrou dos socos que tinha levado de Lowe... e da crítica de Eve sobre suas habilidades de luta corporal.

— Ela tem razão — admitiu Peabody para si mesma, massageando de leve a orelha dolorida. — Eu realmente preciso aprimorar minha técnica. — Pensou em bancar a policial malvada com McNab e praticar o corpo a corpo.

Só que eles ficariam suados, ofegantes e acabariam transando. O que seria bom — muito bom até —, mas não ajudaria a melhorar seu desempenho na luta.

Resolveu, então, passar uma hora malhando na academia do prédio da Central de Polícia. Iria programar uma rodada de exercícios focada em seus pontos fracos para aprimorá-los. Depois poderia tomar uma ducha, trocar de roupa e chegaria em casa nova em folha.

Para uma boa transa.

Foi até o armário e, depois de colocar uma muda de roupa e acessórios de malhação em uma bolsa esportiva, tomou nota mentalmente para não se esquecer de pegar novas roupas de reserva em casa, para substituir as que pegara.

Era uma nova resolução, disse a si mesma. Uma hora na academia todos os dias... Tudo bem, isso nunca iria acontecer. Três vezes por semana, então.

Ela conseguiria três vezes por semana. E guardaria seu projeto pessoal para si, talvez o compartilhando apenas com McNab. Quem sabe dali a um mês ela pudesse deixar Dallas de queixo caído com sua pisada leve e seus reflexos-relâmpago.

Caminhou até a academia que atendia o seu setor da Central, mas ainda na porta avistou, pelo vidro, meia dúzia de colegas. Eram policiais sarados que suavam nos aparelhos, corriam nas esteiras e treinavam lutas.

Olhou para sua roupa de treino, o short largo, o top esportivo medonho que comprara porque era barato. Então, pensou no tamanho de sua bunda e deu meia volta.

Ela não podia entrar ali vestida daquele jeito — muito menos ao lado de policiais que ela conhecia — e ficar suada e ofegante junto daqueles corpos bem-torneados com barrigas tanquinho e atléticos.

Bancando a balofa largada e idiota.

Era por isso, lembrou a si mesma, que não frequentava a recém--inaugurada nova academia da Central... nem se matriculava em uma academia externa. E era por conta disso que a sua bunda era grande demais, decidiu; segundo as leis da gravidade, o peso ia todo para os pés e para a bunda.

Ordenou a si mesma que aguentasse a barra e pegou o cartão de acesso ao salão, mas então se lembrou da antiga academia, que ficava dois andares abaixo.

Ninguém a usava mais, lembrou, enquanto saía dali apressada. Ou quase ninguém. Porque os aparelhos eram velhos, os armários, minúsculos, e o chuveiro só gotejava.

Mas serviria bem a ela e ao seu novo projeto.

Encontrou o painel de segurança desativado e viu o salão vazio. As luzes se acenderam quando ela entrou, apagaram-se por alguns segundos, voltaram a brilhar e finalmente se mantiveram acesas. Havia rumores sobre uma reforma naquele espaço, mas ela meio que torcia para que o deixassem exatamente como estava. Podia estar caindo aos pedaços, mas serviria como sua academia particular.

Pelo menos até ela adquirir uma barriga tanquinho, pés leves e diminuir o tamanho da bunda.

Espiou a área do vestiário e apurou o ouvido. Sorriu. Sim, aquela seria a sua academia particular, pensou. Escolheu um armário aleatoriamente, vestiu sua roupa horrorosa e pegou os acessórios — que logo seriam substituídos. Conseguiu enfiar tudo no armário, que mais parecia uma caixa de sapato, e, sentindo-se virtuosa, foi definir sua série de exercícios.

Aquele era o primeiro dia na vida da nova Peabody sarada.

Uma hora depois estava ela deitada no chão sujo, chiando como se à beira da morte. Seus quadris e tendões queimavam, seus glúteos choravam e seus braços não paravam de gritar "mamãe!".

— Nunca mais vou fazer isso — anunciou. — Vai, sim — corrigiu-se na mesma hora. — Não posso, estou morrendo... Pode, sim! E vai!... Ai, socorro, acho que quebrei a bunda... Fracote, molenga... Cale a boca!

Ela chiou um pouco mais, depois rolou de lado e ficou de quatro.

— Eu devia ter começado devagar, com uma série mais suave... Eu *sabia*! Vaca pretensiosa! — Cerrou os dentes, determinada a não rastejar até o vestiário e os chuveiros.

Mas saiu mancando.

Despiu-se, agarrou e lutou contra o top esportivo pegajoso colado na também pegajosa pele e o largou no chão. Depois revirou os olhos quando a voz da mãe surgiu clara em seu ouvido... "Respeite as coisas que lhe pertencem, Dee!" Inclinou-se e o pegou de novo. Enfiou o top suado, o short e os tênis em um segundo armário, pegou uma das toalhas finas do tamanho de um jogo americano — porque tinha medo de ser eletrocutada ao usar o pré-histórico aparelho de secar o corpo — e entrou em uma das apertadas cabines de banho.

Tornou a sair ao ver que o dosador de xampu estava vazio e seguiu de cabine em cabine até encontrar uma com meia colher de chá que fosse da tal gosma verde ainda no dosador.

Talvez a água estivesse fria e os pingos mais pareciam ser os de uma torneira pingando do que os de um chuveiro propriamente dito, mas ela não ia reclamar. Em vez disso se virou à direita, à esquerda, molhou as costas e a parte da frente do corpo até conseguir tirar a maior parte do suor.

No momento em que se ensaboou e enxaguou, ficou mais próxima de se sentir humana novamente e planejou se dar de presente um imenso sorvete a caminho de casa. Não um sorvete de verdade, pois não poderia se dar a esse luxo. Mas havia um lugar não muito longe de casa que servia uma sobremesa gelada sem leite bem aceitável.

E ela merecia, pensou, fechando as torneiras. E como merecia! Pegou a toalha e a esfregou sobre o cabelo.

Bateu de leve com a toalha no rosto, nos ombros e começou a sair para onde teria mais tempo para se secar quando ouviu vozes alteradas. A porta do vestiário se abriu e tornou a fechar com um baque surdo.

— Porra, não me venha com essa de que você não estragou tudo, Garnet, porque foi exatamente o que aconteceu! — A voz feminina, quente e irritada ecoou nos azulejos antigos.

Peabody abriu a boca para avisar que elas tinham companhia quando ouviu a resposta; uma voz masculina igualmente forte e revoltada.

— Não jogue a culpa em mim, porque foi você que deixou tudo fugir do controle.

Peabody olhou para seu corpo nu, a tolha minúscula, e se espremeu no fundo da cabine.

— Eu deixei sair do controle? Bem, talvez eu tenha errado em confiar em você para resolver a parada e lidar com Keener. Em vez disso, ele fugiu e isso nos custou dez mil dólares.

— Foi você quem garantiu que ele não seria problema, Renee. Foi você quem o pressionou a entregar o produto, mesmo sabendo que ele poderia fugir com a grana.

— E eu mandei você vigiá-lo. Deveria eu mesma ter feito isso.

— Com certeza!

— Merda!

Alguém — provavelmente a mulher — deu um soco na porta de uma das cabines. Peabody ouviu-a bater contra a parede de uma das cabines próximas. E simplesmente parou de respirar.

— Estou à frente desta operação há seis anos, lembre-se disso, Garnet. É melhor se lembrar também do que pode acontecer se você me pressionar.

— Não ouse me ameaçar!

— Estou só avisando. Estou no comando, e comigo você já arrecadou uma bolada nos últimos anos. Pense na sua bela casa nas ilhas, nos brinquedos caros que você curte, nas mulheres que você gosta de bancar; lembre-se de que você não teria nada disso com o salário de merda de um policial. Você não teria nada disso se eu não estivesse à frente dessa operação.

— Eu não me esqueço disso, mas você também não se esqueça de que sempre fica com o pedaço maior.

— Porque eu mereço. Eu pus você no esquema e te transformei num cara rico. Se quer continuar dentro, pense duas vezes antes de me arrastar para um vestiário mofado e apontar o dedo na minha cara.

— Ninguém usa este lugar. Outra porta de cabine foi esmurrada, agora ainda mais perto dela. Peabody sentiu uma gota de suor fresco lhe escorrer pela testa.

Estava nua e a arma ficara no armário. Não tinha nada com o que se defender, com exceção dos próprios punhos. Então fechou cada um deles e os colou nas laterais do corpo.

Se McNab lhe mandasse uma mensagem ou o *tele-link* tocasse, ela estava ferrada. Se uma das pessoas a poucos centímetros esmurrasse sua porta com raiva, sentisse a sua presença, a ouvisse ou sentisse o seu cheiro, ela estaria perdida. Não havia por onde escapar.

Policiais malvados. Policiais muito malvados. *Renee, Garnet. Não esqueça os nomes, não esqueça. Keener. Lembre-se de todos os detalhes, caso consiga sobreviver.* Olhou para cima e viu, horrorizada, a gota de água imensa que se acumulava e deslizava lentamente para fora do chuveiro — que tinha o tamanho de um punho.

Com a garganta bloqueada, ela estendeu a mão com a palma para cima e pegou a pequena gota. Será que o som dela caindo na palma da mão foi mesmo tão alto quanto uma martelada?

Só que eles continuaram discutindo até que a mulher — *Renee, Renee* — bufou com força.

Corrupção Mortal 43

— Isso não está nos levando a lugar algum. Somos uma equipe, Garnet, e toda equipe tem um líder. A líder aqui sou eu. Talvez isso seja um problema para você, já que costumávamos dormir juntos.

— Foi você quem quis parar com isso.

— Porque agora cuidamos de negócios. Se mantivermos este esquema, continuaremos enriquecendo. E, quando eu for capitã, é claro que vamos expandir as atividades. Enquanto isso, não faz mais sentido discutirmos sobre Keener. Eu já cuidei dele.

— Porra, Oberman. Por que não me contou logo?

Oberman, pensou Peabody. *Renee Oberman. Ela tem uma alta patente e está a caminho de se tornar capitã.*

— Porque você me irritou. Eu coloquei nosso garoto nisso e agora já está feito.

— Tem certeza?

— Você sabe o quão bom ele é, e eu já disse que está feito. Quando encontrarem o corpo vai parecer ter sido uma overdose. Apenas mais um viciado que exagerou na dose. Ninguém vai se importar o bastante para cavar mais fundo. Você tem sorte de Keener não ter ido muito longe; e ele ainda estava com os dez mil dólares.

— Você está de sacanagem comigo.

A risada foi forte e aguda.

— Eu não brinco quando o assunto é grana. Vou pegar dez por cento da sua parte como bônus para o nosso garoto.

— Ah, porra, qual é?!

— Seja grato por conseguir ao menos uma parcela — As palavras soaram como um tapa e um alerta. — Keener era uma ferramenta valiosa quando funcionava direito. Agora teremos que substituí-lo. Nesse meio tempo...

Peabody ouviu um tapinha na porta da sua cabine e uma fresta se abriu. O suor virou gelo em sua pele e ela tornou a fechar os punhos.

Através da fresta viu parte de um braço, o brilho de um sapato vermelho de salto alto e um punhado de cabelo louro.

— Chega de reuniões em vestiários vazios — avisou Renee com um tom frio agora, muito nítido, de comando. — Mantenha a cabeça no lugar, Garnet, e vai continuar a curtir a brisa das ilhas. Agora eu tenho um encontro e você me atrasou. Me acompanhe até a rua como um bom menino.

— Você é uma figura, Renee.

— Sou mesmo. Mas sou uma figura que vale a pena ter ao lado. — A risada dela voltou a ecoar e foi desaparecendo aos poucos.

Peabody fechou os olhos e continuou onde estava; forçou-se a contar lentamente até cem. Mentalmente reconstruiu o espaço do vestiário e calculou a distância da cabine até o armário onde guardara a arma.

Entreabriu a porta, olhou em volta, respirou fundo e correu para o armário. Só respirou normalmente quando se viu com a arma na mão.

Ainda nua, foi até a porta que dava acesso à velha academia e a abriu alguns centímetros.

Tudo escuro, notou. As luzes se apagavam quando o lugar ficava vazio por mais de um minuto. Mesmo assim ela perscrutou a escuridão e quis ter certeza de que estava só antes de retornar.

Manteve a arma em punho quando pegou o *tele-link*.

— Oi, marombeira — McNab sorriu e seus olhos soltaram faíscas verdes de desejo. — Ei, você está nua, e gostosa como sempre!

— Cale a boca! — Os tremores começaram e ela não conseguiu controlá-los. — Preciso que você venha me pegar na Central. Saída sul. Venha de táxi, McNab, mas não salte do carro. Venha depressa!

Ele não sorriu, nem piscou. Seus olhos de amante viraram olhos de policial.

— Há algo errado?

— Eu te conto depois. Preciso sair daqui, venha rápido.

— Amor, já estou praticamente aí.

Capítulo Três

Roarke deu a Eve algum tempo para que ela processasse a sua irritação, já que obviamente estava de mau humor. Aproveitou o resto do jantar, a companhia e a conversa.

Ele gostava muito de ouvir histórias sobre o passado de Summerset, conhecer os pontos de vista e os detalhes da vida de velhos amigos do homem que se tornara um pai para ele. E gostou de ver Summerset participar, rir com eles. Recordar o passado com eles.

Apesar de já se conhecerem há muito tempo e terem compartilhado tanta coisa desde que Summerset o recebera em sua casa quando não passava de um garoto maltrapilho, surrado e faminto, Roarke descobriu que ainda havia muito a ser aprendido.

Tomou café, uma dose de conhaque e beliscou a sobremesa antes de se despedir.

O monitor da casa lhe informou que Eve estava no quarto.

Ela tinha trocado de roupa e vestia a calça e a camiseta de algodão que gostava de usar quando não estava trabalhando. Ele sentiu o cheiro de banho recém-tomado e se inclinou para lhe beijar a cabeça. Ela continuou sentada remoendo pensamentos diante de uma fatia de pizza.

— Você perdeu um agradável jantar — avisou ele, tirando o paletó. — E a companhia de pessoas excelentes.

— Tinha mais o que fazer.

— Uhum... — Ele afrouxou o nó da gravata e a tirou. — Foi o que você disse durante a sua aparição de trinta segundos.

— Escute, eu tive um dia longo e não esperava voltar para casa e encontrar um jantar com convidados. Ninguém me avisou nada.

— Foi algo resolvido em cima da hora. Sinto muito — continuou ele, com um tom irritantemente agradável. — Devo pedir autorização a você antes de me juntar a Summerset e alguns de seus velhos amigos para jantar?

— Eu não disse isso. — Ela fez cara de poucos amigos e deu uma mordida na pizza. — Simplesmente comentei que ninguém me contou do jantar.

— Bem, se ao menos você tivesse entrado em contato comigo para me avisar que iria chegar mais tarde eu teria lhe contado.

— Estava muito ocupada. Pegamos um novo caso.

— Agora, sim, fomos surpreendidos novamente!

— Por que você está tão pau da vida? — ela exigiu saber. — Fui eu que cheguei em casa e encontrei uma festa armada.

Ele se sentou para tirar os sapatos.

— Deve ter sido um baque ver a orquestra, as pessoas bêbadas celebrando. Mas esse tipo de loucura acontece quando os adultos deixam as crianças por conta própria.

— Você quer ficar puto comigo? Tudo bem, pode ficar! -— Ela empurrou a pizza para longe. — Eu não estava com disposição para socializar com estranhos.

— Sim, você deixou isso bem claro.

— Eu não os *conheço*! — Ela se levantou e ergueu as mãos. — Passei a maior parte do dia lidando com três babacas que mataram um velhinho por causa da porra de uns chocolates. Você acha que eu gostaria de chegar em casa, me sentar e jantar com Summerset e seus velhos amigos, para ouvi-los falar dos velhos tempos em que eles davam golpes em otários e roubavam carteiras recheadas? Já passo o dia todo cercada de criminosos e não quero ter de passar a noite pedindo para que eles me passem a merda do saleiro.

Ele ficou calado por um instante.

— Estou aguardando sua conclusão, quando você me lembra de que se casou com um criminoso. Mas isso já ficou implícito.

Ela pensou em retrucar, mas o ressentimento na voz de Roarke e em seus cintilantes olhos azuis se interpôs entre eles.

— Judith é uma neurocirurgiã — continuou ele. — Na verdade é chefe de cirurgia em um hospital em Londres. Oliver é historiador e escritor. Se você se desse ao trabalho de gastar cinco dos seus preciosos minutos com eles, saberia que ambos se conheceram e trabalharam com Summerset como médicos no fim das Guerras Urbanas, quando ainda eram todos adolescentes.

Ela enfiou as mãos nos bolsos.

— Você quer que eu me sinta o cocô do cavalo do bandido, não é? Pois saiba que isso não vai acontecer. — Mas é claro que ela se sentiu exatamente assim, o que impediu seu ressentimento de se chocar com o dele. Em vez disso, continuou: — Eu não sabia o que estava rolando porque ninguém me contou. Você poderia ter me ligado, assim eu saberia que daria de cara com vocês no meio de um jantar elegante ao chegar imunda do trabalho.

— Quando você não me avisa quando volta para casa, eu presumo que está envolvida em algo importante. E nem que a vaca tussa eu vou começar a ligar para você perguntando o que está fazendo e a que horas vai chegar, como um marido inseguro e irritante.

— Eu pretendia ligar para você... duas vezes, mas nas duas fui interrompida. Depois da segunda interrupção, esqueci. Simplesmente esqueci, ok? Pode tirar a cueca pela cabeça se quiser, porque foi você quem quis se casar com uma policial, então é você quem vai ter de me aturar.

Ele se levantou e caminhou até ela, que continuou reclamando:

— Prender bandidos é só um *pouquinho* mais importante do que chegar em casa a tempo de jantar com duas pessoas que eu nem conheço.

Olhando-a nos olhos, ele a sacudiu de leve pelos ombros. A boca dela se abriu e ela começou a saltitar com os pés no chão.

— Que diabos você está fazendo? — Ele quis saber.

— Tentando matar a tarântula gigante, porque o único motivo que faria você me *sacudir* pelos ombros é ter visto uma aranha imensa e peluda perto do meu pescoço.

— Na verdade eu tentei sacudir o peso nos seus ombros. Deve ser difícil carregá-lo.

Ela se afastou dele antes que fizesse algo violento e olhou para o AutoChef.

— Como você programa esse troço para ele me preparar uma xícara de "vai se foder"?

— Crianças! — disse Summerset da porta do quarto.

Os dois giraram o corpo e rosnaram ao mesmo tempo:

— *Que foi?*

— Sinto muito por interromper sua diversão, e devo sugerir que da próxima vez que vocês quiserem se comportar como dois idiotas, fechem a porta, porque dava para ouvir suas picuinhas e provocações do corredor. Vim avisar que os detetives Peabody e McNab estão lá embaixo. Ela me pareceu muito aflita e disse que precisa falar com você, tenente. Com urgência.

— Merda! — Eve correu até o closet para pegar sapatos enquanto relembrava o caso que tinham acabado de encerrar. Será que elas haviam esquecido alguma coisa?

— Eles estão esperando na sala. A propósito, Judith e Oliver ofereceram suas despedidas e esperam encontrá-la novamente quando você tiver mais tempo.

Ela percebeu o olhar frio de Summerset antes de ele desaparecer de cena e pensou que mais tarde provavelmente se sentiria como dois cagalhões empilhados. Mas pensaria nisso depois.

— Você não precisa descer — disse ela a Roarke, com rispidez.
— Consigo lidar com isso.

— Daqui a pouco eu vou fazer mais do que sacudir você pelos ombros. — E saiu do quarto na frente dela.

Eles mantiveram o silêncio por todo o caminho até a sala de estar, com suas cores fortes e antiguidades cintilantes. Em meio às obras de arte e ao brilho dos cristais, Peabody estava sentada, branca como uma folha de papel, com o braço de McNab em volta dos ombros.

— Dallas! — Peabody se levantou.

— Que diabos, Peabody, o que aconteceu? Aqueles três idiotas já executaram uma fuga espetacular da cadeia?

Em vez de sorrir, Peabody estremeceu.

— Bem que queria que fosse simples assim.

Quando Peabody afundou novamente no sofá, Eve atravessou a sala e se sentou na mesinha de centro para ficar cara a cara com ela.

— Você está em apuros?

— Agora não. Mas estive. Precisei vir aqui para te contar. Eu não tenho certeza do que fazer.

— Sobre o quê?

— Conte tudo desde o começo — sugeriu McNab. — Assim você não vai pular nenhum detalhe. Basta começar do início.

— Sim, ok. Eu... ahn... ok. Depois que terminei de cuidar da papelada, decidi malhar durante uma hora na academia e trabalhar minhas habilidades de luta. Você disse que esse era o meu ponto fraco. Fui para a academia do segundo andar.

— Jesus, por que fez isso? Aquilo é um buraco.

— É mesmo. — Como Eve esperava, aquele comentário fez Peabody respirar. — É realmente um buraco, então ninguém usa muito. Como a minha roupa de academia é velha e feia, eu não queria malhar junto dos marombeiros na academia nova. Malhei por quase uma hora, exagerei na dose.

Peabody passou a mão pelo cabelo que ela não se incomodara em escovar.

— Fiquei mais quebrada que biscoito de feira e fui tomar uma ducha. Tinha guardado minhas coisas em dois armários. Acabei de tomar banho e comecei a me secar na cabine quando a porta do vestiário se abriu e duas pessoas entraram, discutindo em voz alta.

— Tome — Roarke colocou uma taça de vinho na mão de Peabody. — Beba um pouco.

— Puxa, obrigada — reagiu ela, enquanto Roarke oferecia a McNab a cerveja favorita do detetive eletrônico. Peabody tomou um gole e respirou fundo. — Era uma mulher, parecia revoltadíssima. Pensei em dizer alguma coisa para avisar que eu estava ali, pois assim elas iriam discutir em outro lugar, mas então a segunda pessoa falou. Um homem. Ali estava eu naquele maldito cubículo com nada sobre o corpo além de uma toalha menor que um lenço, então eu meio que me espremi no canto e esperei eles irem embora. Mas eles não saíram e eu os ouvi falar de uma operação que ela gerencia, e de como ele estragou tudo e que o prejuízo tinha sido de dez mil dólares. Ai, meu Deus!

— Desacelere um pouco, Dee — murmurou McNab, enquanto acariciava a coxa dela para acalmá-la.

— Ok. Tudo bem. Então eles continuaram discutindo e eu percebi que não estavam falando de uma operação policial, mas de algo por fora. Um esquema de longa duração, Dallas. Lá estava eu, com dois policiais corruptos do lado de fora da cabine que falavam sobre resultados e lucros, sobre comprar casas nas ilhas. E sobre assassinato.

"Eu estava pelada e presa na cabine, minha arma no armário e meu *tele-link* também. Eles começaram a abrir as portas das cabines e socaram uma delas, que por sinal eu desistira de usar porque estava sem xampu."

Roarke foi para trás de Peabody, colocou as mãos sobre os ombros dela e começou a massageá-los. Respirando fundo, ela se recostou.

— Eu já tive medo antes. Você precisa sentir medo ao encarar algumas situações, senão é burro. Mas isso... Quando a briga esfriou e eles se acalmaram um pouco, ela se encostou na minha porta do chuveiro e... caraca, a porta se entreabriu. Consegui ver o braço dela, parte do vestido, os sapatos. Bastava ela empurrar mais alguns centímetros e eu já era... ia ser vista no canto da cabine sem nada no corpo.

Ao lado dela, McNab continuou a lhe massagear a coxa, mas seu rosto bonito e estreito endureceu como pedra.

— Não consegui respirar, não consegui me mover, não podia me arriscar a fazer nada porque sabia que se eles me vissem eu estaria morta. Não haveria escapatória. Mas eles foram embora e não me viram em momento algum. Saí, liguei para McNab e pedi para ele pegar um táxi e ir me encontrar para que eu pudesse vir aqui... E lhe contar.

— Nomes? — quis saber Eve, e Peabody estremeceu mais uma vez ao respirar.

— Garnet... Ela chamou o homem de Garnet. Ele a chamou de Renee. Oberman. Renee Oberman. É ela quem está no comando.

— Renee Oberman e Garnet. Descrição?

— Eu não o vi, mas ela é loura, cerca de um metro e sessenta e cinco de altura ou um pouco mais. Estava de salto alto, mas é isso mesmo. Pele branca, voz forte, pelo menos quando está chateada.

— Eles se dirigiram um ao outro pelas patentes?

— Não, mas ela disse que quando fosse promovida a capitã eles iriam expandir os negócios. Ela se referiu a tudo como um esquema, por várias vezes. E eles já foram amantes.

— Você pesquisou os nomes deles? — perguntou Eve a McNab.

— Ainda não. Peabody estava muito abalada.

— Ela mandou matar alguém chamado Keener. Disse que tinha mandado o garoto deles cuidar disso para parecer que a vítima tinha morrido de overdose. Keener é um viciado em drogas, e também um dos seus subordinados ou contatos. Ele tentou fugir deles com os dez mil dólares. Ela disse que Garnet deveria mantê--lo na rédea curta, mas ele tinha escapado. Era por causa disso que estavam brigando. Ela informou a Garnet que tinha conseguido recuperar os dez mil depois que ele foi morto. Mas avisou que iria ficar com dez por cento da parte dele para pagar o tal "garoto", o assassino. Foi uma reunião de negócios.

— Você teve a impressão de que eles sempre usavam aquele espaço para reuniões?

— Não, não, pelo contrário. Ela ficou muito revoltada por ele tê-la levado ali para dentro e avisou que não haverá mais encontros lá. Seis anos — lembrou Peabody. — Ela disse que administra o esquema há seis anos. E, pela forma como ela falou do "garoto", ficou claro que Keener não foi o primeiro que ela mandou matar.

— Alguém viu você entrar ou sair de lá?

— Não. — Peabody fez uma pausa e refletiu. — Não, acho que não. Lá é como se fosse uma tumba.

— Ok.

— Fiz um relato de merda — acrescentou Peabody. — Desculpe, Dallas, ainda estou confusa.

— Você conseguiu nomes, uma descrição parcial, detalhes de policiais envolvidos em um esquema ilícito... provavelmente drogas ilegais... e ordenando assassinatos. McNab, desgrude de Peabody e pesquise esses nomes. Veja nos arquivos da Divisão de Drogas Ilegais logo de cara. Você encontrará a tenente Renee Oberman. Eu sei quem ela é, mas confirme. E descubra quem é esse Garnet.

— Você a conhece? — quis saber Peabody.

— Eu sei quem é ela e sei que o pai dela é o comandante Marcus Oberman, que foi para a reserva.

— Jesus, o Santo Oberman? Ele foi comandante da Central antes de Whitney. — O restinho de cor que ainda havia nas bochechas de Peabody desapareceu. — Oh, Deus, onde é que eu fui me meter!

— Seja o que for é um esquema grande e traiçoeiro, por isso temos de investigar com calma e seguir todos os protocolos.

— Detetive William Garnet. — McNab ergueu os olhos do tablet. — Ele é detetive de segundo grau e trabalha há quatro anos na Divisão de Drogas Ilegais, sob o comando da tenente Renee Oberman.

— Ok, vamos pesquisar mais lá em cima, no escritório. McNab, quero que você consiga fotos e quaisquer dados sobre esses dois que puderem ser obtidos sem levantar suspeitas. Peabody, você vai gravar um relatório oral completo, coeso e detalhado. Esse Keener provavelmente começou como informante para Garnet ou Oberman. Vamos encontrá-lo.

— E depois o que fazemos com o que descobrirmos? — quis saber Peabody.

Eve fitou-a longamente com olhos firmes e frios.

— Juntamos tudo e levamos para o comandante Whitney e para a Divisão de Assuntos Internos. Tirando eles, ninguém fora desta sala deverá saber de um único rumor, até recebermos novas instruções.

— O comandante Oberman é uma lenda viva. É um semideus.

— Não me interessa se ele é o próprio Jesus Cristo reencarnado. A filha dele está suja, é uma policial corrupta, Peabody, e a lei vale para todos. Vamos começar a agir.

— Você não comeu — interrompeu Roarke, passando a mão sobre os cabelos de Peabody.

— Não, acho que não.

— Ela vai trabalhar melhor se ao menos se alimentar um pouco — disse ele, olhando para Eve.

— Você tem razão. — Ela enterrou a impaciência junto com a fúria terrível que represara durante o relatório de Peabody. — Vamos comer e depois planejamos tudo.

— Senti tremores — confessou Peabody. — Depois do lance. Eles continuam ameaçando voltar, mas já estou melhor. Só preciso ligar para a minha mãe e agradecer a ela.

— Pelo quê?

— Deixei minha roupa suada no chão do vestiário e ela ficaria lá se eu não tivesse ouvido a voz da minha mãe na minha cabeça dizendo para eu respeitar as coisas que me pertencem. Se eu tivesse deixado aquele top esportivo pavoroso no chão eles teriam visto e me encontrado. E eu não estaria aqui para contar que a filha do Santo Oberman é uma policial corrupta.

— Agradeça à sua mãe amanhã — ordenou Eve. — Vamos ao trabalho.

Roarke colocou o braço sobre os ombros de Peabody quando ela se levantou.

— Que tal um bife?

— Sério?

Ele beijou o topo da cabeça dela e isso a fez corar.

— Deixe o cardápio por minha conta. Você foi corajosa, Peabody.

— Que nada, minha alma ficou apavorada.

Ele a beijou novamente.

— Não discuta com o homem que está prestes a lhe preparar um bife.

Em seu escritório de casa, Eve montou um quadro com os dados levantados enquanto Peabody e McNab comiam. Roarke estava certo sobre a comida, o vinho, a massagem nos ombros... tudo junto. Ele geralmente acertava em cheio nessas coisas.

E era melhor dar a Peabody um pouco de espaço e tempo para respirar antes de abrir a porta de um processo terrível e difícil.

— Ela é bonita — comentou Roarke, analisando a foto de Renee Oberman, que já estava no quadro.

— Sim. E é famosa por usar a beleza a seu favor, bem como a reputação do pai. São boatos, apenas, nada dito em voz alta. Acho que...

Eve balançou a cabeça e saiu do escritório.

— Que foi? — perguntou Roarke, saindo atrás dela.

Ela manteve a voz baixa.

— Se eles a encontrassem, certamente a matariam. Não haveria escapatória. Peabody estava certa sobre isso.

— Deve ter sido um trauma ficar ali presa daquele jeito.

— Tivemos uma briga com três idiotas hoje, e um deles lhe deu umas boas porradas. Eu disse a ela que seus movimentos estavam lentos, que ela precisava aprimorar sua técnica de luta. Então, o que ela faz? Desce para o buraco de merda que é aquela velha academia. Se a coisa tivesse corrido diferente, seria ali que alguém teria encontrado o cadáver dela. Se ela levou um soco na orelha, eu não poderia ter dito simplesmente que todo tira leva uma boa porrada de vez em quando? Precisava dizer a ela para trabalhar seus movimentos e tentar melhorar?

— Não, porque da próxima vez ela pode levar uma facada. Você não é só a parceira dela, Eve, você ainda a está treinando. Ela fez um trabalho brilhante até agora, na minha opinião. Ela foi para lá porque queria melhorar... e, sim, porque quer atender aos seus padrões. Se a coisa tivesse sido diferente — lembrou ele —, e isso me deixa tão enjoado quanto você só de pensar... a culpa seria unicamente daqueles dois. Você sabe disso.

Ela respirou fundo.

— Você ainda está bravo comigo.

— Estou, e você ainda está com raiva de mim. Mas nós dois precisamos entender que há coisas mais importantes para tratar no momento.

Eles poderiam contar um com o outro para isso, pensou ela. Contar um com o outro para segurar a barra, sempre que necessário.

— Então, eu proponho uma trégua.

— Combinado. Ela é muito importante para mim também.

Como seus olhos ardiam, Eve pressionou os dedos sobre eles.

— Não me dê tapinhas para me acalmar — disse ela, antecipando os movimentos dele. — Preciso manter a mão firme neste caso. — Eve deixou cair as mãos. — Ela depende de mim para manter tudo firme sem desmoronar.

— E você fará isso. — Ele a acariciou mesmo sem ela querer e simplesmente passou a mão pelo seu cabelo. Então ele agarrou algumas pontas com força e a puxou para junto dele.

— Ei, estamos em trégua!

— Viu só? Deixei você um pouco chateada de novo. Você trabalhará melhor assim. — Ele voltou ao escritório.

Eve se manteve firme e em pouco tempo não foi mais preciso tanto esforço para isso. Ela simplesmente entrou no ritmo do trabalho.

— Não podemos pesquisar as finanças deles, nem de forma superficial, porque isso vai levantar suspeitas. Muito menos vasculhar contas ocultas e propriedade de imóveis.

Ela reparou no olhar de Roarke e soube que ele pensava em usar o seu equipamento ilegal e não registrado. Nele, as pesquisas não seriam detectadas. Mas fez que não com um movimento sutil da cabeça. Dessa vez ela não podia sair da linha em momento algum da investigação.

— Se levarmos o caso para a DAI com o que temos... que não é tanto assim em termos de provas... a coisa vai sair do controle — opinou Peabody. — Renee... eu não consigo chamá-la de Oberman porque me lembro do seu pai. Isso poderia dar a Renee e aos outros tempo o bastante para fugir, brecar a operação ou desativá-la. Eles devem ter planos de contingência e rotas de fuga.

— Mas eu posso tentar resolver isso — anunciou Eve. — Vou procurar Webster. — Mais uma vez ela captou o olhar de Roarke e o jeito como ele ergueu uma das sobrancelhas. Era impossível o nome de Webster aparecer naquela casa sem que ambos se lembrassem da cena de Roarke dando-lhe uma surra.[*]

— Vou levar isso ao conhecimento dele, mas sob condições rígidas — continuou ela. — Posso conseguir isso, especialmente se Whitney me autorizar. Precisamos manter tudo tão restrito quanto conseguirmos.

— Keener! — McNab deu um soco no ar, girou na cadeira de Eve e fez seu comprido rabo de cavalo voar em torno dele. Depois,

---

[*] Ver *Julgamento Mortal*. (N. T.)

apontou para a tela com os indicadores das duas mãos. — Encontrei o cara! Cruzei dados em alguns dos casos que ela resolveu, misturei com outros aqui e ali para não levantar suspeitas, analisei listas de testemunhas e suspeitos como se fosse uma busca comum por...

— Revele logo os dados, McNab.

— Rickie Keener, conhecido nas ruas como Juicy. Não consigo pesquisar mais a fundo para ver se ele é um informante oficial da polícia, porque isso iria atrair atenção, mas ele tem uma ficha policial longa e variada. Posse de drogas ilegais, posse de drogas com intenção de distribuição e delitos menores. Ele já foi preso por vender mercadorias roubadas a dois investigadores disfarçados. Um deles, registrado como quem fez a prisão, é a nossa Renee.

— Jogue os dados no telão — ordenou Eve, e analisou tudo. — Vejam só, ele conseguiu liberdade condicional, prestação de serviços comunitários e foi obrigado a fazer terapia. Claramente rolou um acordo aqui; ela o transformou em informante e fez disso a sua condição para ele sair da cadeia. Com os antecedentes dele, certamente pegaria pelo menos três condenações. Mas ele não cumpriu pena, certo? Isso foi há seis anos.

— O mesmo tempo que ela declarou estar à frente do esquema — acrescentou Peabody.

— Então esse Keener pode ter sido seu trampolim. Sua porta de entrada no esquema. — Ela caminhou de um lado para o outro diante do telão e continuou: — Ele sabe de alguma coisa. Tem mais a oferecer e o faz. "Escute, posso te dar isso e aquilo, mas você precisa me livrar dessa." Paralelamente ela já está com a operação em curso, já está alçando voo e o vê como um trunfo. De um jeito ou de outro, esse foi o pulo do gato.

— Ele está morto, ela deixou isso bem claro — adicionou Peabody.

— Então, vamos procurar o corpo. Se o "garoto" dela o localizou vivo, nós seremos capazes de localizá-lo morto.

Ela andou um pouco mais.

— Não no buraco onde ele mora — continuou. — Ele planejava fugir com a grana. E tinha outro buraco que julgava seguro e secreto. Façam um levantamento dos locais onde ele atuava, onde morava, lugares onde trabalhou, esse tipo de coisa. Segundo Peabody, Renee disse que ele não tinha conseguido ir muito longe. Vamos mapear seu território e rodar alguns programas de probabilidades nos locais mais prováveis para ele se entocar.

— Você quer encontrar o corpo porque acha que o cara que ela pôs para caçar Keener pode ter deixado alguma evidência? — quis saber Peabody.

— Isso é possível. Improvável, mas possível. Queremos encontrar o corpo e pegar esse caso porque Keener é o nosso informante agora.

— É um disfarce, Peabody — explicou Roarke. — Vocês têm o caso, vocês têm o controle. Mas o que eles apostam que será visto como overdose vai se tornar uma investigação de homicídio.

— Se eu conseguir fazer do jeito certo — confirmou Eve. — De qualquer forma, ela precisará identificá-lo como seu informante civil, porque esse é o protocolo. Se não fizer isso, podemos dar uma prensa nela. E podemos ser cruéis, insistir na ligação entre eles, levantar informações, horários, datas... que deverão estar nos seus arquivos. Puxa, estamos só tentando descobrir quem matou esse idiota. Na minha Divisão de Homicídios, um cadáver é sempre um cadáver.

— Você quer irritá-la.

— Pode apostar e vou curtir isso. McNab, me levante as probabilidades de locais e depois vamos caçar informantes.

— Você quer achar o corpo antes de procurar Whitney e Webster — concluiu Peabody.

Eve confirmou com a cabeça.

— Agora você está entendendo. Keener é um alvo factível e seu corpo vai corroborar sua declaração, Peabody. Ao apresentar a ligação da prisão dele com Renee, teremos mais elementos. Ela é uma oficial condecorada, chefia uma equipe e é a filha de um ex-comandante respeitado... ou melhor, reverenciado. Está há dezoito anos na polícia sem manchas no histórico.

— Mas se eu levantar essa lebre, a DAI poderá acabar me investigando — disse Peabody.

— Não se preocupe com isso — garantiu Eve.

— Não vou me preocupar. Estou mais calma agora e quero retribuir a ela cada segundo do que eu sofri naquele maldito chuveiro. Isto é, além de levar uma policial corrupta à justiça.

— Nua no chuveiro — lembrou Eve.

— Sem ter o que fazer, a não ser bater neles com uma toalhinha molhada, caso eles abrissem a porta.

— Eles terão o que merecem — prometeu Eve, e olhou para onde Roarke e McNab trabalhavam lado a lado. Roarke de camisa e calça feita sob medida, McNab de bermuda rosa com vários bolsos e uma camiseta amarelo-manteiga que ostentava a expressão "Geek eletrônico" em letras vermelhas que se destacavam no seu peito magro.

Uma vez geek, sempre geek, pensou Eve, não importava a roupa que usassem.

— Aí seu mapa — anunciou Roarke, apontando para o telão.

— E as suas maiores probabilidades.

— Nada mal. Tipos como ele tendem a se manter em uma determinada área e fazem negócios nos limites de alguns quarteirões, onde eles conhecem as probabilidades, as rotas e os pontos de fuga.

— Se ele estava fugindo, não iria para fora de seu território habitual?

Eve balançou a cabeça e olhou para McNab.

— Olhe para a linha do tempo da conversa que Peabody ouviu. A situação é explosiva e tudo me diz que o erro é recente. O assassinato foi ordenado e executado há pouquíssimo tempo. Garnet ainda nem sabia. Adicione a isso os dez mil dólares em jogo. A ação teve de ser imediata. Pela folha corrida de Keener, sua cabeça não é das mais pensantes. Ele é inteligente o suficiente para não se esconder em casa, mas provavelmente não o bastante para sair de sua zona de conforto. Ele ainda não tinha fugido, então ainda estava organizando suas coisas. Vamos encontrá-lo nessa área, bem como o assassino dele o encontrou.

Ela estudou o mapa um pouco mais.

— Elimine tudo que exija pagamento. Nada de apartamentos alugados.

O mapa foi ajustado por um comando de Roarke.

Ela conhecia bem a área; moradores de rua, acompanhantes baratas, viciados em drogas, mortos-vivos e outras figuras. Até os membros de gangues haviam desistido dali porque não valia a pena.

— Eu gosto desses cinco locais. Vamos em duplas. Vamos escolher um veículo para vocês, McNab. Um carro comum e sem graça — acrescentou, ao ver o sorriso no rosto do detetive.

Ele encolheu os ombros, conformado.

— Acho que tem que ser assim.

— Pois é. Roarke e eu vamos procurar nesses dois endereços; Peabody e McNab, vocês vão investigar esses outros dois. Se não conseguirmos nada, nos encontramos no quinto lugar. Se continuarmos no zero a zero, ampliaremos a área de busca mais um pouco. Algum de vocês tem uma arma?

Diante do balançar de cabeças para os lados, Eve revirou os olhos.

— Vamos pegar armas para vocês. Existem pessoas não muito legais nesse bairro. Usem o spray selante para proteger as mãos e os pés. Não quero que ninguém saiba que estivemos lá. Chamem o mínimo de atenção possível e não falem com ninguém. Não façam perguntas. Entrem, examinem tudo e saiam.

— E se encontrarmos o corpo? — perguntou Peabody.

— Saiam do prédio, me avisem e vão embora. Vamos nos encontrar aqui, onde receberei uma denúncia anônima sobre um cara morto. Filmadoras ligadas o tempo todo, pessoal, e conversem entre si em voz baixa. As gravações serão entregues ao comandante e à DAI.

Ela soltou um suspiro enquanto estudava McNab.

— Você não pode participar de uma operação secreta com essa roupa. Roarke, temos algo para emprestar para esse nerd?

— Temos, mas você é mais do tamanho dele.

Eve fechou os olhos.

— Jesus! Acredito que sim.

Ela encontrou um jeans e uma camiseta preta. Depois de jogá-los para McNab, fechou a porta do quarto para que ela e Roarke pudessem trocar de roupa.

— Lamento parcialmente por tudo — anunciou ela.

— Como assim?

— Lamento parcialmente porque comecei a ligar para você avisando que ia chegar tarde, mas fui interrompida e depois esqueci. Mas quase sempre eu me lembro, então acho que mereço um desconto.

— Eu não estava zangado e continuo numa boa com o fato de você não ter ligado. Eu não pego no seu pé por esse tipo de coisa, Eve.

— Eu sei que não, mas me sinto culpada por você ser assim.

— Ah, então a culpa acaba sendo minha de novo.

— Ah, cale a boca.

— Nossa trégua foi para o espaço.

— Você também poderia estar parcialmente arrependido.

— Mas não lamento nem um pouco por ter curtido a noite com Summerset e seus amigos muito interessantes... que eu também não conhecia.

— Você é melhor nessas coisas do que eu. E se eu soubesse das visitas não voltaria para casa com outros planos, para depois ter que desistir.

— Que outros planos?

— Eu só pensei... — Ela se sentiu tola e prendeu o coldre. — Eu simplesmente achei que iríamos jantar e você esperaria por mim, porque é o que você costuma fazer. E eu ia consertar as coisas.

— Ah, ia? — murmurou ele.

— Não tivemos muito tempo para nós nas últimas duas semanas e eu tive a ideia de comermos no terraço do segundo andar. Pacote completo, sabe? Vinho, velas e só nós dois. Em seguida poderíamos assistir a um daqueles filmes antigos que você gosta, com a diferença que eu ia usar roupas sensuais e seduzir você.

— Entendo.

— Só que eu cheguei em casa e você já estava tomando vinho, com velas e jantar no terraço... não era no terraço do segundo andar, mas dá no mesmo. Não éramos só nós dois, eu estava imunda e havia ex-criminosos jantando em minha casa... pelo menos foi o que imaginei. Algumas pessoas às quais Summerset provavelmente já tinha contado que eu sou uma péssima esposa, que volto para casa quase sempre com as roupas sujas de sangue ou rasgadas. E eu não queria ter que me juntar ao grupo e acabar sendo interrogada.

— Em primeiro lugar, você não é uma péssima esposa e Summerset nunca disse nada assim. Na verdade, quando ficou claro que você se atrasaria, ele comentou com os convidados que você foi a primeira policial que ele conheceu na vida que trabalhava de forma incansável e se preocupava de verdade em fazer justiça.

Ele foi até Eve e segurou o rosto dela com a ponta dos dedos.

— Em segundo lugar, seu plano era fantástico e eu teria gostado muito. E agora também sinto muito, parcialmente.

Ela tocou o pulso dele.

— Se somarmos tudo podemos dizer que nós dois lamentamos muito?

— Podemos.

Ela o beijou para confirmar tudo; em seguida se ajeitou um pouco e se aconchegou nos braços dele.

— É um bom acordo — decidiu. Agora vamos procurar um viciado morto.

Capítulo Quatro

Eve se instalou atrás do volante para Roarke continuar pesquisando no tablet.

— Deixe-me perguntar uma coisa — começou ele. — Quantas vezes você já teve de lidar com a tenente Oberman?

— Nenhuma, para ser franca. Já ouvi *falar dela*, mas nunca tivemos casos que se cruzassem, e por isso nunca trabalhamos juntas. O pessoal de drogas ilegais tem sua própria estrutura de trabalho. Há muitas investigações secretas, algumas até demais, outras em sistema de rodízio. Há esquadrões que se concentram inteiramente nos alvos grandes... importação e exportação, crime organizado. Outros se dedicam basicamente a delitos de rua, outros investigam fabricação e distribuição. Mais ou menos assim.

— Deve ocorrer sobreposição de ações em alguns momentos.

— Sim, e cada esquadrão é organizado tipo... Como é mesmo que se chama?... Um feudo.

— Entendo, cada um com seus hábitos e hierarquia próprios.

— Mais ou menos isso — concordou ela. — Policiais e detetives se reportam a um tenente que lidera esse esquadrão, e cada tenente se reporta a um grupo menor de capitães.

— O que significa muita política envolvida — supôs Roarke. — E quando há política sempre há corrupção.

— Possivelmente. Provavelmente — corrigiu ela. — Existem controles internos e uma cadeia de comando. Existem exames regulares, não só para avaliar a saúde mental, mas também para controlar uso e dependência das drogas. Muitos dos agentes secretos não aguentam a pressão, são desmascarados ou começam a gostar da mercadoria.

— E têm muita facilidade de acesso às drogas — concluiu Roarke.

Isso a incomodou. Não a afirmação, mas o fato de ele aceitar a existência de policiais corruptos e até esperar por isso. Eve sabia que isso acontecia. Mas não queria e não iria aceitar.

— Policiais têm acesso a muitas coisas. Mercadorias roubadas, dinheiro confiscado, armas. Policiais que não conseguem resistir à tentação não fazem jus ao distintivo.

— Eu diria que rola uma área cinzenta, e depois que você entra nessa área, a viagem até a escuridão total é rápida. De qualquer modo, o acesso é fácil — repetiu ele. — Um policial pega um traficante de rua e embolsa metade do estoque. O traficante não vai discutir sobre a quantidade de droga que carregava.

— É para isso que serve a tenente. Para conhecer seus homens, supervisionar e avaliar tudo. É seu trabalho e seu dever vigiar as coisas. Em vez disso, ela as orquestra.

— Ela traiu os homens dela, pelo seu ponto de vista. E também traiu o distintivo e o departamento.

— Para mim ela não passa de uma vaca mentirosa. — Eve encolheu os ombros, mas sentiu uma queimação no estômago. — Quanto aos produtos confiscados, existe uma divisão contábil anexada à Divisão de Drogas Ilegais que deve acompanhar e

Corrupção Mortal   65

contabilizar as cargas conforme elas entram, como são usadas no tribunal e como serão destruídas depois. Eles têm um cofre próprio para guardar evidências, a fim de manter tudo organizado.

— E uma mulher inteligente e ambiciosa como Renee conseguiria recrutar alguém da Contabilidade para fazer vista grossa. Poderia usar isso, seu próprio esquadrão e as conexões de seu pai para assaltar o próprio departamento. E revender o produto listado como destruído.

— Essa seria uma forma. Outra seria negociar diretamente com traficantes, fabricantes e até vendedores avulsos... e cobrar uma taxa para manter seus negócios em funcionamento.

— Ela teria de escolher bem em quem confiar — continuou Eve. — Você nunca vai subir de patente, mesmo com o impulso do papai, se não encerrar muitos casos e não mandar alguns bandidos para trás das grades. Ela tem que manter elevadas as suas porcentagens de sucesso... — Ela parou em um sinal vermelho e perguntou a Roarke: — Como você lidaria com essa estrutura?

— Bem, eu não sou tão escolado na administração de uma divisão policial ou de um esquadrão quanto você.

— Mas administra metade do mundo industrializado.

— Ah, quem me dera. Mas, seja como for, se eu estivesse em busca de lucro em longo prazo... não um ganho rápido, mas o estabelecimento de um negócio estável com fins lucrativos nessa área, atuaria um pouco em cada nível. Transações de rua, coisa rápida e fácil; com a pressão e os incentivos certos dá para criar uma relação de lealdade e aplicar boas tarifas nos operadores de baixo para financiar e estabelecer o próximo nível. Os operadores pegarão material em outro lugar, a menos que sejam autossuficientes. E a maioria deles terá de trabalhar dentro do sistema... ou lutar pelo seu próprio território ou pagar uma taxa a quem o administra.

— Você precisaria de soldados de confiança para ir às ruas estabelecer essa lealdade e reforçar o medo. Precisaria de negociadores para subir aos níveis superiores. Seis anos? — Eve balançou a cabeça. — Ela tem uma rede montada. Policiais e bandidos. Precisaria de alguns advogados a quem possa recorrer se alguém da sua equipe sofrer uma prensa. Também alguém no escritório da Promotoria Pública e pelo menos um juiz.

— E é preciso uma tesouraria — acrescentou Roarke. — Sempre há mãos a serem molhadas, entre outras despesas.

— Não se trata apenas de dinheiro. Quase nunca é só o dinheiro — decidiu Eve. — Ela precisa gostar disso. A adrenalina, o poder, a sujeira, estar no limite. Ela distorce e degrada tudo o que seu pai representou e ainda representa.

— Isso pode ser parte da questão.

— Problemas com o pai? "Buá! Papai estava tão ocupado sendo policial que não prestou atenção suficiente em mim; era muito rigoroso, criava expectativa demais a meu respeito. Tudo bem, vou pegar meu próprio distintivo e espalhar merda nele todo. Isso vai ensiná-lo a ser um bom pai."

— Suponho que você e eu tenhamos pouca empatia ou paciência em casos de problemas com pais que envolvam violência ou abuso genuíno. — Com ar compreensivo, ele colocou a mão sobre a dela por alguns instantes. — Mas isso pode ser parte do motivo, ou virar algo com o que você possa trabalhar.

— Depois que eu informar o comandante e a DAI, pode ser que eu caia fora.

— Ah, essa eu quero ver!

Ela teve que rir.

— Ok, confesso que vou lutar com unhas e dentes, se necessário, para participar da investigação. Vou precisar de Mira — refletiu, pensando na maior psiquiatra do Departamento de Polícia. — Ela tem sinal verde para participar se quiser, e quero Feeney. Precisamos da Divisão de Detecção Eletrônica. McNab já está aqui, mas ele precisará de Feeney não apenas para lhe dar tempo livre e espaço para trabalhar, mas também para ajudá-lo.

Agora ela circulava com cautela por ruas perigosas, onde as poucas luzes que estavam acesas brilhavam sobre pilhas oleosas de lixo e negócios envolvendo sexo e drogas prosperavam nas sombras.

Corrupção Mortal 67

— Vai ser uma merda daquelas, Roarke. Não apenas pela investigação em si, mas pela mídia, que vai cair em cima. Sem falar nas repercussões. Eles terão que revisar todos os casos dela e os casos de quem ela sugou para dentro do seu esquema. Haverá novos julgamentos, ou ela será forçada a soltar bandidos, por causa dos frutos da árvore envenenada. Derrubá-la e desmontar sua rede significa abrir celas. Não há como contornar isso. Pode ser que eu lhe dê umas porradas só por isso... depois de arrancar sua pele por causa do que Peabody sofreu.

Ela estacionou junto ao meio-fio. Achar vaga não era problema ali. Se você não impunha moral naquele bairro o seu carro era roubado ou depenado em questão de minutos.

— Ah, esqueci. O alarme funciona muito bem — contou ela.

— Um idiota tentou roubá-lo, apesar de eu estar a quinze metros de distância. Voou para trás, aterrissou de bunda e saiu mancando sem as ferramentas.

Como ela, ele examinava as sombras e os perigos da escuridão.

— É bom saber que não vamos voltar para casa a pé — disse ele.

— Passe o spray selante nas mãos e nos pés. — Eve jogou para Roarke a lata do produto e ligou a filmadora.

— Tenente Eve Dallas e Roarke — começou ela, e recitou o endereço onde estava. — Data e hora aparecerão na gravação.

Aquele edifício provavelmente fora um depósito ou uma pequena fábrica em algum momento, mas tinha sido desativado no louco período anterior às Guerras Urbanas para ser reformado. Desde então ele poderia ter servido eventualmente como abrigo improvisado para moradores de rua ou viciados — provavelmente ambos, em diferentes momentos.

A corrente e o trinco enferrujados e quebrados da porta eram prova de que as medidas de segurança foram ineficazes e o prédio fora violado havia muito tempo.

Mas o cadeado novo e reluzente chamou a atenção de Eve.

— Um abrigo para o tempo frio — comentou Eve. — Ninguém quer estar no meio da sujeira e do fedor durante os meses de calor.

Mesmo assim... — Ela apontou com a cabeça para o cadeado. — Alguém instalou isso recentemente. — Ela seguiu em frente, já procurando a sua chave mestra.

O homem que saltou das sombras ostentava meio alqueire de ombros largos. Ele exibiu os dentes em um sorriso medonho que mostrou que a higiene bucal não estava no topo de suas prioridades.

Eve imaginou que sua faca de quinze centímetros e o que ele imaginava serem dois alvos fáceis haviam colocado aquele sorriso em seu rosto.

— Cuide disso, sim? — pediu a Roarke.

— Claro, querida. — Ele lançou ao homem que girava a faca um sorriso cordial. — Há algo que eu possa fazer por você?

— Vou espalhar suas tripas pela calçada e depois vou comer sua mulher. Me passe a carteira e o relógio. A aliança também.

— Vou lhe explicar uma coisa: talvez você conseguisse espalhar minhas tripas pela rua, embora as probabilidades disso sejam baixas... mas, se você tentasse tocar na minha mulher, ela quebraria o seu pau como se ele fosse um galho seco e em seguida o enfiaria no seu rabo.

— Você está morto.

Quando o homem pulou, Roarke dançou suavemente para o lado, girando o corpo e lhe aplicando uma cotovelada na costela. O *oof!* que o agressor soltou tinha um toque de surpresa, mas ele girou o corpo e aplicou um golpe do qual Roarke desviou com outro pulo de lado para, em seguida, enfiar o pé com força na rótula do grandalhão.

— Pare de brincar com ele! — reclamou Eve.

— Ela é sempre assim, durona — comentou Roarke, e quando o homem pulou novamente sobre ele com uma careta de dor, Roarke chutou o braço da faca, acertando com força o cotovelo. Até os brutamontes sabem gritar, pensou ele, e pegou a faca que voou da mão trêmula do sujeito.

Corrupção Mortal 69

— E aí vem o favor que eu vou lhe fazer. — Já sem o ar cordial e não mais sorrindo, os olhos azuis gélidos de Roarke se encontraram com os olhos cheios de dor do homem. — Dê o fora daqui!

Enquanto os passos apressados ecoavam pela calçada, Eve notou quando Roarke pressionou a mola que fazia a lâmina da faca se retrair.

— Se você pensa em ficar com essa arma é melhor passá-la por uma estufa esterilizadora. Está pronto?

Roarke enfiou a faca no bolso e assentiu com a cabeça ao se juntar a ela na porta.

Eve sacou a arma, apoiou-a na lanterna e se afastou para que a gravação não mostrasse Roarke fazendo o mesmo.

Eles passaram pela porta e fizeram uma varredura com a luz à esquerda e à direita.

Ela chutou o lixo de lado para abrir caminho. O cheiro de mofo misturado com urina velha e vômito fresco preenchiam o ar. Ela percebeu que a fonte principal do fedor era uma pilha de cobertores, rígida como papelão e hedionda demais para atrair até mesmo quem dormia nas calçadas.

— Vamos verificar este andar.

Eles entraram varrendo as trevas com luzes e armas. Portas, fiação, tacos do piso, degraus e corrimões — qualquer coisa que pudesse ser usada ou vendida tinha sido arrancada, desinstalada e levada, deixando buracos grosseiros e lacunas dentadas.

Ela estudou o poço do elevador aberto.

— Como diabos eles conseguiram tirar a porta do elevador daqui e o que fizeram com ela?

— Cuidado onde pisa — avisou Roarke quando ela começou a subir a escada, pulando os largos buracos.

No segundo andar ela iluminou seringas usadas, pedaços de utensílios e panelas destruídos por produtos químicos e pelo calor. Avaliou o banquinho lascado, a pequena mesa queimada, os cacos de vidro e os padrões de explosão no chão e nas paredes.

— Alguém sofreu um pequeno acidente de laboratório — comentou ela.

Em seguida, apontou o queixo em direção aos colchões sem lençóis e manchados por substâncias que ela não tinha interesse em descobrir quais eram. Restos de embalagens de fast-food estavam espalhados, e ela imaginou que tudo ali tinha sido devorado por vermes de duas e quatro patas.

— Alguém morou e trabalhou aqui durante algum tempo.

Roarke estudou a sujeira.

— Não posso dizer que gostei do que fizeram com o lugar.

Ela chutou com a ponta da bota uma embalagem descartável de comida chinesa.

— Alguém comeu aqui nos últimos dois dias. Os restos não estão mofados.

— Ainda tem um restinho de gororoba chinesa.

— Acho que era macarrão frito com legumes.

Ela seguiu o fedor inacreditável até o que antes era um banheiro. Quem tentou arrancar o vaso sanitário foi impaciente ou incompetente, de modo que a peça fora inutilizada e estava caída de lado. Eles tiveram mais sorte com a pia, e uma alma empreendedora quebrara a parede e conseguira arrancar a maioria dos canos de cobre.

Não se incomodaram com a banheira, talvez assustados com o peso e o tamanho da antiga peça de ferro fundido. Lascada, manchada e estreita, ela servira de leito de morte para Rickie Keener.

Ele estava encolhido, joelhos junto do peito ossudo e coberto pelo seu próprio vômito. Uma seringa, dois frascos vazios e restos de drogas estavam no parapeito da janela.

— A vítima corresponde à descrição e à foto da carteira de identidade de Rickie Keener, também conhecido como Juicy. Eve pegou no bolso a placa de colher impressões digitais e guardou a arma no coldre. Voltando ao morto, apertou cuidadosamente a placa contra o seu dedo indicador direito. — A identidade foi confirmada — disse ela, quando a placa acendeu a luz verde. — Roarke, avise Peabody. Diga para eles interromperem a busca. Nós o encontramos.

Ela ficou onde estava, respirando pela boca e deixando a luz da lanterna percorrer o corpo.

— Isso confirma as declarações da detetive Peabody sobre a conversa ouvida na academia do segundo andar da Central. O exame visual mostra pequenas marcas roxas nos braços e nas pernas. O cotovelo direito está arranhado. Um exame mais detalhado terá que esperar até que o comandante autorize. Minha função no momento é apenas verificar o óbito e registrá-lo. Para preservar o curso da investigação sobre Renee Oberman e William Garnet, não posso isolar a cena, mas vou colocar uma filmadora para fins de monitoramento do local.

Ela virou-se para Roarke.

— Você pode instalá-la sobre a porta?

— Já fiz isso. Se alguém aparecer aqui o seu computador e o tablet vão apitar. Você poderá monitorar a cena de qualquer local que escolher, até abrir oficialmente a investigação.

— Isso vai ser suficiente por enquanto. — Ela olhou mais uma vez para o morto. — Vamos sair daqui.

Ao voltar à rua ela respirou fundo algumas vezes para se livrar da pior parte do mau cheiro e depois olhou que horas eram.

— A cena está o mais protegida possível, e não faz sentido entrar em contato com o comandante no meio da madrugada. Melhor dormir umas duas horas e dar início ao processo pela manhã. Dallas e Roarke saindo do local, que será monitorado — anunciou ela para o gravador, antes de desligá-lo.

— Porra! — exclamou ela, respirando fundo.

— Você achou que não o encontraríamos?

— Não, eu sabia que o encontraríamos, mas, é como eu disse, um corpo é algo real, não há como fugir disso agora. Não há mais como parar. Temos que pegá-la.

Ela sentou no banco do carona para que Roarke assumisse o volante. Ele deu a Eve alguns momentos a sós com seus pensamentos, enquanto voltava para o centro da cidade.

— Você já decidiu como estruturar todo o caso para Whitney? — perguntou, depois de mais algum tempo.

— Vou ser direta do início ao fim. Depois que se acalmou, Peabody recontou os eventos de forma coesa, então já temos tudo gravado. Amanhã ela estará mais firme e se sairá bem quando Whitney conversar com ela.

— Então, você vai dormir só duas horas enquanto o seu comandante terá uma noite inteira de sono?

— Talvez. Isso mesmo — admitiu ela. — Extraoficialmente nós explicaremos as etapas que seguimos para localizar Keener e mostraremos a Whitney a gravação da descoberta. Caberá a ele decidir o que fazer a seguir, mas poderei lhe apresentar o plano mais lógico e prático. Precisamos manter a investigação organizada e firme. Não se trata só de corrupção, é assassinato. E Keener não foi o primeiro.

— É difícil para você investigar uma de suas colegas.

— Ela deixou de ser uma colega no minuto em que resolveu lucrar com o crime. — De forma deliberada, Eve relaxou os ombros. — Não sei se Whitney é amigo do comandante Oberman. Sei que serviu sob o comando dele e assumiu seu posto quando Oberman se aposentou. Isso cria uma ligação entre eles, a passagem do comando. Renee Oberman serviu sob o comando de Whitney, e isso também vai pesar.

Ela suspirou fundo e continuou.

— Todos nós sabemos que é possível manter a investigação sob sigilo, mas quando isso tudo acabar e a prendermos, o sigilo vai acabar. A mídia entrará nisso com tudo, urubus sobrevoando a carniça. Não posso culpá-los.

— Quando você ficar triste ou desanimada... e isso vai acontecer ao longo do processo... pense em Peabody naquele chuveiro, encurralada, enquanto duas pessoas que usaram os distintivos para forrar os próprios bolsos discutiam um assassinato como parte de um negócio.

Corrupção Mortal   **73**

Ela ficou em silêncio por alguns quarteirões.

— Você resumiu bem a questão — disse ela, depois de um tempo. — Foi sucinto e direto. E me deu um bom conselho. Depois, temos Keener. Provavelmente ele era um idiota, um sujeito da pior espécie, mas agora é meu. E o policial que o deixou engasgado com o próprio vômito naquela banheira imunda também passou a ser meu, até eu trancar a porta da cela com ele do lado de dentro.

Roarke mal tinha estacionado na frente da casa quando Peabody saiu correndo.

— Vocês o encontraram!

— Na primeira parada — confirmou Eve. — Tivemos sorte. Gravamos tudo e a cena do crime está sendo monitorada.

— Estava tudo disposto para parecer morte por overdose?

— Estava. Isso corrobora a sua afirmação.

— Não sei se sinto alívio ou pena — disse Peabody, enquanto McNab passava a mão pelas costas dela. A tensão lançava uma sombra em seus olhos e sugava a cor do seu rosto.

— Não sinta nenhum dos dois. Reconheça as sensações e siga em frente. Teremos muito com o que lidar pela manhã. Durmam um pouco. Peguem o quarto que vocês normalmente usam quando dormem aqui.

— Você não vai entrar em contato com Whitney?

— São quase três da manhã, mas sinta-se livre para acordá-lo agora, se estiver com pressa.

— Não, tudo bem — ela sorriu de leve. — Dormir um pouco seria ótimo.

— Então vá sonhar por algumas horas. Para reforçar o que disse, Eve começou a subir a escada.

— Vocês precisam de alguma coisa para hoje à noite? — quis saber Roarke, olhando para Peabody e McNab.

— Não. — McNab pegou a mão de Peabody e apertou-a com força. — Está tudo ótimo.

Roarke se inclinou e beijou a testa de Peabody.

— Então, durmam bem.

Ele seguiu Eve para o quarto e fechou a porta quando ela tirou o coldre com a arma. A tensão transparecia em seu rosto, notou ele, como havia acontecido com Peabody. Uma massagem nas costas e segurar a mão dela poderia ajudar um pouco. Mas ele sabia o que poderia distraí-la, pelo menos por algum tempo.

— Você me deve uma rapidinha como desculpa, mas fico feliz em esperar o seu sinal.

Como ele imaginava, ela fez uma careta.

— Por que diabos eu te devo uma rapidinha como desculpa?

— Porque você ficou parcialmente arrependida antes de mim.

Ela estreitou os olhos enquanto se sentava para tirar as botas.

— Isso só significa que você se atrasou no pedido de desculpas. Portanto, acho que você é que me deve a rapidinha. Vou esperar o seu sinal.

— Posso concordar com isso, com a condição de que sua parte do referido acordo inclua a tal roupa sexy. — Ele a viu enfiar uma camiseta grande do Departamento de Polícia de Nova York por cima da cabeça. — Espero que não seja essa aí.

— Tudo bem, eu concordo com esses termos. — Ela subiu na cama.

— Então temos um encontro marcado. — Ele deslizou ao lado dela e a envolveu contra ele.

— Preciso programar o alarme.

— Para que horas?

— Ahn... Vou ligar para o Whitney às seis em ponto. Provavelmente vou precisar de uma hora para me preparar.

— Cinco horas, então. Não se preocupe, eu te acordo.

Confiando que ele iria fazer isso, ela fechou os olhos.

Eve jurava que não mais do que cinco minutos tinham se passado quando acordou com o aroma sedutor do café. Abriu os olhos e o viu.

Ele estava sentado ao lado da cama e segurava uma enorme caneca de café a alguns centímetros do nariz dela. Ele tinha ordenado que

Corrupção Mortal

a luz se acendesse com vinte por cento de intensidade, supôs ela, então o quarto estava envolto em um brilho suave de amanhecer.

— Você me trouxe café na cama?

— Pode me considerar o príncipe dos maridos... ou achar apenas que eu já estava acordado antes de você. São cinco horas — acrescentou.

— Ugh! — Ela se levantou, murmurou um agradecimento, pegou a caneca e engoliu quase tudo num gole só. Então fechou os olhos e deixou a maravilha da cafeína embeber seu organismo.

— Bom. — Tomou mais uns goles. — Banho! — Ela se arrastou para fora da cama e pediu: — Quero mais. — Em seguida esvaziou a caneca antes de devolvê-la para ele.

A meio caminho do banheiro, olhou por cima do ombro e o chamou curvando um dos dedos. Tirou a camiseta e deixou-a cair no chão enquanto caminhava nua pelo resto do caminho.

Roarke colocou a caneca vazia sobre a mesa de cabeceira.

— Quem sou eu para recusar um convite tão charmoso?

Ela ordenou jatos em força total e, é claro, brutalmente quentes. Ele nunca se acostumara com aquela paixão dela por se deixar ferver e, muitas vezes, ele também, sob o chuveiro. O vapor surgiu em forte névoa e embaçou o vidro do box imenso. Ela ficou em pé, reluzente e molhada, com rosto levantado e olhos fechados.

— Um príncipe provavelmente lavaria minhas costas.

Para agradá-la, Roarke tocou em um azulejo que se abriu e colocou a mão em concha para pegar uma bela quantidade de sabonete cremoso.

— Você dormiu bem, eu suponho.

— Hummm.

As costas dela estreitas e lisas — e com um leve bronzeado do sol das suas férias recentes — se arquearam de leve ao sentir o deslizar das mãos ensaboadas dele.

Ele adorava aquela sensação, a pele macia sobre os músculos fortes; a longa extensão de pele que se afunilava até a cintura, para depois dar lugar ao brilho sutil de seus quadris.

Era magra e curvilínea, a sua policial; construída sob medida para ser veloz e resistente. No entanto, ele conhecia as vulnerabilidades dela, os locais onde um simples toque — o dele — a enfraqueceria ou incitaria.

A delicada curva na parte de trás do pescoço, o pequeno mergulho na base da espinha.

Ele continuou descendo, deslizando, circulando o líquido sedoso sobre as coxas finas, mas musculosas. Para cima de novo, os dedos provocando, avançando e recuando, em sedução preguiçosa.

Ela passou o braço em volta do pescoço dele e arqueou o corpo para trás. Numa torção ágil daquela cintura estreita, virou a cabeça até que seus lábios encontraram os dele, e então se separaram um pouco para um longo e profundo acasalamento de línguas.

Ela se virou por completo, seus olhos brilhando como ouro polido através da água.

— Você se esqueceu de passar sabonete em alguns lugares.

— Que descuidado! — Ele encheu a palma da mão com mais sabonete e passou-a lentamente sobre os ombros dela, seus seios, o torso e a barriga.

Cada centímetro dela ansiava sob o calor e o vapor, com o bater e o pulsar da água contra o azulejo, contra a carne. As mãos dele eram mágicas no corpo dela, provocando necessidades, sensações, encontrando e possuindo seus segredos. Sua boca, quando ele a usou, infundiu seu corpo com mil prazeres.

Seus dedos a encontraram, abriram-na de leve e, molhados e escorregadios, acariciaram-na em meio àquelas dores e mais além.

Ela o envolveu como uma videira elegante e perfumada, as mãos emaranhadas no cabelo dele, bocas ávidas coladas. Seu coração batia forte e selvagem contra o peito dele em marteladas rápidas e vigorosas. Ela encheu as mãos com sabonete, deslizou-as sobre as costas dele, passeou sobre seus quadris e as esfregou entre seus corpos escorregadios até segurá-lo pelo membro com a força de um torno sedoso.

Pretendia destruí-lo.

Ele quase ouviu o estalo do próprio controle, que se quebrava, e mergulhou fundo nela. Prendeu-a contra os azulejos molhados, capturando seus gritos enquanto os braços dela se acorrentavam em torno do pescoço dele.

Jatos quentes de água atingiram seus corpos. Gotas brilhavam na pele e no ar. O vapor subiu e se espalhou para envolvê-los por completo de forma desesperada naquele último corcovear louco.

Ela perdeu as forças nos braços dele. Aquele era um momento que ele adorava, quando o prazer a dominava e enfraquecia. Apenas um instante de rendição total a ele... mais que isso... a ambos.

Aproveitando o momento, ela descansou a cabeça no ombro dele até que ele ergueu o rosto dela e cobriu-lhe os lábios com os dele. De forma suave e doce, agora.

Ele reparou que os olhos dela se iluminaram e os viu sorrir.

— Isso não foi uma rapidinha.

— Claro que não.

— Só para confirmar.

— Mas foi excelente ainda assim.

— Funcionou para mim. Café na cama, sexo no chuveiro... isso forma um excelente combo para despertar qualquer um.

Ela se aconchegou nele por mais um instante; depois saiu do chuveiro e entrou no tubo de secar corpo.

Enquanto o ar a rodeava, ele ordenou que a temperatura da água baixasse de temperatura em cinco civilizados graus.

Quando ele entrou no quarto com uma toalha presa em torno da cintura viu que ela vestia um robe curto e fazia algo que ele raramente a via fazer. Estudava atentamente o conteúdo do seu closet.

— Isso é estranho — reconheceu ela. — Eu preciso... Você poderia escolher algo para eu vestir, por favor? É que eu preciso transmitir controle, autoridade, seriedade. Mostrar que *eu* estou no comando.

Frustrada, jogou as mãos para o céu e completou:

— Só que sem parecer algo planejado ou estudado. Não quero que a roupa pareça um look montado, quero que ela simplesmente...

— Entendi. — Ele entrou no closet e avaliou os paletós logo de cara. Ele tinha escolhido cada uma daquelas peças cuidadosamente, já que escolher roupas... e muito menos comprá-las... estava no fim da lista de prioridades de Eve.

— Este paletó aqui.

— Vermelho? Mas...

— Não é vermelho... isso é bordô. Não é chamativo nem ousado; é profundo e sério; transmite poder, particularmente no corte, que tem muita personalidade. Use essa calça... um tom cinza metalizado... e o top em cinza mais suave. Nada de enfeites nem exageros. Botas cinza vão fazer você parecer mais alta e o paletó vai fornecer um elemento subliminar de autoridade.

Ela estufou as bochechas e soprou o ar.

— Ok, você é o especialista.

Depois de se vestir, Eve foi obrigada a admitir que Roarke realmente *era* um especialista. Ela parecia bem vestida, mas nada forçado. E o vermelho... quer dizer... o *bordô*... era um tom forte.

A vantagem é que se o sangue de alguém respingasse nela não iria aparecer. Pelo menos não muito.

— Use isto.

Ela franziu o cenho para os pequenos brincos de prata que ele lhe entregou.

— Eu raramente uso brincos para trabalhar. Eles são...

— Nesse caso eles servirão apenas para dar um toque de classe. Simples e sutil.

Ela encolheu os ombros e os colocou. Depois de pronta, ficou se avaliando diante do espelho enquanto bebia outra caneca de café.

— Você não está dando toda essa atenção à roupa por causa de Whitney — lembrou Roarke. — Pelo menos, não especificamente. O velho ditado é verdadeiro: as mulheres se vestem para outras mulheres. Hoje você está vestida para Renee Oberman.

Corrupção Mortal 79

— Se as coisas correrem como eu pretendo garantir que corram, teremos nosso primeiro encontro hoje. Esse é o tipo de coisa em que ela prestaria atenção. Ela saberá que, em todos os níveis que eu for capaz de transmitir, está lidando com poder.

— Você quer desafiá-la.

— Eu *vou* desafiá-la. Mas isso fica para mais tarde. — Ela olhou o relógio. — Preciso entrar em contato com Whitney. Nossa, espero que a esposa dele não atenda o *tele-link*.

Eve pegou o aparelho dela na cômoda e se espreguiçou.

— Aqui vamos nós.

O rosto largo do comandante Whitney apareceu na tela após o segundo toque. De imediato ela ficou aliviada por ele não ter bloqueado o vídeo, pois isso significava que ela não o acordara. Mesmo assim, ela tinha quase certeza de que viu um vinco de sono na sua bochecha esquerda; aquilo não era uma nova ruga provocada pelo estresse da autoridade, portanto ela o pegara recém-saído da cama.

— Bom dia, tenente. — Ele a cumprimentou depressa, olhos escuros sóbrios em seu rosto escuro.

Ela respondeu no mesmo tom.

— Comandante, peço desculpas por ligar tão cedo. Temos um problema.

Ela expôs tudo com a precisão militar que Roarke admirava. Do outro lado do quarto, ele se vestia para mais um dia de trabalho e ouviu Whitney encher Eve de perguntas. Roarke notou que era preciso conhecer o comandante muito bem para perceber o choque em sua voz, mas ele estava lá.

— Quero ler a declaração de Peabody, falar pessoalmente com ela e confirmar suas impressões.

— Claro, senhor. Comandante, posso sugerir que realizemos esta reunião na minha casa, em vez de na Central? Os detetives Peabody e McNab estão aqui neste momento, e haveria a certeza de termos privacidade completa até o senhor nos passar suas determinações.

Ele considerou a questão por um momento e disse:

— Estou a caminho daí — e desligou.

— Você vai trabalhar no seu território — comentou Roarke.

— Isso é um fator importante, mas ele sabe que é mais prudente começar isso fora da Central do que com uma grande reunião em seu gabinete. Vou me preparar para recebê-lo.

— Imagino que ele terá algumas perguntas para mim e pretendo estar disponível — avisou Roarke. — Tenho uma conferência holográfica em dez minutos. Devo ter terminado a reunião por volta das sete, mais ou menos. Você se saiu bem — elogiou.

— Isso foi só o começo.

Capítulo Cinco

Eve preparou um arquivo completo para o seu comandante, com cópias de todos os dados, gravações, declarações e notas. Enquanto trabalhava, ensaiou, mentalmente, os passos que planejava dar a seguir e suas razões para cada um deles; suas justificativas para incluir Feeney e Mira na investigação, bem como para solicitar Webster como contato na DAI.

Tom, estratégia, lógica, confiança. Ela precisaria de tudo isso em um equilíbrio perfeito, a fim de manter o controle do que seria uma investigação em duas frentes — algo que iria colocar a filha de Marcus Oberman na berlinda quando elas se encontrassem.

Ela olhou para trás quando McNab entrou. Ele usava suas próprias roupas — o que provavelmente era um bom sinal. Vê-lo em seus trajes civis iria abalar o comandante.

— Delia ainda vai demorar mais alguns minutos — disse ele a Eve. — Acho que ela queria ficar alguns minutos sozinha.

— Como ela está?

— Parece estar mais calma. Pensei que ela fosse ter pesadelos, mas acho que estava tão exausta que simplesmente apagou.

Exausto era como Eve o descreveria, naquele momento. As roupas em cores berrantes e o brilho dos brincos na orelha não disfarçavam a tensão e a preocupação que nublavam o seu rosto.

— Ah, você me parece... acho que a palavra é esplêndida. De um jeito estiloso — acrescentou.

Ponto para o Roarke, refletiu Eve.

— Há algo que eu possa fazer para ajudar? — quis saber ele.

— Haverá, mas por enquanto estamos em compasso de espera. Verifiquei a filmadora que deixamos ligada no local do crime. Tudo normal, até agora. Tome um café — sugeriu Eve quando ele ficou na frente do quadro que ela montara, sacudindo os objetos que tinha em seus muitos bolsos. Então ela lembrou com quem estava falando. — E coma alguma coisa.

— Talvez eu prepare algo para ela. — Ele fez menção de ir para a cozinha, mas parou em frente à mesa de Eve. Seus olhos verdes cintilavam frieza. — Quero sangue. Sei que preciso superar e tenho que ser objetivo, mas que se foda, Dallas, é sangue que eu quero. Não só porque ela passou um sufoco, ou pelo menos não só por causa disso. Nosso trabalho nos coloca em situações perigosas, é assim que é. Mas esse perigo não deveria vir de outros policiais.

— Um distintivo não faz de você um policial. Supere isso e fique firme, McNab. — Ela já havia dito a si própria a mesma coisa. — É assim que vamos resolver as coisas.

Enquanto ele remexia na cozinha, Eve se levantou para verificar o quadro novamente e ter certeza de que não se esquecera de nada. Ouviu Peabody entrar atrás dela.

— McNab está na cozinha. Vá comer alguma coisa.

— Meu estômago está meio agitado. É a lembrança de que eu vou enfrentar Whitney.

Eve se virou para a parceira. Peabody não estava totalmente calma, observou.

— Você confia em seu comandante, detetive?

— Sim, senhora. Sem reservas.

Corrupção Mortal 83

Eve usou o mesmo tom que tinha usado com McNab quando gesticulou em direção à cozinha.

— Então pegue alguma coisa para comer, esqueça o nervosismo e faça o seu trabalho.

Afastando-se um pouco, ela deu mais uma olhada no monitor que mostrava o local do crime sem necessidade, ela sabia, e marcou a hora enquanto Peabody passava por ela rumo à cozinha.

Momentos depois, ela ouviu a voz de McNab. Não conseguiu entender as palavras, mas o tom era travesso e provocador. E Peabody estava rindo. Eve sentiu a tensão nos ombros ceder um pouco.

Para satisfazer suas próprias necessidades, colocou na tela do computador a foto da carteira de identidade de Renee Oberman, para mais uma vez analisá-la com atenção.

Quarenta e dois anos, cabelo louro e olhos azuis, um metro e sessenta e quatro, cinquenta e cinco quilos. Bonita, como Roarke havia ressaltado. Pele impecável de marfim com um leve tom rosado; rosto oval clássico com sobrancelhas bem definidas, vários tons mais escuros que o cabelo.

Sobrancelhas castanhas, notou Eve, e cílios longos e escuros — o que provavelmente significava que Renee tinha um fraco por procedimentos estéticos. Ela deixara o rosto livre, os cabelos puxados para trás na foto oficial da polícia, mas Eve já vira outras imagens em que ela aparecia com o cabelo longo num corte reto que lhe caía sobre os ombros.

Vaidade, pensou Eve. Talvez essa seja outra área para explorar.

Filha única de Marcus e Violet Oberman, casados há 49 anos. Pai comandante da polícia aposentado com cinquenta anos de serviço. A mãe foi garçonete e passou seis anos como dona de casa após o nascimento da filha; depois, conseguiu emprego como gerente de vendas em uma sofisticada butique feminina até se aposentar.

Renee Oberman se casou uma vez. O casamento durou dois anos e acabou em divórcio. Não tem filhos. A pesquisa cruzada mostrou que Noel Wright, seu ex-marido, tinha se casado novamente e a segunda união gerou dois filhos, um menino de cinco anos e uma menina de três. O ex era dono de um bar no West Village.

Ela arquivou tudo. Nunca se sabe o que pode ser útil, pensou.

— Tenente! — anunciou Summerset pelo *tele-link* interno. — O comandante Whitney acabou de passar pelos portões.

Eve já tinha decidido não ir ao encontro dele, nem o acompanhar até o andar de cima; isso faria a visita parecer social, e não uma reunião de trabalho.

— Mande-o subir. McNab! Programe um bule de café, o comandante já chegou.

Ela se levantou e se colocou deliberadamente ao lado de Peabody; McNab estava do outro lado da sua parceira quando Whitney entrou.

Ele transmitia uma postura de comando, reparou ela. Ombros largos, rosto duro, olhar frio e firme.

Ele parou diante do quadro que Eve montara. Ela o posicionara para que o comandante visse logo de cara os rostos de Renee Oberman, de Garnet, de Keener e a cena do crime; todos juntos, conectados.

E notou uma breve onda de calor atravessar o frio do seu olhar.

Sem perguntar, Eve serviu café e atravessou a sala para lhe entregar a caneca.

— Agradeço sua rápida atenção para este assunto, comandante.

— Poupe seu agradecimento, Dallas. — Ele passou por ela e se concentrou em Peabody. — Detetive, vou revisar a sua declaração gravada, mas antes quero ouvi-la aqui e agora.

— Sim, senhor. — Peabody instintivamente se colocou em posição de atenção total. — Comandante, por volta das 20 horas da noite passada eu entrei na antiga academia da Central, situada no segundo andar do prédio.

Whitney foi tão duro com ela que Eve se empertigou e teve de lançar um olhar de advertência para McNab quando notou a raiva que iluminou seu rosto.

Whitney questionou Peabody sem piedade, interrompendo o seu relato, exigindo mais detalhes, forçando-a a voltar atrás para repetir e revisar as informações.

Embora ela estivesse pálida e Eve notasse claramente o nervosismo que permeava suas palavras, a detetive não vacilou nem mudou um único detalhe da narrativa.

— Você não conseguiu fazer uma identificação visual de nenhum dos indivíduos?

— Não, senhor. Apesar de ouvir claramente o homem se referir à mulher como Renee Oberman, e de ouvi-la chamá-lo de Garnet, não consegui ver nenhum dos dois com clareza. A mulher que atende pelo nome de Renee Oberman deixou claro, durante a conversa, que o homem era seu subordinado. Consegui ver parte do perfil dela, cor do cabelo, cor da pele. Foi possível determinar sua altura aproximada. Com essas informações, identificamos os indivíduos como a tenente Renee Oberman e o detetive William Garnet, da Divisão de Drogas Ilegais, que funciona na Central de Polícia.

— Você está ciente de que Renee Oberman é uma oficial condecorada, de alta patente e com um belo histórico em quase dezoito anos no departamento?

— Sim, senhor.

— Você está ciente de que ela é filha do ex-comandante Marcus Oberman?

— Estou, senhor.

— E você está disposta a repetir essas declarações em uma investigação interna desses policiais, possivelmente em um julgamento criminal?

— Sim, senhor. Estou disposta e ansiosa para fazê-lo.

— Ansiosa, detetive?

— Sim, ansiosa por cumprir meu dever como membro do Departamento de Polícia da Cidade de Nova York e como oficial que jurou proteger e servir. Acredito... correção, senhor... *sei* que esses indivíduos se aproveitaram da sua posição e autoridade, usaram seus distintivos de forma antiética, imoral e ilegal. Também estou ansiosa, comandante, para fazer o possível para impedir que eles continuem a fazê-lo.

Ele não disse mais nada por um momento e então, muito baixinho, suspirou.

— Sente-se, detetive. Deixe-a em paz — ordenou a McNab, quando o detetive de eletrônica fez menção de acudi-la. — Ela não precisa de você a paparicando como uma galinha faz com seus pintinhos. Ela é uma policial e provou isso.

— Tenente.

Eve estufou o peito.

— Sim, senhor.

— Você esperou quase oito horas para reportar este assunto ao comando?

Ela esperava por isso e já tinha sua resposta na ponta da língua.

— Seis horas, senhor, pois levou algum tempo até preparar a declaração completa e detalhada da detetive Peabody e determinar que os indivíduos que ela ouviu eram, de fato, os oficiais da Polícia de Nova York. Por essa altura, entendi que o assunto seria mais bem abordado se eu tentasse corroborar a declaração e os detalhes localizando Keener e reunindo todas as informações possíveis antes de lhe apresentar o caso.

Ela fez uma pausa, não por hesitação, mas porque quis reforçar seu ponto de vista.

— Minha detetive me informou de um possível homicídio. Senti que era imperativo confirmar o crime, senhor.

— Essa estratégia talvez dê certo — murmurou Whitney.

Dará certo, corrigiu Eve mentalmente. Ela faria muito bem o seu trabalho.

— Todas as ações foram filmadas e estão disponíveis para sua revisão, senhor. Determinei ainda, depois que o corpo de Rickie Keener foi localizado, que tanto a cena quanto o corpo fossem

Corrupção Mortal 87

monitorados em tempo real; esperei aproximadamente três horas antes de informá-lo, comandante, porque não queria acordá-lo com informações incompletas no meio da madrugada. Este é um processo delicado e perturbador, senhor. Achei que eu não poderia e nem deveria me apressar.

Ele assentiu e se sentou.

— Acalme-se, Dallas, pelo amor de Deus. — Ele revirou os olhos em sinal de estranheza e deixou cair as mãos. — Marcus Oberman é um dos melhores policiais que já serviu nesta Força. Esse *processo*, como você chama, irá manchar o seu registro, a sua reputação e o seu nome. E muito provavelmente o deixará arrasado.

Este, pensou ela, *talvez seja o ponto mais sensível do caso.*

— Lamento por isso, senhor. Todos nós vamos lamentar. Entretanto, a filha e o pai são pessoas diferentes. — A vida inteira de Eve, de muitas formas, havia sido construída sobre esse simples fato.

— Estou ciente disso, tenente — retrucou Whitney. — Estou ciente disso porque Renee Oberman atuou sob o meu comando durante vários anos. Ela não é a policial que o seu pai era, mas poucos são. Até agora o seu registro foi excelente e o seu trabalho perfeitamente aceitável. Seus pontos positivos incluem personalidade forte e capacidade de selecionar as pessoas certas para as missões certas; ela é especialista em analisar os detalhes de uma situação e conectá-los dentro de um padrão lógico. Acredito que seja mais talhada para tarefas administrativas e de supervisão do que para trabalhar nas ruas e, na verdade, prefere essas tarefas. Ela comanda sua equipe com mão firme e apresenta resultados.

— Uma tenente que dirige um esquadrão deveria fazer um trabalho mais do que "perfeitamente aceitável". Essa é a minha opinião, senhor.

Ele quase sorriu.

— Eu sabia que você iria ressaltar isso. Em um departamento com o tamanho e a estrutura da Polícia de Nova York, muitas vezes é necessário aceitar o somente aceitável. Nunca houve sinais, advertências ou suspeitas desses atos de corrupção. A tenente Oberman é ambiciosa, estruturou bem a sua carreira e está a caminho de ser promovida a capitã. Não tenho dúvida de que ela está de olho no meu posto e, muito provavelmente, já traçou uma linha do tempo para quando irá consegui-lo.

— Ela vai ficar desapontada.

Ele sorriu abertamente dessa vez e quase sufocou uma gargalhada.

— Muito antes disso eu já teria feito o possível para mantê-la longe do posto de comandante. Ela não tem temperamento para isso. Tem jeito para política, apertos de mão fortes, sorrisos largos, papelada e relações públicas, sem dúvida. Tudo isso ela faria bem. Mas não tem compaixão e enxerga os seus homens como ferramentas e o trabalho apenas como um meio para atingir um objetivo.

Ele não gosta dela, percebeu Eve, e se perguntou se isso tornava o papel dele no caso mais fácil ou mais difícil.

— Pelo que foi dito — continuou ele —, temos uma bomba nas mãos e o pavio já foi aceso. — Ele olhou para trás quando Roarke entrou na sala.

— Olá, Jack — cumprimentou Roarke, com um aceno de cabeça.

— Neste momento, apenas as cinco pessoas dentro desta sala estão cientes da situação, correto?

— Sim, senhor — confirmou Eve. — Neste momento, sim.

— Mostre-me o corpo. E me dê mais detalhes.

— Imagem no telão! — ordenou Eve, e o telão piscou.

Whitney recostou-se e estudou a gravação.

— Você optou por não estabelecer a hora da morte ou registrar qualquer evidência.

— Apenas fiz a identificação, comandante. Minha ideia foi...

— Eu sei qual foi a sua ideia — interrompeu ele. — Mostre-me a gravação completa feita no local, do início ao fim.

Eve seguiu as ordens e manteve o rosto impassível enquanto a gravação corria. A filmadora pegou boa parte da briga entre Roarke e o bandido da rua.

— Baita esquiva! — O entusiasmo de McNab era palpável. — Desculpe senhor.

— Não há necessidade de se desculpar, foi um movimento excelente — Whitney assentiu para Roarke. — Você quebrou o cotovelo dele?

— Só desloquei, eu acho.

— Às vezes eu sinto falta das ruas. — A gravação passou para dentro do prédio e mostrava a sujeira do lugar. — Às vezes, não. Ele ficou em silêncio enquanto observava a filmagem. Quando as imagens terminaram, o silêncio continuou por vários instantes.

— Vou revisar o resto, mas como você já me comunicou tudo, suponho que já tenha um cronograma traçado, tenente. Qual será o seu próximo passo? Você certamente já pensou nisso, Dallas — acrescentou. — Teve tempo de sobra para avaliar vários possíveis cenários à frente.

— Minha prioridade imediata será encontrar o corpo oficial-mente e dar início a uma investigação. Soube do crime graças a um dos meus informantes e vamos agir de acordo com isso, para que os registros que Renee analisar sejam convincentes. Acredito que assim é menos complicado e poderá ser mais útil que usar os canais de sempre. Ela não sabe quem entrou em contato comigo e eu não tenho obrigação de informá-la. De fato, o padrão seria eu proteger meu próprio informante. Ela acredita que a morte de Keener será vista e tratada como uma overdose acidental. Não será. Vou deixar isso bem claro logo de cara e dar a ela algo com o que se preocupar. Ou pelo menos deixá-la revoltada. Estarei no pé dela, pois assim terei a oportunidade de observá-la, e também o seu esquadrão.

— Quantos deles estão envolvidos nisso, tenente? — questionou Whitney. — Não é apenas Garnet.

— Não, senhor, isso seria improvável. Simultaneamente correrá uma investigação na Divisão de Assuntos Internos. Com a sua permissão, senhor, pretendo entrar em contato e informar tudo ao tenente Webster. Já trabalhei com ele antes e ele conhece Peabody. Essa conexão economizará tempo e simplificará o processo.

— E você acredita que poderá convencê-lo de que você e sua equipe precisam desempenhar um papel ativo, não apenas na investigação do homicídio como na averiguação interna?

— Não haveria uma averiguação interna sem Peabody, e sem o depoimento dela é muito provável que a morte de Keener fosse considerada acidental por overdose.

— Você não precisa me convencer disso. Também vou falar com o tenente Webster.

— Além disso eu preciso contatar e informar a doutora Mira. Suas ideias, percepções e avaliações serão essenciais.

— Sim, concordo.

— E preciso de Feeney. Preciso da DDE.

— A DAI tem seus próprios detetives eletrônicos.

— Sim, mas precisamos dos nossos. McNab já está no caso e o capitão dele deve ser informado disso. Todo encontro que eu tiver com Renee Oberman deverá, quando possível, ser gravado. A DAI vai segui-la, senhor, e se ela tiver algum instinto não levará muito tempo para sentir que algo está errado. Ela não chegou tão longe na carreira sem bons instintos, ou sem tomar precauções.

— Feeney e Mira. Ao longo da investigação, terão que trabalhar, na maior parte do tempo, a partir daqui, Dallas. Não sabemos até onde os tentáculos dela alcançam o departamento; alcançam a minha casa. — Whitney olhou para Roarke mais uma vez. — A sua casa acaba de se transformar no nosso principal quartel-general.

— Estou vendo que sim.

— Você é um homem tolerante.

— Não completamente. Eu já tive no passado, digamos, alguma experiência com policiais como essa tenente Oberman. Se usar a *minha* casa ajudar a removê-la da *sua* casa, minhas portas estão abertas.

Corrupção Mortal   91

Whitney assentiu e ficou de pé. Seu olhar varreu os rostos de todos na sala e ele disse:

— Vamos pegar essa filha da mãe.

Quando a reunião terminou, Eve se virou para Roarke.

— Preciso da denúncia de um informante e ela tem de parecer legítima, para o caso de Renee colocar as mãos nos arquivos.

— Tenho como providenciar isso, mas antes preciso de alguns minutos da sua atenção. Ele foi para o escritório dele.

— Estou com o tempo contado — avisou ela.

— Eu sei. Você receberá a denúncia do seu informante e ela será devidamente transferida para o *tele-link* do seu escritório o mais depressa possível. Quero lhe contar que acabei de falar com a chefe Darcia Angelo, do Olympus Resort.

— Ok.

— Ela está aqui no planeta, de férias. Tínhamos uma reunião agendada para a próxima semana antes do seu retorno, mas ela veio para Nova York mais cedo. Ela gostaria de visitar a Central de Polícia e rever você.

— Estou um pouco enrolada, agora.

— Mas eu não poderia dizer a ela que você está muito ocupada e dando início a uma investigação sobre uma quadrilha de policiais corruptos, não é?

Eve enfiou as mãos nos bolsos.

— Não, acho que não.

— O plano dela é passar férias prolongadas em Nova York. Vamos nos encontrar, eu vou levá-la para almoçar ou tomar um drinque. Mas é natural que ela queira dar uma olhada em seu local de trabalho e se reencontrar com você. Vocês trabalharam juntas, e muito bem, durante o nosso pequeno interlúdio no Olympus Resort.

— Sim, sim. Tudo bem. — Ela considerou, ponderou e depois assentiu. — Talvez eu possa usar isso a meu favor. Quando a bomba estourar, ninguém que vier me farejar vai achar que eu poderia gastar meu tempo passeando e jogando conversa fora com uma policial de fora caso estivesse envolvida em uma investigação interna.

— Imagino que, no fim de tudo, ela se sentirá satisfeita por ter sido útil. Vou providenciar o seu informante, me dê cinco minutos.

— Ótimo. — Ela voltou para o escritório. — Vamos receber uma denúncia de informante daqui a cinco minutos — avisou a Peabody. — Vou ligar para o seu *tele-link* e comunicar que vou pegar você em sua casa para averiguar a denúncia. Pode não ser nada, então não vamos acionar a Emergência, por enquanto. McNab, você precisa ir para a Central pelos seus meios habituais. Quando chegar lá, Whitney já terá informado Feeney. Quero filtros em todos os nossos aparelhos eletrônicos. Algo que não apenas identifique a ação, caso alguém tente nos invadir, como também impeça isso.

— Vamos conseguir montar esse esquema — assegurou McNab. — Aposto que Roarke já tem filtros e escudos instalados em todos os equipamentos daqui da sua casa. Alguns minutos no laboratório de informática de Roarke e eu poderei proteger o seu *tele-link* de bolso e o de Peabody.

— Faremos isso depois de receber a denúncia. Por falar nisso — disse ela, quando seu *tele-link* tocou. — Roarke é rápido, sou obrigada a reconhecer. — Ela ergueu um dedo pedindo silêncio. — Dallas falando!

— Não use meu nome! Entendeu? — A voz estava distorcida, arrastada, ofegante, e nunca poderia ser confundida com a de Roarke.

— Entendi.

— Alguém o matou. O velho Juicy. E o matou com crueldade, cara, deixou-o nadando no próprio vômito.

— Quem é Juicy?

— Juicy nunca se droga tão pesado, cara. Foram eles que fizeram isso. Os caras de quem ele estava com medo. O filho da mãe está morto.

Corrupção Mortal

— Você está chapado, seu imbecil. Não me faça perder tempo.

— Fiquei assim graças ao Juicy. Você precisa pegá-lo, Dallas, entende? Isso não está certo. Ele o enfiou na porra da banheira. Não estou passando a informação por sua causa, Dallas. Faço isso por Juicy.

A gravação captaria o riso de deboche de Dallas e o aviso severo que veio em seguida.

— Agora me diga onde ele está. Mas, se eu não encontrar um corpo, vou caçar você e te dar uma bela surra.

— Você vai encontrá-lo. — A voz murmurou um endereço. — Pobre Juicy. Você vai me dar os vinte dólares que eu mereço pela denúncia, certo? Quero meus vinte dólares.

— Se eu encontrar um corpo, você recebe seus vinte dólares. Se não encontrar, é melhor que você encontre um buraco para se esconder. — Ela desligou e caminhou até a porta que ligava o seu escritório ao de Roarke. — Como você fez isso?

— Ah, um programinha de troca de voz em que estou trabalhando. Usei uma mistura das vozes de dois atores em diálogos obtidos em filmes sobre drogas. — Ele sorriu, mostrando a ela que se divertira com a façanha. — Interessante, não acha?

— Humm. Levante-se, Peabody — ordenou Eve, e passou para o passo dois.

— Isso me parece meio bobo, já que eu estou aqui.

— Vamos seguir o protocolo.

Após a breve troca de informações entre elas, Eve jogou o *tele-link* para McNab.

— Faça sua magia de nerd e depois vá para a Central. Aja normalmente.

— Posso lhe dar uma carona até metade do caminho, Ian — ofereceu Roarke, da porta de sua sala.

— Beleza! Preciso só de um instante.

— Vou com você — avisou Peabody —, para pegar os *tele-links* quando você acabar de fazer sua magia. Encontro você lá embaixo, Dallas. Obrigada por tudo, Roarke. De verdade.

— Não dê carona a ele até a Central, faça-o descer antes — disse Eve a Roarke, quando Peabody saiu com McNab.

— Não é a primeira vez que vou agir de forma sorrateira. — Roarke aproximou-se dela e acariciou com o dedo a covinha no queixo de Eve. — Eu conseguiria vencer você num concurso de astúcia.

— Provavelmente.

— O respeito pelo antecessor pesa na avaliação do seu comandante.

— Sim, eu percebi. Mas ele não gosta da filha. Já não gostava antes. Sabe aquele ditado que diz que a fruta não cai longe do pé? Às vezes ela cai longe. Bem longe.

Roarke percebeu que ela estava falando de si mesma e talvez dele também, tanto quanto de Renee Oberman. Segurou o rosto dela e a beijou de leve.

— Às vezes, a fruta escolhe deliberadamente cair o mais longe possível. Para o bem ou para o mal, Eve.

— E às vezes já estava podre antes mesmo de cair da árvore. E chega desse papo. Tenho que ir encontrar um drogado morto.

— Felizmente eu não preciso ir desta vez. — Ele a beijou novamente. — Cuidado com os vivos.

— Talvez eu peça para você me ensinar aquele seu belo movimento de corpo. — E saiu torcendo para ter chance de fazer isso.

Ao entrar na viatura, Eve repassou tudo com Peabody mais uma vez.

— Vamos seguir as regras. Selar mãos e pés, filmar tudo. Estamos confirmando a denúncia de um informante. Vamos examinar todo o perímetro andar antes de subirmos. Não conhecemos o morto pelo nome e devemos nos referir a ele apenas como Juicy até fazermos a identificação oficial. Mantenha a filmadora longe de mim quando eu remover a câmera de monitoramento que Roarke instalou sobre a porta do banheiro.

— Certo.

Corrupção Mortal 95

— Examinaremos o corpo e o local exatamente como faríamos em qualquer cena de crime, e é por isso que vamos dar importância ao homicídio. Além do mais, trata-se de uma morte suspeita e não reportada; no meu departamento não descartamos isso só porque a vítima é um viciado que tem uma porção de antecedentes criminais.

— Exatamente. Mas eu fiquei nervosa diante do comandante.

— Ele te interrogou com vontade porque a DAI vai pegar pesado; e quando a apanharmos, a defesa dela virá para cima de você com força total.

— Sei disso. — Peabody brincou com seus óculos escuros estilo arco-íris, mas não os colocou. — E sei que alguns policiais vão me julgar uma traidora.

— A traidora é ela, Peabody.

— Eu sei, mas preciso estar preparada para isso. Assim, quando a coisa apertar para o meu lado, eu vou me ver naquela cabine e pensar: "Ela que se foda!".

— Um bom pensamento. Hora de preparar o próximo passo. — Eve pegou o *tele-link* de bolso e ligou para Webster.

— Ora, bom dia, Dallas.

Quando o atraente rosto de Webster encheu a tela, ela ouviu sons do tráfego.

— Onde você está?

— Caminhando para o trabalho neste belo dia de verão. Por quê?

— Tem companhia?

— Alguns milhões de nova-iorquinos. — Ele tomou um gole de um copo de café, mas ela viu quando os olhos dele mudaram e ficaram alertas — Estou sozinho.

— Precisamos conversar. Você se lembra do local onde nos encontramos durante um pequeno caso envolvendo uma questão federal?

— Sim, lembro.

— Então nos vemos lá daqui a duas horas. Você precisa avisar à sua Divisão que se trata de um horário para resolver "assuntos pessoais".

— Eu tenho um chefe, Dallas.

— Ele também, e o chefe dele também. Isso vem do topo da cadeia de comando, Webster. Se você não quiser, haverá quem queira.

— Muito engraçada. Duas horas. — Ele desligou.

— Ligue para o Crack — ordenou Eve a Peabody. — Diga a ele que preciso que ele abra a boate para mim daqui a duas horas.

— Você quer que eu ligue para um cara gigante, que é o dono de um sex club a essa hora da manhã, sabendo que vou tirá-lo da cama?

— Treinamento para ser durona, Peabody — sugeriu Eve.

A vizinhança parecia pior à luz do dia, decidiu Eve, quando todas as manchas e gosmas apareciam com mais destaque. Havia uma pequena e triste loja de conveniência encolhida junto da esquina e cheia de avisos.

**NÃO GUARDAMOS DINHEIRO NO CAIXA!
LOCAL VIGIADO POR CÂMERAS DE SEGURANÇA!
OS OPERADORES DA LOJA SÃO TODOS ANDROIDES!**

Um punhado de pessoas de cabeça baixa caminhava pela calçada; cuidavam da própria vida enquanto ainda era muito cedo para a maioria dos bandidos, encrenqueiros e valentões.

— Vida dura por aqui — comentou Peabody. — Alguns quarteirões adiante o ambiente é diferente, mas aqui é tudo muito sinistro. Se você nasce neste lugar, como escapar?

Eve pensou em Roarke, uma criança que circulava pelos violentos becos de Dublin, onde encrenqueiros e valentões eram a regra geral.

— Você escapa usando todos os meios que estiverem ao seu alcance — murmurou.

Depois de estacionar, acionar todos os alarmes da viatura e a luz de serviço, Eve pegou seu kit de trabalho no porta-malas.

— Hora do show. Ligue a filmadora e vamos passar o spray selante — ela jogou para Peabody a lata de Seal-It —, caso essa denúncia seja mais que uma perda de tempo.

Corrupção Mortal

Peabody obedeceu, usou e jogou a lata de volta.

— Poderíamos ter mandado alguns guardas para investigar isso.

— A denúncia foi feita por um informante meu. Não faz sentido desperdiçar os recursos públicos até darmos uma olhada. — Pegou sua chave mestra quando elas se aproximaram do prédio. — Parece que ninguém mora neste lugar desde o século passado, mas veja isso aqui... cadeado novo na porta de entrada. E ninguém ainda se deu ao trabalho de arrebentá-lo.

— Parece que foi instalado por questões de segurança. Não há câmeras, nem placas para identificação.

— Se houvesse elas já teriam desaparecido há muito tempo. Tenente Eve Dallas e detetive Delia Peabody, usando a chave mestra no cadeado da entrada do prédio, a fim de validar ou refutar a denúncia de um corpo no local, feita por um informante confidencial.

Ela abriu o cadeado e sacou a arma. Só então abriu a porta.

— Uau, que fedor! Se isso não der em nada meu informante vai se ver comigo. Arma e lanterna, Peabody. Vamos começar a varredura.

Como já tinha feito horas antes com Roarke, Eve investigou o primeiro andar.

— Isto aqui provavelmente foi um lugar agradável, no passado — comentou Peabody. — Ainda dá para ver partes do piso original e ornamentos em gesso.

— Sim, mas o lugar certamente precisa de obras. Primeiro andar limpo — anunciou ela, para ficar registrado. — Merda, tomara que os degraus dessa escada aguentem o nosso peso. Peabody, se você cair não vou te resgatar do buraco.

— Acho que isso foi um comentário sobre o meu peso. Posso abrir uma queixa oficial contra você, sabia?

Eve bufou uma risada.

— Faça isso, então. Caraca, o cheiro está cada vez melhor. É como um buquê de cocô com aroma de... Merda!

— Cocô e merda são a mesma coisa.

— Pelo amor de Deus, Peabody, você já trabalha na Divisão de Homicídios há tempo suficiente para sentir de longe o cheiro de um cadáver. O informante disse que o morto estava em uma banheira. Cuidado ao entrar — ordenou, e foram vasculhando os espaços até o banheiro destruído. — Este aqui deve ser Juicy.

— Acho que você deve um pedido de desculpas ao informante, Dallas.

— Ele conseguiu seus vinte dólares. — Eve se aproximou da banheira. — Nadando no próprio vômito, disse ele. Um exagero, mas chegou perto. Vamos identificá-lo e dar o alarme.

— Dallas, isso aqui está terrível. Se não quisermos passar mais de uma hora tomando banho de desinfetante é melhor usarmos equipamentos de proteção.

— Tem razão. — Eve deu um passo atrás enquanto Peabody se curvava para pegar os protetores no kit de trabalho e estendeu a mão para remover a câmera de segurança que Roarke tinha instalado. Enfiou-a no bolso, desligou-a e pegou o comunicador.

— Aqui fala a tenente Eve Dallas.

Emergência. Sim, pode falar, tenente Dallas.

Ela relatou a descoberta do corpo, sua localização, situação, e solicitou apoio no local. Feito isso, abriu o invólucro da roupa protetora que Peabody lhe entregou.

Como já fizera antes, Eve usou a sua placa para identificação de impressões digitais.

— Vítima identificada como Rickie Keener, 27 anos, sexo masculino, mestiço, um metro e setenta e cinco, cerca de sessenta quilos, cabelo e olhos castanhos. A vítima está encolhida dentro de uma banheira quebrada; uma seringa vazia está na banheira com ele. Há outras drogas ilegais em volta.

— O medidor determinou a hora da morte em 4 da manhã de ontem, Dallas. É uma leitura aproximada, devido ao grande intervalo de tempo e às condições do lugar.

— O legista vai confirmar a hora exata.

Peabody disse o que acreditava que teria dito se encontrasse um cadáver indicado por um informante.

— Parece que a *causa mortis* foi overdose. Dá para ver marcas de agulha nele. As drogas são comuns, mas esta não deve ser a sua primeira vez na Terra do Nunca.

— Por que a banheira? Há um colchão no quarto ao lado. Ele tem marcas roxas e está com o cotovelo arranhado.

— Ele pode ter sofrido esses ferimentos ao tentar se agarrar e debater contra a banheira. Acho que ela é de ferro fundido.

— Isso mesmo. Ele tem uma ficha policial longa, não foi a primeira vez que usou drogas ilegais. Talvez tenha errado ao preparar a dose, ou talvez tenha injetado algo mais forte do que imaginava. — Eve balançou a cabeça para os lados. — Ele tem registro de um endereço, mas não é este. Então, por que veio se drogar aqui?

— Talvez tenha vindo se drogar com alguém, a coisa terminou mal, a pessoa o colocou aqui dentro e fugiu.

— São perguntas e possibilidades. Bem, Juicy agora é questão nossa e temos de encontrar as respostas. O legista determinará a *causa mortis*, mas por enquanto é uma morte suspeita e o caso é nosso. Vamos ao trabalho!

Capítulo Seis

Eve notou as caretas de desagrado quando enviou os guardas para vasculhar a área e interrogar a vizinhança. Aquele não era o tipo de bairro em que os policiais eram recebidos de braços abertos ou com uma xícara de café. Tampouco era provável que alguém admitisse ter visto algo ou alguém, mesmo que a pessoa estivesse presente na cena do crime.

Mas o procedimento tinha que ser feito.

Quando os peritos chegaram ela foi falar com a chefe do grupo de técnicos.

— Vou querer uma varredura completa nos três andares.

Ela fitou Eve longamente.

— Isso é uma pegadinha?

— Não. Já marquei o cadeado da porta de entrada. Quero marca, modelo e análise de quando ele foi instalado.

— Foi Petrie quem armou tudo isso, certo? Ele tem um senso de humor doentio.

— Você tem algum problema em ser meticulosa, Kurtz?

Por trás dos óculos de proteção a mulher revirou os olhos.

— Agora só falta você me dizer que não é só mais um viciado morto, e sim o príncipe de Mônaco, ou algo assim.

— Não, tenho certeza de que ele é só mais um viciado morto. Mas como é o meu morto, preciso, sim, de tudo isso.

— Você vai conseguir o que quer, mas o melhor a fazer aqui seria queimar tudo para purificar a casa.

— Não acenda o fósforo antes de completar a perícia.

Isso, pelo menos, serviu para arrancar um sorriso de Kurtz antes de Eve deixar a cena para os peritos e o corpo para a equipe do necrotério.

Ao sair, enviou uma mensagem a Morris, o chefe dos legistas, solicitando que ele próprio fizesse a autópsia.

— Vai ter gente reclamando porque você convocou o chefão para fazer a autópsia — comentou Peabody quando elas saíram e desligaram a filmadora.

— É exatamente isso que eu quero.

Ela se colocou atrás do volante e partiu para o sex club, a fim de denunciar Renee Oberman à DAI.

Quando entrou no Baixaria, Crack pareceu ainda maior, atrás do balcão. Sua cabeça raspada brilhava como ônix polido e ele usava um colete sem mangas; seu peito quase nu e os braços musculosos eram cobertos de tatuagens.

Ele lançou-lhe um olhar frio como aço.

— Você interrompeu meu sono de beleza, branquela.

— Negão, você quer ficar ainda mais bonito do que já é?

— Resposta inteligente. — Ele inclinou a cabeça em direção a uma mesa de canto. — Temos um rato na casa.

— Eu sei. — Ela já tinha visto Webster. — Tenho motivos para isso e te devo uma, Crack. Vou dever em dobro caso você consiga manter a casa fechada até terminarmos o papo.

— A essa hora do dia o movimento é zero. Vocês têm uma hora e meia. Quer café?

Corrupção Mortal

Por experiência própria, Eve sabia que o café ali era tão letal quanto a bebida.

— Água, pode ser?

Ele bufou e riu, mas pegou duas garrafas embaixo do balcão e, depois de um momento de hesitação, pegou uma terceira.

— Os ratos também bebem — explicou.

— Obrigada. — Eve passou uma garrafa para Peabody e levou as outras duas até o outro lado do salão, onde Webster estava.

— Muito cedo para o entretenimento — comentou ele.

Eve olhou para o palco. Em algumas horas, uma banda holográfica forneceria a trilha sonora para as *strippers* do primeiro turno, e alguns clientes iriam insultar o estômago já lesado com bebida barata.

À meia-noite o local estaria com gente saindo pelo ladrão, todo mundo sob as luzes que giravam. Nos quartos privados do andar de cima as pessoas — muitas das quais tinham acabado de se conhecer — estariam transando feito coelhos enlouquecidos.

— Eu poderia pedir ao Crack para colocar umas dançarinas virtuais, mas acho que o que temos para você já é divertido o suficiente.

— É melhor que seja. Como está, Peabody?

— Acho que vamos descobrir.

— Viemos até aqui com conhecimento e autorização do comandante. A diretriz dele é que, no momento, as informações que estamos prestes a lhe fornecer não sejam relatadas a mais ninguém.

— Na DAI não somos lobos solitários, Dallas.

Ela desconfiou que ele tivesse um gravador ligado. E resolveu que, se ele não concordasse com os termos da conversa, ela não lhe daria nada de útil para gravar.

— Sim, eu sei que a sua Divisão não gosta de burocracia, mas essa é a diretiva.

— O meu capitão...

— Não deve saber de nada, por enquanto.

Ele se recostou na cadeira. Era um homem bonito com olhos de policial, avaliou Eve, apesar de ter trocado o trabalho nas ruas pela investigação de colegas. Ele achou que a amava, muito tempo atrás. Isso tinha criado uma situação embaraçosa e... tensa.

Naquele momento, porém, ele a estudava impacientemente.

— Nem mesmo o comandante tem o poder de ditar os procedimentos da Divisão de Assuntos Internos.

— Se você não quiser brincar, Webster, vou encontrar alguém que queira. Existem razões para essa restrição — acrescentou ela, inclinando-se para a frente. — E se você arrancar essa burocracia que tem enfiada no rabo e me ouvir, entenderá a diretiva.

— Vamos tentar outra coisa. Eu concordo e vou ouvir. Depois, determinarei se a diretiva é válida.

Eve se recostou na cadeira.

— Dallas, talvez devêssemos esperar até...

Eve interrompeu Peabody com um aceno de cabeça. Às vezes, decidiu ela, você tinha que confiar nas pessoas.

Além disso, se a coisa ficasse feia ela arrancaria o gravador dele.

— Vou resumir tudo para você. Trouxe uma cópia da declaração da minha parceira e conseguirei cópias de todos os dados pertinentes ao homicídio relacionado. Você receberá todos esses dados, Webster, mas só *quando* e *se* der a sua palavra de que irá aceitar a diretiva de Whitney. Para começo de conversa... — completou ela, e contou tudo.

Eve conduziu o relato de forma desapaixonada, observando as reações dele. Webster era um bom jogador de pôquer, lembrou, mas reconheceu o choque e o ar calculista em seus olhos.

Ele fitou Peabody várias vezes, mas não interrompeu a narrativa.

— Esse é o resumo — concluiu Eve. — Agora é com você, Webster.

— Renee Oberman. A filhinha querida de Santo Oberman.

— Essa mesma.

Ele tomou um gole demorado na garrafa de água.

— Barra pesada para você, detetive — disse ele a Peabody.

— Foi tenso.

— Você registrou essas afirmações?

— Eu registrei esses fatos.

— E foi escolha sua, depois do incidente, informar o seu namorado, depois a sua parceira... e o marido civil dela... e só depois de se passar um tempo considerável, o seu comandante? Tudo isso antes de relatar o que aconteceu à DAI?

Eve abriu a boca para se manifestar, mas tornou a fechá-la. Peabody teria que se acostumar a questionamentos desse tipo.

— Foi escolha minha escapar do perigo o mais rápido possível sem ser descoberta. Eu acreditava, e continuo acreditando, que se tivesse sido encontrada não poderia informar ninguém porque estaria morta. Meu namorado também é policial e eu precisava de ajuda. Minha parceira e superiora direta é alguém em quem confio cegamente, em cujos instintos e experiência eu acredito. Por fim, seu marido é consultor civil frequente da Polícia de Nova York. — Ela respirou fundo e continuou: — Foi nossa prioridade determinar se o tal Keener citado por Oberman e Garnet existia e, em caso positivo, se ele estava vivo ou morto. E ele está morto; como a tenente Oberman afirmou na conversa que ouvi, sua morte foi forjada para parecer uma overdose. Entrei em contato pela ordem na cadeia de comando, tenente Webster, e junto com todos eu reuni e confirmei fatos que agora estão sendo relatados a um representante da Divisão de Assuntos Internos. Você pode criticar minhas decisões, mas eu lidei com tudo da maneira que julguei melhor. E faria exatamente o mesmo se acontecesse tudo de novo.

— Ok, então. — Ele esfregou a nuca. — Renee Oberman, pelo amor de Deus. Quais são as chances de você provar que Keener foi assassinado?

— Vamos provar — garantiu Eve — Porque ele foi, de fato, assassinado.

— Eu sempre admirei sua confiança, Dallas. Renee Oberman comanda um esquadrão de dez homens?

— Doze.

— Se ela ordenou esta execução, segundo a declaração de Peabody, pode ter sido qualquer um deles, exceto Garnet.

— O "menino" deles — lembrou Eve. — Dois membros da equipe são do sexo feminino. Sobram nove. Ela também tem um grupo de policiais à sua disposição, o que aumenta o número. Também é possível, e até provável, que ela tenha recrutado pessoas que não pertençam ao seu esquadrão. Vamos investigar o homicídio, Webster, mas só posso levantar poucos dados básicos sobre ela, seu esquadrão ou qualquer pessoa suspeita sem chamar a atenção dela. Vou atraí-la com Keener, focar sua atenção e preocupação em mim, mas não quero que ela fique nervosa, nem ligada, achando que eu desconfio dela ou de alguém da sua equipe.

— Temos formas de investigar sem dar bandeira, mas é arriscado fazer isso sem a autorização do meu capitão.

— Você terá de contornar isso e não poderá usar seus próprios detetives eletrônicos — alertou Eve. — Você precisa trabalhar com Feeney e McNab.

— E você acha que minha equipe vai achar que estou junto da DDE só pelo café e pelos donuts?

— Há refrigerantes e barras de cereal também. Nosso quartel-general fica na minha casa. Temos um laboratório de informática tão bem equipado quanto a DDE e meu escritório é suficiente para nossos propósitos.

— Sim, eu me lembro do seu escritório.

Ela manteve o olhar colado no dele.

— Então você não terá dificuldades para encontrá-lo.

— Esse processo se moveria de maneira mais eficaz com todos os recursos da DAI.

— Você tem tanta certeza de que todos os associados da DAI estão limpos, Webster? Por acaso já investigou Renee antes? Pela sua reação, aposto que não. Você pode garantir que ela não tem alguém lá dentro, ligado nos interesses dela?

— Não há garantias de nada, mas conheço as pessoas com quem já trabalhei de perto e boto a mão no fogo pelo meu capitão.

— Eu não os conheço. Se você compartilhar a gravação que fez dessa conversa e isso chegar a Renee ou Garnet, você colocará o cu de Peabody na reta.

Ela esperou um momento e manteve a voz fria e objetiva.

— Vou quebrar o seu braço se você tentar sair daqui com o gravador que está no seu bolso, a menos que eu tenha sua palavra sobre o caso. E, se você levar o braço quebrado ao seu capitão ou a qualquer outra pessoa e repetir o que ouviu aqui... e, se fizer algo para prejudicar minha detetive e minha parceira, eu acabo com a sua raça. Você sabe que eu falo sério.

O olhar dele se fixou no dela e ele tomou outro gole de água.

— Sim, Dallas, sei que você fala sério. E eu vou falar algo sério também: eu não coloco o cu de nenhum bom policial na reta.

— Então me dê sua palavra. Eu a aceito e vou embora. Caso contrário eu ligo para Whitney agora mesmo. Talvez ele não tenha autoridade para interferir diretamente nos procedimentos da DAI, mas poderá transferir você para a porra do Controle de Tráfego na porra do Queens.

Ele largou a água e aproximou o rosto do dela.

— Não me ameace, Dallas.

Eve espelhou o gesto.

— Tarde demais.

Ele se afastou da mesa e foi até o bar onde Crack trabalhava silenciosamente diante de um notebook. Pouco depois, voltou com uma caneca de café que Eve sabia que iria queimar seu estômago como lava vulcânica.

— Você tem minha palavra. Não porque me assustou, mas porque, repito, estou tão disposto a colocar na reta o cu de uma boa policial quanto você.

— O cu da boa policial agradece — murmurou Peabody.

Webster bebeu um pouco de café, sibilou e xingou.

— Caraca, isso é horrível. Preciso de cópias de todos os dados que você tiver, os que conseguir e os que ainda espera obter.

— Você os terá.

— Todas as reuniões deverão ser gravadas para os arquivos da DAI.

— Não, com isso eu não concordo, Webster — afirmou Eve, sem lhe dar chance de argumentar. — Todos os resultados, todos os planos de investigação e operacionais serão escritos e gravados, mas não quero que o meu pessoal se preocupe em censurar suas ideias e palavras por medo de uma prensa da DAI. Meus contatos e minhas conversas com Renee Oberman, William Garnet e qualquer outra pessoa que eu acredite ter ligação com eles... esses, sim, serão gravados e encaminhados para você e para a DAI. Estarei grampeada o tempo todo, assim como Peabody.

— Você vai jogar Keener na cara dela?

— Não, vou *pegá-la* com Keener.

— Como assim?

Ok, pensou Eve, ela o convencera. Vestindo a camisa da equipe ele não apenas iria ajudar, mas também manteria o grupo protegido de qualquer reação interna.

— Deduzi que Keener era informante dela ao analisar os registros dele, o que é verdade. Além disso, o meu "informante" o conhecia. Sei como lidar com essa parte.

— E eu sei como lidar com a minha parte. Preciso dizer alguma coisa ao meu capitão. Por exemplo... "tenho uma possível pista sobre algo importante, mas preciso de tempo para investigar mais sobre o assunto antes de envolver a Divisão". Ele vai me pressionar um pouco, mas não vai insistir se eu lhe disser que preciso de espaço.

Ela rebateu isso, para reforçar seu ponto.

— Quanto espaço ele vai te dar depois que você insinuar que há algo importante acontecendo debaixo do nariz dele?

Corrupção Mortal   109

— Espaço suficiente. Não vou mentir para o meu capitão, Dallas... E tem mais... informando-o de que algo está rolando, eu deixo registrada a minha participação na investigação. Isso vai ser importante quando pegarmos a tenente e seus capangas.

— Ok.

— Agora, já que esse café não me matou, vou começar a agir.

— Esteja no meu quartel-general às quatro da tarde — avisou Eve.

— Estarei lá. — Ele se levantou. — Você fez a coisa certa, Peabody. Ponto por ponto você agiu corretamente. Isso também vai ser importante.

Peabody permaneceu sentada mais um pouco depois que Webster saiu.

— Puxa, estou feliz por ver que essa etapa acabou. Dallas, você realmente teria quebrado o braço dele? Ou ligado para Whitney pedindo a transferência dele para o Queens?

— Teria, sim. Ou talvez voasse no nariz dele e o transferisse para Yonkers. Ela encolheu os ombros. — Mas lamentaria por isso, um pouco.

De volta à Central, ela mandou que Peabody montasse o quadro do crime e relatasse a morte de Keener.

— Vou até a DDE para Feeney me grampear, e depois farei uma visita a Renee.

— Eu não deveria ir com você?

— Vamos dar o pontapé inicial como se isso fosse uma visita de cortesia... tenente para tenente, coisa e tal... uma agente de informantes conversando com outra agente de informantes. Quero que ela saiba que estamos nos dedicando ao caso e minha parceira deu início a uma pesquisa básica antes de verificarmos o resultado da autópsia.

— Você acha que ela já sabe que o encontramos?

— Vai ser interessante descobrir. Comece o trabalho, Peabody, depois faça uma das suas pequenas "pausas" com McNab e saia de lá grampeada.

Com cara de inocente, Peabody arregalou os olhos.

— Que pequenas "pausas"?

— Você acha mesmo que não sei o que se passa no meu próprio departamento?

Eve saiu e pegou a passarela aérea até a DDE.

Ignorou da melhor forma possível o barulho, as cores berrantes, o movimento incessante, e entrou no escritório normalmente alegre de Feeney.

Ele estava sentado à sua mesa, confortavelmente amarrotado, com os ombros curvados, colocando os dedos ora na tela, ora passando-os pelos cabelos ruivos espetados.

Seus olhos de cão bassê encontraram os dela.

— Preciso me isolar dessa barulhada. Como diabos você aguenta isso? — Ela fechou a porta e por um momento os dois permaneceram calados.

O rosto de Feeney, tão confortavelmente amarrotado quanto a sua camisa, ficou sombrio.

— Temos um problema e tanto nas mãos.

— Temos.

— Já interagi várias vezes com a filha de Oberman. Todo mundo precisa da DDE. Jamais teria imaginado.

— Você não é o único.

— Fiquei de olho em Renee quando ela saiu da Academia. Ela tinha um belo histórico lá, então pensei em lhe perguntar se ela gostaria de trabalhar na Divisão de Homicídios e se queria que eu a treinasse.

Ligações, pensou Eve. Nunca dava para saber de onde elas iriam surgir.

— Por que não fez isso?

— Ela não me pareceu adequada. Não sei explicar por que, mesmo agora; instinto talvez. A gente sabe quando encontra a pessoa

Corrupção Mortal

certa. Como eu soube quando vi outra garota sair da Academia com um belo histórico, alguns anos depois, e soube que era a pessoa certa.

— Seu rosto caído formou um sorriso. — E foi uma ótima escolha.

Se ele tivesse escolhido Renée, será que também a escolheria, anos depois? O destino, decidiu ela, era algo imperscrutável.

— Você ainda estaria à frente da Divisão de Homicídios se não tivesse ido para o lado sombrio da Força.

— Eu treinei você para ficar à frente da Divisão. — Ele balançou o dedo no ar. — Além do mais, você nunca entendeu ou apreciou o poder dos nerds.

— Aprecio o suficiente para saber quando usá-lo. — Ela se sentou na quina da mesa e enfiou a mão no prato de amêndoas caramelizadas que Feeney sempre comia. — Porra, Feeney, acabei de nos colocar na cama com a DAI.

— Não tinha escolha, garota. — Ele abriu uma gaveta. — Sem arrependimentos. Tenho câmeras e microfones aqui. Tudo de alto nível. Eles não aparecem em varreduras nem raios X. Com uma rede dessas ela provavelmente está preparada para escanear todo mundo. Tenha cuidado com esses aparelhinhos. Eles custam o dobro dos nossos salários somados.

Ele se levantou e suspirou. E suas orelhas ficaram vermelhas.

— Você precisa tirar a jaqueta e a blusa.

— Sim, eu sei. — Eles evitaram se olhar enquanto ela se despia.

— A camiseta também.

— Jesus, Feeney, estou nua aqui embaixo. Isso é um top.

O rubor se espalhou das orelhas dele para as bochechas; seu olhar ficou preso em algum lugar acima do ombro dela.

— Eu não quero ver seus seios mais do que você gostaria de mostrá-los; o problema é que o aparelho deve ficar colado na pele. Você devia saber disso e ter vindo com outro tipo de roupa.

— Meu Deus! — Constrangida, ela tirou o top e empurrou o diamante que usava para as costas.

— Você pegou um belo bronzeado.

— Porra, Feeney.

— Só estou comentando porque preciso ajustar o tom e misturá-lo. Posso tornar o aparelho quase invisível, mesmo quando você estiver nua. Pare de se mexer! Fale sobre o assassinato.

Ela se viu de volta ao banheiro imundo, o que era melhor do que se imaginar seminua na DDE.

— Acho que o assassino instalou um cadeado novo na porta da frente. Por que Keener faria isso? Cadeados novos só servem para instigar alguns babacas a arrombarem o lugar e descobrir o que vale a pena trancar lá dentro.

— Então ele queria que o corpo fosse encontrado.

— Sim. Não sei se tão depressa, mas queria. Se algum idiota encontrasse o corpo, era bem provável que tivesse estragado a cena do crime e remexido nas coisas de Keener. Ele tinha algumas roupas, um pouco de dinheiro e um *tele-link* descartável no quarto onde se escondera. E tênis. Eles sempre roubam os tênis. Se tudo tivesse corrido assim nós teríamos menos com o que trabalhar. Tenho uma fonte que eu inventei, e ela me disse que Keener jamais teria uma overdose. Vou comparar essa informação com os registros dele e sua experiência com as drogas recreativas que usava.

— Como você vai lidar com ela?

— Tenho algumas ideias, mas ainda falta um contato pessoal para refiná-las. E preciso conversar com a Mira. Tenho que fazer o primeiro contato agora, mas depois quero uma conversa com Mira.

— Prontinho. — Ele imediatamente se virou de costas. — Agora vista uma roupa, pelo amor de Deus. — Ele pegou um fone do tamanho de uma ervilha minúscula. — Quando e se você precisar, um de nós poderá se comunicar com você por meio disso.

— Como eu ligo e desligo a filmadora?

— Vou configurar a expressão-chave que você quiser.

— Ahn... Donuts de canela. Perdi o café da manhã — explicou.
— Eu comeria um donut de canela.

Ele se sentou e digitou a frase no painel de controle.

— Isso é tudo. Eu também gostaria de comer um donut de canela.

— Quem não gostaria?

— A recepção está excelente. E a frase para desligar?

— No fim do quarteirão.

Ele digitou e testou.

— Essas frases e a sua voz estão registradas. Estamos prontos! Vou gravar tudo nisso aqui. — Ele bateu em um minimonitor. — Vou levar isso para o laboratório do Roarke. E montaremos outro em sua sala. Peabody será preparada da mesma forma. Ela está bem?

— Está, sim. Você pode pedir a McNab para ligá-la? Eles podem usar um dos seus closets e todos vão achar que estão se pegando lá dentro.

— Gosto de fingir que não sei sobre os closets e as pegações. Pode deixar, eu peço ao garoto.

Ela assentiu.

— Quatro da tarde, reunião na minha casa.

— Vou avisar à minha mulher que não vou jantar em casa.

Ela hesitou, mas resolveu perguntar.

— Você sempre se lembra? De avisar a ela?

— Bem, ela não se queixa se eu tiver que trabalhar por até setenta e duas horas, nem se eu dormir no trabalho porque estou exausto demais para voltar para casa. É uma esposa muito boa. Mas ai de mim se eu não avisar a ela que vou me atrasar para o jantar.

— Justo. Vamos fornecer a comida.

— Aí, sim — disse Feeney.

Ela saiu e foi para a Divisão de Drogas Ilegais.

Caminhou a passos largos enquanto passava pelos labirintos do prédio e virou em direção ao esquadrão de Renee Oberman. Ligou a filmadora. Examinou a sala do esquadrão, reparou no quadro de atribuições, nas tarefas listadas, os casos abertos e os fechados.

Como em qualquer esquadrão, havia algum barulho e movimento, som de dedos digitando, o bipe dos *tele-links*, mas tudo lhe pareceu quase silencioso. Para ela, aquilo mais parecia uma sala de androides do que um departamento policial. Diferentemente da sua divisão, todos os policiais às mesas usavam terno. Ninguém trabalhava de camiseta e todos os homens usavam gravata. O cheiro também era estranho, notou. Nada de açúcar refinado ou café expresso.

Nada de tralhas pessoais espalhadas e misturadas com arquivos, discos e agendas eletrônicas — nem mesmo nas estações individuais onde alguns policiais trabalhavam.

Uma detetive com cachos curtos e pele cor de caramelo girou em sua cadeira.

— A senhora procura alguém?

— Sim, a sua chefe. Sou a tenente Dallas, da Divisão de Homicídios. Preciso falar com a tenente Oberman.

— Ela está em reunião. Não deve demorar muito. — A detetive apontou para a ampla divisória de vidro com uma porta; tanto a divisória quanto a porta estavam com as persianas fechadas.

— Eu espero. Você poderia avisá-la de que eu estou aqui?

— Claro, dona.

— Na minha divisão todos me tratam por "senhora".

— Claro, senhora. Espere um instantinho, por favor. — Em vez de ir até a sala fechada, a mulher digitou algo no comunicador interno, e Eve notou que o aparelho foi colocado em modo de privacidade. — Tenente, desculpe interrompê-la, mas a tenente Dallas, da Divisão de Homicídios, está aqui para vê-la. Sim, senhora. Só um minuto — disse ela, olhando para Eve. — Temos café na sala de descanso, caso a senhora queira.

— Não, mas agradeço, detetive...

— Strong é o meu nome.

— É muito silencioso aqui — comentou Eve. — E limpo.

— A tenente Oberman comanda um espaço muito organizado — acrescentou a detetive, exibindo um pequeno sorriso sem graça antes de voltar ao seu computador.

Corrupção Mortal

Um momento depois a porta da sala se abriu. Eve reconheceu Garnet quando ele saiu.

— Pode entrar — disse ele para Eve. — Bix, vamos para a rua.

Quando atravessou a sala, Eve viu que um loiro alto se levantou da mesa e ajeitou o nó da gravata antes de seguir Garnet.

Só então entrou no santuário.

Foi essa a palavra que lhe veio à mente. A mesa era de madeira maciça muito bem polida. Havia um centro de dados e telecomunicações de última geração, uma placa de identificação sobre a mesa com o nome da tenente gravado e um vaso branco com flores rosas e brancas. Um espelho em uma moldura fina e uma pintura que retratava uma paisagem sombria enchiam as paredes do espaço, que era três vezes maior que a sala de Eve.

Dominando o lugar, na parede em frente à mesa, havia um retrato de corpo inteiro do comandante Marcus Oberman, empertigado e vestindo uma farda azul.

Eve se perguntou como seria tê-lo ali observando todos os movimentos dela, e por que motivo Renee teria escolhido isso.

Renee se levantou. Vestia uma blusa branca bem feminina sob uma jaqueta justa com padronagem minúscula em xadrez preto e branco; o cabelo louro luzidio lhe descia até um coque apertado junto da nuca. Brincos simples de azeviche pendiam de suas orelhas e uma das flores rosa e branca lhe enfeitavam a lapela. Quando ela contornou a mesa para cumprimentá-la, Eve notou que Renee usava sapatos pretos de salto muito alto.

— Tenente Dallas, é um prazer finalmente conhecê-la. — Renee estendeu a mão e seus brilhantes olhos azuis pareceram sorrir. — Tenho certeza de que você sabe que sua reputação a precede.

— Digo o mesmo, tenente.

— Por favor, sente-se. — Ela apontou para uma das duas poltronas para visitantes. — Deseja um café ou prefere algo gelado?

— Não, obrigada. Gostaria de estar aqui por motivos mais leves, tenente, mas devo informar-lhe que um dos seus informantes civis está morto.

— Um dos meus informantes?

— Pelo que encontrei nos arquivos policiais sobre o morto, devo assumir que Rickie Keener, também conhecido como Juicy, era seu informante.

Eve deixou as palavras no ar enquanto Renee rodeava a mesa e tornava a se sentar. Ela calculava como reagir à informação, avaliou Eve, mas acabaria por aceitar que era mais inteligente admitir e reconhecer o fato.

— Sim, já faz alguns anos. Como ele morreu?

— Ainda estamos trabalhando nisso. Você sabia que ele tinha um esconderijo na Canal Street?

Inclinando a cabeça para o lado, Renee franziu a testa.

— Não. Essa rua fica no território dele, mas ele não mora ali. Foi neste lugar que ele foi morto?

— Parece que sim, e tudo nos leva a crer que ele foi lá para se esconder de alguém. Você conhece algum motivo para ele se esconder?

— Ele era um viciado. — Recostando-se na cadeira, Renee girou levemente, de um lado para o outro. — Muitos informantes civis se drogam, isso é comum quando se trabalha com drogas ilegais. Ele pode ter tido algum problema na rua, com algum fornecedor, ou quem sabe um cliente.

— Ele ainda traficava drogas?

— Coisa pequena. Basicamente Zoner, em quantidades mínimas. É o tipo de coisa para a qual devemos fazer vista grossa, para conseguirmos informações valiosas. Você sabe como são essas coisas.

— Claro. Quando foi a última vez que você teve contato com ele?

— Deixe-me ver meus registros — Ela se virou para o computador e digitou enquanto falava. — Você já sabe qual foi a *causa mortis*?

— Ele está no necrotério e vou para lá quando sair daqui.

— Agradeço se você puder me fornecer sua opinião sobre a morte dele e alguns fatos básicos. Afinal, ele era meu informante.

— Claro. A causa da morte parece ter sido overdose.

Renee apertou os lábios.

— Algo para o que estamos sempre preparados por aqui.

— Mas eu não acredito que tenha sido overdose.

Os dedos pararam de digitar sobre o teclado e uma das sobrancelhas da tenente se ergueu.

— Ah, não? Por quê?

— Algumas variáveis. Preciso analisar com mais atenção alguns detalhes.

— Você acha que ele foi assassinado?

— É uma grande possibilidade, na minha opinião. Você conseguiu descobrir quando ocorreu o seu último contato com ele?

— Sim, desculpe. Falei com ele pelo *tele-link* no dia 8 de julho, das 14h10 às 14h14, a respeito de alguém que produzia Zeus na Avenida D. Foram dados muito corretos e úteis. Nós encerramos a operação lá faz duas semanas.

— Sua morte pode ter sido uma represália por ele ter lhe dado a pista?

Como se estivesse considerando a possibilidade, Renee se recostou e tornou a girar a cadeira para os dois lados.

— Nos últimos meses eu tinha algumas preocupações por ele estar usando drogas mais pesadas. Quando exagerava na dose ele perdia o filtro e começava a se gabar. Se não foi overdose, talvez ele tenha dito a coisa errada à pessoa errada.

— Você já tinha pagado a ele? Pelos dados muito corretos e úteis?

— Ele ainda não tinha entrado em contato comigo para o pagamento. O que, confesso, não era comum. Normalmente ele pedia pagamento imediato. Para ser franca, não me preocupei com isso. Estamos sempre muito ocupados aqui, e pagar a ele não estava no topo da minha lista de tarefas, pelo menos enquanto ele não fizesse contato.

— Você disse que ele traficava basicamente Zoner. Que outras drogas ele costumava traficar?

— O que lhe caísse na mão. Ele gostava de drogas injetáveis. — A testa de Renee se enrugou e seus dedos bateram na borda da mesa. — Se ele foi executado, devia estar trabalhando em algo novo ou colocou as mãos em algum material de alta qualidade e não queria que ninguém tentasse sociedade com ele até ele obter quantidade suficiente. Como você o encontrou?

— Tenho meus próprios informantes. Um deles o conhecia bem, e as informações que me foram dadas indicam que Keener não fez sua última transação sozinho. Qualquer informação que você possa repassar sobre ele me seria muito útil.

— Claro. Mas entenda que eu prefiro segurar as informações completas dele até que os legistas determinem a causa real da morte. Não quero comprometer nada confidencial ou nenhuma investigação em andamento, caso tenha sido realmente uma overdose.

— Não foi overdose — afirmou Eve. — Se você puder reunir os dados, espero recebê-los assim que a *causa mortis* oficial tiver sido confirmada.

Os olhos azuis de Renee congelaram diante do tom decidido de Eve.

— Você me parece muito confiante em seu informante.

— Tenho confiança no meu instinto, e ele me diz que Keener cruzou o caminho de alguém que não gosta que isso aconteça. — Eve se levantou. — Vou encontrar essa pessoa. Obrigada pelo seu tempo, tenente. Manteremos contato.

Ela saiu. Seu semblante duro não desabrochou num sorriso até que ela se visse fora da Divisão de Drogas Ilegais e caminhando de volta para o seu próprio território.

Pode ficar nervosa, sua vaca, pensou, porque você já está na minha lista.

CAPÍTULO SETE

Eve foi direto para o consultório de Mira. Já era hora, pensou, de chegar ao ponto principal. Entender o inimigo podia ser, na opinião de Eve, uma arma tão letal quanto uma pistola de atordoar ativada no máximo.

Parou na antessala da psiquiatra pronta para enfrentar o dragão do castelo: a recepcionista de Mira.

— Preciso vê-la — avisou Eve.

— Sim, um momento. — A mulher deu um tapinha no fone que trazia na orelha. — A tenente Dallas está aqui. Sim... perfeitamente. — Tornou a bater no aparelho. — Ela está pronta para recebê-la.

— Você está me dizendo que eu já posso entrar?

A recepcionista inclinou a cabeça e Eve se perguntou como ela conseguia fazer isso debaixo daquele impressionante capacete de cabelo.

— Isso mesmo.

— Sério?

— Tenente, a doutora Mira está à sua espera. O tempo dela é precioso demais e a senhora o desperdiça comigo?

— Ok, agora reconheço o *script*. — Satisfeita, Eve deu uma rápida batida na porta e entrou.

Mira usava um de seus lindos ternos de verão, com o tom leve e refrescante de uma jarra de limonada. Prendera o cabelo atrás da cabeça com um prendedor azul forte que combinava com as sandálias de tiras que exibiam as unhas dos pés pintadas em tom de ouro velho. Estava em pé diante do AutoChef, de costas para Eve. Programava, Eve não tinha dúvida, duas xícaras do chá de ervas que ela adorava.

Quando ela se virou, Eve viu que a médica deixara alguns cachos do cabelo castanho-escuro caídos nas laterais do rosto. Havia tensão na curva do seu maxilar e nos lábios apertados.

— Sente-se — convidou. — Eu já esperava você.

Sem dizer nada, para deixá-la assumir o ritmo da conversa, Eve deixou-se cair em uma das poltronas azuis de Mira. Aceitou o chá que na verdade não apreciava e esperou.

— O comandante me informou sobre a situação e revi os históricos da tenente Oberman e do detetive Garnet. Balançando sua delicada xícara e pires, Mira sentou-se e cruzou as pernas.

— Ok.

— Não é possível começar esta conversa com você sem dizer que conheço e respeito Marcus Oberman.

— Bem-vindo ao clube.

Mira suspirou e tomou um gole.

— Isto é difícil. Muito difícil. Sinto que o respeito e a admiração elevados que tenho por ele possam ter me influenciado no que diz respeito às avaliações de desempenho que fiz sobre Renee Oberman. Eu me pergunto, Eve. Se fosse outra pessoa, será que eu teria me esforçado mais? Teria investigado mais a fundo? Minha avaliação teria um tom diferente?

— Qual é a sua resposta?

— Receio que sim. Os suaves olhos azuis de Mira encontraram os de Eve. — Isso é muito duro de assumir. Se eu não tivesse sido

Corrupção Mortal

influenciada por quem ela era, por saber quem era seu pai, podia ser que ela não tivesse sido aceita para assumir um cargo de comando. Podia ser que ela não tivesse, agora, a posição de poder e autoridade que possui.

Eve franziu a testa e fez que sim com a cabeça.

— Então nós devemos culpar a senhora, doutora. E também o comandante, o conselho de revisão das indicações, além de todos os supervisores imediatos que ela teve ao longo da carreira, pois foi isso tudo que a fez decolar e galgar postos cada vez mais altos.

Mira sorriu de leve.

— Tenho consciência de que não sou a única responsável pela posição dela no Departamento de Polícia. Mas obrigada por suas palavras.

— Ela é boa. Resolveu um relevante e volumoso número de casos e agora dirige um esquadrão que faz o mesmo. Não teve muitas perdas ao longo do caminho, ao menos nada que se destaque em seu histórico. Isso, em si, é suspeito logo de cara, pois quem é policial há dezoito anos e não tem um único fracasso não está fazendo bem o seu trabalho. Ela pode estar manipulando os dados, o seu histórico, amainando os pontos ásperos e escondendo as falhas. E pode estar molhando as mãos certas. No papel, porém — concluiu Eve —, ela é boa.

— Concordo. Pode-se dizer que ela elegeu o uso do intelecto, da intimidação e da sedução, conforme a situação exigia, como suas principais ferramentas. E todas essas são ferramentas valiosas no trabalho policial. Ela nunca feriu ou matou um único suspeito ou qualquer outra pessoa em ação. Portanto, nunca precisou enfrentar os testes psicológicos exigidos para qualquer oficial que mate alguém durante uma missão.

— Mas ela foi examinada e passou pelas avaliações psicológicas necessárias.

— Certamente. Eu mesma realizei sua triagem inicial e promovi várias das suas análises anuais. Nos últimos anos, suas avaliações foram conduzidas pelo doutor Adams.

— Por quê?

— Na prática, o tamanho do departamento exige a participação de vários psiquiatras, psicólogos, formadores de perfil e assim por diante. Na época, eu não questionei isso. Para ser franca, sequer percebi. Eu atendo a muitos oficiais, técnicos e funcionários do departamento de pessoal, por várias razões.

— Entendi. Mas eu me pergunto o motivo de ela ter trocado a melhor profissional da área, a chefe de todos, por um subalterno.

Mira levou alguns instantes pensativa, antes de tomar mais um gole e, notou Eve, considerar sua resposta.

—Imagino que ela não gostava das minhas análises, das minhas perguntas, do meu estilo. Ou também que ela preferisse um homem.

— Porque acredita que pode manipular, influenciar ou enganar os homens com mais facilidade.

— Exato. Ela vê sua sexualidade como um recurso. Devo ressaltar que isso realmente pode ser um instrumento útil. Além do mais, as mulheres são uma ameaça, são concorrentes. Ela prefere a companhia de homens.

— Isso não é crime.

— Não, não é crime — confirmou Mira —, mas talvez seja um sinal de que eu deveria ter prestado mais atenção. Como ela está envolvida em corrupção, atividades ilegais e homicídio, posso lhe fornecer opiniões, posso traçar um perfil psicológico e fazer uma análise ampla. No entanto, não tenho como lhe fornecer detalhes específicos obtidos em sessões oficiais.

Eve colocou o chá de lado e tamborilou nos joelhos com os dedos.

— Deixe-me tentar uma ideia. Hipoteticamente, imaginemos uma criança... uma criança que é filha única... cujo pai é muito bem-conceituado em sua profissão. Por sinal, uma profissão exigente que lhe suga muito tempo. De fato, ele é um modelo a seguir em seu campo de atuação. Essa criança pode se sentir compelida a seguir seus passos, certo?

— Sim. — Relaxando um pouco, Mira se recostou na cadeira.

— Ela tem amor por esse pai e sente orgulho dele. Ela teve uma

Corrupção Mortal 123

vida inteira de exposição à excelência e à dedicação; sentiria uma forte necessidade de sentir esse amor e orgulho refletidos nela por meio dele.

— Por outro lado, alguns podem se sentir compelidos a seguir o caminho exatamente oposto — sugeriu Eve. — Digamos que o pai fosse um empresário de enorme sucesso. Um homem que alcançou riqueza e status por meio de trabalho duro e honesto e muitas horas no escritório. A criança pode decidir que é mais fácil se sentar sobre o seu traseiro preguiçoso ou se juntar aos partidários da Família Livre e ir plantar tomates numa comunidade alternativa.

Mira sorriu novamente.

— Sim. Existe uma pressão para ela ter sucesso e surge o desejo na criança de se rebelar contra a expectativa e a autoridade do pai, e assim forjar o próprio caminho.

— Outra opção seria ela seguir a profissão do pai, só que sem as mesmas habilidades, a mesma pureza de propósitos, digamos assim; a mesma dedicação inata, ou o que fosse necessário. E a criança poderia tomar alguns atalhos. Ainda anseia pelo orgulho, pela glória e pelo status, mas não consegue fazer isso do jeito que o papai quer. Ou planeja fazer algo diferente, do seu jeito. Os santos podem ser difíceis de imitar. Os modelos são profissionalmente difíceis de seguir. Isso é irritante. Mas existem jeitos de conseguir o que você quer, maneiras de construir autoridade, de usar esse modelo como porta de entrada e até mesmo como escudo, ao mesmo tempo que o mancha.

Eve inclinou-se de leve a fim de reforçar sua opinião.

— Existe uma espécie de satisfação nisso porque o filho da mãe não deveria ser tão difícil de imitar. Ou não deveria ter esperado e exigido muito da filha. Se a pessoa tem um santo como pai, por que não ser uma pecadora e colher os louros trilhando o mesmo caminho do pai enquanto mantém o brilho exterior?

— Excelente resumo — elogiou Mira, depois de um momento.

— Claro que isso é só a ponta do iceberg, deve haver algo enraizado na infância, na dinâmica do relacionamento, na formação. Algumas pessoas, nessa teoria hipotética, iriam reverenciar e detestar a fonte, que é o pai. Outras almejariam a autoridade, a posição, o poder, o privilégio e o respeito que vêm com o cargo. Talvez estivessem mesmo dispostas e até ansiosas para investir tempo e esforço para alcançar esse pódio. Do seu jeito.

— Ok. — Eve colocou as mãos nos joelhos. — Vamos direto ao assunto. Ela é corrupta e o papai é a desculpa. A senhora pode pensar em uma justificativa para isso, se quiser — apressou-se, antes de Mira interrompê-la —, mas não é assim que eu a vejo. Talvez ela tenha começado sua carreira usando o nome dele acrescido da manipulação dela, e talvez tenha trabalhado de forma correta durante um bom tempo enquanto imaginava os ângulos e procurava aberturas. Bajulando ou chupando o pau de quem lhe fosse mais útil.

Mira se engasgou com o chá.

— Você é direta — conseguiu falar, por fim.

— Sexualidade como recurso, certo? Ela prefere a companhia dos homens. Usa um terno muito sensual que exibe seus peitos; calça sapatos com salto de um quilômetro para mostrar as pernas. E usa essas roupas para trabalhar!

Mira roçou de leve a saia muito sensual de seu terninho e exclamou:

— Hummm.

— A senhora não é policial, doutora — reagiu Eve. — É altamente improvável que precise perseguir algum suspeito a pé num dia de trabalho. Tudo bem, ela também não precisa, porque vive grudada à mesa do seu gabinete. Está acima do trabalho nas ruas, dentro do seu gabinete imenso e perfeito, isolada do seu esquadrão organizado de forma assustadora.

— Organizado de forma assustadora? — repetiu Mira.

— Todo mundo lá trabalha de terno. Ninguém tira o paletó. Todos os homens usam gravata e não vi nenhuma delas afrouxada.

Corrupção Mortal 125

Ela é brilhante, cabelo impecavelmente penteado para trás. Como se a qualquer momento alguém fosse aparecer para tirar uma foto do esquadrão. As mesas, os cubículos e estações de trabalho estão em perfeita ordem — continuou Eve. — Ninguém tem lixo espalhado sobre a mesa, nem objetos pessoais. Não vi fotos, nem brinquedos, nem canecas de café vazias; aliás, nem cheias. Nada de papo também. Ninguém grita para o colega do outro lado da sala, ninguém tira sarro de ninguém. Nunca vi uma sala de esquadrão tão limpa, nem policiais tão calados. — Ela se levantou e completou: — Podemos atribuir isso ao estilo da chefe, com certeza. Ela gosta de ordem e espera que seus policiais usem terno e gravata. Mas são policiais do Drogas Ilegais, pelo amor de Deus, que sairão para a rua a qualquer momento a fim de pressionar drogados e traficantes. Mesmo assim seus sapatos cintilam que é uma beleza. E tem mais.

Eve olhou para Mira.

— Sim, continue.

— Ela mantém fechadas as persianas da sua sala. Há uma imensa parede de vidro e uma porta, mas as persianas estão sempre fechadas. Ela se veste como uma presidente de empresa, alguém que secretamente não se importaria de transar durante o almoço. Sua mesa é impecavelmente limpa e há um vaso novo de flores em cima dela. Flores, pelo amor de...

Ela notou as flores sobre a mesa de Mira.

— A senhora não é policial — repetiu. — E sua mesa é arrumada, mas não está livre de papeis. A senhora tem fotos de família e pequenos objetos pessoais espalhados. Seu espaço transmite uma sensação boa. É acolhedor, confortável. Algo necessário, certamente, já que a senhora deve tranquilizar as pessoas. Mas também demonstra como é o seu jeito. Provavelmente eu deveria pensar no que a minha sala transmite sobre mim mesma, mas isso não é importante para o caso.

— Eu poderia lhe dizer — murmurou Mira, mas Eve já estava seguindo em frente.

— Ela tem uma pintura na parede, um belo quadro, devo admitir que gostei. É meio melancólico, uma praia e o oceano. E tem um espelho. Onde já se viu uma policial com um espelho na parede do gabinete? Isso expressa vaidade, a meu ver. E também tem uma grande foto do pai dela em pé com a farda de gala de comandante. Uma foto muito formal.

— Onde está esta foto?

Eve sorriu e fez que sim com a cabeça.

— Boa pergunta. Na parede em frente à mesa dela.

— Entendo. — assentiu Mira. — Ela usa o status do pai para intimidar qualquer pessoa que entre em sua sala, e a faz lembrar da ligação entre eles. E ela pode olhar para cima e vê-lo. Portanto ele também pode, simbolicamente, vê-la. O que ela faz e como desempenha suas funções.

— Olhe para mim, papai. Também sou chefe de uma equipe e em pouco tempo obterei minha divisa de capitá. O que acha disso, papai? Com licença, preciso ordenar que um dos meus homens execute um viciado que tentou nos trair fazendo jogo duplo. Engula essa, Comandante Perfeito.

— Não discordo de nada do que você acabou de descrever. — Mira cerrou o punho no colo e olhou para baixo por um momento. — Estou com muita raiva. Estou revoltada comigo mesma por não ter visto nela o que deveria. Lamento ter me permitido manipular e influenciar a tal ponto que deixei de lado as pequenas dúvidas. Convenci a mim mesma de que isso era natural por causa da alta patente do pai dela, e isso foi injusto e nada profissional.

— Bom, acho que você também não é perfeita.

Mira colocou a xícara de lado.

— Isso é algo muito reconfortante de ouvir agora. — Respirando fundo, Mira jogou os ombros para trás. — Considerando as declara-ções de Peabody, as suas impressões e a minha própria análise tardia, eu diria que Renee Oberman é uma mulher muito organizada, especialista em compartimentalização. Ela comanda seu esquadrão com mão firme e exige que eles atendam aos seus padrões pessoais no que diz respeito a aparência.

— Todos impecáveis, roupas passadas e bem cuidadas.

— Sim — concordou Mira. — É importante impressionar. Também é importante ser obedecida, mesmo nos mínimos detalhes. Ela executa ao mesmo tempo o que supomos ser uma operação ilegal em larga escala que utiliza pelo menos parte de seu esquadrão, alguns de seus contatos nas ruas, bem como os informantes. Ela está totalmente no comando e no controle de tudo. Não aceita menos que isso. Quando ameaçada não hesita em agir e conspira para assassinar.

— O dinheiro que recebe, assim como a foto do pai dela, são símbolos — continuou Mira. — Representam poder e sucesso. Sem dúvida ela gosta de adquirir coisas que aprecia, mas eu suponho que ela guarda a maior parte do que ganhou de forma ilícita.

As sobrancelhas de Eve se ergueram.

— Por quê?

— Por causa da aquisição em si e pelo método que ela escolheu: o "ter" é o sucesso de tudo. É o objetivo.

— Ela estava puta por causa dos dez mil dólares — lembrou Eve. — Tanto quanto pelo resto em si. Keener e seus dez mil dólares eram café pequeno. Portanto, o objetivo dela é conseguir dinheiro e manter o nível de obediência. Entendi.

— Ela é muito inteligente, tem uma compreensão profunda das engrenagens, da política e da hierarquia do Departamento de Polícia de Nova York. Ela se concentrou nas drogas ilegais, acredito, porque essa é uma área repleta de corrupção, fraquezas, acordos de bastidores, e ela pode explorar tudo isso. Ela procura ter sucesso no trabalho para agradar ao pai, e gerencia seus negócios criminosos para puni-lo.

Problemas de relacionamento com o pai, refletiu Eve mais uma vez. Buuu!, o fantasma de sempre.

— Ela é fútil — continuou Mira. — É confiante, muito inteligente e cruel. Considera o seu nome parte do seu legado e um direito, como um trampolim que não hesita em usar quando lhe convém. E também como um peso amarrado em volta do pescoço.

— Eu posso usar tudo isso a meu favor.

— Ela não gosta de você. Mesmo fora dessa situação ela não iria gostar de você, Eve. Você é tudo que ela não é, além de ser uma mulher atraente, mais jovem e com poder. Isso faz de você uma ameaça. Ela está disposta a matar ou esmagar todos que a ameaçam.

— Espero que tente. Enquanto ela estiver focada em mim, é menos provável que receba alguma informação sobre a investigação interna. No momento, tudo se resume a mim e ao homicídio. Mas ela está preocupada com isso. Acho que ela já sabia que havíamos encontrado o corpo de Keener antes de eu contar, e creio que já discutia isso com Garnet. Fez questão de se manter calma e controlada quando falei com ela, porque tinha certeza de que eu iria considerar a causa da morte como overdose. Coisa rápida, quem se importa, tudo resolvido e pronto. Só que agora ela vai se preocupar, porque eu deixei claro que senti cheiro de assassinato e vou até o fim.

— Ela não vai atacar você diretamente, pelo menos por enquanto — alertou Mira. — Precisa avaliar a situação, estudar você, acompanhar seus próximos passos, quais botões você apertará e quais portas abrirá, se for o caso. Mas não se engane, Eve. Se ela chegar à conclusão que você está no caminho dela e representa uma ameaça muito grande, ela tentará se livrar de você.

— Sim, provavelmente usando os serviços do grande detetive louro. Preciso investigá-lo. — Olhou para o *smartwatch*. O dia estava passando rápido demais. — Só que agora eu tenho que ir ao necrotério.

— Não a subestime, Eve.

— Não pretendo fazer isso. Faremos uma reunião no meu escritório às 16 horas.

— Você quer que eu participe?

— Posso compartilhar com a equipe o perfil de Renee, mas a sua presença seria valiosa, doutora. Precisamos investigar o esquadrão dela, então qualquer informação que a senhora tiver sobre qualquer um deles vai ajudar.

— Estarei lá.

— Obrigada. — Eve foi até a porta, hesitou um segundo e se virou. — Ela teria sido uma boa policial. Tem base sólida, recursos, cérebro e treinamento. Não é culpa de ninguém, a não ser dela, a forma como ela escolheu usar tudo isso.

O dia está passando rápido demais, lembrou Eve mais uma vez quando voltou a passos largos para a Divisão de Homicídios. Várias coisas tinham sido confirmadas, e isso era bom. Mas ela queria encaixar alguns minutos para estudar o quadro do assassinato que Peabody já devia ter montado em sua sala da Central. Queria algum tempo para espiar os dados dos membros do esquadrão de Renee.

E talvez permitir que isso aparecesse no sistema, considerou. Sim, seria bom deixar uma bandeira, plantar uma pista na pesquisa. Isso daria a ela algo em que pensar.

Parou na sala de ocorrências e deu uma boa olhada ao redor.

O barulho aumentou em algum ponto entre a equipe da DDE e a de Renee, algo que ela julgou normal. Seus policiais trabalhavam de camiseta e usavam sapatos e botas duras com sinais de desgaste. O ambiente cheirava a café malfeito, uma pitada de suor e o kebab vegano de alguém. O que significava que Reineke provavelmente estava fazendo dieta mais uma vez.

As mesas não estavam obsessivamente organizadas; havia fotos e páginas impressas — algumas delas com piadas ruins ou obscenas — espalhadas pelas salas e estações de trabalho.

Jacobson estava reclinado na cadeira com as botas apoiadas na mesa e fazia malabarismo com três bolas coloridas. Aquele era o seu modo de pensar, e Eve sabia. Alguém recentemente tinha pendurado uma galinha de borracha sobre a mesa do rapaz novo, o que significava que ele — Santiago — já estava entrando no ritmo da equipe.

Para ela, tudo ali parecia, soava e cheirava como um ambiente policial.

Entrou em sua sala, acenou levemente com a cabeça ao ver o quadro do crime e foi até o AutoChef programar um café.

Sua sala tinha uma janela minúscula; ela supunha que os faxineiros ocasionalmente a limpavam. Sua mesa vivia lotada — mas ela organizava a papelada. O armário de pastas era antigo, mas ela gostava de ter cópias de tudo em papel; além do mais, ele virara um excelente esconderijo. O AutoChef era velho, mas ainda fazia o seu trabalho. O Centro de Comunicação e Dados era relativamente novo e não lhe dava dor de cabeça. O reciclador de lixo funcionava bem e, até onde ela sabia, continuava sendo um ótimo esconderijo para seu estoque pessoal de chocolates.

Ela tinha a lista de membros da equipe, o esquema de rodízio de folgas e as situações do caso em aberto em um quadro da parede porque ela gostava de ver tudo à sua frente, em vez de entrar no computador todas as vezes que precisasse trocar informações, verificá-las ou atualizá-las.

A cadeira para visitantes era horrível, mas isso era proposital, pois quem tinha tempo para sessões de bate-papo? A mesa era velha, cheia de arranhões, mas funcional; como Jacobson, ela também gostava de pensar com os pés sobre a mesa.

Seu "gabinete" não dava direto para a sala de ocorrências — havia um pequeno corredor até lá. Porém, a menos que ela estivesse tirando um cochilo de dez minutos esparramada no chão ou precisasse de absoluta privacidade, sua porta estava sempre aberta.

Ela levou algum tempo para tomar café, analisar seu quadro de assassinatos e decidir os próximos passos. Antes disso, enviou uma mensagem para Roarke, em vez de ligar para ele no meio de uma reunião.

Reunião no QG em casa às 16 horas. Prometi comida para todos, ok?

Corrupção Mortal　　131

Pronto, pensou, aquilo respeitaria as regras do casamento e transferiria para Roarke — pelo menos assim ela esperava — a obrigação de informar a Summerset que ele iria alimentar um bando de policiais.

— Peabody! — chamou, atravessando a sala de ocorrências mais uma vez. — Venha comigo.

Peabody correu, mas só conseguiu alcançar a tenente quando ela já entrava na passarela aérea.

— Os registros e o quadro do crime já estão em sua sala.

— Já vi. Comuniquei à tenente Oberman a morte do seu informante.

— Como ela reagiu?

— É sempre duro perder um informante. Ela vai me passar todos os dados da vítima depois de confirmarmos a causa da morte. Ela não acredita em homicídio. — Eve ergueu os ombros, sem dar importância à possibilidade de alguém captar qualquer parte da conversa. — Isso é esperado, porque ela pilota uma mesa de gabinete e não trabalha com assassinatos.

— E nós somos policiais de homicídios que botam pra quebrar.

— Exatamente. Vamos ver o que o legista tem a dizer. Quem sabe temos sorte e encontramos o relatório dos peritos à nossa espera, na volta.

— Admiro o seu otimismo.

Elas conversaram sobre amenidades até chegar à garagem, entrar na viatura e sair do prédio.

— Você já está grampeada? — quis saber Eve.

— Sim, estou pronta. Agora me conte sobre Renee, de verdade.

— Ela se faz de tranquila, é dura e fria. E pensa rápido. Teve que decidir em décimos de segundos se admitia Keener como seu informante, e em seguida soube jogar direitinho quando eu disse que desconfiava de assassinato, e não de overdose. A sala do seu esquadrão parece a recepção de uma grande empresa, e o gabinete dela é imenso. Vamos analisar todos esses dados na reunião,

132 ⬦ J. D. ROBB ⬦

incluindo as observações e a avaliação de Mira. Basicamente ela é uma vaca durona com problemas antigos com o pai, aliados a sede de poder, status e dinheiro.

— Eu percebi a parte da vaca durona no vestiário.

— Garnet saiu de lá com um detetive. Antes, ele estava com Renee na sala grande, chique e fechada dela, mas se mandou assim que eu fui anunciada. O detetive que saiu com ele é louro, de olhos azuis, trinta e poucos anos, um metro e noventa e cinco de altura e pesa uns cem quilos. Garnet o chamou de Bix. Veja o que você consegue levantar sobre esse sujeito.

— É para já! Você acha que esse cara é o valentão dela?

— As probabilidades são altas. Na sala havia outra mulher, mestiça, também com trinta e poucos anos, detetive Strong. Minha impressão foi que ela não é muito fã da chefona.

Talvez eu consiga usar isso a meu favor, pensou Eve.

— Detetive Carl Bix — anunciou Peabody. — Trinta e dois anos, você chegou bem perto na altura e no peso. Está há dez anos na Polícia, desde que saiu do Exército, onde serviu dos dezoito aos vinte e dois anos. Nasceu em Tóquio, onde seus pais, ambos do Exército, serviam na época. Tem um irmão quatro anos mais velho. Trabalha na Divisão de Drogas Ilegais sob o comando da tenente Oberman há quatro anos. Passou um ano na Divisão de Vícios depois de virar detetive. Eu precisaria cavar mais fundo para levantar outras informações — avisou Peabody. — Espere mais um pouco. Pirralho do exército, um irmão mais velho, quatro anos de serviço militar. Está acostumado a receber ordens de oficiais superiores. Treinamento em combate, trabalhava nas ruas quando tinha tempo, na Divisão de Vícios e Ilícitos. Detetive Lilah Strong — continuou Peabody, enquanto Eve estacionava no necrotério. — Trinta e três anos, um metro e sessenta e sete de altura, cinquenta e cinco quilos. Jamaicana; não do país, do bairro do Queens aqui em Nova York. Mãe solteira, não há indicação do pai da criança. Um irmão mais velho, uma irmã mais nova. O irmão está no registro como morto

Corrupção Mortal

em 2045, aos 17 anos. Ela obteve uma bolsa de estudos parcial em Serviço Social para estudar na Universidade de Nova York. Formou-se em manutenção da ordem pública. Está na Polícia há dez anos, sete deles na Divisão de Ilegais. Recentemente transferida da 163ª DP para a Central de Polícia, ela foi trabalhar com a tenente Oberman. Isso foi há seis meses.

— É novata, então. Sim, talvez isso seja uma vantagem. Como o irmão morreu?

— Ahn, espere... — Peabody pesquisava e quase corria enquanto elas seguiam pelo familiar túnel branco do necrotério. — Foi morto durante o que parece ter sido um negócio envolvendo drogas que deu errado. Levou várias facadas. Antecedentes juvenis protegidos.

— Ele vendia ou comprava drogas — concluiu Eve. — Provavelmente era usuário e morreu antes mesmo de ter idade para votar. A irmã transformou isso em uma carreira e trabalha contra o que matou seu irmão. Se foi isso mesmo, ela poderá ser um trunfo para nós.

Eve entrou na sala de Morris.

Ele tinha um bisturi a laser na mão e sangue respingado na capa protetora. Mesmo assim conseguia parecer estiloso em seu terno azul-marinho sem gola e o cabelo com rabo de cavalo trançado.

— Estamos com uma promoção "dois por um" — avisou ele a Eve. — O seu cliente está ali. — Ele ergueu o queixo em direção ao corpo com um corte em Y no peito, cuidadosamente fechado.

— Deixe-me terminar de remover esse cérebro e eu falo com você.

— Tudo bem. — Eve caminhou até Keener.

Eles o tinham lavado e ele parecia melhor na mesa de autópsia do que na banheira. Antigas marcas de seringa apareciam com destaque nos dois braços e nos tornozelos. Comparativamente, as contusões que ele sofrera eram menos impressionantes.

Eve colocou um par de micro-óculos e começou a procurar no corpo quaisquer marcas de armas de atordoamento ou seringas de pressão. Mas havia muitas outras maneiras para um homem treinado em combate imobilizar um sujeito que era uns quarenta quilos mais leve que ele.

Ela selou as mãos e examinou a cabeça dele e o couro cabeludo, ignorando o local onde Morris ou um de seus técnicos o tinham costurado.

— Resolveu inspecionar meu trabalho?

— Desculpe. — Eve ergueu os olhos. — Há um calombo aqui, bem atrás da orelha esquerda.

— Isso mesmo. — Morris pesou o cérebro, registrou-o e foi até a pia para se lavar. — Ele tem várias contusões, alguns calombos, como você os chama. Ele deve ter tido convulsões com tanta droga dentro do organismo. Seu corpo estava entupido de uma substância que eles chamam de Fuck You Up. Já ouviu falar disso?

— A base dessa nova droga é tranquilizante para cavalos, certo?

— Isso mesmo, e ele recebeu o suficiente para derrubar um garanhão de duzentos quilos. Como toque final, um pouco de Zeus foi adicionado à mistura. A combinação foi absolutamente letal, como podemos ver claramente.

— O calombo. Se ele recebesse um golpe neste ponto por alguém que soubesse como fazer isso, ele cairia e perderia os sentidos na hora.

Morris ergueu as sobrancelhas.

— Possivelmente, sim, se feito de forma correta. Seu palpite está mais para assassinato do que overdose.

Ela desejou poder contar mais detalhes.

— Tenho dúvidas, sim. Por que a banheira? Você disse que ele recebeu uma quantidade suficiente para matá-lo duas vezes. Veja os registros dele. Esse cara era um viciado, mas tinha muita experiência. Por que tomar uma dose tão grande de uma droga tão pesada? Mesmo que ele fosse idiota, não iria preferir se resguardar? Ele não estava no seu cafofo, e sim trancado em um esconderijo que era um verdadeiro buraco, e parece que estava acampado ali. Isso me diz que ele vinha se escondendo de alguém. Então, talvez esse alguém o tenha encontrado.

— É possível. Ele fez uma refeição decente por volta da meia-noite. Pizza de sardinha.

— Você chama isso de refeição decente?

Morris sorriu.

— Decente no sentido de ele ter comido muito. E tomou duas cervejas.

— Não havia caixas de pizza nem garrafas de cerveja no local. Talvez ele tenha comido fora. Podemos investigar isso. Eu me pergunto por que ele comeu tanto para depois de algumas horas se meter num buraco, rastejar até uma banheira imunda e se picar com o que ele sabia, pela sua experiência, que era uma dose letal.

— Bem observado. Ainda não fiz minha declaração final, mas até agora a causa da morte é overdose. As outras lesões não foram letais. E eu não posso, com esses dados, determinar se foi acidente, suicídio ou homicídio.

— Exatamente o que eu queria ouvir.

— Creio que preciso fazer uma análise mais aprofundada do machucado abaixo da orelha esquerda.

— Mal não vai fazer.

— Você tem uma carta na manga. Aliás, uma manga bem bonita hoje, devo acrescentar.

— Estou apenas fazendo o meu trabalho. Vamos deixar você voltar ao seu cérebro.

Capítulo Oito

Vamos fazer assim... — propôs Peabody, mas Eve ultrapassou um táxi da Cooperativa Rápido e se colocou na frente dele com um golpe ágil do volante; em seguida, passou voada por um sinal amarelo e fez Peabody agarrar com força a alça de segurança no painel da viatura.

— Estamos com pressa? — perguntou a detetive.

— Que foi, ficou com medinho? Eu tinha muito espaço para a manobra. Vamos atualizar os arquivos com as descobertas preliminares de Morris e mandar uma cópia de tudo para o comandante, como de costume. Você vai entrar em contato com Renee para informá-la sobre essas descobertas e vai cobrar dela os dados e arquivos que eu pedi, o mais rápido possível.

Com a mão ainda colada na alça de segurança, Peabody empalideceu.

— *Eu* vou falar com ela?

— Estou muito ocupada e sou importante demais para me incomodar com esse tipo de acompanhamento. Na cabeça dela é assim. Posso pedir a Morris a cara e a coragem de algum cadáver no necrotério para te emprestar, caso você esteja com cagaço de conversar com a vaca de salto alto, Peabody.

— Não estou com cagaço, apenas ansiosa. E admito isso. — Para provar a si mesma que tinha cara e coragem, ela segurou com menos força na alça do painel. — Vou dizer a ela que o chefe dos legistas identificou a *causa mortis,* mas não tem como afirmar se foi suicídio, overdose acidental ou homicídio. Portanto, a tenente Dallas pede que...

— Exige — corrigiu Eve.

— A tenente Dallas exige os dados e arquivos da vítima, conforme combinado. E se ela recusar?

— Você lhe comunica, educadamente, que o comandante Whitney já foi colocado a par de toda a situação, como requer o protocolo; ele já tem todas as anotações e os arquivos, incluindo a notificação da sua tenente; ele sabe quem recebia informações da vítima e foi informado sobre a solicitação dos dados adicionais.

Peabody refletiu sobre isso.

— Uma alfinetada educada.

— Pode apostar que sim. Se ela reclamar, deixe que eu lido com ela. Mas ela não vai fazer isso — acrescentou Eve. — Quer que esse assunto seja resolvido logo porque a possibilidade de eu passar por cima dela e chamar ainda mais a atenção de Whitney para o seu comportamento a colocará sob os holofotes.

— Melhor cooperar e manter a discrição. — Os dedos de Peabody agarraram com mais força a alça do painel quando Eve desviou subitamente de um maxiônibus que se arrastava numa lentidão irritante.

— É isso que eu faria no lugar dela — continuou Eve. — Depois, juntamos o material que for útil para a nossa reunião e passamos um tempo analisando tudo. Se ela tiver alguém acompanhando nossos passos, e provavelmente tem, quero que saiba que estou trabalhando nisso direto. Vamos passar pelo apartamento da vítima quando estivermos a caminho da reunião no QG, em minha casa.

— Por que não fazemos isso logo agora?

— Quero ser vista trabalhando no caso. E quero ter certeza de que os cães de caça dela tiveram tempo de passar por lá em busca de qualquer coisa que possa comprometê-los. — Ela olhou para Peabody. — Se Garnet e Bix não estavam indo para o apartamento de Keener quando saíram da sala da chefona, pode apostar que ela ligou para eles e os enviou para lá depois do meu papo com ela.

— Mas... se havia alguma pista lá, eles já se livraram dela.

— Talvez houvesse, mas acho improvável, pois Bix já deve ter ido até lá e se livrado de qualquer indício comprometedor. Mas isso é um talvez. — Eve encolheu os ombros. — Estou mais interessada em seguir o rastro deles. — Ela entrou na garagem da Central. — Você pode tagarelar bastante sobre o caso na sala de ocorrências, como costuma fazer.

Peabody exibiu um olhar levemente ofendido.

— Eu não costumo "tagarelar". Respeitosamente rejeito o termo *tagarelar*, senhora.

— Todos vocês são tagarelas, a vida é assim. — Eve estacionou em sua vaga. — Todos tagarelam e reclamam, mas com as tagarelices e reclamações vocês trocam ideias e descobrem novos ângulos. Você deve comentar sobre o caso normalmente com o resto dos colegas, como sempre. Se ficar calada e se desviar das perguntas, todos perceberão que tem algo errado. E, quando policiais sentem cheiro de coisa errada, não conseguem deixar de questionar a origem do fedor. Não há mal algum em mencionar nossa vítima: o informante de Renee Oberman. Alguém pode ter uma fofoca sobre ela para contar, uma opinião, um episódio interessante.

— Então, eu devo jogar verde para colher maduro. Como nas histórias de espionagem.

— Não, como no trabalho policial — corrigiu Eve, e saltou do carro.

— É interessante aquela contusão atrás da orelha da vítima. — Peabody examinou a garagem enquanto elas seguiam para o elevador e cochichou: — Tudo bem comentar abertamente sobre isso?

Eve fez que sim com a cabeça e completou:

— Parece que, dada a localização e o ângulo da contusão, ela pode ter sido provocada por um golpe. Alguém que sabia o que estava fazendo ou teve a sorte de golpeá-lo naquele local estratégico com a lateral da mão.

— Como um golpe de karatê — disse Peabody, enquanto elas entravam e outros policiais saíam.

— Para mim, isso parece bem feito demais para ser pura sorte. Se a pessoa não soubesse o que fazia teria usado um taco ou um bastão. Qualquer um dos dois provocaria mais danos.

— Não havia indício algum de ter havido uma briga.

— Exatamente! — Quando o elevador parou, mais policiais entraram e Eve saiu. — Foi um golpe dado por trás; forte, pesado e com precisão incrível. Os outros arranhões e hematomas são mínimos — acrescentou, ao entrar na passarela aérea. — Pode ter acontecido quando o morto foi jogado na banheira ou durante as convulsões no momento da overdose. Se ele recebeu logo de cara o golpe que o nocauteou ou atordoou, isso deu ao assassino... se esse for o caso... tempo para injetar a dose letal. A vítima estava inconsciente, sem defesa. Bastou jogá-la na banheira e arrumar o restante da cena. Do jeito que ficou, parece que a vítima estava tendo alucinações, como acontece nos estágios iniciais do Fuck You Up, e decidiu tomar um bom banho.

— Por que não o deixar largado no colchão?

— A banheira é mais humilhante, e isso me diz que a vítima e o assassino já se conheciam. É uma espécie de cereja do bolo — decidiu Eve —, e esse tipo de enfeite é sempre um erro quando se comete um assassinato.

Ela saiu de uma passarela aérea, entrou na seguinte. E viu Webster caminhando em sua direção.

— Droga! — reclamou, baixinho.

— Olá, tenente, olá, detetive. Como vão as coisas?

— Estavam bem, até agora.

— Ah, sempre simpática! Estamos indo na mesma direção. — Ele entrou na passarela aérea com elas.

Eve fez cara de irritada.

— Se o esquadrão de ratos vai pentelhar a Divisão de Homicídios, quero ser informada antes.

— Não vou para a Divisão de Homicídios, pode relaxar. — Mas ele saltou da passarela com elas.

— Pelo amor de Deus, Webster — disse ela, baixinho.

— Relaxe — repetiu ele, no mesmo tom. — Tenho alguns assuntos para resolver neste andar e depois vou me encontrar com o comandante. Soube que você tirou férias recentemente.

Ela parou diante da máquina de venda automática.

— Que bom que a DAI tem tempo para jogar conversa fora.

— Igual aos policiais que investigam assassinatos. Não seja assim tão séria, Dallas. — Ele se preparou para ir embora, mas sua expressão mudou quando ele olhou para o corredor. Por um momento pareceu... extasiado, reparou Eve.

E disse, com grande reverência:

— Agora, sim!

Eve seguiu a direção do olhar dele e viu Darcia Angelo. Ela usava um vestido de verão leve e alegre, em uma forte padronagem de flores cor-de-rosa que exibiam ombros fortes, bronzeados e uma pele macia. Uma profusão de cabelos pretos se enrolava aleatoriamente em torno do rosto. Seus olhos pretos e sensuais pareceram se aquecer ainda mais quando ela viu Eve, e seus lábios volumosos abriram um sorriso.

Eve supôs que eram os saltos altos e finos, aliados à sua figura já escultural, que faziam os quadris dela balançarem como se tivessem vida própria.

Ou talvez não.

— Dallas! É tão bom ver você novamente. E Peabody, isto é, *detetive* Peabody agora. Parabéns pelo novo posto!

— Obrigada. Eu não sabia que você estava no planeta, muito menos na cidade, chefe Angelo.

— Uma pequena viagem de férias e alguns negócios. — Ela virou o belo sorriso e os olhos sensuais para Webster, que ficou olhando para ela como se tivesse acabado de presenciar um milagre. — Olá.

— Bem, esta é a chefe Angelo, do Departamento de Polícia do Olympus Resort. Este é o tenente Webster, da DAI — apresentou Eve.

— Divisão de Assuntos Internos? — Darcia estendeu a mão. — Há muitos?

— O suficiente para nos manter ocupados. É sua primeira vez em Nova York?

— De férias, sim. Almocei com seu marido — contou a Eve. — Como eu já estava no centro da cidade, não resisti e entrei para ver como as coisas funcionam por aqui. As instalações são impressionantes, pelo que já vi.

Adiante, no corredor, dois policiais traziam um infrator que lutava para escapar.

— Eu estava só explicando as coisas para ele! — protestou o sujeito, a plenos pulmões. — Se ele tivesse me ouvido eu não precisaria ter batido no cara.

— Aqui é cheio de figuras interessantes — comentou Darcia.

— Sim, figuras são o que mais temos. Minha sala fica aqui — anunciou Eve.

— Ei, tenente! — Jacobson chamou por Eve, da sala de ocorrências. — Você tem um minuto?

Ela fez que sim com o polegar.

— Já volto e depois vamos dar uma volta e te mostro o lugar — disse a Darcia.

— Eu adoraria. Vá lá falar com o colega que a chamou. Vou pegar algo gelado para beber, está muito quente lá fora. Já volto.

— Ótimo. Peabody, corra atrás do que eu te pedi. Quero aqueles dados o mais rápido possível.

— Sim, senhora. Prazer em vê-la, chefe Darcia. Aproveite Nova York.

— Com certeza! — Darcia jogou um pouco do cabelo para trás quando Eve e Peabody se afastaram, e em seguida se virou para a máquina a fim de escolher alguma coisa — Hummm.

— Posso pagar essa bebida? — ofereceu Webster, e ela sorriu.

— Claro, obrigada.

— E então, chefe Angelo...

— Por favor, me chame de Darcia. Estou de folga.

— Darcia. Eu deveria saber que seu nome combinaria com você. O que deseja beber?

— Me surpreenda.

Na sala de ocorrências, Eve ouviu Jacobson jogar no ar, como um malabarista, os dados do caso em que trabalhava. Eve também fez malabarismo com algumas ideias, mantendo na mente e no ar a lembrança de um assassinato, o nome de Renee, o de Darcia Angelo e agora as informações de Jacobson.

Quando terminou de falar com seu subordinado, sentiu-se inclinada a sair para ver se Darcia se perdera na curta caminhada de volta à Divisão de Homicídios.

Então a chefe de polícia do Olympus Resort entrou.

— Minha nossa! — Eve ouviu distintamente a exclamação de Baxter quando a chefe passou pela mesa dele. Seu ar também era de estupefação.

— Não babe em cima dessas pastas, Baxter — murmurou Eve, e caminhou até Darcia. — Esta é a nossa sala de ocorrências. A organização do espaço é a seguinte: os detetives trabalham com um parceiro regular ou um ajudante que eles treinam, ou podem pegar um dos guardas emprestados para nossa Divisão. Ali está o quadro dos nossos casos. Os encerrados estão em vermelho, os abertos aparecem em verde. Há uma sala de descanso minúscula nos fundos.

Eu nunca vou lá, a menos que precise. Ocasionalmente, alguém leva uma testemunha para essa sala quando quer privacidade, mas é mais comum conversar com a pessoa na sua mesa de trabalho logo que a testemunha chega, ou na sala de descanso comum do andar. Os armários e chuveiros ficam ali adiante.

— Um espaço eficiente — elogiou Darcia. — E muito movimentado.

Eve notou Baxter se levantando da cadeira. Ela lhe lançou um olhar de aviso que o fez suspirar e tornar a se sentar.

— Se movimentado significa sobrecarregado, sim, é como estamos. A equipe é boa. Minha sala é logo ali.

Ela fez a curva no corredor e deixou Darcia entrar.

— Sua sala é separada?

— Esta é a configuração original, e eu prefiro assim. Quando o espaço da chefia é separado da sala de ocorrências apenas por uma divisória ou porta de vidro, é como se a tenente observasse todos os movimentos dos seus subordinados. Um cara nem consegue coçar o saco à vontade. Mas a minha porta fica sempre aberta, a menos que eu precise fechá-la. Eles sabem onde me encontrar.

— Você prefere um espaço pequeno, pois poderia ter uma sala maior. Isso combina com você — decidiu Darcia, formando com as mãos um círculo pequeno. — É uma pessoa frugal, despojada, pouco sentimental. — Ergueu o queixo na direção do quadro montado. — E está trabalhando em algo agora.

— Peguei um caso hoje de manhã. A vítima é um viciado de longa data que trabalha como informante de uma tenente da Divisão de Drogas Ilegais. Foi encontrado em uma banheira quebrada, em um prédio abandonado onde ele *não* morava. Parece ter usado uma dose enorme de uma droga conhecida nas ruas pelo nome de Fuck You Up.

— Eu já ouvi falar dela. — Ela estava vestida como uma modelo, mas a chefe de Segurança do Olympus Resort analisou as fotos do morto fria e meticulosamente. — Como você diz "parece", deve achar que ele não morreu de overdose por iniciativa própria.

Corrupção Mortal 145

— Existem inconsistências.

Ela observou Darcia bebericar o que parecia um refrigerante de limão enquanto analisava o quadro.

— Situação feia — declarou ela. — Dura e feia. Havia muito disso quando eu trabalhava na Colômbia.

— E agora?

— Agora estou gostando do ambiente cintilante e novo do Olympus Resort. — Darcia foi até a janela de Eve. — Mas isto aqui, esta cidade. É tão multifacetada e variada, tão emocionante, tão cheia de energias, paixões. Vou me regalar, passear e comprar várias besteiras.

— Até onde você conseguirá andar nesses sapatos antes de começar a chorar como um bebê?

Darcia riu e se virou.

— Sou mais durona do que aparento e quis usar um vestido lindo para almoçar com seu marido bonitão. Tomara que, antes de eu voltar para casa, você e eu consigamos marcar um drinque para jogar conversa fora.

— Eu adoraria — declarou Eve, percebendo que estava sendo sincera.

— Então vamos marcar esse papo sem falta. Agora eu vou deixar você voltar ao seu trabalho e encontrar algo com o que gastar o meu dinheiro.

— Conheço um bom lugar para isso. — Eve lhe passou de imediato a indicação de uma loja e explicou como chegar ao local. — Lá você vai encontrar bolsas e sapatos absurdamente caros.

— Parece perfeito. E nem um pouco o seu estilo.

— Separei uma briga terrível quando passava pela rua e duas mulheres que unhavam uma a outra caíram na calçada aos meus pés. Elas estavam dispostas a se matar por uma bolsa.

— Agora, sim, parece o seu estilo, e será minha primeira parada. Entrarei em contato novamente em breve.

— Divirta-se. E tome cuidado com as puxadoras de cabelo.

Com uma risada, Darcia saiu.

Eve olhou que horas eram e começou a reunir os arquivos, as fotos e os relatórios — que copiou para levar para casa. Quando terminou, o sistema que sinalizava chegada de mensagens apitou. Ela balançou a cabeça satisfeita ao ver o nome do arquivo e a curta mensagem que o acompanhava.

Para a tenente Dallas, Divisão de Homicídios
Da tenente Oberman, Divisão de Drogas Ilegais
Dados confidenciais sobre Rickie Keener,
Conforme requisitado.

— Aposto que doeu me enviar isso — murmurou Eve quando copiou e salvou o arquivo.

Peabody já se levantava da sua mesa quando Eve saiu.

— Eu já ia entrar para verificar se...

— Chegou, sim. Vamos nos mexer.

— Ei, ei, ei! — Baxter deu um salto. — Você precisa me contar sobre aquele mulherão.

— Ela está fora da sua órbita, Baxter. Literalmente.

— Eu que o diga, no melhor sentido possível. Quem...

Eve continuou andando.

— A patente dela é superior à sua.

— Você acha que mulheres como ela já nascem assim? — especulou Peabody. — Mulheres como a chefe Angelo? Puxa, elas arrasam, são provocantes e sensuais, mas de um jeito muito classudo.

— Provavelmente existem cursos para isso.

— Vou me inscrever em um deles.

— Se você não se importar em deixar seu plano de ficar gostosa para depois, podemos focar de verdade na nossa investigação atual. Seria bom.

— Acho que todo mundo quer ficar gostosa — considerou Peabody —, exceto quem já é. Mas estou totalmente focada na

Corrupção Mortal

nossa investigação atual. Presumo que a tenente Oberman já tenha lhe enviado todos os dados necessários.

— Enviou, sim.

— E acho que ela não ficou nem um pouco feliz com isso. — Peabody deu de ombros. — Acho que alguns agentes são muito protetores com relação aos informantes, mesmo quando eles já estão mortos.

— Talvez mais ainda quando estão mortos. O laboratório identificou o cadeado?

— Eles conseguiram descobrir a marca e o modelo. O relatório diz que tinha sido instalado no local fazia poucos dias. Na verdade, ele tem até trinco interno, mas é muito barato e está disponível em praticamente qualquer lugar que venda cadeados. Não foi arrombado nem adulterado — continuou Peabody. — Peguei o relatório completo.

— E os peritos, acharam algo no interior do prédio?

— Nada até agora. Você exigiu uma investigação profunda.

— Exatamente. Em que nível será que isso deixou Renee revoltada? — perguntou Eve, quando elas entraram na viatura.

— Eu diria que em nível de fúria controlada. Ela não gostou de ser pressionada, ainda menos por uma subordinada de outra tenente, na minha opinião. O que realmente a deixou putíssima foi a minha declaração muito educada, conforme as suas instruções, de que você tinha reunido os dados obtidos e informado tudo ao comandante.

— Bom. — Perfeito, na verdade. — Ela vai ficar matutando sobre isso por um bom tempo.

Satisfeita com a ideia, Eve dirigiu através do tráfego pesado até a casa da vítima, num prédio baixo e espremido entre um sex club barato e um bar sem janelas.

— Não muito melhor do que o buraco onde ele morreu — decidiu ela. — E a menos de três quarteirões de distância. Não tinha um cérebro muito brilhante o nosso Juicy, mesmo quando ainda respirava.

A fechadura na entrada do prédio ainda estava intacta. Não adiantava nada arrombar aquilo, pensou ela. Quem iria se dar ao trabalho de invadir um lugar onde ninguém tinha nada de valioso?

Ela abriu a porta com a chave mestra e subiu as escadas logo em frente à porta.

Os adesivos nas paredes eram todos relacionados com sexo ou drogas, e o cheiro que pairava no ar abafado remetia a ambos, com uma ajuda pegajosa do lixo velho que permeava tudo. A música de alguém martelava nas paredes, assim como os gritos de um *game show*. No segundo andar, um gato magro como um arame e pouco maior que um rato estava esparramado no chão.

— Oh, pobre gatinho. — No instante em que Peabody estendeu a mão o gato ficou em pé, arqueou as costas e exibiu os dentes com um silvo gutural.

Peabody escapou por poucos centímetros de ter a mão rasgada até o osso por um arranhão.

— Caraca! Que filho da puta!

— Isso ensinará você a não ser tão gentil e amigável.

Eve seguiu para o terceiro andar e saiu caminhando ao longo do corredor imundo — mas fez isso lentamente, para facilitar a vida dos que a observavam pelo olho mágico.

— Ligue a filmadora! — Ela abriu o trinco do apartamento de Keener com a chave mestra.

O cafofo só era um pouquinho melhor do que o seu local de descanso final. Mas até isso já era uma melhora significativa. Fedia a suor misturado com o bafo do calor e com o acúmulo de caixas e mais caixas de *fast-food* quase vazias.

— Comida chinesa, tailandesa, pizza, e o que eu acho que um dia foi um *kebab*. Uma verdadeira ONU de comida nojenta e não descartada. Juicy era um porco. — Eve olhou para a cama que não tinha sido feita. — Mesmo assim isso me parece mais confortável do que o colchão manchado que havia no seu esconderijo, então ele certamente fez alguns sacrifícios para se esconder.

Um conjugado, pensou Eve, pouco maior que a sua sala. Nenhum AutoChef, nem unidade de refrigeração, nem banheiro — o que significava que o apartamento e todos os outros moradores ou a maioria deles compartilhavam um banheiro coletivo, provavelmente no final do corredor.

Mesmo assim ele tinha oito fechaduras e trincos internos na porta, e outros tantos na única janela.

— Ok, vamos revistar tudo.

— Eca! — foi a reação de Peabody.

— Aposto que você não é a primeira policial que veio aqui hoje com esse sentimento.

Encontraram cuecas velhas, uma de um par de meias furadas e incrivelmente fedorentas, vários quilos de poeira, sujeira suficiente para plantar rosas, garrafas de cerveja vazias, seringas quebradas e sacolas vazias que os traficantes costumavam usar para estocar seus produtos.

— Não há nada aqui. — Peabody enxugou o suor da testa. — Se ele se preparava para sumir de cena deve ter levado tudo que tinha, exceto as cuecas sujas.

— Vou lhe contar o que encontramos — corrigiu Eve. — Rickie vivia como um rato raivoso. Vivia com esse cheiro nauseante em vez de jogar o lixo fora. Provavelmente porque vivia doidão quase o tempo todo. As fechaduras internas da porta não são novas, então ele provavelmente mantinha parte do seu estoque aqui, tudo que usava para traficar e trabalhar como informante. E se mantinha ligado ao seu território. Também é interessante o que *não* encontramos aqui, *nem* no esconderijo dele.

— Um nível mínimo de higiene?

— Isso realmente falta, bem como um livro de clientes, uma agenda ou algo como um *tele-link* descartável. Talvez ele traficasse baixas quantidades, mas obviamente tinha contatos. Era informante da polícia, e um informante é inútil sem esses apetrechos. Não acredito que ele guardasse todos os nomes e locais em sua cabeça de rato raivoso.

— Merda. Odeio quando deixo passar algo tão óbvio. Ele deve ter levado tudo com ele.

— Isso seria mais valioso para ele do que cuecas limpas, eu garanto. E Bix o livrou dessa. Ele e Garnet tiveram que vir aqui hoje, só para garantir que Bix não deixou nada para trás, depois que eu entrei em cena com tudo. Vamos transformar isso no erro deles.

— Vamos?

— Sim, começando pelos vizinhos desse andar. — Ela saiu e bateu na porta do outro lado do corredor. Nenhuma resposta, o que seria esperado, mesmo que houvesse umas doze pessoas lá dentro. Mas a verdade é que ela não ouviu som algum.

O apartamento do sujeito que gostava de música era uma história diferente. Ela bateu, depois bateu com mais força e chutou a porta até superar o barulho da bateria que ele ouvia.

O homem que atendeu devia ter menos de 25 anos. Tinha a pele seca e pálida de um recluso ou detento, salpicada de marcas e cicatrizes de acne. Pesados fios de cabelo ensebado lhe desciam até os ombros e ele vestia uma camiseta sem mangas que talvez tivesse sido branca um dia. Usava uma cueca em um estado não muito melhor do que as que tinham sido descartadas no apartamento de Keener.

— Qual é? — cumprimentou ele, com o sorriso feliz e os olhos vidrados de quem está seriamente chapado. Eve conseguiu cheirar a fumaça de Zoner. Mais que isso: dava para ver a droga suspensa em névoa no ar.

Ela exibiu seu distintivo.

Ele sorriu por mais algum tempo, mas pouco depois a ficha caiu.

— Ah, qual é? Estou curtindo minha onda numa boa aqui. E não estou machucando ninguém, beleza?

— Foi isso que você disse aos outros dois policiais que apareceram hoje aqui?

Corrupção Mortal

— Não vi nenhum tira além de você. Estou só ouvindo música e curtindo o barato. Está calor demais para fazer mais que isso.

— Você conhece Juicy?

— Claro, cara, ele vai te dizer que sou um cara tranquilo.

— Quando você o viu pela última vez?

— Sei lá. Está quente, cara. Todo dia é um forno. Sempre igual.

— É... — *Você provavelmente o viu quando estava completamente doidão.*

Eve ouviu passos se aproximando e se virou para ver um homem que vinha pelo corredor de cabeça baixa, estalando os dedos da mão. Ele parou em frente à porta de Keener e pegou um molho de chaves.

Eve se aproximou. Ele a viu, percebeu que ela era uma tira em um décimo de segundo e virou-se para correr.

Perfeito, pensou Eve, e correu atrás dele.

— Polícia! Pare! — Ela calculou a distância, dobrou os joelhos para tomar impulso e pulou, derrubando-o com uma entrada dura pelas costas.

— Você acha que eu quero te perseguir nesse calor?

— Eu não fiz nada. — Ele corcoveou por baixo dela. — Sai de cima de mim!

— Por que você correu?

— Eu... me esqueci de uma coisa.

— Certo. Vou largar você para podermos ter uma conversa civilizada. Vou te soltar, mas se você correr eu vou te pegar; e ficarei muito chateada se tiver de fazer isso. Compreendeu?

— Sim. Saquei. Eu não fiz nada. Os tiras não podem sair por aí simplesmente derrubando as pessoas.

— Abra uma queixa. — Ela se afastou e fez sinal com a cabeça quando Peabody se posicionou para bloquear a escada. — Nome?

— Jubie, mas isso não é da sua conta.

— Peabody, em um mano-a-mano entre mim e esse idiota aqui, em quem você apostaria o seu dinheiro?

— Em você, senhora, pois já vi o seu trabalho e as muitas bolas destruídas que resultaram dele.

— Verdade. Por onde você andou, Jubie?

— Olha, eu só saí para pegar um punhado de erva. — Ele continuou fazendo cara de insultado enquanto tirava o cabelo dos olhos, mas suas pálpebras tremiam nos cantos. — Erva ainda é legal quando fumada dentro de casa.

— Então você estava em casa hoje cedo.

— Estava sim, por quê? Qual é a dos tiras hoje, que andam brotando em todo lugar? Meu lábio está sangrando. — Ele limpou a boca com as costas da mão. — Abri o lábio quando você me derrubou.

— Faça outra queixa. Conte-me sobre os tiras que andam brotando.

Ele cruzou os braços sobre o peito, acentuando a barriga flácida.

— Não tenho obrigação de lhe contar porra nenhuma.

— Bem, isso é verdade. — Eve fez que sim com a cabeça de um jeito simpático. — Do mesmo jeito que eu não tenho a obrigação de mandar você se colocar em posição de ser revistado por suspeitar que você carrega substâncias ilegais, já que dá para ver a embalagem saindo do seu bolso.

Ele a empurrou para dentro depressa.

— Que embalagem?

— Jubie, Jubie, vamos deixar o passado para trás. Você me conta sobre os outros tiras, eu vou embora e você fuma a sua erva em casa e em paz.

Os olhos dele se estreitaram e ele se mexeu de leve.

— Como é que eu posso saber se isso não é uma armadilha para me prender?

— Você vê muitas séries policiais. Os tiras, Jubie, onde eles estavam?

Ele transferiu seu peso de um pé para o outro.

— Ok, mas se você ferrar comigo eu conheço um advogado.

— Céus, agora você conseguiu me intimidar. Ouviu isso, Peabody? Jubie conhece um advogado.

— Puxa, tenente, meus pés começaram a tremer dentro das botas.

Ele fez uma careta para as duas, mas devia estar decidindo entre forçar a barra e acabar sendo preso.

— Eram dois homens com ternos caros. Um deles era um sujeito muito grande. Os dois entraram no apartamento do Juicy, bem ali.

Ele apontou para o outro lado do corredor.

— Nem se deram ao trabalho de bater, aqueles escrotos. Eu os ouvi subindo a escada e olhei pelo olho mágico para ver se era o Juicy voltando.

— Juicy geralmente fornece a erva para você?

— Quem sabe. Mas eu saquei na hora que eles eram tiras e eles entraram direto. Isso é uma violação dos direitos civis.

— Seu conhecimento da lei surpreende e impressiona. Descreva-os!

— Como eu disse, um deles era imenso. Louro. O outro tinha cabelo escuro. Eu não tirei uma foto deles, cacete. Devem ter ficado ali dentro por meia hora e saíram muito suados e pareciam estar irritados. Fim de papo.

— Peabody, por favor, mostre a este cavalheiro uma seleção de fotos aleatórias, já que ele não tirou uma.

— Fico feliz de poder ajudar. — Peabody tirou várias cópias de fotos de identificação de sua bolsa e misturou fotos de Bix e de Garnet no meio delas. — O senhor poderia dar uma boa uma olhada nisso, sr. Jubie, e nos informar se reconhece alguma dessas pessoas?

— Pelo amor de Deus, vocês tiras não se conhecem? Este aqui e este aqui. Foram esses caras que invadiram a casa de Juicy e violaram os seus direitos civis.

— Você tem certeza?

— Eu já disse, não disse?

— Quando foi a última vez que você viu Juicy?

— Alguns dias atrás. Três dias, talvez. Não estava contando.

— Ok. Obrigada por sua cooperação.

Antes que Eve pudesse mudar de ideia, ele enfiou a chave na fechadura e entrou depressa no seu apartamento.

— Peguei eles — murmurou Eve. — Próxima parada: pizzaria.

— É raro eu dizer isso, mas não estou com fome. Com todo esse fedor e calor a gente nem se anima a comer.

— Não vamos lá para comer. Vamos visitar o local onde Juicy fez sua última refeição.

— Ah. Escute, Dallas, quando terminarmos lá, tudo bem se eu for para minha casa tomar um banho e trocar de roupa? Antes mesmo daquela busca divertida no inferno do lixo eu já estava me sentindo um pouco suja.

— Esteja no meu escritório de casa às 16 horas. Se puder chegar 30 minutos antes, melhor.

— Tudo bem. E... — Peabody desgrudou sua blusa pegajosa dos seios. — Acho que todo mundo vai agradecer.

Como era de esperar, a pizzaria ficava no território de Keener. Na verdade, ficava entre a casa dele e o esconderijo.

— Eu não disse que o cérebro dele não era dos mais brilhantes?

Balcões ocupavam uma parede e havia uma janela minúscula. Algumas pessoas que comiam pizza analisaram Eve e desviaram o olhar com uma rapidez espantosa. Ela quase ouviu os suspiros de alívio quando passou direto por eles.

— O que vai querer? — A mulher atrás do balcão de vidro flexionou os ombros como se quisesse aliviar alguma dor. Era negra, tinha braços finos e cara de poucos amigos, os cabelos presos em um lenço azul; uma pequena argola perfurava sua sobrancelha esquerda.

— Respostas — Eve exibiu seu distintivo.

— Olha, eu não quero problemas, me deixa fora dessa. Estou limpa. Tenho um filho me esperando em casa e preciso trabalhar para pagar o aluguel.

— Não há nada de errado com você. Por acaso conhece Rickie Keener? O Juicy?

— Todo mundo conhece o Juicy.

Corrupção Mortal

— Quem atendeu o balcão ontem à noite?

— Eu mesma. — Ela olhou para trás com olhar de aversão profunda. — Gee me obriga a trabalhar no turno da madrugada, mesmo sabendo que a babá custa mais do que eu ganho de adicional noturno.

— Juicy esteve aqui?

— Esteve, sim. Devorou uma pizza de sardinha inteira. É o seu habitual. A pizza é sempre de sardinha, mas ele nunca tinha comido uma sozinho. Além da pizza inteira ele tomou duas cervejas, sinal que devia estar com grana. — Ela pegou outro lenço do bolso do avental e passou pela a garganta suada. — Também estava de bom humor.

— É mesmo?!

— Ele me deixou uma gorjeta. Eu recebo gorjeta uma vez na vida e outra na morte, mas ele colocou cinco pratas sobre o balcão e disse: "Isso é para você, Loo." Depois me disse que ia pagar todas as contas, fechar a quitanda e se mudar para um lugar mais tranquilo e que tivesse vista para o mar. Falou isso brincando, entende?

Ela deu de ombros e guardou o lenço no bolso.

— Acho que você já sabe o que ele faz, mas a verdade é que sempre foi muito educado comigo. Costumava dizer "obrigado" e nunca fez negócios por aqui. Imagino que esteja em apuros, certo?

— Ele está morto, Loo.

— Oh. — Loo balançou a cabeça e baixou os olhos por um momento. — Acho que é difícil se surpreender com isso quando alguém leva essa vida.

— Você já viu esse cara? — Ela acenou para que Peabody mostrasse a foto de Bix.

— Nunca o vi por aqui. Ele se destacaria dos outros, com certeza. Um sujeito branco, grande e saudável. Mas eu já vi essa cara em algum lugar, eu acho. Talvez... sim, acho que o vi ontem. Pelo menos era alguém grande e branco andando aqui pelo quarteirão quando eu voltava para casa.

— A que horas você saiu?

— Quase três da manhã, é mole? Metade das luzes da rua já estava apagada, mas eu nunca dou mole e ando rápido quando volto para casa a essa hora. Lembro do cara branco porque mantenho os olhos bem abertos. Geralmente os babacas me deixam em paz porque comem aqui, só que nunca se sabe. Mas eu o vi de relance, como já expliquei. Pode ter sido esse cara.

— Para mim é o bastante. Obrigada.

— Sinto muito pelo Juicy. Não gostava do jeito dele de ganhar a vida, mas ele nunca me fez mal algum.

Não é um mau epitáfio para um drogado, pensou Eve quando saiu.

Capítulo Nove

Eve calculou que teria tempo para tomar uma ducha rápida e trocar de roupa antes da reunião. Ela se sentiria melhor e conseguiria rever mentalmente todos os dados, declarações e observações enquanto removia a casca de sujeira adquirida no apartamento do morto.

Começou a analisar tudo antes mesmo de entrar em casa, onde encontraria uma temperatura mais fresca, o olhar acusatório de Summerset e o gato.

— Perdi algum feriado nacional? Devem estar ocorrendo celebrações nas ruas para você estar em casa a essa hora do dia — saudou o mordomo.

— São comemorações pelo Dia do Summerset Calado. A cidade enlouqueceu de alegria. — Ela se dirigiu à escada e parou. — Vou receber minha equipe para uma reunião aqui.

— Já fui informado. Você servirá aos convidados carne de porco desfiada com molho barbecue, salada de macarrão, tomate fresco com mozarela, feijão-verde e amêndoas.

— Ah.

— Para sobremesa, torta de pêssego com sorvete de creme e uma seleção de biscoitos franceses.

— Nunca mais conseguiremos nos livrar deles.

— Como está a detetive Peabody? — perguntou ele, quando ela começou a subir os degraus.

Ela parou, os ombros tensos.

— Por que pergunta?

— Não sou cego nem insensível, tenente. Reparei que ela estava obviamente muito abalada quando chegou aqui ontem à noite com o detetive McNab.

— Ela está aguentando firme. Está bem. Sei que você capta tudo que acontece nesta casa, viu que todos nós saímos em veículos separados e voltamos tarde; sabe que Peabody e McNab dormiram aqui; sabe que Whitney esteve aqui muito cedo, hoje de manhã. Estamos mantendo tudo sob completo sigilo.

Ela estava alguns degraus acima dele, mas Summerset conseguiu fitá-la longamente e transmitir a impressão de que a analisava da cabeça aos pés.

— Nunca discuto seus assuntos profissionais ou pessoais, tenente.

Ela se obrigou a voltar alguns degraus. Sabia que ele não era dado a fofocas. Jamais seria o homem em quem Roarke confiava tudo sobre a sua vida se fosse um tagarela.

— Sei disso — reconheceu Eve. — Esta é uma investigação extremamente sensível e complexa.

— E a detetive Peabody está envolvida.

— Digamos que sim. Isso é tudo que eu posso contar.

— Você me contaria se ela estivesse em apuros? Gosto muito dela.

Eve sabia disso também, e desta vez não precisou se obrigar a recuar um pouco.

— Não, ela não está em apuros. É uma boa policial. É por isso que está envolvida nesse caso. — Merda, agora ela se sentia obrigada

Corrupção Mortal

a falar mais alguma coisa. — Escute, desculpe-me por não ter podido passar mais tempo com os seus amigos, ontem à noite.

As sobrancelhas dele se ergueram levemente.

— Ora, talvez realmente seja um feriado nacional.

— Pois é. — Sem alongar mais a conversa, ela continuou a subir para o andar de cima.

— Vá em frente — disse Summerset ao gato. — Imagino que ela precise de um pouco de companhia, mesmo que não saiba disso.

Galahad subiu lentamente — na velocidade máxima que seu peso permitia, logo atrás de Eve.

No quarto, ele se enroscou nas pernas da tenente quando Eve tirou a jaqueta. Então ela se agachou para acariciá-lo e os olhos bicolores do gato se apertaram, em sinal de êxtase.

— Vou pegá-la de jeito — disse Eve para o gato. — Como se ela fosse um peixe fedorento. Vou embrulhá-la, depois colocá-la dentro de uma caixa e trancar a tampa. Vou colocá-la em uma gaiola, ela e todos os policiais assassinos, trapaceiros, mentirosos e corruptos que trabalham para ela. Por Deus, estou revoltada.

Ela respirou fundo mais uma vez quando a raiva brutal que tinha conseguido represar o dia inteiro ameaçou se soltar.

— Vaca, *piranha* traiçoeira que usou tudo e todos para alimentar suas próprias necessidades patéticas. Abusando de tudo que ela prometeu honrar. Distorcendo tudo o que lhe foi dado, tudo o que lhe foi confiado, só para poder engordar sua conta bancária e acariciar seu maldito ego doentio.

Ela respirou fundo mais algumas vezes.

— Estou realmente puta da vida — admitiu —, e isso não ajuda em nada. Eu deveria ser mais como você, mais como um gato. Frio e sorrateiro.

Ela fez um último carinho na cabeça dele, depois tirou a arma e o restante da roupa. No chuveiro deixou sua mente vazia simplesmente vagar. E naquele espaço mais calmo começou a experimentar as peças do quebra-cabeça, calcular os ângulos de abordagem, organizar os passos.

Fria e sorrateira, tornou ela a pensar. Boas ferramentas quando você planeja corromper todo ou a maior parte de um esquadrão policial.

Depois de se vestir, ela recolocou o coldre e a arma. Aquilo não era necessário dentro de sua própria casa, mas usar o equipamento tornaria tudo mais oficial. Simbologia é tudo, supôs ela. E talvez, por mais tolo que parecesse, isso compensaria o tom casual da torta de pêssego com sorvete de creme.

Ela pegou sua pasta de arquivos e foi para o escritório.

A porta da sala de trabalho de Roarke estava aberta. Ela ouviu a voz dele e foi até a porta. O que quer que ele estivesse falando, ou com quem, Roarke utilizava o vocabulário de palavras curtas de alta tecnologia que escapava à sua compreensão. Era como ouvir uma conversa em venusiano.

O que quer que fosse o assunto, ela supôs que tivesse relação com os gráficos estranhos que apareciam na tela. Se ela estava entendendo o venusiano, parecia que Roarke queria modificações.

— Insira-os no sistema e rode uma nova análise. Quero ver os resultados amanhã à tarde.

— Eu não sabia que você já estava aqui — disse Eve, quando ele terminou. — O que era aquele troço?

— Uma máquina de lavar para a nova geração.

Ela franziu o cenho para ele.

— Como assim, uma máquina de lavar roupa?

— Ela fará um pouco mais do que isso. Será uma unidade independente, com vários compartimentos. — Em seu belo terno, ele se recostou na cadeira e estudou os gráficos com óbvia satisfação. — Ela fará de tudo, menos colocar as roupas nas gavetas e pendurá-las no armário. E, se você quiser que isso seja feito automaticamente também, poderá comprar o android que virá como acessório.

Corrupção Mortal 161

— Ok. É que isso parece um pouco banal para você.

— Você não acharia isso se não encontrasse roupas íntimas limpas para vestir quando precisasse. — Ele foi até onde ela estava e lhe deu suave beijo de cumprimento. — As pessoas precisam de coisas banais todos os dias.

— Eu costumava levar todas as minhas roupas para lavar na loja do sr. Ping, na esquina do meu apartamento — lembrou Eve. — Ele era muito bom em tirar manchas de sangue.

— Um serviço essencial em seu campo de trabalho. Não vejo nenhuma mancha de sangue na sua roupa, hoje.

— O dia ainda não acabou. Preciso me preparar para a reunião, a bola já está em campo.

— Preciso terminar algumas coisas e depois você pode me contar as novidades.

— Tudo bem. — Ela parou na porta. — Sabe, acho que centenas de anos atrás houve alguém que batia uma camisa suja contra uma pedra, às margens de um rio rápido, e essa pessoa pensou que deveria existir um jeito melhor de fazer aquilo. Se ele não tivesse encontrado esse jeito, todos nós estaríamos até hoje com os pés no rio para lavar roupa. Coisas banais são importantes.

Ela foi para o seu escritório. Organizou dois quadros, um para o assassinato e outro para as investigações sobre a operação de Renee Oberman, e adicionou os dados que conseguira levantar sobre todos os policiais da equipe de Renee, em pesquisas rápidas.

Pegou os relatórios dos peritos no instante em que chegaram; estudou e analisou os exames laboratoriais sobre as drogas ilegais obtidas na cena do crime.

Pequenas peças, pensou. Detalhes minúsculos — banais até, alguém poderia dizer.

Depois de inserir tudo em seu computador, ela se sentou com um café e considerou a melhor abordagem.

Quando Roarke entrou, foi direto para os quadros.

— Você fez um progresso considerável.

— Sei exatamente o que ela está fazendo. Tenho algumas ideias sobre o porquê. Sei inclusive como ela está fazendo, até certo ponto. Conheço alguns dos outros participantes, mas não todos. Sei quem matou Keener, por que, como e quando. Mas isso não é suficiente. Ainda. Tive alguns minutos cara a cara com ela hoje, e consegui deixá-la com uma pulga atrás da orelha.

— Imagino que você tenha curtido esse momento.

— Preferiria ter enfiado a mão na cara dela, mas, sim, curti.

Ele foi até a mesa, pegou o café que ela bebia e tomou alguns goles.

— Às vezes temos que nos contentar com o que temos.

— Mandei Peabody entrar em contato com ela, para foder um pouco mais com a cabeça da safada. Não só porque é uma boa estratégia, mas porque...

— Não dá para vencer o monstro escondido no armário a menos que você abra a porta. Nossa Peabody não ficará mais tão abalada com essa mulher.

— Além do mais, Renee perdeu essa rodada do jogo, e isso foi ainda melhor. Ela exagerou na cartada, mas não sabe disso.

Eve olhou para o quadro novamente e mais uma vez refletiu. *Detalhes minúsculos.*

— Preciso dizer uma coisa logo de cara e tirar isso da cabeça enquanto estamos só nós dois aqui.

— Tudo bem.

— Sinto um terrível ódio por ela, em muitos níveis. Peabody também, Whitney também e até Mira, depois que a vi hoje. Trata-se de todo o departamento, o distintivo e tudo o que ele significa.

— Eu sei. Mas existe algo mais.

Ele saberia, pensou ela. Ele enxergaria.

— Ela é filha de um policial. Isso pode ser duro, eu imagino. Mas que se dane, ela teve pais decentes, um lar decente. Não vi indícios de algum problema oculto, e não dá para um homem virar comandante da Polícia de Nova York sem criar inimigos. Mas se houvesse algo de podre derivado disso, alguém já teria encontrado.

Corrupção Mortal 163

— Concordo com tudo isso. E imagino que você passou algum tempo hoje procurando um possível podre oculto.

— Sim, fiz isso — admitiu Eve. — Não há traumas familiares, pelo menos aparentemente; acho que a essa altura, especialmente com Mira olhando mais atentamente, se houvesse algum podre, ele teria aparecido. Uma vida normal, foi isso que ela teve. Bem, a casa de um policial provavelmente tem uma definição muito particular do que é normal, mas...

— Ela teve um teto, foi alimentada e bem educada; muito provavelmente amada, e certamente bem cuidada — continuou Roarke. — O pai dela deu bons exemplos e seguiu um belo código de conduta. Ele não a trancou em quartos escuros. — Roarke tocou a bochecha de Eve, apenas um roçar dos dedos. — Ele não a espancou, não a estuprou, não aterrorizou uma criança indefesa noite após noite, ano após ano — completou ele. — E em vez de valorizar o que lhe foi dado, ela escolheu desonrá-lo. Ela fez uma escolha, e essa escolha trai tudo aquilo em que você acredita, Eve, tudo em que você mesma se transformou.

— O que me incomoda muito. Preciso superar isso.

— Não, engano seu. Você precisa *usar* esse sentimento. E, quando tudo terminar, você saberá que o que você criou a partir de um pesadelo é muito superior ao que ela criou a partir da vida normal dela. E tem mais, Eve: você saberá que foi *por isso* que a venceu.

— Pode ser. — Ela colocou a mão sobre a dele. — Talvez. Mas agora me sinto melhor só por desabafar. Portanto... — Desta vez, quando ela respirou fundo, funcionou. — Ela não está muito preocupada comigo, só um pouco revoltada. Ficou mais irritada com a inconveniência, por me ver bater de frente com a autoridade dela. Ela me entregou esse homicídio de bandeja porque se tornou desleixada, porque se rodeou de pessoas sem ética, sem respeito algum pelo trabalho.

— Isso será a chave de tudo. — Roarke tomou outro gole do café dela. — Para administrar um negócio de sucesso é mais vantajoso contratar pessoas com uma visão semelhante à sua, ou que pelo menos tenham a capacidade de se adaptar à sua visão.

— Sim, acho que isso ela entendeu. Mas, quando o seu negócio é viver uma mentira, você precisa aceitar o que recebe; sujeitos de cabeça quente como Garnet e abrutalhados como Bix. Além do mais, o ego dela é um problema. Ela não procura o mais inteligente, mas o mais maleável, o mais facilmente corrompível. É mais importante para ela estar no topo e permanecer no comando. Na sua maneira de pensar, pela forma como eu a avalio, se ela recrutar os melhores e os mais brilhantes, alguém pode ser mais esperto do que ela, ir mais além e talvez se perguntar: *Por que eu deveria ouvi-la?* Se ela não consegue entender ou aceitar que o essencial não é ser a pessoa mais inteligente da sala, mas, sim, ter a pessoa mais inteligente da sala trabalhando para você, está fadada ao fracasso.

— Pois ela foi muito bem-sucedida até agora. — Eve pegou o café de volta. — Comanda o seu esquadrão com precisão; domina e proíbe qualquer tipo de personalidade. Nada de itens pessoais, nada de parcerias genuínas. Cada um por si — murmurou Eve. — Foi isso que eu senti lá.

Ela se levantou para caminhar até o quadro e bater com o dedo na foto de Bix.

— Ela o recrutou, e aposto que também ajudou na transferência dele para a unidade dela por causa do conjunto de habilidades dele. Militar, treinado em combate. Ambos os pais também militares. Ele recebe ordens, mata por comando. É o cão de caça dela.

— Como ela o transformou nisso?

— Quero ouvir o palpite de Mira, mas acho que essa mudança pode ser alcançada de duas formas. Talvez ele fosse um bom soldado, e bons soldados muitas vezes costumam receber ordens de fazer coisas duras pelo bem maior; para o bem ou para o mal, o que importa é a missão em si. A guerra contra as drogas ilegais não tem fim. Ela poderia convencê-lo de que essa é outra maneira de

Corrupção Mortal

combatê-las. Ou pode ter reconhecido nele alguma necessidade, uma predileção por ferir, mutilar, matar; e canalizou tudo isso para atender às exigências dela.

— Poderia ser um pouco dos dois.

— Sim, poderia. Quanto a Garnet? Ela usava sexo e ganância, e provavelmente apelou para a velha questão: *Por que diabos não devemos ter a nossa parte?* Acho que essa é a visão dela em grande parte do conjunto, com variações de: *Por que diabos devemos fazer o que fazemos, arriscar o que arriscamos, intervir em locais perigosos e nos contentar com o salário baixo de um policial? Somos nós que estabelecemos a linha entre o certo e o errado. Merecemos mais.*

— Ela não poderia explorar os pontos fracos dos subordinados se eles já não existissem.

— Todo mundo tem fraquezas. Mas então você cede a elas, cruza o limite e faz exatamente o que jurou combater?

A raiva borbulhou novamente dentro dela.

— Alguém como ela não merece ser policial e precisa ser derrubada com mais força que os idiotas que todos nós nos arriscamos diariamente para combater. Eu já enfrentei policiais do lado errado da lei, antes dela. Em uma estrutura do tamanho do Departamento de Polícia de Nova York, é inevitável que exista gente assim. Mas ela vai além disso.

Eve cutucou a foto de Renee com a ponta do dedo e completou:

— Ela é pior. Foi uma escolha, como você disse e acertou na mosca. Não se trata de ela ser fraca, gananciosa ou carente; pelo menos não só isso. Ela escolheu ser policial, depois escolheu ser corrupta. E escolheu transformar essa atitude na porra de um *negócio*. Deliberadamente. De maneira calculada.

Quero feri-la fundo por causa isso. Quero fazer a escolha, igualmente deliberada e calculada, de queimá-la por causa disso.

Ele sorriu para ela.

— É desse jeito, tenente, que você deve usar o que sente para vencê-la.

166 ⟶ J. D. ROBB ⟵

Peabody e McNab foram os primeiros a chegar.

Eve designou algumas pesquisas novas para Peabody e deu a McNab os mesmos nomes.

— Quero uma busca completa de propriedades, as que não aparecem no radar. Façam uma verificação padronizada de bens pessoais. Pretendo descobrir os pontos de entrada dessas drogas ilegais. Quero saber quem estava no Setor de Controle e quem emitia as faturas das drogas apreendidas. Quero cruzar dados com os dos policiais que confiscaram tudo e com os seus relatórios. Só eventos que passaram pela Central, por enquanto. Precisamos manter o foco.

— Em que posso ajudá-la, tenente? — ofereceu Roarke.

— Garnet tem uma propriedade nos trópicos, mas é um terreno imenso. Preciso encontrar o local exato, mas quero obter essas informações sem dar bandeira e sem usar equipamentos não registrados — acrescentou, baixinho. — Se ele tem uma bela propriedade na praia, aposto que vai lá sempre que pode, o que significa que precisaria usar algum tipo de transporte.

— Precisaria, sim. Esse é um quebra-cabeça muito interessante. Acredito que vou gostar da pesquisa.

— Ele tem um veículo nesse local. Coisa de alto nível, provavelmente um barco. E quase certamente uma identidade falsa para acobertar tudo. É um esquema de longo prazo, será como procurar um alfinete em um palheiro imenso.

— O certo é *agulha* no palheiro.

— Tanto faz. Essa informação pode ser bem útil em algum momento.

— Vou começar a pesquisa.

— O restante da equipe deve chegar daqui a vinte minutos. Acho que vou mandá-los comer logo, para que não percam o foco pensando na comida. Talvez seja bom mantê-los temporariamente distraídos com comida de verdade.

Como Peabody e McNab usavam o computador de Eve e o auxiliar, ela entrou na cozinha e usou o *notebook* do balcão para rodar alguns programas de probabilidades.

Corrupção Mortal 167

Ela pode ser sorrateira, calculista e cautelosa. Mas será que conseguiria ser tudo isso, pensou, e tocar a investigação com tanto ódio ardendo dentro de si?

— Acho que vamos descobrir — murmurou.

Quando ouviu vozes, ela saiu da cozinha.

Hora de começar a festa.

— Excelente comida — elogiou Feeney, e mastigou um sanduíche de carne de porco desfiada. — Ouvi dizer que a sobremesa é torta.

Eve se perguntou se havia algum policial no universo, incluindo ela mesma, que não tivesse um fraco por torta.

— A torta é para depois da reunião.

Ele a fitou com olhos tristes.

— Isso é cruel, garota.

— Sim, eu sei. — Ela foi para a frente da sala. — Vou começar enquanto todos terminam de lamber os pratos. Por favor, direcionem a atenção para os quadros e os dois casos separados, mas conectados.

A apresentação foi breve, pois quase toda a equipe já tinha sido atualizada sobre as etapas e o progresso da investigação. Ela convidou Mira para apresentar os perfis de personalidade de Renee Oberman, William Garnet, Carl Bix e da vítima.

— Qual é a sua opinião, doutora Mira, quanto a determinar se a morte de Keener foi homicídio, acidente ou suicídio?

— Suicídio não é consistente com nenhuma das ações pregressas da vítima. Ele se mudou e levou seus bens para outro local. Na noite de sua morte ele fez uma refeição normal e conversou com a jovem que o serviu. Segundo a declaração dela, o humor de Keener parecia agradável, ele estava expansivo e até falou que iria se mudar.

"Overdose acidental é sempre um risco para qualquer viciado", continuou Mira. "No entanto, a dose maciça que foi injetada na vítima não condiz com seus hábitos anteriores. Na minha opinião, com base em fatos, declarações e análises de personalidade, foi homicídio."

— Renee vai ter dificuldade em refutar isso — afirmou Feeney.

— Esse é o meu plano. Vou ter que perguntar a ela como foi possível que o seu informante, um traficante de doses pequenas e baratas, tenha colocado as mãos numa quantidade imensa de uma substância ilegal de alta qualidade. E quero saber quem costuma lidar com essa substância em sua equipe. Vou precisar conversar com alguém do seu esquadrão que já tenha feito alguma apreensão dessa substância, e depois vou falar com o restante do Departamento de Polícia.

— O que nos leva ao Controle de Apreensão. McNab!

Ele engoliu um pouco de macarrão.

— Por orientação da tenente, iniciei um inventário com recibos de drogas específicas da sala de apreensões da Central. Você quer ver o trabalho completo ou só os resultados? — quis saber ele.

— O trabalho estará incluído no arquivo e será copiado para todos os membros da equipe. Vamos direto aos resultados, por favor.

— Os recibos de apreensão de drogas são responsabilidade do tenente Harrod. Os detetives Petrov e Roger fizeram uma bela apreensão cerca de seis semanas atrás. Confiscaram várias substâncias ilegais, incluindo um grande lote da droga conhecida nas ruas pelo nome de Fuck You Up. Devo acrescentar que o detetive Roger e dois policiais fardados foram feridos durante a operação. No relatório do detetive Petrov, ele estimou o peso do Fuck You Up em 30 quilos. O valor dessa quantidade nas ruas chega a 250 mil dólares. Eles também trouxeram o que ele calculou serem 90 quilos de Dust e 500 cápsulas de Exotica.

"Comecei pelos agentes primeiro, tenente", explicou McNab. "Não tive tempo de fazer uma busca completa. Petrov levou as substâncias confiscadas até o Controle de Apreensões para pesagem, registro e armazenagem. As estimativas das quantidades no local

Corrupção Mortal

da apreensão são feitas quase sempre na base do olhômetro. Eles chutam um peso porque, sabe como é, quem não gosta de números impressionantes? A contagem oficial após a pesagem oficial foi de 22 quilos de Fuck You Up, 84 quilos de Dust e 375 cápsulas de Exotica."

— Temos uma bela discrepância.

— Temos mesmo, senhora. Como Roger estava sendo transportado para o hospital, Petrov não esperou pela pesagem.

— Quem recebeu e pesou as referidas substâncias?

— O sargento Walter Runch.

— Computador, mostre-nos os dados do sargento Walter Runch no Telão. Eu levantei o histórico e fiz uma análise dos policiais da Apreensão — continuou Eve, quando os dados surgiram. — Ela precisa ter um contato em cada etapa da operação, senão precisará se limitar aos próprios homens e ver todo o lucro extra passar ao largo do seu esquema. Uma análise de Runch nos dois anos e quatro meses em que ele vem trabalhando nessa função mostra que suas pesagens estão sempre abaixo da estimativa; as discrepâncias aumentam quando a pesagem é feita para alguém do esquadrão de Renee.

— Quando o policial da apreensão é da equipe dela — disse Feeney —, ele tira o peso do valor estimado antes mesmo da pesagem.

— É o que parece — concordou Eve. — Isso não acontece sempre, nem na maioria das vezes, mas com regularidade e principalmente quando se trata de grandes operações. — Como vocês veem — continuou Eve —, Runch foi designado para trabalhar no Controle de Apreensões depois de receber uma punição por destruir um bar e espancar o agente de apostas, que o fez perder cinco mil dólares em um jogo de futebol americano. Runch tem um pequeno vício em jogo, mas recebeu a oportunidade de fazer terapia e pedir transferência, proposta que acabou aceitando.

Eve pegou a foto que já tinha imprimido e a adicionou ao quadro de Oberman.

— Você já o investigou? — perguntou McNab.

— Só rodei um programa de probabilidades, você colocou um laço no pacote. O que a DAI tem sobre Runch? — perguntou a Webster.

— Eu nunca o investiguei diretamente, mas se houver mais casos, vou descobrir. Já interroguei o detetive Marcell, do esquadrão dela, a respeito de uma morte durante uma certa operação. Ele e um tal de detetive Strumb, ambos sob o comando da tenente Oberman, foram dar cobertura a um agente disfarçado, o detetive Freeman. Freeman andava comprando drogas, negociando fazia algumas semanas e estava prestes a fechar negócio. Essa era para ter sido uma operação bem tranquila, mas deu tudo errado. O traficante levou com ele a mulher e um segurança. A mulher conhecia Freeman e gritou que ele era um tira que já a tinha prendido por posse de drogas. O caldo entornou, Marcell e Strumb apareceram para ajudar. Freeman ficou ferido, Strumb e o traficante acabaram mortos. O segurança saiu ferido, de acordo com Freeman e Marcell, mas esse fortão e a mulher conseguiram entrar no veículo e fugir com o dinheiro e a droga.

— Muito conveniente — comentou Eve.

— Tem mais. As declarações de Freeman e Marcell foram mescladas. Freeman identificou a mulher que tinha prendido seis meses antes. A reconstrução da cena do crime ocorreu conforme o relato dos policiais envolvidos. Marcell reconheceu ter matado o traficante, mas alegou legítima defesa e necessidade de salvar o seu parceiro, Strumb, que havia sido derrubado. Ele passou pelos testes psicológicos obrigatórios em casos de abate de suspeitos e os resultados confirmaram a história dele.

— O que você acha?

— Acho que ele provavelmente matou o traficante em sinal de vingança pelo seu parceiro, mas não consegui provar isso. Três dias depois os corpos do segurança e da mulher foram encontrados em um motel de beira de estrada com as gargantas cortadas. Não foram

Corrupção Mortal

localizados o dinheiro nem as drogas. Acredito que ele possa ter ido atrás deles. Investigamos tudo, mas ele tinha um álibi sólido. No momento das mortes ele estava com a tenente Oberman e os detetives Garnet e Freeman num bar, compartilhando uma espécie de velório particular em homenagem ao companheiro morto.

Webster apontou com a cabeça para o telão e perguntou:

— Juntando tudo o que sabemos agora, acho que há algo podre.

— Peabody, procure fotos de Freeman e Marcell e coloque-as no quadro. Temos quatro na equipe dela e mais um no Controle de Apreensões da Polícia. Também quero a foto do detetive Roger, ligado ao tenente Harrod.

— O policial ferido? — perguntou Peabody.

— Esse mesmo. Estou pensando se a estimativa teria ficado tão distante do peso real se ele não tivesse sido ferido e, portanto, incapaz de fazer a estimativa por si só. É uma possibilidade. Mas ela claramente tem mais gente no esquema — acrescentou Eve. — Com a ajuda do perfil de personalidade montado pela doutora Mira, eu fiz uma análise do histórico dela como chefe do esquadrão. Em menos de seis meses depois que ela assumiu o cargo, três policiais foram transferidos para outros esquadrões ou divisões. Em dois dos casos, Renee solicitou detetives específicos para substituí-los. Um deles foi Freeman, o outro foi o detetive Armand, que veio do Departamento de Polícia do Brooklyn, depois de trabalhar na Divisão de Detecção Eletrônica de lá.

Eve colocou no telão a foto dele.

— Renee precisava de um detetive eletrônico. O terceiro detetive foi transferido em menos de um ano, e depois houve mais um que foi removido do esquadrão original. Uma das substitutas posteriores foi morta em uma operação que reuniu vários esquadrões, cerca de oito meses depois de ingressar na equipe de Renee. Um outro permanece sob seu comando, o detetive Palmer. Ele já tinha trabalhado durante três anos com um esquadrão focado no crime organizado. Ela precisa de todos esses contatos — explicou Eve, adicionando a foto dele.

— Quantos você acha que estão no esquema, ao todo? — quis saber Whitney. — Quantos especificamente desse esquadrão?

— Certamente não são todos, comandante. Mas ela precisa de bodes expiatórios, gente que possa levar a culpa e fazer sacrifícios em nome do dever. Isso pode ter acontecido com Straub e a policial que foi transferida e morreu. Renee precisa ter pelo menos um homem na Contabilidade, pelo mesmo motivo que precisa de alguém no Controle de Apreensões. Os resultados do esquadrão precisam ser robustos para manter a equipe fora do radar. É provável que ela tenha pelo menos um contato em outro esquadrão. Estou apostando em Roger. Ou então alguém que ela assediou para simplesmente trazer fofocas. Uma pessoa que lhe transmita informações sobre investigações em andamento e operações planejadas.

Ela olhou para Mira e continuou:

— Vou adicionar o doutor Adams, já que ela solicitou especificamente os serviços dele para os seus relatórios psiquiátricos. Minha pesquisa mostrou que todo o seu esquadrão utiliza os serviços dele, agora.

"A investigação de um homicídio coloca pressão sobre ela e a enfurece. Keener era para ser só um fiapo na manga da sua blusa; um fiapo que ela jogou para o espaço. Só que agora ele se transformou em uma pedra no sapato dela. Vou insistir, como é meu direito de investigadora principal, em conversar com todos os policiais da equipe. Imagino que ela vá prestar queixa contra mim para o comandante."

— Isso mesmo — concordou Whitney. — Suponho que ela fará isso, sim.

— Devido às evidências até agora compiladas, senhor, eu peço a sua permissão para que a DDE instale um rastreador e uma filmadora no veículo que ela usa. Trata-se de um grampo na viatura oficial dela, senhor, e não no seu veículo pessoal.

— Ótimo, assim nós evitamos a necessidade de um mandado — disse Whitney.

Corrupção Mortal 173

— Deslize é a palavra para essa ideia — contrapôs Webster. — Ela vai pular em cima de você com base nisso. É algo de legalidade questionável e que os advogados adoram questionar.

— Que tal fazermos diferente? Digamos que a viatura atual dela apresente problemas mecânicos e ela seja obrigada a requisitar uma substituição. Ao aceitar a viatura nova ela abre mão dos direitos sobre a antiga. Isso está especificado na troca, mas quem lê as letras miúdas? Nós armamos tudo com cuidado, e se ela assinar terá aceitado o novo veículo do jeito que lhe será entregue.

·— Desse jeito vai funcionar.

— Feeney, quem você pode bajular na oficina para saber qual veículo será reservado para ela?

— Tenho meus contatos, isso não será problema.

— Você e McNab podem ir até o veículo e grampeá-lo de um jeito que o grampo não apareça em uma varredura comum?

Ele inclinou a cabeça e estreitou os olhos para Eve.

— Sinto-me insultado só por ouvir essa pergunta.

— Beleza, então. Peabody, pegue um formulário de aceitação de veículos substituídos e faremos algumas alterações no documento.

— Como você vai sabotar a viatura dela? — quis saber Webster. — E depois convencê-la a assinar o documento do carro sabotado?

— Cuidarei disso — garantiu Eve, tomando o cuidado de não olhar para Roarke. — Feeney, me avise o mais rápido possível quando você tiver acesso à viatura. Aproveite e use a sua magia de nerd para encontrar a localização exata do carro atual dela.

Era fantástico vê-la trabalhar assim, pensou Roarke. A forma como ela expunha os fatos, analisava tudo e cronometrava cada instante, até mesmo a hora certa de liberar a torta que aliviaria um pouco da tensão na sala.

Ele olhou para o quadro e reparou na forma como ela conseguira deliberadamente adicionar um nome e uma foto de cada vez, para que cada elemento tivesse o seu impacto específico. Desse modo, cada um importava tanto quanto o seguinte. Não se tratava de um grupo de maus policiais, mas de maus indivíduos.

Agora, com a torta trazendo um ar mais informal, ela iria explicar a função de Roarke no caso.

— A partir da conversa entre Renee e Garnet, que Peabody ouviu, já sabemos que Garnet possui propriedades em algum lugar tropical com praias. Pedi a Roarke, na sua condição de consultor especial civil, para tentar localizar essa propriedade. Se Garnet é dono de um pequeno paraíso tropical e se esforçou muito para ocultar essa propriedade, possivelmente por meios ilegais, isso nos ajudará a envolvê-lo no esquema. Isso também poderá nos ajudar a usá-lo a nosso favor, se e quando precisarmos que alguém da equipe dela abra o bico.

— Não que eu não considere isso uma boa ideia — começou Webster —, mas qualquer busca que mergulhe fundo nas finanças dele e nos seus ativos sem o filtro de uma pesquisa autorizada ou o consentimento oficial da DAI servirá apenas para alertá-lo. Mesmo com a autorização, se ele tiver tomado precauções a respeito, poderá sentir o cheiro de cilada.

— É por isso que terei que ser muito discreto ao agir — retrucou Roarke.

— Escute, se você obtiver algum dado por meios ilícitos, todo o restante se tornará questionável quando os advogados entrarem em cena.

— Estou ciente disso. — Roarke inclinou a cabeça. — Sou casado com uma policial. Gostaria que eu lhe explicasse como isso poderá ser feito, detetive?

— Sim, me explique — assentiu Webster.

— Eu posso, na condição de empresário com muitos interesses e investimentos em transportes, gerar uma pesquisa. Por exemplo, posso coletar dados sobre quantos homens de determinados parâmetros demográficos viajam de Nova York para um mesmo destino tropical mais de três vezes por ano. Talvez valha a pena aumentar a nossa oferta de serviços de transporte para esses locais, bem como oferecer incentivos a esses clientes em potencial.

— Sim. — Webster abriu um sorriso. — Entendi.

— Como nossos serviços incluem transportes particulares e sempre vale a pena oferecer vantagens para quem puder pagar, analisamos esses indivíduos, principalmente se descobrirmos que eles são donos de residências. As pessoas que têm vários domicílios e podem se dar ao luxo de viajar regularmente para os seus locais de moradia secundária são excelentes clientes.

— Aposto que são. Sim, é uma boa estratégia. Se você encontrar o local, por favor, me avise. Posso trabalhar com um filtro a partir daí, para investigar mais a fundo. — Quando Roarke ergueu uma sobrancelha, Webster confirmou. — Um filtro sancionado pela DAI evita que a pesquisa se torne questionável.

— Entendi.

— Se é tudo por hoje, tenho que ir embora. — Webster se levantou. — Tenho um encontro.

— Relacionado com esse caso? — quis saber Eve.

— Não, sem relação com o caso. — Ele lançou um curto sorriso para Roarke. — Obrigado pela torta.

— Também quero agradecer. — Mira se aproximou quando Webster saiu. — Vou preparar os perfis dos outros policiais e posso entregá-los para você amanhã, Eve. Sugiro que você encontre um jeito de conversar com os membros do esquadrão de Renee que já trabalhavam lá antes dela chegar, para ter uma noção de como eles são.

— Isso está na minha lista — garantiu Eve.

Quando a sala finalmente ficou vazia, Roarke se encostou na mesa de Eve.

— Enfim, sós. Suponho que partiremos em breve para que eu possa sabotar a viatura atual de Renee.

— Achei que você iria gostar dessa parte. Um toque de nostalgia.

— Seria mais agradável se eu roubasse o carro.

Ela considerou a ideia por um momento.

— Não, é melhor sabotá-lo. Mas você precisa fazer com que pareça um problema mecânico comum, embora grave, mas sem adulteração. Quero que ela seja incapaz de usá-lo por, digamos, uma semana. E quero que o relatório da oficina mostre a ela que foi um defeito normal.

— Bem, pelo menos há um pequeno desafio na missão. Preciso trocar de roupa. Enquanto isso você pode me contar como planeja fazer para que Renee assine o documento aceitando o novo carro do jeito que ele vier.

— Você já devia saber que quando a pessoa precisa dar um golpe contrata um vigarista profissional.

Capítulo Dez

Sabotar veículos era algo pouco comum para Eve, especialmente quando havia aprovação do Departamento. Ela perguntou a si mesma como apresentaria aquilo no relatório.

Consultor especialista civil (ex-ladrão) foi autorizado a sabotar a viatura de uma oficial graduada do Departamento de Polícia de Nova York.

Provavelmente não seria bem assim.

— Ela não merece ser uma oficial graduada da Polícia de Nova York — murmurou Eve.

Roarke olhou para ela enquanto dirigia.

— Sério que você está realmente se sentindo culpada por isso?

— Não culpada. Desconfortável — decidiu. — Foi minha ideia e é uma boa ideia. A viatura dela é propriedade da Polícia e o comandante pode solicitar ou aprovar a nossa jogada, e teremos uma sanção tácita da DAI graças à participação de Webster no caso. Mas continuo sendo uma policial que vai, de forma deliberada e secreta, sabotar a viatura de uma colega. Então, preciso me lembrar a todo instante de que ela não merece ser policial.

— Se isso ajuda você, tudo bem, querida. Mas você poderia tentar se divertir, como eu pretendo fazer. — Ele abriu um sorriso e a cutucou nas costelas de um jeito brincalhão. — A atividade criminal tem seu charme. Caso contrário, não haveria tantos criminosos.

— Não se trata de atividade criminal. Foi autorizada pelo Departamento.

— Finja, então.

Ela simplesmente revirou os olhos.

— O prédio dela tem um excelente sistema de segurança, como era de esperar de uma tira envolvida em corrupção. A garagem dos moradores fica no subsolo.

— Você já me avisou, e esta é a razão pela qual eu dei uma olhada em todos os registros da garagem e identifiquei a vaga dela. Segundo andar, vaga 23.

— Vou revisar a operação. — Isso, admitiu ela, fazia tudo parecer menos criminoso. — O estacionamento para visitantes é no terceiro andar e eles precisam passar pelo sistema de segurança da garagem. A maneira mais simples é informar um nome e o apartamento correspondente.

Ele olhou para ela com vontade de rir.

— Não, há um jeito mais simples.

— E eu já tenho essas informações graças à sua pequena pesquisa — acrescentou ela, ignorando-o abertamente. — Apartamento 1020, Francis e Willow Martin. Há câmeras na entrada da garagem e em todos os andares.

— Uhum — confirmou Roarke.

— Eles gravam o veículo e a placa de quem entra ou sai — continuou ela. — Mas Renee não terá motivos para suspeitar de sabotagem nem para solicitar uma revisão nos discos. Desde que você faça o trabalho corretamente.

— Muitas vezes me pergunto que tipo de cúmplice você daria se tivéssemos nos conhecido quando eu era ladrão. Acho que, infelizmente, isso nunca teria funcionado. Querida Eve, você é muito certinha.

— Aceito isso como um elogio — reagiu ela, entredentes.

— Isso confirma o que eu disse.

— Escute aqui, espertinho, não quero dar a ela motivo algum para questionar o carro enguiçado nem para desconfiar da viatura nova que vai receber.

— Confie em mim — garantiu ele, e se virou para as portas fechadas da garagem.

— Apartamento 1020 — lembrou ela.

— Uhum — repetiu ele, quando os portões se ergueram por mágica.

— Como diabos você fez isso?

— Eu poderia dizer que é um segredo profissional, mas como estou entre amigos, explico. Ativei um *jammer* pouco antes de chegarmos. Ele liberou o portão e desativou as câmeras por alguns instantes. Os monitores vão piscar de leve na sala de controle, por décimos de segundo. Já estamos descendo — informou, enquanto serpenteava pela curva descendente. — Quando terminarmos, é só subir de volta.

Brilhante, pensou ela. Simplesmente brilhante. Mesmo assim...

— Não sei em que isso é mais simples do que digitar os dados em um painel.

— Ora, nós não conhecemos Francis e Willow, certo? Pode ser que eles tenham bloqueado a entrada para visitantes ou estejam em São Martinho fazendo sexo selvagem na praia.

— Eu verifiquei os dados deles, não sou idiota. Ela é obstetra e trabalha cedo amanhã de manhã. Eles *não estão* em São Martinho fazendo sexo de nenhum tipo.

— Lamento por eles. Talvez tenham dado uma saída. Talvez ela esteja realizando um parto neste exato momento e, aproveitando a ausência dela, Francis saiu para visitar sua jovem amante e está curtindo um pouco daquele sexo selvagem.

Ele parou o carro e apontou o tablet para fora da janela.

— A questão é que não sabemos o que Francis e Willow estão fazendo, então por que arriscar?

— E o que você está fazendo?

— Só um minuto.

Ela se remexeu no banco do carona. Ele prendeu o cabelo atrás da nuca, em modo de trabalho, e começou a digitar uma série de números, letras — sabe-se lá o que mais — no tablet. Tinha um leve sorriso no rosto, mas ela conhecia bem aqueles olhos. Ele estava totalmente focado no que fazia.

— Isso deve dar conta de tudo — declarou Roarke.

— Deve dar conta do quê?

— Nos próximos cinco minutos, as câmeras deste andar exibirão a área como ela está agora, sem a nossa presença. — Ele continuou a dirigir. — Não é o Museu Britânico, mas seria estranho se um segurança decidisse verificar a garagem e me visse sabotando o veículo de Renee.

Ele parou longe do carro dela.

— Não vou demorar muito — avisou ele, ao saltar do carro.

Franzindo a testa, Eve abriu a porta do carona e o acompanhou até junto do carro visado. Pensou em lembrar a ele que o capô do veículo devia estar protegido por algum alarme, mas ficou feliz por ter poupado o fôlego. O capô se abriu em segundos.

— Como foi que você desativou o alarme sem...

— Calada!

Ele pegou outro dos seus brinquedinhos no bolso e o prendeu em algum lugar debaixo do capô com um fio finíssimo. Em seguida, digitou um comando que tinha números e símbolos piscando em vermelho na tela minúscula. Ele os observou piscar e de repente interrompeu a sequência. Digitou outro comando e isso gerou uma nova série de códigos.

Sorrindo, ele estendeu o aparelho.

— Pronto, basta apertar a tecla ENTER.

— Por que eu?

— Porque somos cúmplices neste crime.

— Merda. — Ela apertou ENTER e ouviu claramente vários estalos elétricos agudos.

Corrupção Mortal

— Muito bem. Você nasceu para isso.

— Vá lamber sabão.

— Prefiro lamber você. — Ele digitou mais uma série de comandos, desconectou o aparelho e fechou o capô.

— Só isso?

— Só isso. Deixei as câmeras bloqueadas por mais algum tempo, para o caso de você querer revistar o veículo. Quer que eu abra a porta do carro para você entrar?

Ela gostaria, sim. Puxa, como gostaria.

— Não tenho autorização para isso.

— Sempre dentro da lei, o que é o mesmo que "certinha". — Ele esperou por alguns instantes, observando-a lutar uma batalha interna.

— Não. Se for preciso revistar o carro, farei isso no veículo que ela vai receber. Com um mandado para isso ou a autorização do comandante. Vamos embora.

— Isso foi divertido. — Roarke se colocou atrás do volante e subiu as curvas até a saída. — Mas um pouco insatisfatório.

— O que você fez lá embaixo?

— Identifiquei, copiei e substituí o código do sistema através de um comando incompatível emitido por um clone de diagnóstico que enviou o sinal diretamente para... — Ele parou e sorriu ao olhar para ela. — Adoro quando você fica com os olhos vidrados por causa da tecnologia. É muito parecido com a cara que você faz quando goza.

— Ora, por favor. — Ela fechou a cara e fez bico.

— Eu tenho o privilégio de olhar bem fundo nos seus olhos, nesses momentos. Basicamente eu queimei vários chips para desativar o motor de partida. Emiti um segundo comando para que, quando ela entrar no carro e tentar dar partida, esta ação desencadeie uma reação adicional que vai, basicamente, *destruir* os sistemas do motor.

— Ok, ótimo. Ninguém vai perceber isso na oficina?

Ele deu um suspiro longo, profundo e exagerado.

— Não sei por que eu tolero tanto abuso e ceticismo. Ah, sim, a recompensa são aqueles olhos vidrados. O problema será diagnosticado como um defeito no motor de arranque o que, por sua vez, comprometeu o motor.

— Perfeito. Obrigada.

— O prazer foi meu. Depois você vai visitar a nossa trapaceira favorita?

— Sim. Ela deve estar me esperando.

A tenente Renee Oberman entrou na sala do seu esquadrão muito mal-humorada.

— Tenente! — chamou a detetive Strong, e recebeu um olhar furioso do tipo "cale a boca".

— Heizer, entre em contato com o Setor de Requisições e diga a eles que quero a maldita papelada do meu novo veículo o mais rápido possível.

— Sim, senhora.

— E não quero nunca mais ver aquela porcaria que eles levaram da minha garagem agora de manhã. Se eles a substituírem por outro carro de merda, vou transformar a vida deles num inferno.

— Sim, senhora — repetiu o policial, vendo-a invadir a própria sala. Renee parou quando viu Eve sentada em uma das poltronas para visitas.

— Bom dia, tenente. Que horário bom de entrada vocês têm aqui na Divisão de Drogas Ilegais! — brincou Eve.

— Não comece a me irritar. — Renee caminhou até a mesa, abriu uma das gavetas e jogou a bolsa lá dentro. — Minha viatura morreu agora de manhã.

— Meus pêsames — disse Eve, sem sinceridade. — Esses carros são uma porcaria.

— Agora estou lidando com os idiotas do Setor de Requisições e a oficina da troca de veículos.

— Sim, isso é uma aporrinhação — concordou Eve. — Estou aqui para lhe trazer uma aporrinhação maior.

— Olha, Dallas, você me colocou numa sinuca por conta dos dados e arquivos confidenciais conseguidos pelo meu informante.

— Seu informante morto.

— Morto ou vivo, esses dados deveriam permanecer confidenciais. Vários dos casos associados a eles ainda estão em trâmite ou na fila para julgamento. Se essas informações vazarem, todos os julgamentos ficarão comprometidos.

O rosto de Eve ficou duro como pedra.

— Você está insinuando, tenente, que eu repassaria esses dados para um réu ou o seu representante legal?

— Não estou insinuando nada, estou comentando um fato. Não sei como você administra a sua divisão; várias pessoas poderão ter acesso a esses dados, mas agora não me restou escolha. Você entendeu o que eu quis dizer, e no que me diz respeito estamos resolvidas.

— Você está errada. Para início de conversa, a *causa mortis* de Keener foi uma overdose de Fuck You Up misturada com um pouco de Zeus. Eu me pergunto como foi que um traficante de drogas baratas que vendia basicamente Zoner teve acesso a uma substância tão cara.

— Já expliquei — disse Renee, pausadamente, como se falasse com uma criança. — Ele usava tudo que conseguia.

— Sim, e eu quero descobrir como ele conseguiu a substância cara. Preciso saber quem do seu esquadrão trabalhou em qualquer operação que tenha envolvido o Fuck You Up, de quem eles apreenderam essa droga e assim por diante. Vou precisar desses arquivos.

— Porra nenhuma! Você vem ao *meu* gabinete para insinuar que alguém da *minha* equipe repassou ao *meu* informante uma droga de alta qualidade?

Perfeito, pensou Eve. Excelente!

— Não estava insinuando isso. Deveria? De fato, dado o desenvolvimento deste caso, este é um ângulo muito interessante.

Renee bateu as mãos sobre a mesa.

— Agora escute aqui!...

— Licencinha. — Uma mulher minúscula com cabelo preto e rabo de cavalo enfiou a cabeça na porta. Estalou um chiclete rosa brilhante na boca e lançou para as duas tenentes um olhar entediado com seus olhos castanhos cor de chocolate. — Alguma de vocês duas é a tenente Renee Oberman? — O sotaque forte do Brooklyn coloria sua voz.

Renee deu uma olhada de cima a baixo na mulher, no rabo de cavalo que caía sobre a blusa polo branca barata, nas calças largas, nos tênis cinzentos e sem brilho.

— Eu sou a tenente Oberman.

— Sou Candy, do Setor de Requisições. — O crachá de Candy balançou sobre os seios enormes quando ela caminhou até a mesa.

— Até que enfim!

— Sim, bem, tivemos de confirmar tudo, entende? Policiais tratam suas viaturas muito mal. Conseguimos um Torrent zero quilômetro. Um modelo melhor, conforme solicitado. Trouxe seus códigos e o resto da papelada.

Renee estendeu a mão.

— E então?

— Ora, eu não tenho autorização de lhe entregar nada até que você assine tudo. Como você acha que a coisa rola por aqui? Acha que distribuímos carros como se fossem balas? Assine tudo, coloque a data de hoje e rubrique todas as páginas para evitar fraudes. — Candy colocou os formulários sobre a mesa e bateu neles de leve uma unha rosa brilhante e levemente lascada. — Você avisou que tinha muita pressa, então eles me mandaram trazer tudo pessoalmente. Que sala legal, a sua!

— Agora me entregue logo os códigos — retrucou Renee, enquanto assinava e rubricava todas as páginas.

— Calma, não se irrite. — Candy lhe entregou um cartão lacrado. — Caso deseje alterar as senhas deverá nos avisar oficialmente, para registrarmos tudo.

— Muito bem. Isso é tudo.

— Ainda não. Você precisa assinar minha tela aqui e confirmar o recebimento da nova viatura e dos códigos. Se não fizer isso, alguém pode achar que eu peguei o carro e saí por aí.

Renee pegou a telinha e rubricou suas iniciais com a caneta eletrônica.

— Suma daqui!

— Eita! — Candy reuniu os formulários e fungou com força, resmungando: — De nada, porra.

— Não é de admirar que eles sejam tão desorganizados por lá — disse Renee quando Candy saiu. — Contratam pessoas desse tipo!

— Você ganhou um carro novo, Oberman. Agora, se está tudo resolvido, vamos continuar nossa conversa fascinante, e você poderá me explicar por que dois dos seus detetives estiveram no apartamento da vítima ontem.

— O que você disse?

— Exatamente o que você ouviu. Vou registrar uma queixa formal contra você, seus detetives e esse esquadrão por interferir e potencialmente comprometer uma investigação de homicídio.

Os olhos de Renee se incendiaram quando ela deu dois passos desafiadores em direção a Eve.

— Você acha que pode entrar no meu esquadrão, no meu gabinete e ameaçar a mim e aos meus subalternos?

— Acho, sim, já que é exatamente o que estou fazendo. — Só por diversão, Eve também deu um passo à frente e as duas ficaram quase cara a cara. — E prometo que irei fundo com essa ameaça se não ficar satisfeita com a sua explicação da razão para os detetives Garnet e Bix terem entrado no apartamento de Keener ontem, sem a minha autorização. E farei mais do que ir fundo se eu descobrir que um deles, ou os dois, forneceram drogas ilegais à minha vítima.

— *Exijo* saber por que motivo você está fazendo essa afirmação.

Eve exibiu um sorriso de escárnio.

— Eu não tenho que lhe explicar porra nenhuma. Este é o *meu* caso, a *minha* investigação, a *minha* vítima. Estou me perguntando por que você está tentando impedir, interferir e comprometer o meu trabalho.

— Isso é ridículo e ofensivo. Não aceito esse tipo de acusação numa boa, então pode acreditar que *eu vou* acompanhar tudo de perto.

— E eu não aceito numa boa que dois dos seus homens tenham entrado no apartamento da minha vítima, mexido com potenciais evidências e sabotado a minha autoridade e a minha investigação. Não aceito mesmo! Se você não quiser falar comigo, não há problema. Nós duas podemos ir conversar com Whitney.

— É assim que você resolve as coisas, tenente? Correndo para o comandante?

— Quando o motivo é justo, pode apostar que sim. — De forma deliberada, Eve olhou por cima do ombro para o retrato do comandante Oberman. — Achei que você iria entender e respeitar isso, principalmente porque o seu papai costumava ocupar o cargo.

— É melhor não trazer meu pai para esta história.

Um ponto sensível e fraco, reparou Eve quando a voz de Renee oscilou.

— Você não vai me impedir — rebateu ela. — Posso e vou convocar seus dois homens e arrastá-los para um interrogatório formal. Posso e vou acusá-los logo de cara por invasão de domicílio, entrada forçada e obstrução da justiça, caso não receba explicações convincentes.

Renee virou-se e foi para trás da mesa.

— Vou conversar com meus detetives sobre tudo isso e retorno a você com minhas descobertas.

Ah, você está revoltada, pensou Eve, e quer convencer nós duas de que está no comando.

— Você não está me entendendo, Oberman. Você vai falar com seus homens na minha presença agora mesmo, ou eles conversarão comigo na minha sala de interrogatórios, numa sessão que será gravada. Faça a sua escolha e pare de desperdiçar meu tempo.

Corrupção Mortal

No momento do silêncio exaltado que se seguiu, Eve achou que se Renee acreditasse que poderia usar impunemente a sua arma contra uma colega oficial, a teria sacado e disparado ali mesmo.

Em vez disso, ligou para a sala do esquadrão.

— Detetives Garnet e Bix. Venham ao meu gabinete imediatamente. Não vou aceitar que você pressione meus homens, tenente.

— Pressioná-los é o mínimo que pretendo fazer.

Garnet chegou um passo à frente de Bix. Ambos usavam ternos escuros, gravatas com laços cuidadosamente feitos e sapatos que refletiam a luz como um espelho.

Esses caras são policiais ou agentes federais? perguntou Eve a si mesma, e conseguiu um olhar duro e frio de Garnet.

— Feche a porta, detetive Bix. Tenente Dallas, detetives, por favor, sentem-se.

— Não, obrigada — recusou Eve, quase de imediato.

— Fique como quiser, então. — Renee sentou-se atrás da mesa, no que Eve assumiu que ela considerava uma posição de autoridade. Ombros para trás, mãos juntas, rosto severo. — Detetives, a tenente Dallas afirma que vocês dois entraram na residência do falecido Rickie Keener em algum momento do dia de ontem. A tenente é a investigadora principal da morte de Keener.

— Assassinato — corrigiu Eve. — Trata-se de uma investigação de homicídio.

— A tenente Dallas está abordando esta morte como tal, embora os legistas ainda não tenham determinado se foi homicídio, suicídio ou morte acidental.

— Você está atrasada nas suas informações, tenente Oberman, porque o legista determinou que foi um homicídio hoje de manhã. Mas isso não vem ao caso.

— Esta morte foi determinada oficialmente como homicídio? — reagiu Renee. — Quero ver o relatório do legista.

— Não estou aqui para lhe trazer relatórios, e sim para obter informações. Esses dois homens entraram no apartamento de

Keener ontem, tenente, entre o momento em que eu lhe informei sobre a morte do seu informante e a hora em que minha parceira e eu fomos à casa dele. O que significa, tenente, que você já estava ciente da morte dele e da minha investigação quando seus homens entraram agora aqui. Isto é uma quebra de protocolo e uma violação da minha autoridade.

Renee ergueu um dedo.

— As afirmações da tenente Dallas são verdadeiras? — ela exigiu saber dos homens. — Vocês realmente foram à residência de Keener e entraram em seu domicílio?

Você não vai acobertá-los, sua vaca covarde e calculista, pensou Eve. *Vai deixá-los se foderem pelo que fizeram.*

Garnet manteve os olhos nos de Renee.

— Posso falar com você em particular por um minuto, tenente?

— Isso não vai acontecer — avisou Dallas, antes de Renee ter chance de responder. — Ou eu ouço tudo da sua boca agora mesmo ou abro uma acusação contra os dois, como já informei à sua tenente. E vou informar ao comandante.

— Detetives, sei que vocês estavam focados na investigação Giraldi. Mas não vejo como isso os levaria à residência de Keener, caso as informações da tenente estejam corretas.

— Tivemos algumas novas informações. Recebemos uma pista. — Garnet olhou para Eve e depois de volta para Renee. — Tenente, a nossa investigação está em um ponto crucial.

— Entendo isso, mas a investigação será interrompida, caso a tenente registre uma queixa; ou, ainda pior que isso, caso ela acuse vocês. Pelo amor de Deus, detetives, vocês foram à casa de Keener?

— Ficamos sabendo que ele tinha novidades sobre o caso que investigamos e... — Ele interrompeu a frase e olhou para Eve mais uma vez. — Novidades sobre um indivíduo que tem ligação direta com a nossa investigação. Então nós fomos conversar com ele. Não tínhamos conhecimento, naquele momento, de que ele estava morto. Não o encontramos nos locais habituais, então fomos ao seu apartamento. Ele não atendeu à porta. Todo mundo sabe que Juicy gosta de usar seus próprios produtos e tem o hábito de apagar de vez em quando por causa do Zoner.

Renee tinha jogado uma boia de salvação para eles com aquela história da investigação Giraldi, concluiu Eve. Agora Garnet estava agarrado a isso.

Ele continuou:

— O que temos a dizer é o seguinte: se vamos tornar a declaração oficial, acreditamos ter sentido o cheiro de uma substância ilegal que vinha de dentro do apartamento. Bix não tinha certeza se era uma substância ilegal ou fumaça. Certo, Bix?

— Afirmativo. Deve ter sido fumaça.

— Portanto, nós adentramos o domicílio para determinar se o ocupante precisava de alguma assistência.

— Essa é a história de vocês? — perguntou Eve.

— Foi assim que aconteceu — insistiu Garnet.

— E vocês levaram trinta minutos para descobrir que um apartamento do tamanho de um armário estava vazio e que não havia fumaça de substância ilegal alguma nem de fogo?

— Você quer nos punir só porque demos uma olhada cuidadosa ao redor? Não sabíamos que o babaquinha estava morto e temos uma investigação importante chegando num momento crucial. Talvez ele tivesse algo a ver com a história. Não sei como vocês trabalham na Divisão de Homicídios, mas...

— Obviamente não sabe. Você ou o seu colega retiraram alguma coisa do local?

— Não havia nada lá além de lixo. Ele vivia como um porco e, pelo que ouvi, morreu da mesma forma.

— O babaquinha que vivia como um porco é a minha vítima — reagiu Eve, com frieza. — Ao violar o protocolo vocês podem muito bem ter comprometido a cadeia de evidências necessárias para levar o assassino à justiça.

— Ouvi dizer que ele morreu de overdose. — Garnet encolheu os ombros. — Não havia razão para alguém matar aquele imbecil.

— Ah, você acha? Mesmo que o imbecil tivesse informações sobre alguém ligado a uma investigação importante que está num momento crucial?

Preso em sua teia de mentiras, Garnet calou a boca. Eve se virou para Renee e avisou:

— Além dos outros dados já exigidos, quero uma cópia de todos os arquivos e dados desta tal "investigação Giraldi".

Garnet se levantou, mas seu rosto estava vermelho de raiva.

— De jeito nenhum vou permitir que você enfie o nariz no meu caso, tenente. Você quer nos sacanear só porque não tem mais nada com o que trabalhar.

— É melhor você se sentar novamente, detetive — avisou Eve.

— Ah, vá se foder! — rosnou ele, no mesmo instante em que Renee gritou o seu nome. — Foda-se o que ela quer! — repetiu ele, virando para Renee. — Ela não pode vir aqui me dizer como investigar um caso e estragar meu trabalho por causa de um viciado inútil que morreu. É melhor você me apoiar nisso, cacete, senão eu...

— Detetive Garnet! — A voz de Renee cortou o ar e impediu o fim da frase dele, que ficou ofegante, com o peito subindo e descendo.

— É melhor você me apoiar — repetiu ele.

— Vou querer esses dados por uma questão de procedimento oficial, detetive, e você vai ter que me engolir! — Eve se aproximou um pouco mais em ângulo estudado e ergueu a mão. — Você já passou do limite da insubordinação, portanto...

Ele se virou subitamente e, como Eve esperava, o braço dele bateu com força no dela. Para tornar tudo um pouco mais dramático ela recuou um passo, fingindo desequilíbrio.

— Não enche o meu saco! Não é você quem está no comando aqui.

— Pelo que eu vejo, ninguém está. — Eve lançou para Renee um olhar breve de puro nojo. — E você, detetive Garnet, acabou

Corrupção Mortal

de ganhar uma suspensão de trinta dias. Se eu ouvir mais uma palavra sair da sua boca, serão sessenta! — alertou, e lançou para Bix um olhar frio quando ele se levantou lentamente da poltrona.

— Sente-se, detetive Bix, a menos que você queira levar o mesmo castigo.

— Bix — disse Renee baixinho, quando viu que ele permaneceu imóvel. — Volte a se sentar.

Cãozinho adestrado, pensou Eve quando ele obedeceu.

— Detetive Garnet, sente-se também e se acalme. Nem mais uma palavra! — acrescentou Renee. — Tenente Dallas, obviamente temos uma situação aqui em que nossas emoções escaparam ao controle. Meus detetives estão realizando uma investigação difícil que parece ter colidido com a sua. Não há razão para que não possamos resolver tudo isso de forma razoável aqui mesmo, neste gabinete, e sem interferências indevidas em qualquer das nossas investigações.

— Você quer um *favor* meu? — Eve pareceu espantada. — Você vai ficar aí e me pedir para ajudá-la quando não consegue controlar seu próprio detetive? Quando não tomou nenhuma atitude quando ele falou comigo com extremo desrespeito, mesmo depois de eu tê-lo avisado? Quando ele colocou as mãos em mim?

— No calor do momento...

— Calor do momento é o cacete! Vou denunciá-lo e suspendê-lo porque, francamente, não acredito que você tenha peito para fazer isso. Também vou registrar o incidente referente à invasão do domicílio da minha vítima. E vou conversar com qualquer membro do seu esquadrão que esteja envolvido nessa tal "investigação Giraldi". Além disso, como já foi detalhado, quero todos os dados de quaisquer das suas operações ou investigações que envolvam a substância conhecida como Fuck You Up.

— Isso é absolutamente...

Eve se aproximou dela e deixou sua própria raiva transparecer.

— Você não sabe como fazemos as coisas na minha divisão? Pois eu vou lhe contar: se um dos meus homens demonstrasse desrespeito extremo a um oficial superior, seria *eu* quem o suspenderia. Porque ele está sob o *meu* comando. Quero os dados e arquivos da investigação dentro de uma hora.

Eve saiu, satisfeita por ver todos os olhos do esquadrão seguindo-a até a porta. E apreciou o sorriso leve que a detetive Strong fez questão de não esconder.

Uma parte dela queria sair dali cantando, mas ela manteve a fúria fria e controlada no rosto até voltar ao seu andar e entrar na sua própria sala de ocorrências.

— Reineke!

Ele ergueu a cabeça, os olhos arregalados com o tom dela.

— Sim, senhora!

— O que aconteceria se você dissesse "vá se foder" para um oficial superior na minha presença?

— Se eu dissesse mentalmente ou em voz alta?

— Em voz alta.

— Minha bunda ficaria extremamente ferida devido à aplicação repetida e vigorosa da sua bota nela.

— Certa resposta! Peabody, na minha sala. — Ela manteve o olhar de irritação até que Peabody entrou e obedeceu ao sinal de Eve para fechar a porta. — Assista a isso atentamente, porque você não verá esta cena com frequência.

Eve girou os quadris e jogou os braços para cima.

— Essa seria a sua versão da dança da alegria, senhora?

— É meio travada, eu sei, mas esse é um assunto sério que requer algum comedimento. Acabei de esculachar Renee, envergonhei-a diante dos seus subordinados, irritei-a e questionei sua autoridade. Como bônus, manipulei Garnet e o levei a tomar uma atitude que vai lhe render trinta dias de suspensão. Algo que vou providenciar imediatamente.

— Você fez tudo isso sem mim?

— Eu não sabia que iria tirar a sorte grande. Preciso denunciá-lo, preencher uma queixa e suspendê-lo. Devo fazer isso o mais rápido

Corrupção Mortal

possível, em meio a um justo ataque de fúria e tudo o mais. Vou lhe contar tudo assim que tiver chance. Enquanto isso, aguardo um arquivo com todos os casos dos nossos amigos da Divisão de Drogas Ilegais, por causa de um golpe no escuro que Garnet tentou usar para justificar sua entrada no apartamento.

— Eles admitiram ter feito isso?

— Tiveram de admitir. A "investigação Giraldi" foi a desculpa que eles usaram para invadir o domicílio. Quero que você estude essa investigação com atenção. As probabilidades são de que eles planejam usar algo dela para justificar seu comportamento. Vamos ver quem e o que podemos usar.

— Você a assustou? Para mim já está de bom tamanho se você a envergonhou, chateou e abalou a sua autoridade, mas eu gostaria muito de saber que ela ficou com medo.

O sorriso de Eve se expandiu ao mesmo tempo em que seus olhos arderam de prazer.

— Peabody, eu coloquei o temor a Deus nela.

— Boa! Beleza! A galera aí fora vai perguntar o que deu em você.

— Conte a eles, discretamente, que um dos detetives da tenente Oberman me peitou, me disse obscenidades e depois me agrediu.

Os olhos de Peabody se arregalaram, giraram e pareceram vidrados.

— Ele *bateu* em você?

— Bem, tecnicamente eu deixei propositadamente o meu braço no caminho do dele quando ele ficou furioso e se virou para me encarar, mas houve um esbarrão. Renee ficou ali, inerte... espalhe isso por aí... e tentou me convencer a não levar a mal o comportamento do subalterno. Isso é o suficiente para criar um circo de fofocas na Central.

— Vou espalhar. — Em uma imitação de Eve, Peabody girou os quadris, lançou os braços para cima e saiu.

Uma hora depois, Eve respondeu a uma convocação do gabinete de Whitney.

Ele estava recostado na cadeira.

— Acabei de ter uma longa conversa com a tenente Oberman.

— Não estou surpresa, senhor.

— Ela me pediu que eu cancelasse a suspensão de trinta dias que você aplicou ao detetive Garnet. Recebi o seu relatório e já o li. Como você conseguiu incitá-lo a... basicamente mandar você se foder e fazer contato físico?

— Foi surpreendentemente fácil, senhor. O detetive dela é muito esquentadinho, e quando os botões certos são apertados ele se sente no direito de reagir. Bix é mais controlado, e achei interessante que o tom dela com ele seja quase maternal. Garnet fala e Bix só escuta. Bix imediatamente obedece a uma ordem; Garnet ignora ordens, pelo menos quando está revoltado.

— A tenente Oberman mencionou uma investigação importante na qual Garnet e Bix estão envolvidos. Segundo ela, essa é a necessidade de eu cancelar ou, se não puder fazer isso, adiar a suspensão.

— A investigação Giraldi. Minha opinião, senhor? — Ela esperou o aceno de cabeça do comandante. — Renee tirou isso da cartola e eles foram na onda dela. Mas não tiveram tempo para planejar ou coordenar as ações e tropeçaram nas próprias pernas.

— Ela me transmitiu o que aconteceu, pelo menos a sua versão dos fatos, durante todo o tempo em que você esteve no gabinete dela. Garantiu-me que irá disciplinar seus detetives e ordenará a Garnet que ele lhe peça desculpas.

— Não aceito.

— Eu também não aceitaria, em seu lugar. Só que... — Ele levantou as mãos grandes. — Você não acha que seria mais útil para a investigação se Garnet permanecesse em serviço ativo?

— Garnet é uma bomba-relógio, comandante. Ele já está soltando fumaça com Renee. Anda questionando-a e até mesmo ignorando a sua autoridade e as suas estratégias. Agora ele vai ser suspenso e ela não conseguiu consertar as coisas. A insatisfação dele com o *status quo* acabou de aumentar. Ele vai ter dificuldades pela frente com o seu humor e a situação em que se encontra.

Corrupção Mortal

— Isso é uma brecha — concordou Whitney, com um aceno de cabeça. — E você a usará para minar a defesa deles.

— Ele vai destruí-los. Quando o derrubarmos, ele vai entregá-la de bandeja. Por mais que fazer um acordo com ele deixe um gosto amargo na minha boca, comandante, Garnet certamente entregará todo mundo em troca de um acordo decente. Bix não vai entregar ninguém. Ele é leal. Mas eu posso trabalhar Garnet a nosso favor.

— Um acordo, mesmo que ele deixe um gosto amargo na boca, é um sapo que o comando normalmente engole. Tudo bem, tenente, a suspensão dele vai permanecer. Renee já lhe enviou os dados da investigação?

— Os dados chegaram na hora em que eu recebi sua convocação para vir aqui, senhor. Peabody já está analisando tudo e eu também farei isso.

— Eu também. Você ganhou uma inimiga, Dallas.

— Renee Oberman sempre foi minha inimiga, comandante. Ela simplesmente ainda não sabia disso.

Capítulo Onze

Eve manteve a expressão dura enquanto voltava para a sua divisão. Pelos poucos olhares que lhe foram dirigidos e pelos murmúrios ocasionais, teve certeza de que a fofoca já corria solta pelos corredores da Central.

Ela precisava se fechar em seu escritório por algum tempo, rodar alguns programas de probabilidades e usar seus instintos antes de escolher o próximo passo.

Peabody fez menção de saudá-la, mas Eve balançou a cabeça e continuou em frente. Ouviu o grito que veio lá de dentro quando estava a poucos passos da porta.

Lá estava a bebê Bella enfeitada como um narciso, com seus cachos radiantes e seu corpo rechonchudo cheio de dobrinhas em um vestido amarelo brilhante decorado com corações cor-de-rosa.

A cor dos corações combinava com a cor dos os cabelos da sua mãe. Mavis Freestone sacudia a filhinha para cima e para baixo e ria com os gritos de alegria que a menina dava. Mavis tinha o cabelo preso em um trio de rabos de cavalo. O pouco pano que havia em seu vestido de verão explodia em círculos entrelaçados com tons berrantes de roxo e rosa.

Seus olhos verdes brilharam de alegria e seu belo rosto se iluminou quando Bella bateu palmas.

— Aplausos, muitos aplausos! — murmurou Mavis, e a bebê bateu palmas novamente. — Agora agradeça ao público com uma reverência!

No momento certo — e como diabos aquele cérebro tão pequeno entendia tudo? —, Bella, com os pés em sandálias cor-de-rosa brilhantes que eram uma miniatura das que a mãe usava, se levantou para ficar no colo de Mavis. A menina baixou o queixo até encostá-lo no peito.

— Agora mande beijos para os fãs! — Mavis segurou Bella pela cintura e a bebê encostou a palma da mão nos lábios, para em seguida acenar.

Eve teve que admitir que era uma cena bonita de ver.

— Você trouxe uma bebezinha para dentro de uma delegacia de polícia?

Mãe e filha se viraram; sorrisos grandes e felizes se abriram.

— Ela queria te visitar.

Bella lançou os braços para cima e balbuciou algo.

Eve recuou.

— O que ela quer?

— Você. — Mavis se levantou. — Isso é ótimo, porque eu estou apertada para fazer xixi — explicou, e jogou a bebê no colo de Eve.

— Ei! Ei! — Mas as sandálias cor-de-rosa brilhantes de Mavis já corriam para fora da sala — Por Deus!

Bella riu, deu tapinhas nas bochechas de Eve com suas mãozinhas encharcadas de baba e em seguida agarrou os cabelos da tenente com força. Puxou-a em sua direção e tascou um beijo molhado na bochecha de Eve.

— Beijim!

Corrupção Mortal

— Sim, sim, eu sei, beijinho. — Eve olhou para os lábios de Bella, cheios de baba que escorria — Na boca?!... — Espantou-se.

— Beijim! — Bella fez bico de peixe e barulhos de beijo.

— Tudo bem, tudo bem. — Eve deu-lhe um selinho e olhou para os grandes olhos azuis da menina. — O que foi agora?

Bella arregalou os olhos e Eve a achou muito séria quando balbuciou e tagarelou mistérios, a cabeça virando de um lado para o outro, o bumbum pequeno saltando sobre o antebraço de Eve.

— Ninguém entende essa língua. Qualquer pessoa que lhe disser que entende está te enrolando, garota.

Ela decidiu se sentar no chão porque era mais seguro, caso a criança pulasse do seu colo. Além disso, talvez pudesse começar a rodar o programa de probabilidades dali mesmo. Só que no instante em que Bella se viu no chão, empurrou o corpo para tentar se levantar.

— Céus! Eu estava torcendo para que você não fizesse isso. Senta!

Em resposta, Bella se agachou e subiu de volta, dançando sobre os joelhos de Dallas. Depois sorriu como uma maníaca e gritou:

— Das!

— Claro, claro. — Eve olhou para a bolsa roxa que parecia uma montanha e ocupava a maior parte de sua mesa. — Provavelmente há algo ali para mantê-la ocupada. Uma chupeta, qualquer coisa. Enganchando um braço em torno da cintura de Bella, pegou coisas aleatórias da bolsa. Objetos que pulavam, apitavam e cantavam.

Mas tudo que a menina queria era dançar.

Ela pegou um pacote enfeitado com o rosto de um bebê que parecia um querubim. Bella dançou com mais disposição e gritou:

— Yum! — Em seguida, tentou agarrar o pacote.

— Espere um pouco, só um pouquinho! — Foi uma luta, mas Eve conseguiu manter o pacote longe da criança enquanto espiava lá dentro, onde viu pedaços de lua crescente com cor de pão velho.

— Esses biscoitos parecem estragados!

Bella estreitou seus grandes olhos azuis e fez cara de quem dá o último aviso:

— Yum!

— Isso é uma ameaça? Você sabia que eu sou muito maior que você? Acha mesmo que consegue me derrubar?

De repente a boquinha tremeu e os grandes olhos azuis se encheram de lágrimas.

— Yum! — fungou ela. Uma única lágrima volumosa deslizou pela bochecha rosada.

— Ok, isso funcionou. — Eve pescou um biscoito. O pacote não teria um bebê no rótulo se não fosse *para bebês*, convenceu a si mesma.

Bella a agarrou e levou o biscoito e a mão de Eve à boca para roê-los. As lágrimas milagrosamente desapareceram em meio a um sorriso de alegria.

— Yum!

— Você é esperta, hein? Sou obrigada a reconhecer isso. Mas chorar para conseguir o que deseja? Estratégia fraca. Funciona, mas é fraca.

Ainda sorrindo, Bella puxou o biscoito roído da boca e o enfiou na boca de Eve.

— Não, obrigada. Caraca, isso é *nojento*!

— Yum — insistiu Bella, então se sentou e começou a roer o resto do biscoito alegremente.

Eve olhou para trás assustada quando Mavis entrou aos pulos de volta na sala.

— Se ela não pode comer esse troço você não deveria deixar o pacote na bolsa.

— Tudo bem, são os "yums" dela.

— Sim, foi isso que ela me disse... eu acho.

Mavis pegou na bolsa um babador coberto de corações e prendeu-o em torno do pescoço de Bella.

— Esses biscoitos sujam tudo.

— Você fez isso de propósito, não foi? Jogou-a no meu colo e desapareceu.

Mavis riu e ergueu os ombros.

— Agora você me pegou. Mas eu fui mesmo fazer xixi.

— Por quê?

— Porque minha bexiga pediu.

— Mavis!

— Porque ela te ama. E porque você deixou de segurá-la longe do corpo como se ela fosse uma bomba de cocô.

— O cocô às vezes está presente no cenário.

— Verdade. — Mavis deu uma fungada rápida. — Mas não agora. Ela aprendeu a dizer o seu nome. — Para provar isso, Mavis deu um beijo na bochecha de Eve. — Dallas.

— Das! — gritou Bella, e passou a mão gosmenta no local que a mãe tinha beijado.

Reprimindo um gemido de nojo, Eve começou a limpar a gosma do rosto com a base da mão, mas Mavis pegou um lenço umedecido na bolsa.

— Isso é o meu nome?

— É o mais perto que ela consegue chegar de "Dallas", por enquanto. Ainda não consegue dizer "Peabody", mas já fala "McNab".

— Nab! — repetiu Bella, acenando em triunfo com o seu biscoito lambuzado.

— E também fala "Roarke".

— Ork!

— Ork. — Isso fez Eve dar uma gargalhada e o som do riso foi o sinal para a bebê cantarolar um mantra:

— Ork!... Ork!... Ork!... — De repente, não é que a garota fez uma reverência?

— Nossa, Mavis, ela é igualzinha a você.

— Mas tem o coração suave e doce do pai. — Mavis puxou um cobertor em tons de arco-íris da bolsa aparentemente sem fundo. Depois de desdobrá-lo no chão, pegou Bella e a colocou sobre ele.

— Tudo bem se eu fechar a porta? Caso ela ligue o motor e tente fugir.

— Boa ideia.

Mavis fechou a porta e depois se jogou na cadeira de visitante de Eve. Com o bebê aos seus pés, cruzou as pernas.

— E então, como eu me saí?

— Você fez um bom trabalho, Candy.

— Não exagerei muito, não? — quis saber Mavis. — Decidi acrescentar o sotaque do Brooklyn e colocar os peitos quando estava montando a personagem, hoje de manhã. Só para ficar mais interessante.

— Tanto o sotaque quanto os peitos ficaram impressionantes. Eu mal te reconheci. Você não perdeu suas habilidades de golpista.

— E me senti supermag, devo confessar. Voltei às origens e enganei uma otária. Por pouco tempo — acrescentou ela —, mas por uma boa causa.

— Verdade.

— Acho que você ainda não pode me contar qual é essa boa causa, certo?

— Ainda não.

— Tudo bem, porque eu não gostei nem um pouco da vítima. Ela é uma tremenda v-a-c-a controladora. B-a-b-a-c-a durona, mas não durona de um jeito bom.

— Você está soletrando os palavrões? A menina nem está prestando atenção.

— Nunca se sabe. Essa tal de Oberman demonstra claramente que é a palavra que começa com "v", também a que começa com "b" e mais um monte de palavrões que não quero pronunciar na frente da minha Bellamina. E tem mais uma coisa, Dallas: ela quer arrancar o seu coração do peito com as próprias mãos.

— Dei motivos para ela querer isso. Faz parte do pacote.

— Cuidado para não deixar o seu "c" na reta. Por um instante, eu me senti de volta ao meu tempo de vigarista e... caraca, a energia

Corrupção Mortal 203

que eu senti! Ela é fria e tenebrosa. Bella e eu queremos que a nossa "Das" fique em segurança e chute a "b" daquela v-a-c-a.

— Pretendo fazer as duas coisas.

Depois que Bella deu tchau, Eve tomou café e se instalou para revisar os dados que já tinha levantado sobre os detetives que tinham sido transferidos do esquadrão de Renee. Depois, cruzou a lista com as informações que Baxter tinha desenterrado para ela.

Estudou os históricos de cada nome antes do comando de Renee, durante e após. Viu os históricos individuais após a transferência e, em um dos casos, analisou a aposentadoria.

Olhou com muita atenção para o sargento-detetive Samuel Allo. Ele servira durante 35 anos antes de dar baixa e pedir reforma. Trinta e um anos e 5 meses antes do comando de Renee. Trabalhara 17 anos na Divisão de Drogas Ilegais antes de Renee assumir e terminou o último dos seus anos de serviço também lidando com drogas, só que na 68ª DP, no Bronx.

Ela separou a pasta dele, juntou-a à de outros que lhe pareceram promissores e rodou um programa de probabilidades. No fim, ficou satisfeita ao ver que o computador concordava com seu instinto.

Saiu para a sala de ocorrências. Antes de conseguir sinalizar para Peabody, Carmichael caminhou para ela com uma caixinha nas mãos.

— Tenho algo para você, tenente.

Notando que os policiais nas outras mesas assistiam à cena, ela abriu a caixinha.

— Ok. Por que você está me dando um biscoito em forma de... isso é um cachorro?

— Exatamente. Veja só, na tampa diz Top Dog. Minha irmã trabalha em uma padaria, então ela mesma fez.

— Que simpático. Por quê?

— Um pequeno tributo por você derrubar Garnet. Trabalhei em um caso que se cruzou com um dos dele, um tempo atrás — explicou Carmichael. — O cara é um idiota.

204 ❧ J. D. ROBB ☙

— Posso confirmar sua avaliação. Por que você diz isso?

— Esse sujeito é um pavão — garantiu ela, com um pouco de escárnio. — Não curto gente que gosta de se pavonear, aumentar sua importância e agir como se fizesse um grande favor ao colega quando compartilha informações de um mesmo caso abordado sob ângulos diferentes. Ele também não gosta de sujar os seus ternos bonitos. Criticou um novato na frente de Deus e de todo mundo só porque ele fez uma pergunta banal, e, quando reclamei disso com ele, mandou que eu parasse de me comportar como uma garotinha.

— Por quanto tempo ele mancou depois disso?

Carmichael sorriu.

— Fiquei tentada a arrebentar a cara dele, mas julguei mais apropriado proteger a cena e preservar as evidências. Então, como agradecimento, trouxe um pequeno presente por acabar com ele agora.

— Fico feliz em ajudar, obrigada. Peabody, comigo! — Eve mordeu a cabeça do cachorro quando estava saindo da sala, olhou de volta para seus homens e elogiou: — Muito bom.

Enquanto Eve mastigava o cachorro, Peabody lhe enviou um olhar de cachorrinho.

— Caraca, tome. — Ela arrancou a perna dianteira do biscoito e a entregou à parceira.

— Obrigada. É gostoso mesmo. Correu tudo bem com o comandante?

— Tranquilo. Quero examinar mais uma vez a área em torno da cena do crime; vou tentar bater um papo com o meu informante para ver se ele tem mais alguma informação que eu consiga extrair dele.

Como não havia informante nesse caso, Peabody apenas fez que sim com a cabeça.

— Ele ficou bastante abalado com o que aconteceu com Keener. Pode ter tomado um chá de sumiço por algum tempo.

— Então teremos que desenterrá-lo de onde se entocou.

Quando elas entraram na viatura, Peabody perguntou:

— Para onde estamos indo, na real?

— Vamos dar mais uma passada na cena do crime. Talvez consigamos mais algumas pistas sobre Juicy. Depois vamos ao Bronx.

— Aposto que não vamos assistir a um jogo dos Yankees.

— Sargento-detetive Samuel Allo, policial reformado. Todos os dados indicam que ele era um policial excepcional. O programa de probabilidades confirma a minha análise com 94,7%.

— Conheço esse nome. Ele trabalhava no esquadrão de Renee antes de ela ser promovida, mas foi transferido de lá.

— Isso mesmo, saiu mais ou menos sete meses depois de ela assumir o comando — confirmou Eve. — Deixou o esquadrão e a Central. Ainda trabalhou mais de três anos em uma delegacia do Bronx, até completar trinta e cinco anos de serviço. Teve alguns tropeços e muitas condecorações e elogios. Sofreu uma suspensão sob o comando de Renee, por insubordinação. As avaliações dele durante o período de sete meses em que trabalhou com ela não foram nada espetaculares. Um pouco relapso, segundo ela alegou; estava ali só para completar tempo de serviço para poder pedir baixa. Questionava a sua autoridade e se recusava a fazer horas extras.

"O mais estranho é que suas avaliações e resultados na 68ª DP do Bronx não refletiram a opinião da sua tenente anterior."

— Ela o pressionou para sair.

— Esse é o meu palpite. Estou interessada na versão dele.

O sargento-detetive Allo tinha uma casa modesta em um bairro de casas modestas. No espaço apertado diante da casa estava um barco enorme.

Allo estava na proa, polindo o que já brilhava com um pano limpo. Ele as observou longamente quando elas pararam e colocou o pano sobre a amurada.

O sargento tinha uma constituição robusta, ombros largos e carregava algum peso extra na barriga. Usava um boné azul virado para trás que lhe cobria os cabelos que deixara ficar grisalhos.

206 J. D. ROBB

Reformado ou não, tinha os olhos de um policial experiente e deu uma boa olhada em Eve e Peabody quando elas saltaram da viatura.

— Há algum problema aqui no bairro, detetives?

— Não que eu saiba. Tenente Dallas, detetive Peabody. O senhor tem um minuto, sargento?

— Tenho muitos minutos livres desde que me aposentei. Gastei muitos deles cuidando desta belezinha aqui — disse ele, dando tapinhas carinhosos no casco do barco. — Estou às suas ordens — acrescentou, com um aceno de cabeça. — Vejo que vocês são da Central. Divisão de Homicídios. Morreu alguém que eu conheço?

— Novamente, não que eu saiba. Você serviu na Divisão de Drogas Ilegais da Central de Polícia durante vários anos e mais alguns meses sob o comando da tenente Renee Oberman.

— Exatamente.

— Você se importaria de nos contar o motivo de ter se transferido para a 68ª DP?

Seus olhos fitaram Eve longamente.

— Não sei em que isso poderia ser do interesse da Divisão de Homicídios, mas vamos lá. Nosso filho teve um segundo bebê e se mudou para cá. Minha esposa e eu resolvemos que seria ótimo estar por perto deles para curtir os netos, e compramos essa casa. A 68ª DP fica muito mais perto daqui do que a Central.

— Bonita casa — elogiou Eve. — E belo barco.

Ele sorriu do mesmo jeito que Mavis tinha sorrido para Bella.

— Eu sempre quis ter um barco. Estou polindo esta beleza porque vamos levar a família para passear neste fim de semana.

— Vai fazer um tempo excelente para um belo passeio de barco. Seria correto dizermos, sargento, que você e a tenente Oberman não se davam muito bem?

Seu rosto voltou à expressão neutra.

— Sim, seria correto.

— A tenente Oberman escreveu na sua ficha funcional que você tinha dificuldades para aceitar a autoridade dela e em receber ordens de uma oficial mulher.

Corrupção Mortal 207

Sua mandíbula pareceu latejar de raiva.

— Que motivo você tem para investigar o histórico do meu serviço?

— Eles são do meu interesse.

A postura dele mudou, tornando-se combativa.

— Servi durante trinta e cinco anos e tenho orgulho de todos os dias que passei na polícia. Não me agrada ter uma tenente que eu nunca vi antes aparecer na minha casa para questionar meu histórico.

— Não é o seu histórico que está na berlinda aqui.

A mandíbula dele permaneceu firme, mas seus olhos se estreitaram em especulação.

— Você quer que eu jogue algum tipo de sujeira na imagem da tenente Oberman? Se veio à minha casa à procura disso eu também não vou gostar muito.

Eve ficaria decepcionada se ele despejasse sobre ela uma série interminável de reclamações contra a tenente, e confiou mais no sargento ao ver que ele não fez isso.

— Estou pedindo a sua opinião. Trinta e cinco anos no trabalho, um histórico sólido... e uma única mancha. Sob o comando de Oberman. Tenho motivos para vir até sua casa e lhe perguntar sobre a tenente Oberman.

— Quais são eles?

— Não tenho autorização para lhe transmitir essas informações no momento, mas posso lhe dizer que estamos com uma investigação aberta.

— O que foi, vocês acham que ela matou alguém? — Ao ver que Eve permaneceu calada, ele soltou um longo suspiro. Com as mãos nos quadris, desviou o olhar por algum tempo. — Isso é algo terrível — murmurou, por fim. — Terrível mesmo. Sentem-se ali na varanda. Minha esposa saiu com algumas amigas. Vou ver o que tenho de bebida gelada para oferecer.

Ele tinha chá gelado. Os três se sentaram à sombra da pequena varanda coberta e beberam.

— Eu ainda mantenho contato com o pessoal — começou Allo.
— Converso de vez em quando com alguns dos caras com quem trabalhei. Eu acompanho tudo o que está acontecendo. Conheço a sua reputação, tenente. E a sua também, detetive.

Ele fez uma pausa e bebeu mais um pouco de chá.

— Sejamos claros. Nunca tive problemas em trabalhar com uma superior do sexo feminino, nem em receber ordens de alguém com patente maior que a minha. Servi meus últimos três anos com uma detetive excelente. Mas continuo revoltado com aquela suspensão — admitiu. — Tanto tempo depois, aquilo ainda me corrói por dentro. Insubordinação é o cacete!

Ele se virou na cadeira e se posicionou de frente para Eve.

— Eu discuti com ela, isso está correto. Mas nunca a desrespeitei. Ela determinou que todos nós teríamos de usar terno e gravata, mesmo para os trabalhos de escritório, então eu passei a usar terno e gravata. Ela queria que tirássemos da mesa os nossos objetos pessoais, inclusive as fotos de família. Eu os tirei. O esquadrão era dela. Não gostei disso e não fui o único, mas aquele era o esquadrão dela.

Ele refletiu por um momento, antes de continuar.

— O esquadrão era dela, essa era a questão. Quando aparece um novo chefe, todos esperam mudanças. Em como as coisas são feitas, no tom do trabalho. Todo chefe tem um estilo, é assim que as coisas são.

— Você não gostava dela — declarou Eve.

— Uma mulher fria e excessivamente detalhista. Não era detalhista assim nas investigações, mas exigia que a porra do seu sapato cintilasse sempre e criticava o seu corte de cabelo. Ela tinha alguns subalternos favoritos. E, quando alguém estava no fim da sua lista de favoritos, recebia missões de merda. Toda vez! Tocaias que varavam a noite no meio do inverno só porque alguém recebera uma pista e alguma coisa podia estar rolando. Mas seus queridinhos estavam sempre ocupados demais com outra coisa qualquer para ficar sentados com a bunda congelando a noite toda.

Corrupção Mortal 209

Ele respirou fundo e expirou prolongadamente.

— Talvez tudo isso pareça detalhes tolos.

— Acho que não.

— Todo chefe tem um estilo — comentou ele, e olhou para Peabody. — Nós aceitamos esse estilo e aprendemos a trabalhar com ele, para que todos realizem seu trabalho.

— É assim que eu vejo as coisas — concordou Peabody. — O trabalho é o mais importante.

— Sim, o trabalho é o que importa — assentiu ele. — Só que, quando ela questionava o rumo de uma investigação, tirava você do trabalho e o colocava em outro caso. Geralmente designava você para um caso qualquer de menos importância que estava com outra pessoa. Isso aconteceu comigo duas vezes. Eu estava perto de fazer uma grande apreensão de drogas, mas ela me tirou do caso e me deu outra missão. Quando reclamei, ela ficou sentada atrás da sua escrivaninha chique e me disse que não estava satisfeita com a qualidade do meu trabalho, nem com a minha atitude.

— Isso não é questão de estilo — rebateu Peabody. — Ela não colocava o trabalho em primeiro lugar.

— Claro que não.

— Você reclamou disso com algum superior? — perguntou Eve, embora já soubesse a resposta pelos registros.

— Não, eu não trabalho assim. O chefe é o chefe, e a verdade é que o esquadrão resolvia todos os casos. Além do mais, ela era a filha do Santo Oberman, e quando assumiu o cargo já era a menina de ouro do papai.

— E pendurou um retrato em tamanho real de seu pai no escritório, caso algum de vocês tivesse se esquecido disso.

Allo sorriu para Eve.

— Claro que você não deixaria escapar esse detalhe. Qualquer um que prestasse atenção podia ver que ela estava se livrando dos antigos e trazendo os novos. E escolhendo a dedo os colaboradores, sempre que podia.

Ele encolheu os ombros.

— Um privilégio da chefia. Mas o fato é que eu odiava ir para o trabalho, odiava saber que ficaria sentado ali, naquela sala do esquadrão. Isso desgasta a gente por dentro, dificulta a convivência com os outros. Normalmente já é difícil conviver com um policial, certo?

— Sem dúvida.

— Isso me desgastou. *Ela* me desgastou. Eu sabia que ela me queria fora dali e também sabia, depois da suspensão, que ela iria encontrar um jeito de se livrar de mim. Eu não aceitaria sair desse jeito. Não queria que ela colocasse outra marca no meu histórico. O chefe é o chefe — repetiu —, mas eu não iria mais aceitar aquilo. Devo acrescentar que minha esposa me pressionou a sair, e não posso culpá-la. Então pedi transferência. Servi mais três anos em um bom esquadrão com um bom chefe. E quando pedi para ir para a reserva, tenente, a escolha foi minha.

— Vou lhe perguntar uma coisa, sargento.

— Allo — disse ele. — Chame-me apenas de Allo.

— Ela era corrupta?

Ele se recostou e balançou a cabeça de um lado para o outro.

— Eu sabia que você faria essa pergunta. Porra. — Ele esfregou a mão no rosto e balançou a cabeça novamente. –– Você viu o nome do meu barco?

— Vi, sim. *A Linha Azul*. A linha entre o bem e o mal.

— Eu estar aposentado não muda a linha.

— No meu modo de ver, essa linha não vale nada para um policial corrupto, não significa nada. Para uma policial que usa seu distintivo e sua autoridade para encher os próprios bolsos e fazer coisas piores, a linha deixa de existir.

Ele manteve o olhar duro no rosto dela.

— E se eu disser que sim você vai acreditar em mim, depois de tudo que eu falei?

— Vou, sim. Vim procurar você porque acredito que você é um bom policial. Continua sendo, apesar da reforma. Allo, você ainda

Corrupção Mortal 211

é um policial, sempre será um policial. Vim até aqui porque creio que você respeita o distintivo e porque acredito que posso tomar a sua palavra, e até a sua opinião, como expressão da verdade.

Ele tomou um gole demorado e soltou um longo suspiro.

— Posso dizer que sim, você tem razão, mas o que dói é que eu nunca pude provar nada do que eu disse, não teria como apresentar uma única evidência sólida. Não naquela época, e muito menos agora. Ela gostava de ter suas reuniões a portas fechadas com os poucos escolhidos. E sei muito bem, por algumas das operações de apreensão que consegui levar até o fim, que alguém desviava uma parte. De jeito nenhum eu iria calcular errado a quantidade de droga que tinha apreendido, mas era isso que parecia, depois das pesagens. Meu erro foi denunciar tudo para ela. Contar à chefe que eu suspeitava que alguém desviava parte das drogas. Foi aí que as coisas ficaram ruins para mim. Ou piores, pode-se dizer. — Ele encolheu os ombros e completou: — Coincidência? Talvez, para quem acredita em coincidência. Eu nunca acreditei.

— Nem eu — concordou Eve. — Suponho que você ainda guarda seus cadernos de controle. Seria capaz de apostar que ainda tem seus registros das investigações e operações de apreensão das quais participou sob o comando da tenente Oberman.

— Você venceria essa aposta.

— Confio em você, Allo. Mantenha tudo o que foi dito aqui apenas para si mesmo. Não compartilhe o nosso papo com os amigos com quem você conversa ou encontra. Não vou insultá-lo com a promessa de que, se você fizer isso e confiar em mim com esses registros, farei com que sua mancha no histórico seja eliminada. Mas posso lhe assegurar que, independentemente de como a coisa vai acabar, tentarei fazer isso.

— Não estou lhe pedindo nenhum favor, tenente, mas não vou recusar este. — Ele ficou sentado ali por mais alguns instantes. — Ela também cometeu assassinato?

— As mãos dela estão sujas de sangue.

— Lamento saber disso e fico muito triste por causa do pai dela. Você vai derrubá-la.

Aquilo não tinha sido uma pergunta, mas Eve respondeu de qualquer maneira.

— Ela vai comer terra.

Ele assentiu e se levantou.

— Vou pegar meus registros.

Ele parou na porta e se virou para trás.

— Havia uma policial, uma boa detetive, que foi abatida em uma das operações da tenente Oberman.

— A detetive Gail Devin?

Ele fez que sim com a cabeça.

— Ela era uma boa policial, filha de um velho amigo meu. O pai dela é o meu amigo mais antigo. Éramos colegas de escola no bairro onde morávamos. Ela tinha algumas preocupações com Oberman e me procurou para falar disso.

— Que tipo de preocupações?

— Sobre o jeito como Oberman costumava ter encontros regulares a portas fechadas com alguns membros específicos do esquadrão. Como as faturas oficiais do peso das drogas ilegais e do dinheiro confiscado geralmente ficavam abaixo da estimativa inicial. As mesmas coisas que eu notava. Investiguei muito depois que ela foi abatida, fiz o melhor que pude. Tudo parecia correto à primeira vista, mas eu sempre desconfiei se ela não teria sido executada. No fundo, no fundo, eu me perguntava, e ainda me pergunto. Se você puder investigar essa história, tenente, se você descobrir o que aconteceu com Gail, pode esquecer a história de limpar o meu registro.

— Vou me esforçar para fazer as duas coisas.

Dirigindo de volta para Manhattan, Eve considerou os ângulos, as abordagens, as janelas de tempo.

— Quero que você assuma a liderança na investigação sobre Gail Devin.

— *Assuma* a liderança?

Corrupção Mortal 213

— Avalie tudo como se pesquisasse um caso em aberto, ainda não resolvido. Faça uma varredura nos arquivos. Peça a McNab e Webster que ajudem você, caso precise procurar em algum lugar que possa chamar a atenção de Renee. Ela não está com a cabeça em Devin, para ela esse é um assunto antigo e encerrado.

— Você acha que Renee mandou matar a detetive Devin?

— O fato é que Devin não estava na lista de queridinhos de Renee, era uma detetive recém-formada. De acordo com o sargento Allo, nossa fonte que me parece segura, Devin era íntegra. Na pesquisa do seu histórico, as suas avaliações comprovam isso. Era realmente honesta. Até ir trabalhar com Renee, quando sua avaliação despencou.

— Esse é o padrão com Renee.

— Devemos lembrar que o perfil de Mira diz que Renee tem um problema com mulheres. E, em menos de um ano sob o comando de Renee, Devin morreu em serviço. Foi a única oficial morta na operação.

— Como ela morreu?

— O relatório oficial diz que ela se separou da equipe durante a confusão e foi encontrada com o pescoço quebrado. Leia esse relatório, examine as evidências e cave bem fundo. Depois eu quero que você me diga se Renee de fato mandou matar Devin.

— Poderia ter sido eu. Se eles tivessem me encontrado naquele chuveiro.

— Você precisa deixar isso de lado e estudar os registros, acessar os arquivos e investigar de forma objetiva. Se houve algum acobertamento, você deve descobri-lo.

Eve pegou o *tele-link* e ligou para Webster.

Capítulo Doze

Webster desligou o *tele-link*, que atendera em modo de privacidade, e olhou para a pessoa que o acompanhava em um almoço tardio.

— Desculpe por atender.

— Não há problema. — Darcia sorriu para ele. — Você precisa ir embora?

— Daqui a pouco. — Ele estendeu o braço e pegou na mão dela. — Mas preferia ficar aqui.

— Podemos nos ver logo mais à noite. Se você quiser e estiver com tempo livre.

— Quero e estou. O que você gostaria de fazer?

— Por acaso tenho dois lugares bem perto do palco para assistir a uma peça. Um musical, na verdade. Assistir a um musical na Broadway está na minha lista de coisas imperdíveis para se fazer em Nova York. — Ela pegou a taça de champanhe que bebia. — Você não estava nessa lista. Mas eu fiz um adendo.

— Este é o dia de mais sorte da minha vida. — Ele ainda flutuava de empolgação com tudo aquilo. — Se eu fosse visitar o

Olympus Resort, o que deveria colocar na minha lista de coisas imperdíveis?

— Humm... tomar alguns drinques no terraço da Apollo Tower; a vista é deslumbrante. Fazer passeios a cavalo às margens do lago Athena e depois um piquenique na nova floresta que o rodeia. E me fazer uma visita. Você vai conhecer o Olympus?

— Você toma drinques comigo no terraço, cavalga ao meu lado pelo lago e me acompanha em um piquenique na floresta?

— Claro.

— Posso pedir alguns dias de férias, mas há um caso que eu preciso encerrar antes. Depois que fizer isso, vou marcar esses dias para ir até lá.

— Então eu vou te mostrar o meu mundo. — Ela olhou para as mãos dos dois, que estavam unidas. — Don... é tolice o que estamos fazendo aqui? Ou o que podemos estar começando aqui?

— Talvez, quem sabe. — Ele apertou com mais força a mão dela. — Eu não ligo, Darcia.

— Nem eu. — Com uma meia risada, ela balançou a cabeça. — Isso não é do meu feitio. Sou uma mulher pragmática.

— Também é a mulher mais bonita que eu já conheci.

Ela riu com vontade, deliciada com o elogio.

— Seus olhos estão ofuscados. Suponho que os meus também. Estou aqui neste restaurante fantástico, nesta cidade emocionante e tudo o que consigo pensar é que estou sentada diante de um homem bonito que não consegue tirar os olhos de mim.

— Não há outro lugar para onde eu prefira olhar.

— Um homem bonito e charmoso — acrescentou. — Mas a aparência e até o charme podem ser apenas superficiais.

— Gosto de tudo que encontrei em você até agora, superficial ou não.

— Este é só o nosso segundo encontro — lembrou ela, e seus olhos brilharam como o champanhe que segurava. — Existe mais que isso.

Corrupção Mortal

— Estou ansioso para descobrir tudo sobre você, Darcia. Não precisamos nos apressar. Bem, de qualquer modo seria difícil apressar as coisas, porque daqui a alguns dias estaremos em dois planetas diferentes. Ou melhor: um planeta e um satélite.

— Gosto de descobrir as coisas devagar, com cautela. Nosso trabalho, como você sabe, pode ser difícil e exigente; portanto, na minha vida pessoal, prefiro o descomplicado.

Ela ergueu o champanhe mais uma vez e sorriu para ele por sobre as pálidas bolhas douradas.

— Eu não te chamei para vir ao meu quarto de hotel ontem à noite porque isto aqui, você e eu, vai ser complicado.

— Estou dando um tempo com as complicações na área pessoal — disse ele. — Mas quero me encontrar com você mais uma vez, para passarmos mais tempo juntos. E depois a gente vê o que acontece a seguir.

— Já refleti um pouco sobre o que pode acontecer a seguir. E já que eu sei o que gostaria que acontecesse, quero te convidar para vir ao meu quarto hoje à noite.

Ele sorriu para ela.

— Eu estava com esperança de que você me convidasse.

Com os dados que Webster lhe repassou, Eve fez uma análise das contas dos membros do esquadrão de Renee. Em seguida, fez uma avaliação mais profunda. A enxurrada de números e a confusão de porcentagens lhe provocaram dor de cabeça. Mesmo assim ela não conseguia enxergar um padrão claro. E não achou nada forte o bastante que apontasse para alguém encarregado das contas.

Colocou tudo de lado por algum tempo — talvez se ela se abstraísse dos números eles fizessem mais sentido — e deu mais uma boa olhada no esquadrão de Renee. Lá, acreditou ter descoberto um padrão no qual a detetive Lilah Strong, uma entre os novatos e outros dois detetives não se encaixavam.

Ela precisa de policiais íntegros, calculou Eve. Para lidar com as coisas miúdas, entregar os relatórios legítimos... e para eles se tornarem bodes expiatórios sempre que ela quiser ou precisar disso. Use-os e depois descarte-os. De um jeito ou de outro.

Pensou em Gail Devin, olhou para Peabody.

Sua parceira estava focada naquele caso e iria explorar tudo a fundo, Eve sabia disso. Não importava quanto tempo levasse, não importava quantas camadas de informações precisassem ser sondadas.

Olhou para o quadro.

De um lado, Rickie Keener. Perdedor, criminoso, viciado, um porco do submundo. Mas agora ele era dela.

Do outro lado a detetive Gail Devin; segundo todos os relatos, uma boa policial com excelentes instintos — e um código moral alto que a levou a conversar com um policial mais velho e experiente — que ela respeitava — sobre suas preocupações com a sua chefe.

Os dois lados da balança, decidiu Eve. Mas ela sabia, *sabia* por instinto, que, embora Renee não tivesse espetado a seringa no braço de um, nem quebrado o pescoço da outra, ela tinha matado os dois.

Adicionado no canto do quadro estava o detetive Harold Strumb — esfaqueado e morto em um beco, enquanto seu parceiro e companheiro de esquadrão escapou numa boa.

Eles não deviam ser os únicos. E, a menos que Renee fosse impedida, não seriam os últimos.

Ela abriu as anotações de Allo e começou a ler.

Gostou do estilo dele — conciso, direto, mas meticuloso. Observou que ele questionava as faturas do sargento Runch regularmente. E, quando comparou tudo com as avaliações de Allo já sob o comando de Renee, viu que as anotações da tenente citavam-no como relapso ou em constante conflito com os outros oficiais.

Eve começou a montar sua própria pasta sobre os casos de Allo durante aquele período de sete meses, as faturas de apreensão de drogas, suas avaliações. Como não queria atrapalhar a concentração

Corrupção Mortal   219

de Peabody, enviou à parceira um memorando para que ela fizesse o mesmo com Devin e fechasse tudo, como ela fizera com Allo, através de uma rodada do programa de probabilidades.

Enquanto o programa rodava, Eve começou a estudar os arquivos do caso Giraldi, que forçara Renee a lhe enviar.

Parou tudo quando Webster entrou na sala.

— Já conseguiu alguma coisa? — quis saber Eve.

— Nada muito importante. Por quê?

— Você está com cara de quem descobriu algo. Parece feliz.

— Sou um cara feliz.

Ela abanou essa informação com um movimento da mão.

— O que encontrou de pouco importante, então?

— Marcell, parceiro de Strumb... o cara que foi morto. A DAI tem um arquivo sobre ele.

— Uma investigação sobre a morte de Strumb?

— Não, um lance anterior. Eles o interrogaram e investigaram após ele ter matado um suspeito de forma questionável, cinco anos atrás. Testemunhas relataram que Marcell disparou à queima--roupa duas vezes, depois que o suspeito já tinha largado a arma e se rendido.

— Qual foi o resultado dos seus testes psicológicos?

— Ele saiu limpo. As testemunhas eram outros dois traficantes, de modo que as declarações deles não tiveram muito peso. O suspeito portava uma arma ilegal e a tinha descarregado na polícia. Marcell manteve a sua história original: o suspeito ainda estava com a arma na mão e se preparava para atirar mais uma vez. A reconstrução do ocorrido não conseguiu desmentir isso. No entanto, há uma anotação no arquivo, que eu tive de acessar sem deixar rastros. Um grande ponto de interrogação. Depois, uma atualização dizendo que as duas vítimas tiveram mortes violentas.

— O mesmo fim encontrou Strumb e essas duas vítimas.

— Isso mesmo. Marcell tinha um álibi para ambos os casos. Um álibi forte.

— No caso do álibi para o caso da morte de Strumb, sim — concordou Eve. — Um álibi forte, mas falso. O que ele usou como álibi para as mortes das duas testemunhas?

— Ele estava numa missão de tocaia com outro policial. Por coincidência, o detetive Freeman.

Webster se deixou cair numa cadeira.

— Sei que ele está do lado errado da lei, e Freeman também. Você também sabe. O padrão está dizendo que eles estão errados em letras garrafais. Mas ainda não podemos provar.

— Estamos mais perto do que vinte e quatro horas atrás.

— Tem razão. Há mais novidades. Dei início ao meu próprio arquivo sobre todos os membros da equipe de Renee, incluindo ela própria. Há muitas lacunas, Dallas. Se eu pudesse levar essas informações para o meu chefe, nós abriríamos essa porta e entraríamos.

— As pessoas escapam pelas lacunas, Webster, como aconteceu com Marcell. Não posso correr esse risco só para que a DAI possa armar uma estrondosa operação.

— Não dou a mínima para o estrondo da operação, Dallas.

— Eu não teria chamado você se achasse que sim. Entrei em contato e conversei com o sargento-detetive Allo; recebi suas anotações dos sete meses em que ele trabalhou com o esquadrão de Renee. Não é de admirar que ela quisesse tirá-lo de cena. Ele não deixa escapar nenhum detalhe.

— Você abriu o jogo com ele?

— Decidi falar algumas coisas por instinto. Ele sabia que Runch estava roubando no peso das drogas apreendidas e relatou isso à tenente.

— Ele registrou essa queixa?

— Não, mas tem anotações detalhadas, horários, datas. Duvido que encontremos confirmação desses dados nos arquivos dela. O que ele recebeu em troca disso foi a primeira suspensão da sua carreira, em mais de trinta anos na Polícia. Ele suspeitava de Rence. Fiz um

Corrupção Mortal 221

relatório sobre a minha conversa com ele e trouxe uma cópia para você. Anexado a ela está o arquivo sobre Gail Devin.

— A outra baixa que aconteceu no esquadrão.

— Allo a conhecia e ela o procurou com preocupações sobre a tenente e o esquadrão; as mesmas preocupações que ele tinha. Acho que em vez de pedir transferência ela permaneceu lá e pode ter forçado a barra. Pode ter relatado suas suspeitas para outra pessoa, ou talvez tenha começado a registrar tudo. Ela fez por onde para ter sido executada por eles.

— Se você está certa sobre isso, Dallas, e me parece que sim, já sobe para dois o número de policiais que ela matou.

— Aposto que ainda há outros. Peabody está trabalhando no caso de Devin. Ela vai te enviar uma cópia do que encontrar ou concluir. E vai entrar em contato com você, caso precise de alguma cobertura da DAI para cavar mais fundo.

Ele assentiu.

— Então... você saiu na porrada com Garnet hoje e ele perdeu. Foi você que planejou tudo ou ele simplesmente cavou a própria cova?

— Um pouco dos dois. Ele tentou justificar a entrada dele e de Bix no apartamento da minha vítima com um papo furadíssimo sobre haver uma suposta ligação com uma investigação importante na qual que eles estão trabalhando. Foi burrice, porque eles acabaram tendo que me entregar o material da tal investigação. O problema é que os arquivos não estão completos. A tenente excluiu alguns dados e reorganizou outros. Tem algo errado nele. Já li um monte de relatórios que ela redigiu e aprendi muito do seu estilo para perceber que ela encobriu alguns fatos. Coisas que ela não queria que eu descobrisse.

— Você quer que eu encontre uma porta de entrada para que a DAI entre nessa investigação?

— Ainda não. Existe um jeito de contornar o jogo dela. Mas ter alguém da DAI farejando a vida de Garnet não faria mal.

— Iria colocar mais pressão sobre ele.

— Exato. Ele vai dar com a língua nos dentes. Se eu conseguir incriminá-lo por qualquer coisa, ele vai entregá-la de bandeja só para salvar o próprio traseiro. Por último, eu gostaria que você vasculhasse os registros para ver se há alguma acusação que envolva o nome da detetive Lilah Strong, que trabalha no esquadrão de Renee. Ela é nova por lá e seu histórico é sólido. Minha leitura de Lilah é que ela não gosta nem da chefona nem da organização.

— Policial mulher e limpa — ponderou Webster. — Você está à procura de uma informante interna.

— Caso eu resolva usá-la, se ela estiver limpa e concordar, quero que seja protegida contra uma investigação da DAI.

— Vou analisá-la e se ela estiver limpa terei tudo documentado. Ela trabalhará sob disfarce e com autorização superior. Whitney vai ter de assinar isso.

— Não haverá problema. — Ela levantou um dedo quando seu *tele-link* tocou. — É Feeney. O que você conseguiu? — perguntou ela, assim que atendeu.

Um sorriso fino iluminou o rosto de cão bassê dele.

— Acho que você vai gostar de ouvir isso. Renee está na viatura dela e acabou de ter uma conversa pelo *tele-link*.

— Mostre.

— Um segundo só. Estou abrindo a gravação.

— Dane-se — decidiu Eve. — Projetando a gravação na parede — Olhou por sobre o ombro e viu Peabody sorrir ao dizer:

— Obrigada.

Renee apareceu de imediato dirigindo o carro, os dedos tamborilando sobre o volante e os ombros balançando ao ritmo da música que escolhera.

— Ela gostou do carrão novo — murmurou Eve. — Belo *upgrade*.

Quando o *tele-link* do carro de Renee tocou ela baixou os olhos. Provavelmente viu quem era na tela do painel, concluiu Eve. O rosto dela ficou tenso na mesma hora.

Corrupção Mortal 223

— Droga! Transferir a ligação para o *tele-link* de bolso número 2 — ordenou ela, conectando o aparelho à base do painel. — Olá, Garnet.

O ângulo não mostrava a tela do aparelho, mas a voz de Garnet saiu alta e clara.

— Você disse que ia consertar a cagada. Porra, Oberman. Não vou pegar uma suspensão de trinta dias por causa dessa piranha só porque você não consegue pegar ela de jeito.

— Acalme-se! E não entre em contato comigo para falar disso ou de qualquer outro assunto, a menos que ligue do *tele-link* seguro. Você sabe o que eu penso sobre baixar a guarda.

— Só vou me acalmar quando você fizer o que deve. E é melhor você me apoiar nesse lance.

— Bill, fui falar diretamente com Whitney a seu respeito. Expliquei que a situação, a meu ver, foi só uma troca de ideias acalorada entre você e a tenente. Expliquei que você tentou, compreensivelmente, proteger uma investigação que está num ponto crítico e à qual já dedicou um número considerável de homens-hora e esforços. Saí em sua defesa, Bill, exatamente como eu disse que faria. Por eu ter feito isso, Whitney ligou para ela, mas ela não abriu mão da suspensão.

— Pois então eu vou abrir a barriga dessa puta de merda.

— Preste atenção, me escute bem! — avisou Renee, parecendo brandir um chicote com a voz. — Eu mesma vou lidar com ela. Vou tentar outra abordagem. Fique fora disso, entendeu? Se você tiver que cumprir essa suspensão eu compenso isso para você, depois. Caraca, Garnet, se a suspensão não for cancelada, encare isso como um mês de férias e vá para a praia. Você adora praia!

— Que se foda a praia e que se foda você, se acha que isso vai me deixar fora do acordo Giraldi.

— Você não vai ficar fora de nada. Mas se tivesse o mínimo de autocontrole não estaríamos nessa situação.

O tom era de raiva e acusação. Essa não era a estratégia certa, pensou Eve, para lidar com um homem de pavio curto e já aceso.

— A porra da tenente Dallas não pegaria no seu pé nem no meu — continuou Renee — se você não tivesse estragado tudo. E você não iria encarar uma suspensão se tivesse segurado a sua onda. Você avançou nela, pelo amor de Deus, dentro do *meu* gabinete e bem debaixo do meu nariz. Você fez contato físico!

— Ela é que se colocou no meu caminho.

— E você está se colocando no meu. Estou com meu cu na reta por sua causa e não gosto disso, você sabe muito bem!

— E você sabe o que eu posso fazer se você tentar me foder. Lembre-se de quem sabe onde os corpos estão enterrados e onde o flagrante está escondido. Se você quer manter o que tem, belezoca, deve lutar para eu manter o que já consegui.

— Filho da puta! — ela quase cuspiu e bateu com o punho no volante quando ele desligou na cara dela.

A voz de Feeney voltou.

— Que cena linda, não acham? Depois que ela entrou na garagem ficou sentada no veículo por mais algum tempo. Não fez mais contatos.

— Cena comovente. Nenhuma admissão útil de irregularidades, mas muitas insinuações. Ele já está com a água batendo na bunda e ela sabe disso.

— Garnet ainda é útil para ela — acrescentou Webster. — É por isso que Renee quer mantê-lo.

— Com certeza! — concordou Eve. — Mais do que isso, ele trabalha para ela; foi ela que o aceitou e ainda precisa muito dele para lembrar a si mesma quem é que manda.

— Ela perde a cabeça quando sua autoridade é questionada ou ameaçada. — Peabody esperou pelo aceno de Eve e continuou. — No fundo, acho que ela não é tão confiante quanto gostaria de ser, nem de longe. Tem medo de perder o controle porque isso é o mais importante para ela.

— Acho que você deixaria Mira orgulhosa com essa análise — disse Eve à parceira.

Corrupção Mortal 225

— O medo a torna perigosa.

— Então vamos torná-la muito, muito perigosa. — E, pensou Eve, ela iria se divertir com aquilo. — Vamos ver como ela pretende *lidar* comigo. Na investigação Giraldi, segundo os arquivos, Garnet e Bix estão rastreando uma remessa que chegará nas próximas duas semanas para a família Giraldi, especificamente para Anthony Giraldi. Ela alterou algumas informações oficiais, mas vou cuidar disso. Minha pesquisa indica que Anthony Giraldi lida basicamente com Zeus e drogas sexuais mais pesadas, como Whore e Coelho-Louco.

Ela franziu a testa quando seu *tele-link* tocou mais uma vez.

— Falando no diabo. É a nossa querida Renee. Continue conversando comigo, Feeney, como se ainda estivesse em conferência, sem se importar com a ligação.

— Dallas falando! — atendeu Eve, com voz de impaciência.

— Olá, tenente. — Renee lançou para Eve um olhar sóbrio do outro lado da tela — Sei que não sou a sua pessoa favorita no momento.

— Você está no fim da lista.

— Acho que começamos com o pé esquerdo e a coisa piorou depois do que aconteceu no meu gabinete hoje. Espero que consigamos chegar a um denominador comum. Eu gostaria de lhe pagar um drinque, pedir desculpas e conversar sobre tudo isso. De tenente para tenente.

— Estou trabalhando em um caso, Oberman.

— Somos duas mulheres ocupadas. Esse atrito entre nós é perturbador. Estou tentando acertar as coisas com você, Dallas, para que possamos resolver tudo e seguir em frente com o nosso trabalho.

Eve se inclinou para trás como se estivesse considerando.

— Você quer me pagar um drinque? Tudo bem. O'Riley's Pub do Upper West, esquina com a Sétima Avenida. Daqui a uma hora.

— Perfeito. Nos vemos lá.

— Talvez seja uma cilada — alertou Peabody, assim que Renee desligou. — Ela pode mandar Bix ou outro dos seus gorilas para esperar você.

— Ela não pode se dar ao luxo de me derrubar agora; pelo menos enquanto estivermos em "atrito" e todo mundo na Central estiver falando sobre nosso confronto. Isso iria chamar ainda mais atenção, e ela quer abafar o caso.

— Ela poderia dizer a Garnet onde você estará e quando — retrucou Feeney. — Pode colocar pilha para que o idiota ataque você. A culpa cairá toda sobre ele.

— Se cair ele vai começar a abrir o bico, e ela sabe disso.

— Ele não poderá falar se ela o tirar de cena. Digamos que ele vá atrás de você para te matar ou, pelo menos, te intimidar. A brava tenente corre para o resgate e se vê obrigada a matar um de seus oficiais, em sua defesa. Seria uma boa estratégia.

Eve teve que concordar.

— Verdade, mas não creio que ela seja tão inteligente quanto você, Feeney, ou que tenha tido tempo para organizar esse plano. Ela não está desesperada. Ainda. Está só chateada e desequilibrada.

— Vou com você — insistiu Peabody. — Para lhe dar cobertura.

— Peabody, ela já me pesquisou, sabe quem você é, sabe que você é minha parceira. Se ela te encontrar lá a coisa toda desmorona.

— Eu faço isso. — Webster olhou para o seu *smartwatch*. — Ela não me conhece e os agentes da DAI são bons em passar despercebidos. Ela não vai reparar em mim.

— Renee não vai tentar me atacar. Não é esse o esquema dela, pelo menos por ora.

— Mesmo assim eu vou, como apoio.

— Apoio para o quê? — perguntou Roarke, ao entrar na sala.

— Para nada que eu precise. Vou tomar um drinque com Renee, a pedido dela. Marquei no O'Riley daqui a uma hora. Eu esquentei as coisas hoje e ela quer esfriá-las.

— Ela já matou ou mandou matar dois policiais — disse Webster.

— Isso pelo que sabemos até agora. Às vezes você sabe o que ainda não pode provar — completou, antes que Eve tivesse chance de rebater. — Vou te dar apoio. Tenho roupas de civil no meu carro — disse a Eve. — Ela não vai reparar em mim.

— *Eu* vou servir de apoio à tenente — anunciou Roarke. — Ou melhor, Webster e eu faremos isso.

— Ela conhece Dallas — apontou Webster. — Com certeza também conhece com quem ela é casada. Ela não vai conversar com você por perto.

— Ela não vai me ver, vai? Diga a Webster por que você escolheu o O'Riley.

— Porque fica aqui perto e você é o dono.

— Há um espaço atrás do bar. Uma sala oculta — explicou Roarke. — Podemos monitorá-las a partir dali.

— Eu já estou "monitorada". — Eve bateu no peito para mostrar o grampo. — Você mesmo instalou essa coisa em mim, hoje de manhã.

— É verdade — concordou Roarke. — E foi uma missão muito agradável. Vamos monitorar tudo dali mesmo, do local. Você ainda pretende mudar de roupa, detetive?

— Sim — respondeu Webster. — Caso precise sair dessa sala oculta, por qualquer motivo.

— Summerset pode lhe mostrar um quarto para você trocar de roupa.

— Vou procurá-lo, então.

— Isto é exagero — insistiu Eve, quando Webster saiu.

— Ela é uma assassina de policiais. Você é policial. — Roarke deu uma batidinha com o dedo no queixo dela. — Você é a minha policial.

— Se vocês vão entrar nessa de sentimentalismos, eu vou desligar — avisou Feeney. — Vamos lhe dar cobertura por aqui também, Dallas.

— Vou estar tão coberta que vou acabar sufocando.

— Eu ficaria mais tranquila — comentou Peabody.

— Oba, então já vai valer a pena.

— Enquanto vocês tomam seus drinques, vou pedir a McNab para vir trabalhar comigo.

Ainda irritada, Eve deu de ombros.

— Você pode me levar até lá — disse Roarke. — Depois que você tiver entrado eu pegarei Webster pela parte detrás da sala. No caminho, podemos contar um ao outro o que fizemos ao longo do dia.

— Você também pode vir de carona conosco — disse Eve, convidando Webster.

— Na verdade eu vou com meu carro porque preciso cair fora assim que terminar o encontro, se estiver tudo bem para você. Tenho uma vida fora do trabalho, Dallas — explicou, quando ela franziu o cenho. — E voltarei a ela depois que o seu encontro acabar.

— Tudo bem, como quiser.

Roarke se sentou no banco do carona.

— E então, o que você fez hoje que convenceu Renee de que ela precisa lhe pagar um drinque?

— Manipulei Garnet para que ele fizesse algo que lhe rendeu uma suspensão de trinta dias, o que não foi muito difícil. Ele me agrediu verbalmente e quase fisicamente no gabinete dela, e na frente da chefona. Isso pegou mal, fez parecer que ela não consegue controlar seus homens.

— Deve ter sido divertido.

— E como! Entre outras coisas, também fui ao Bronx.

Ela contou a conversa com Allo enquanto dirigia.

— Você repassou para Peabody essa etapa da investigação por causa da experiência dela no vestiário, certo?

— Em parte, sim. Ela é boa para analisar detalhes e eu quero respostas sobre a morte de Devin, mas não tenho tempo para investigar agora. Não da maneira que Devin merece. E, se Peabody for capaz de reunir as evidências que apontam que Renee ou alguém do

Corrupção Mortal 229

seu comando foi responsável pela morte dessa policial, isso superará o sufoco que ela enfrentou no vestiário. Não se trata de vingança. É justiça. Ela terá ajudado a alcançar justiça para outra policial, e isso terá muita importância para ela.

— O que mostra, minha querida Eve, a diferença entre uma líder forte, inteligente e... embora você não goste da palavra... sensível, quando comparada a alguém que quer liderar unicamente para obter ganhos.

Ela preferia "intuitiva" a "sensível", mas relevou.

— Como foi possível tanta gente deixar passar tanta coisa sem perceber, Roarke? A começar pelo pai dela. Acho que há momentos em que um pai não vê ou precisa fingir que não vê. Mas tem o mentor dela, eu o pesquisei. Vi pelo histórico que ele já treinou excelentes policiais. Parece que o pai dela foi quem ajudou a escolher esse instrutor para ela. Eles foram parceiros durante oito anos e os dois têm mais ou menos a mesma idade. Mira deixou passar, Whitney deixou passar, bem como o seu capitão, os seus tenentes e os superiores antigos. Ela passou incólume por todos eles.

— Ela nem sempre foi corrupta.

— Porra nenhuma que não foi! — reagiu Eve, com raiva. — Ela pode não ter iniciado seus "negócios" até alguns anos atrás, mas sempre foi corrupta. E arrastou para a lama alguns policiais que trabalham com ela. Pelo menos dois policiais já acabaram mortos. Quer saber o porquê de ela não ter se colocado entre mim e Garnet hoje? Era exatamente isso que ela deveria ter feito, corrupta ou não. Por que não se mexeu para controlar seu cãozinho com rapidez suficiente? Porque vê-lo quase voando em cima de mim lhe deu prazer. Ela gostou disso e tenho certeza de que teria adorado se ele tivesse me dado uma porrada bem na frente dela. Essa mulher tem cérebro para saber que não poderia aceitar tudo isso e foi obrigada a se segurar, mas teria estômago para apreciar a cena. Eu estraguei o seu belo castelo de cartas e ela adoraria me ver sangrar por isso.

— E você não queria reforço?

— Ela adoraria me ver fazendo isso — garantiu Eve —, mas não representa uma ameaça que justifique isso. Pelo menos por enquanto.

Ela encontrou uma vaga a uma quadra do pub e estacionou o carro.

— Já que Webster tem uma vida fora do trabalho, você precisa esperar que ele encontre uma vaga antes de levá-lo até a sala secreta.

— Antes disso vou entrar com a minha esposa; pelo menos vou acompanhá-la até um ponto onde consiga vê-la entrar em segurança. Eles já reservaram uma mesa de canto para vocês.

— Você bancou o chefão com os empregados?

— Querida. — Ele deu um tapinha no queixo dela. — Eu sempre banco o chefão por aqui. Afinal de contas, é um pub irlandês.

O *tele-link* de Eve tocou mais uma vez.

— É Darcia. Você pode me assistir daqui mesmo enquanto eu ando meio quarteirão conversando com outra policial. Acho que assim estarei bem protegida caso um bandido pule em cima de mim e eu desmaie de medo.

Ele teve que sorrir enquanto a via se afastar.

— Dallas falando!

— Oi! Será que poderíamos tomar aquele drinque juntas hoje?

— Na verdade, agora... seria ótimo — decidiu. — Ou digamos daqui a 30 minutos? O'Riley — propôs Eve, e deu o endereço a Darcia. — Você consegue chegar aqui a tempo?

— Estou adorando circular por toda Nova York.

— Ótimo, então. Escute, na verdade, eu já estou entrando no pub. Tenho um encontro com outra policial, mas você poderia me fazer um favor.

— Claro!

— Entre no pub, mas não venha até a minha mesa a menos que eu lhe faça um sinal para isso. Se eu não chamar é porque ainda preciso trabalhar um pouco o papo que vou levar. Quando eu fizer sinal você se aproxima, como se tivesse acabado de chegar e me viu ali. Mas deixe claro que já tínhamos um encontro marcado.

— Tudo bem. Você vai me dizer o porquê disso?

— Qualquer dia desses eu conto.

— Tudo bem então, chego em meia hora.

— Chefe Angelo? — O título fez Darcia sorrir. — Você é mais tranquila para se trabalhar do que eu me lembrava.

— Mas não estou trabalhando, estou?

Eve guardou o *tele-link* e entrou no O'Riley.

Um som de violinos saía dos alto-falantes e servia de fundo para as conversas entre as pessoas que passavam por ali para tomar um drinque depois do trabalho. Dali a mais algumas horas, conforme ela sabia, alguns músicos se instalariam em um dos recantos do pub com seus instrumentos e canecas transbordando de cerveja, e encheriam o local com músicas irlandesas agitadas e canções tristes. Os garçons já circulavam apressados, carregando chopes e servindo copos para a multidão, que aumentava a cada instante.

Uma ruivinha acenou para Eve e apontou uma mesa posta para dois. Eve se lembrava dela de quando ela fora se encontrar com Roarke e alguns de seus sócios de fora da cidade que queriam conhecer um pub irlandês ao estilo de Nova York.

— Quer que eu lhe traga uma bebida, tenente? — perguntou a ruiva, equilibrando a bandeja no quadril.

— Ainda não, obrigada.

— Basta me chamar quando quiser pedir.

Eve se sentou de costas contra a parede e examinou os clientes. Colegas de trabalho relaxavam ao lado de muitos turistas. Um rapaz fazia de tudo para dar em cima de duas garotas de vinte e poucos anos que o enrolavam.

O radar de Eve não detectou nenhum policial no recinto.

E então Renee entrou.

Ela tinha trocado a sua roupa poderosa e vestia agora um pretinho básico que mostrava um pouco mais do seu corpo, deixando de fora os braços malhados. Ela combinou o vestido com sandálias vermelhas de salto alto muito elegantes, que deixavam de fora os dedos dos pés com unhas pintadas com a mesma cor marcante. Seu cabelo louro abundante lhe caía pelos ombros como uma cascata. A complexa série de cordões cintilantes que trazia em volta do pescoço continha um pingente redondo, também vermelho.

Ela olhou ao redor, reparou em Eve. Foi uma circulada lenta e abrangente com seus olhos habilmente maquiados. Então lançou para Eve um sorriso amigável enquanto caminhava em direção à mesa.

Ela gosta de saber que chama atenção, pensou Eve. Gosta de saber que os homens estão olhando para ela de cima a baixo e as mulheres estão se perguntando "quem é ela?".

— Obrigada por vir me encontrar — Renee deslizou de forma elegante em sua cadeira. — Espero não estar atrasada.

— Não está.

— Você vem muito aqui? Parece um lugar agradável e acolhedor. Despretensioso. O bar de um trabalhador.

Eve se perguntou qual teria sido a reação dela se o encontro tivesse sido marcado na Boate Baixaria.

— De vez em quando parece, sim — comentou Eve, e chamou a garçonete. — Roupa bonita, a sua — elogiou. — Você não precisava trocar de roupa só por minha causa.

— Para ser franca eu vou me encontrar com meus pais para jantar, mais tarde. Você já...

Ela parou quando a ruiva chegou à mesa.

— O que vão querer, senhoras?

— Pepsi com gelo — pediu Eve.

— Ora, o que é isso, Dallas? Viva um pouco. — Com um sorriso luminoso e radiante, Renee jogou os cabelos para trás. — Não estamos trabalhando, estamos? E quem vai pagar sou eu.

Corrupção Mortal 233

— Pepsi — repetiu Eve. — Com gelo.

— Bem, eu não estou trabalhando. Vou tomar um Martini, com duas azeitonas.

— É pra já — A garçonete colocou uma tigela com pretzels em cima da mesa e saiu para fazer o pedido.

— Eu ia perguntar se você já foi apresentada ao meu pai.

— Formalmente, não.

— Preciso apresentar você a ele qualquer hora dessas. Tenho certeza de que vocês vão gostar um do outro. — Renee pegou um pretzel da tigela, quebrou ao meio e o mordiscou. — Deveríamos jantar. Você, seu marido, meu pai e eu. Roarke é certamente um homem que eu gostaria de conhecer.

— Por quê?

— Como meu pai, ele também tem uma reputação forte e, ao que parece, o dom de saber comandar. Ele certamente tem esse dom para ter alcançado o seu nível de sucesso. Imagino que deva ser fascinante ser casada com um homem que tem tanto poder e uma variedade tão grande de... interesses. Ouvi dizer que vocês passaram as férias na Europa este verão.

— Você quer falar sobre as minhas férias de verão?

— Não vejo motivo algum para não sermos amigáveis uma com a outra, não concorda?

— Você quer uma lista de motivos?

Renee suspirou, se recostou na cadeira e continuou mordiscando o pedaço minúsculo de pretzel.

— Nós realmente começamos com o pé esquerdo e estou disposta a assumir a responsabilidade por boa parte disso. Fiquei chateada por causa de Keener e, admito, quis defender meu território. Por isso fiquei batendo cabeça com você quando seria mais eficiente e certamente mais produtivo trabalharmos em harmonia.

Ela parou novamente quando a garçonete voltou com as bebidas.

— Mais alguma coisa que as senhoras desejem por agora?

— Não, estamos numa boa — respondeu Eve. — Obrigada.

Renee levantou o copo.

— Por que não brindamos a um novo começo?

Eve deixou seu copo onde estava.

— Por que você não define o que é um novo começo?

Na sala secreta, Webster assistia à interação entre elas.

— Dallas está destruindo Renee.

— Ela é boa nisso — concordou Roarke. — Vai dar corda para a oponente. Quanto mais Eve rejeitar suas propostas, mais Renee vai ceder.

— É uma boa jogada. Garnet a está pressionando de um lado, Dallas a está bloqueando do outro. Você deve saber que Dallas está tentando convencer Renee a atacá-la; e a mandar Bix ir atrás dela.

— Conheço minha esposa muito bem.

A ênfase no *minha esposa* fez Webster enfiar as mãos nos bolsos.

— Eu pensei que você e eu já tínhamos resolvido nossas diferenças.

— É difícil resistir a te dar uma alfinetada, de vez em quando. Veja a linguagem corporal que está rolando ali — apontou Roarke.

— Eve com ar de tédio, encostada na parede. Desinteressada. Renee inclinada um pouco para a frente. Está trabalhando duro para se conectar com Eve. Mas o pé dela está inquieto, debaixo da mesa, balançando de impaciência. Ela está zangada.

Roarke olhou para trás, sorriu para Webster e ofereceu:

— Você quer uma cerveja?

— Quero, mas só depois que o papo acabar. Pode pegar uma, se quiser.

— Tudo bem, vamos esperar.

Na mesa, Renee tomou um gole do Martini.

— Peço desculpas por não lhe dar toda a minha cooperação no caso Keener. Ele foi meu informante civil por muito tempo. Embora eu não o usasse com frequência nos últimos anos, tínhamos uma história. Eu senti desde o começo que você estava me deixando de fora. Foi a isso que eu reagi. Você e eu temos estilos diferentes, Dallas, como ficou óbvio. Eles entraram em conflito. Eu gostaria de deixar isso para trás.

Eve encolheu os ombros e finalmente pegou seu copo.

— Minha investigação do assassinato de Keener pode precisar de mais informações suas, e pode exigir que eu questione os membros de seu esquadrão que o conheciam ou tiveram alguma ligação com ele.

— Eu entendo. Mas posso lhe assegurar que nem eu nem ninguém do esquadrão usava os serviços de Keener com frequência. Ele ocasionalmente me alimentava com pistas menores e eu lhe dava vinte dólares. Mantive-o como informante basicamente por pena. Ele usava mais drogas do que deveria e suas informações se tornaram cada vez menos confiáveis. Ele não tinha mais contatos importantes.

— Então por que alguém o matou e se deu ao trabalho de fazer a morte parecer uma overdose?

— Não sei dizer. Tomara que o seu próprio informante traga alguma informação adicional que lhe aponte alguns caminhos. Estou lhe pedindo que nós cooperemos uma com a outra nesse assunto. Farei tudo que puder para ajudar na sua investigação. Quero fazer parte disso. Quero saber o que você já descobriu.

— Enviarei para você todos os dados que eu julgar apropriados.

— Já é um começo. — Obviamente satisfeita com o que ouviu, Renee resolveu bancar a sincera. — Com relação ao meu detetive, Dallas, quero que você entenda que quando Bix e Garnet entraram naquele apartamento isso não passou de um... passo mal dado. Se eles soubessem que Keener estava morto e você estava investigando o seu assassinato, garanto que teriam vindo até mim para me contar tudo.

— Estou curiosa. Se Keener não tinha contatos importantes e só lhe trazia pequenas pistas e coisas sem importância, por que o seu detetive achou que o informante tinha alguma ligação ou informações sobre o caso Giraldi? A ponto de se sentir tão certo disso que resolveu entrar ilegalmente em sua residência? Eu nunca tive resposta para essa dúvida.

— Eles seguiram uma pista que eu, francamente, acho que era falsa. Concordo que eles agiram às pressas e já conversei com os dois sobre isso. Se eles tivessem me informado antes de investigar a pista eu poderia ter contado a eles que Keener estava morto. Teríamos evitado tudo isso. Prometo que isso não acontecerá novamente. Agora, a respeito de Garnet...

— É melhor você não tocar neste assunto.

— Preciso falar. — Renee abriu as mãos em sinal de apelo. — Sou a tenente do esquadrão. Ele estava absurda e completamente errado. Não há desculpa para o que fez.

— Tudo bem, nisso nós concordamos. Assunto encerrado.

— Você já cedeu alguma vez? — perguntou Renee, com rispidez.

— Ele perdeu a paciência. Você o estava pressionando e ele perdeu a paciência. Ele trabalhou centenas de horas extras nesta investigação, caminhou muitos quilômetros em busca de pistas. Estava no limite e o confronto com você o lançou para além desse limite.

— Ele quase me derrubou no chão — lembrou Eve.

— Sim, isso foi lamentável. Você tem o meu arquivo completo e sabe o quanto Garnet é essencial para encerrar o caso Giraldi. Estou lhe pedindo um pouco de consideração, Dallas. Estou lhe pedindo para você me deixar disciplinar meu próprio subalterno, do meu jeito. Não é possível que nunca tenha acontecido de algum dos membros da sua equipe ter respondido com rispidez a você ou a algum outro superior hierárquico.

— Se um dos meus homens se comportasse como o seu se comportou hoje, eu mesma o teria suspendido. E não passaria pano ou pediria desculpas pelo seu comportamento; muito menos iria me lamentar por precisar dele em uma investigação para a qual ele obviamente é muito estourado para ser eficiente.

Eve viu quando Darcia entrou no pub e reparou que Renee fechou o punho com força sobre a mesa.

— Caraca! — murmurou Webster quando viu Darcia entrar no canto da imagem do monitor. — Quais são as chances de uma coincidência dessas acontecer?

Roarke arqueou uma sobrancelha ao ver a reação de Webster.

— Muito atraente, não é? A morena sensual. Ela é Darcia Angelo, chefe de segurança do Olympus Resort.

— Eu sei. Nós já nos conhecemos.

— Sério? — O sorriso de Roarke se ampliou lentamente quando ele ligou os pontos. — Isso está ficando cada vez mais interessante.

— Por Deus! — foi o desabafo de Webster. — Eu realmente vou querer aquela cerveja.

No pub, Darcia caminhou lentamente até o balcão, balançou a cabeça para o barman e se instalou junto a uma mesa.

— Eu assumo a responsabilidade por ele — continuou Renee.

— É um pouco tarde para isso.

— Droga, Dallas, eu realmente preciso de Garnet! Você forçou a barra e ele reagiu empurrando você. Estava errado e merece uma reprimenda severa por isso. Vou chamar a atenção dele. Ficará duas semanas sem pagamento após o encerramento da investigação, e terá que trabalhar colado a uma mesa por mais duas semanas. Só estou pedindo para você retirar a suspensão.

Eve se remexeu um pouco na cadeira e se inclinou para a frente.

— Você tem a coragem de vir me pedir um favor imenso como esse quando estava lá na hora em que tudo aconteceu e não fez nada enquanto seu subalterno me insultava, me ameaçava e me atacava?

E agora quer dar um tapinha na mão dele por ter agido assim? Só porque é conveniente para você? Antes disso você tentou me comprar com um possível jantar com o seu papaizinho para limpar a barra, como se eu fosse me sentar como uma cachorrinha e dizer "sim, sim, por favor". Seu funcionário é um esquentadinho que não tem respeito por figura alguma de autoridade. Inclusive a sua. Ninguém fala comigo do jeito que ele fez hoje e escapa com um sorriso na cara. Se ele trabalhasse na minha Divisão seria expulso da equipe.

— Ele não trabalha para você.

— Exatamente. — Eve deu de ombros e enviou um sinal sutil para Darcia. — Lidar com ele é um problema seu!

Capítulo Treze

— O comandante não é a única pessoa com quem eu posso falar a respeito disso — avisou Renee.

— Fale com quem você quiser. — Eve adicionou um dar de ombros e lançou um olhar entediado para o *smartwatch*.

— Garnet mereceu a suspensão e ela permanecerá em vigor. Olá, Darcia.

— Dallas! — Darcia parou ao lado da mesa e sorriu, radiante. — Desculpe, cheguei cedo demais? Estou interrompendo?

— Não, você chegou na hora certa. Chefe Angelo, esta é a tenente Oberman. A tenente e eu já terminamos a nossa conversa.

— Por enquanto. — Com um ódio palpável, Renee se levantou da mesa. Virou as costas sem cumprimentar Darcia e saiu como um furacão de cabelos louros e o clique-clique raivoso no salto alto das sandálias vermelhas.

— Nossa, puxa vida! — Depois de acompanhar a saída dramática da tenente, Darcia se voltou para Eve e piscou depressa. — Foi algo que eu disse?

— Não, o chilique foi por minha conta... e pelo visto, a bebida dela vai ser por minha conta, também. Sente-se e me dê só um segundo, por favor. — Eve pegou seu comunicador e ligou para Feeney. — Ela voltará a ser monitorada por você. Sugiro diminuir um pouco o volume do microfone para salvar seus ouvidos.

— Entendido.

Eve guardou novamente o comunicador, sorriu e disse:

— E então?

— Então, mesmo! Você a deixou muito zangada e depois colocou um laço de presente no insulto, fazendo-a pensar que tinha marcado com duas pessoas ao mesmo tempo.

— Esse último ato foi uma inspiração de momento quando você entrou em contato comigo para marcar um drinque.

— E ela nem terminou o dela.

— Sim, vamos cuidar disso. — Eve já ia erguer a mão para chamar a garçonete, mas viu Roarke e Webster saindo da sala secreta. — Acho que vamos precisar de uma mesa maior.

— Ah, é? — Darcia olhou para trás. — Oh! — reagiu ela, com uma espécie de ronronar que fez com que as antenas de Eve se ligassem. — Roarke! — Ela estendeu a mão. — Isso não é engraçado? Olá, detetive.

— Olá, chefe.

Eve olhou de Webster para Darcia, e de volta para Webster. Desta vez foi Eve que exclamou:

— Oh!

— Eles já prepararam uma mesa maior para nós — anunciou Roarke, com o brilho nos olhos de um homem que mal pode esperar por um momento interessante. — Pode tomar a sua cerveja se quiser, Webster, mas acho que a ocasião merece a garrafa de vinho que eu já tomei a liberdade de pedir.

— Eu adoraria. — Darcia se levantou e se colocou ao lado de Webster. — Vamos ver... uma tenente do Departamento de Polícia de Nova York está sendo monitorada pelo capitão da DDE e a

DAI também está em cena. Parece que os caprichos do destino me colocaram dentro de algum assunto oficial da Força. Espero que isso não seja um transtorno para vocês.

— Imagine, transtorno algum. — Ele puxou a cadeira dela ao chegar na mesa para quatro.

— Nós apreciamos o show — comentou Roarke, ao se sentar ao lado de Eve.

— Eu cheguei no final do espetáculo, mas acho que entendi o enredo. Vocês estão investigando esta tal de tenente Oberman em busca de algo. Já que Dallas está envolvida, esse "algo" deve incluir assassinato. — Ela inclinou a cabeça para o lado, de leve. — Eu apostaria em um viciado morto. Como Don está aqui, a situação também envolve uma investigação interna.

Ela já o chama de Don, pensou Eve. *Cristo!*

— Nós ainda não podemos lhe explicar tudo — avisou Eve.

— Claro, eu entendo. Mas obviamente não gostamos dela. Embora eu tenha amado as suas sandálias. A propósito, comprei três pares de sapatos naquela loja fabulosa que você me indicou ontem, Dallas.

— Três pares? Por quê? — Eve se inclinou para a frente. — Sinceramente, eu sempre quis saber por que alguém compraria múltiplos pares de sapatos de uma só vez.

— Se eu tiver que explicar, a graça se perde.

— E como você passou o dia hoje, chefe Angelo? — quis saber Roarke quando a garçonete trouxe quatro taças e uma garrafa de vinho tinto para a mesa.

— Fui fazer compras, não consegui me segurar. Depois, passei duas horas maravilhosas no Metropolitan Museum. E almocei tarde. — Ela sorriu para Webster quando disse isso.

Um sorriso quente, reparou Eve. Como um sol de verão.

Roarke provou o vinho e o aprovou.

— Planos para a noite?

— Teatro. Meu primeiro musical da Broadway. Estou ansiosa por isso. Por todo o resto também — acrescentou ela, erguendo o cálice. — Como estamos prestes a apreciar esse vinho adorável, presumo que os dois tenentes à mesa estão de folga.

— Parece que sim — murmurou Eve. — Pelo menos por agora.

— Ótimo. — Darcia se inclinou e beijou Webster de leve; um beijo suave como um raio de sol através das folhas das palmeiras. — Oi para você.

Ele sorriu como um idiota, na opinião de Eve, e respondeu:

— Oi.

Eve passou a mão pelo cabelo e sussurrou:

— Isso é estranho.

— Acho encantador. — Roarke ergueu o seu cálice. — Proponho um brinde aos novos amigos.

R oarke assumiu o volante a caminho de casa.

— Você está de mau humor, querida?

— Não estou de mau humor, estou só pensando. Tenho muita coisa em mente. — Mau humor, matutou ela. Que absurdo... e falando em absurdo... — Que diabos eles estão pensando, começando algo assim? Eles nem sequer vivem no mesmo planeta.

— O amor sempre encontra um jeito.

— Amor? Por Deus, eles se conheceram há cinco minutos.

— Um pouco mais que isso, obviamente.

— Tudo bem, um dia! E agora estão com os olhos brilhantes, curtindo um almoço tardio, indo ao teatro, e se ainda não se pegaram o teatro é só o *couvert* para o que vai acontecer depois.

Roarke mal conseguiu engolir a risada e lançou para Eve um falso olhar de solidariedade.

— Será que você não está com um pouco de ciúmes por ver uma antiga paixão sua se derreter por outra pessoa?

Corrupção Mortal 243

— Eu não sou ciumenta! E não senti paixão nenhuma. *Ele* teve paixão, mas eu nunca quis que sentisse nenhum tipo de paixão. Você sabe muito bem que eu não... — Ela parou de falar e o som que emitiu foi quase um rosnado. — Você fez isso de propósito, só para me sacanear.

— Não resisti. Eles me pareceram maravilhosos juntos, e muito felizes.

— Felizes ou infelizes, não se trata disso. Eu preciso de Webster focado. A coisa toda vai explodir, e logo. Justamente quando ele está ocupado se apaixonando por alguém; uma mulher totalmente inadequada, considerando a situação deles.

— Ah, isso me traz boas recordações.

— De quê?

— De como duas outras pessoas que poderiam ser consideradas totalmente incompatíveis uma para a outra, considerando a situação delas, que se apaixonaram quando você precisava se manter concentrada em uma investigação difícil.

Ele pegou a mão dela e a levou aos lábios.

— O amor encontrou um jeito — completou Roarke. — E a justiça foi feita.

Ele tornou difícil argumentar contra isso, e o velho recurso do *nosso caso foi diferente* pareceu tolo a Eve antes mesmo de ela tentar usá-lo.

— Mas você tem que reconhecer que é esquisito.

— Acho que as possibilidades costumam surgir de forma inesperada; o que você faz com elas e o quanto está disposto a arriscar por elas são coisas que podem mudar a sua vida e torná-la muito mais do que você jamais imaginou. Você mudou a minha.

— Isso não tem nada a ver com nós dois.

— Se você seguisse a lógica, *a grha*, se ouvisse a parte da sua cabeça que dizia não, isso é inapropriado e impossível, você nunca teria me deixado entrar na sua vida.

— Você a teria invadido do mesmo jeito — murmurou Eve.

— Sim, teria mesmo, já que fiquei louco por você desde o primeiro instante em que te vi. Mas sempre me pergunto se as coisas seriam como são entre nós se você tivesse desligado o coração e escutado apenas a sua cabeça.

Ele beijou a mão dela novamente, dessa vez virando a palma da sua mão para cima e levando-a até os lábios.

— Nós encontramos um ao outro, reconhecemos um ao outro, duas almas perdidas, quando pela lógica isso não deveria ter acontecido. Foram as escolhas que fizemos que nos trouxeram até aqui.

E ali, mesmo naquele momento, ela percebeu que o toque dele em sua pele e o poder da sua voz conseguiam transformar seu interior em geleia.

— Eu gosto dos dois — garantiu Eve. — Tudo bem, talvez me sinta um pouco culpada no caso de Webster por não ter reparado na chama daquela maldita paixão dele por mim; na verdade eu só a percebi no momento em que ele praticamente me chamuscou com ela, mas você surgiu logo em seguida e o encheu de porrada.

— Ah, que lembrança boa!

Ela olhou para o teto e tentou não rir.

— Não vejo de que maneira isso poderia funcionar. Se eles estivessem sendo movidos unicamente por tesão, um amor de verão, tudo bem. Mas não foi isso que eu vi quando olhei para o outro lado da nossa mesa.

— E quem não gosta de um amor de verão? Mas não, não se trata disso, ou pelos menos não me parece ser apenas isso. Eles são adultos, Eve, e descobrirão como fazer dar certo, de um jeito ou de outro. Enquanto isso, gostei do nosso pequeno interlúdio. E de vê-los se curtindo.

— Agora ele vai sair com ela para assistir a um monte de gente cantando e dançando, enquanto eu vou voltar ao trabalho.

— Você acha que ele está negligenciando os seus deveres?

— Não. — Ela soltou um longo suspiro. — Não, eu sei que ele mergulhou de cabeça no caso que investigamos. E também sei quando estou sendo rabugenta.

Corrupção Mortal   245

Ele fez um retorno e começou a voltar para casa.

— Ajudaria se eu confessasse o quanto foi divertido, e até excitante, ver a você fazer picadinho de Renee, metaforicamente, ao som de "Whiskey in the Jar"?

— Talvez. Foi divertido. — Ela flexionou os ombros para relaxar um pouco. — Foi satisfatório, sim. Será mais divertido ainda, e mais gratificante, quando tudo deixar de ser metafórico; e vai continuar sendo muito divertido.

— E excitante?

Ela lançou para ele um sorriso rápido e convencido.

— Talvez.

Eles saltaram do carro e ele pegou a mão dela antes de ela ter chance de subir os degraus da escada da frente.

— Venha comigo.

— Não, sem essa, eu preciso...

— Dê um passeio comigo nesta linda noite de verão. O amor está no ar, tenente.

— Você está me dizendo que me ver agir como uma megera te deixou excitado?

— Sim, e como! — Ele deu um tapa de leve no braço dela. — Quando entrarmos em casa, mergulharemos no trabalho. Mas agora temos um pouco de brisa por aqui, finalmente; ela está agitando nosso jardim e a mulher que eu amo está com a mão enlaçada à minha.

Ele arrancou uma flor de um arbusto cujo nome Eve não saberia dizer e a prendeu atrás da orelha dela.

O gesto não pareceu tolo, apenas doce. Então ela deixou e caminhou com ele.

Eles pararam por um instante diante da jovem cerejeira que ela o ajudara a plantar em memória da mãe dele.

— Parece que ela está crescendo rápido — comentou Eve.

— Está indo bem, sim. Forte e saudável. Na próxima primavera ela florescerá novamente. E nós vamos vê-la florescer juntos, você e eu. Isso significa muito para mim.

— Eu sei.

— Ela acha que você se casou comigo pelo poder — disse ele, enquanto caminhavam. — Renee. Porque é exatamente isso que ela teria feito. O poder e o dinheiro são a mesma coisa para ela.

— Ela está redondamente enganada. Eu me casei com você pelo sexo.

Ele sorriu.

— Tenho tanta certeza disso que sou diligente na hora de fazer a minha parte.

Eles vagaram até um pequeno pomar onde talvez uma dúzia de árvores se espalhavam com os galhos pesados de pêssegos.

— Summerset realmente os usa para fazer torta?

— Ele é muito tradicional — Roarke procurou um pêssego que parecia maduro e o colheu do pessegueiro. — Prove.

— É bom. Doce — analisou Eve, provando a fruta.

— Ele planeja plantar algumas cerejeiras aqui também.

— Eu gosto de torta de cereja.

Roarke riu e deu uma mordida no pêssego quando ela ofereceu.

— Vou dar permissão a ele de plantá-las então.

O ar cheirava a verão, frutas maduras, flores perfumadas e grama verde, muito verde. Aquela caminhada em meio ao calor e ao perfume, de mãos dadas com Roarke, serviu para lembrar Eve de que ela já conseguira tudo que invejara da infância de Renee.

Ela criara a própria versão de "vida normal".

— Vê aquele lugar ali? — Roarke apontou para um espaço vazio coberto por um verde cintilante. — Estou brincando com a ideia de transformar aquele espaço em um pequeno lago. Bem pequeno, talvez com cerca de dois metros de diâmetro. Teremos ninfeias e salgueiros.

— Ok.

— Não. — Ele passou a mão pelas costas dela. — Quero saber o que você acha. Gostaria disso? Esta é a sua casa, Eve.

Corrupção Mortal 247

Ela estudou o espaço e achou que tudo já era bom do jeito que estava. Para Eve não era tão fácil imaginar laguinhos com ninfeias quanto para ele.

— Vão ter aqueles peixes estranhos?

— Carpas, você quer dizer? Poderíamos tê-los, sim.

— Eles são meio assustadores, mas interessantes. — Ela olhou para ele longamente. — Você fica em casa mais do que costumava ficar. Não viaja tanto quanto antes. Provavelmente seria mais fácil lidar com algumas das coisas do seu trabalho no local de origem, onde quer que ele fosse. Mas você não faz mais isso, a menos que precise.

— Tenho mais motivos para ficar em casa agora do que antes. Estou feliz por isso. Todos os dias eu me sinto feliz com isso.

— Eu mudei a sua vida. — Ela olhou para o pêssego que os dois compartilhavam. — Você mudou a minha. Estou feliz com isso. — Fitou mais uma vez os olhos dele. — Todos os dias eu me sinto feliz por isso. Sim, eu gostaria de um pequeno lago e talvez um lugar onde sentar, para que pudéssemos assistir aos peixes assustadores, mas interessantes.

— Isso estaria ótimo para mim também.

Ela colocou os braços em volta do pescoço de Roarke e colou a bochecha contra a dele. O amor sempre encontra um jeito, pensou ela.

— Eu não segui a lógica — murmurou Eve. — Mesmo quando eu disse a mim mesma que aquilo era inapropriado e impossível. Não consegui. Tudo dentro de mim precisava de você, tanto quanto precisava de ar. Não importava o que eu dissesse a mim mesma, eu tinha que respirar. Eu já fui amada antes. Webster pensou que me amava, mesmo que eu não percebesse o sentimento dele, e mesmo que não conseguisse correspondê-lo. Também senti um tipo diferente de amor por Mavis e por Feeney. Eu os amava. Tive o suficiente dentro de mim para experimentar isso. Hoje eu consigo olhar para trás, ver quem eu era e me sentir grata por tudo.

Ela fechou os olhos e o puxou mais para perto dela, como se ele fosse o ar que ela respirava.

— Mas eu não sabia o quanto de amor existia e o quanto mais poderia haver. Nem o que eu poderia ser antes de você chegar. Antes de você não havia ninguém com quem eu gostasse de caminhar. Ninguém junto de quem eu gostasse de me sentar diante de um pequeno lago. Não havia ninguém — repetiu ela, voltando a olhar para o rosto dele. — Ninguém antes de você.

Ele beijou a boca dela suavemente, fazendo ambos se aprofundarem no beijo, no momento. Na ternura.

Tudo ali era doce como o pêssego que rolou da mão dela quando eles se deitaram no chão; tudo ali era silencioso, como o ar que sussurrava ao redor deles com os aromas de pêssegos maduros, flores do verão e grama verde, muito verde.

Ela apoiou a mão na bochecha de Roarke e tracejou com um dedo a linha forte ao longo da sua mandíbula. O rosto dele, pensou ela, era muito precioso para ela. Todo olhar de relance que ele lançava, cada olhar furtivo, todos os sorrisos, todas as caras feias. A primeira vez que ela viu tudo isso, algo mudou dentro dela. E aquilo que ela conseguira trancar, talvez para conseguir sobreviver até aquele momento, começou a se libertar.

Ela irradiava amor e alegria.

Ela se entregou, ofereceu a ele o seu coração e o seu corpo, movendo-se com ele em um compasso muito elegante, como se dançassem uma valsa. Naquela tarde ela não era uma guerreira, pensou ele, mas simplesmente uma mulher. Uma mulher com uma flor no cabelo e um coração que ela lhe oferecia nos olhos.

E aquela mulher o comoveu de forma quase insuportável.

— *A grha*. — Seus lábios percorreram o rosto dela enquanto as palavras que ele murmurou em irlandês vieram do seu próprio coração e pulsaram através do seu sangue. Palavras tolas, palavras delicadas que ela não entendia, mas conseguia sentir.

Corrupção Mortal 249

— Sim — disse ela, quando seus lábios se encontraram novamente. — Sim. E você também é meu.

Ela o tocou e despiu lentamente o paletó que ele usava, afrouxando-lhe a gravata. E sorriu.

— Você está sempre muito vestido!

Ele tirou a jaqueta e soltou o coldre dela.

— E você está sempre armada.

— Pode me desarmar. — Em um gesto de rendição, ela ergueu os braços sobre a cabeça.

Ele a observou enquanto empurrava a arma para o lado, arrancava a blusa dela pela cabeça, depois a camiseta regata, e a exibia ao brilho forte do sol da tarde.

Ela o observou quando ele deslizou as mãos sobre a pele dela e as usou para envolver os seios firmes. Ela suspirou de prazer quando sentiu que seus próprios olhos ficaram pesados. Então ele abaixou a cabeça, provou-a, saboreou-a. Mexeu com ela até o limite dos gemidos enquanto traçava com a língua um caminho ao longo do torso dela.

Ela sentiu aqueles dedos ágeis lhe desafivelando o cinto e sua respiração acelerou com o toque deles, na expectativa de mais. Ele a despiu, centímetro por centímetro, usando aqueles mesmos dedos ágeis, os lábios e a língua para saturá-la de sensações — ondas lentas e constantes que se quebravam sobre ela e a envolveram até ela ficar encharcada.

Deslumbrada, atordoada, ela esticou os braços e encontrou os lábios dele novamente junto aos dela. Lutando para não se apressar, como ele fizera, ela o tocou e o despiu. Depois ela o provou e saboreou.

Ela o estava provocando, pensou ele. Ela fazia isso, e sempre conseguia. Ela fazia com que ele se sentisse fraco como a água e forte como um deus ao mesmo tempo, e mais homem do que ele jamais esperara ser. Com ela, tudo era mais do que a emoção da carne contra a carne, mais do que o calor e o pulsar constante do sangue.

O amor era um presente compartilhado.

Quando ele a penetrou lentamente, o presente foi doce e terno. Mais uma vez, a mão dela descansou sobre a bochecha dele. Mais uma vez, ele observou a paixão tomar conta de seus olhos. E fitou-a por alguns segundos, até a paixão finalmente tomar conta também dos seus próprios olhos.

Então ela ficou quieta por algum tempo, acariciando os cabelos dele e se sentindo contente em ficar presa sob todo aquele peso.

— Foi uma caminhada muito legal — disse ela, finalmente.

— Caminhar é um exercício bom, muito saudável.

Ela riu.

— Estou me sentindo muito saudável neste momento. E com fome também.

— Com fome eu também estou. — Ele saiu de cima dela, se estendeu de lado e sorriu para ela. — Você realmente parece saudável, minha querida Eve, deitada aqui, nua, sob a luz do sol.

— Se você tivesse falado algumas horas atrás que eu estaria deitada aqui, nua, à luz do sol, eu teria dito que você estava viajando na maionese. Mas não me sinto mais irritada nem mal-humorada, então acho que foi saudável.

Ela se sentou na grama, pegou a camiseta regata e de repente seus olhos se arregalaram quando ela bateu com a mão no fio camuflado que estava entre os seios.

— Eu me esqueci do grampo!

— Bem, espero que ele esteja desligado, senão nós demos a Feeney ou a McNab, ou aos dois, um pouco de entretenimento não planejado.

— Está desligado, eu disse a frase mágica ainda no pub. Mas, puxa, eu não deveria me esquecer que ele estava aqui.

— Você estava ocupada demais dando a sua caminhada — disse ele, quando ela vestiu a camiseta regata.

— Ainda bem que eu não pedi donuts de canela enquanto você estava ocupado caminhando comigo.

Depois que eles se vestiram ele a pegou pela mão como antes e balançou o braço dela com movimentos leves.

— Tomara que você esteja a fim de uma pizza para o jantar.

— Seria mais fácil — concordou Eve. — Preciso pesquisar alguns dados e acompanhar o progresso de Peabody na tarefa dela. Além do mais, você ainda não me atualizou sobre a *sua* tarefa: pesquisar as finanças deles.

— Vamos chegar lá.

— Há algum problema?

Ele deu a volta pelo jardim.

— Não haveria se você cedesse um pouco e me permitisse fazer as coisas do meu jeito. Eu já fiz um levantamento superficial, mas não consigo alcançar as camadas mais profundas de mãos atadas, Eve.

— E se você usar o equipamento não registrado para conseguí-las, eu terei os dados na mão, mas não poderei usá-los.

— O equipamento não registrado simplificaria muito as coisas.

— Acho que eu não sabia que você só conseguia realizar as tarefas mais simples.

Ele parou, estreitou os olhos e lançou-lhe um olhar de frustração.

— Sei muito bem que você está mirando no meu ego e essa é uma boa estratégia. Consigo fazer tudo isso sem o meu equipamento não registrado. Existem vários jeitos, mas eles continuam sendo os *meus* jeitos. Se eu fizer do *seu* jeito isso pode levar semanas. Acho que você bem que podia confiar em mim quanto a saber até onde eu posso ir sem comprometer os dados e deixá-los limpos. Caso contrário, você devia resolver tudo sozinha.

Ela fez uma careta rude pelas costas dele quando Roarke abriu a porta. Atitude infantil, ela sabia, mas gostosa.

— Se eu conseguir provar que Renee tem contas secretas, ou Garnet, ou Bix, posso liberar Webster para que ele transmita essa parte da investigação para a DAI. Ele também está empacado.

— Só depende de você, cacete.

— Também não precisa ficar revoltado com isso — disse ela quando os dois passaram por Summerset e subiram a escada.

— Eu não sou policial — lembrou Roarke.

— Chamem os jornalistas!

— Segure a sua zoeira, tenente. Eu não sou policial — repetiu —, e é irritante ser convidado para realizar pequenos milagres e ao mesmo tempo me equilibrar sobre a linha estreita que você definiu.

Foi a vez de Eve se sentir frustrada e com uma pitada de raiva.

— Eu mudei bastante as definições dessa linha e você sabe disso.

— Então redefina o limite novamente.

— Toda vez que eu faço isso fico preocupada de não me lembrar em que ponto o limite estava no início.

— Você não conseguiria esquecer esse limite nem que tivesse amnésia. Além do mais, eu sei perfeitamente onde essa linha está. Posso não concordar com isso, mas sei onde você a coloca e até que ponto poderá esticá-la e continuar sentindo que fez a coisa certa. Você deveria saber o mesmo com relação a mim.

Ela abriu a boca, a resposta na ponta da língua, mas tornou a fechá-la.

— Eu sei — disse ela, por fim, e percebeu que sabia. — Acho que sei. É que esta é... uma situação delicada. Se eu tivesse os números poderia passá-los oficialmente para o Webster levar para a DAI. E se a DAI pudesse abrir uma investigação oficial eles encontrariam os malditos dados. Estou tentando encontrar um meio-termo, mas sei que você não consegue trabalhar dentro dos limites que eu estabeleci. Não entendo o porquê disso, mas...

— Eu posso!

Um ar de insulto surgiu nos olhos dele. Não um insulto qualquer, decidiu Eve. Era um insulto típico de nerd, mas ele completou:

— Só que vai levar mais tempo para atingirmos o objetivo. Muito mais tempo. — Ele ergueu as sobrancelhas e completou, com um tom simpático, mas gélido. — Quer que eu te explique todas as razões técnicas, bloqueios de linhas, vias indiretas e assim por diante até chegar ao porquê?

— Na verdade, não. Não entendi o porquê — tornou ela —, mas se você me disser que não consegue fazer tudo desse jeito em

Corrupção Mortal 253

tempo útil, então é porque não pode ser feito desse jeito em tempo útil. Do meu jeito — corrigiu ela. — Então faça do seu. Isto é, não *totalmente* do seu jeito. Não quero que você use o equipamento sem registro para isso, Roarke.

— Já entendi essa parte. Vou trabalhar o mais próximo possível dentro da sua linha. Estamos combinados?

— Estamos.

Ele balançou nos calcanhares para frente e para trás enquanto a estudava.

— Essa foi uma briga curta — declarou ele.

— Provavelmente porque ainda estamos num clima sensual.

— Talvez você esteja certa. Comece a sua investigação. Vou pegar a pizza.

Ela imediatamente foi até o quadro, circulou-o e analisou tudo. Reorganizou algumas fotos de Renee que estavam espalhadas, inclinou a cabeça para o lado e considerou.

— Preciso dar uma saída — anunciou ela, quando ele voltou com o prato. Foi até onde ele estava e pegou uma fatia da pizza.

— Uau, isso está quente!

Ele balançou a cabeça quando ela jogou a fatia de pizza de uma mão para a outra.

— Tente isso aqui — sugeriu ele, entregando-lhe um prato. — Aonde nós vamos?

— Nós, não. Preciso conversar com uma colega; uma policial do esquadrão de Renee. É mínima a probabilidade de ela estar envolvida nisso. Renee não trabalha com mulheres. Ela as intimida ou livra-se delas.

— Ela não teve sorte quando tentou intimidar você.

— Não teve, e isso acabou com ela. E Renee vai ter de lidar com algo ainda maior quando não conseguir se livrar de mim. Detetive Lilah Strong — contou Eve. — Tive um pressentimento sobre ela desde a primeira vez que entrei na sala do esquadrão, e preciso seguir meu instinto com relação a isso. Mas o papo deve ser cara a cara, só nós duas.

— Você poderia chamar Peabody, em vez de fazer isso sozinha.

— Aí vai ser um ataque em dupla. Não quero intimidá-la, ainda mais porque não daria certo, a menos que eu me esforçasse bastante. O que eu preciso fazer é lhe dar abertura. Isso vai te dar tempo para brincar de nerd sem eu incomodar seu jogo.

— Isso é verdade. Vou religar o seu grampo.

— Sim, isso mesmo. Quero tudo registrado. Ela é a mais nova da equipe. — Eve refletiu um pouco. — Mas, depois de seis meses, se ela é uma policial de verdade, ela sabe ou sente que tem algo errado. Vou dar a ela uma chance e uma razão para conversar comigo sobre isso.

— E se ela não se arriscar a abrir a boca?

— Vou ter perdido meu tempo. Mas tenho um bom pressentimento.

— Melhor segui-lo, então.

E depois, pensou ele. *Volte para mim.*

— Vou levar duas horas no máximo — garantiu ela. — Deu um beijo rápido em Roarke, e ele viu que a mente dela já buscava a melhor abordagem quando ela chegou na porta.

Roarke ficou parado por um momento, estudando a pizza quase inteira e brincou com o botão do velho paletó dela que ele mantinha sempre no bolso. A confiança, lembrou, era uma via de mão dupla. Então ele confiava nela para fazer bem o seu trabalho, do jeito dela. E ele faria o que tinha concordado em fazer, do jeito dele.

Eve percebeu que estava sendo seguida depois de dirigir por menos de cinco quarteirões.

Eles certamente eram meio desleixados, mas ela podia contar com o extraordinário sistema de câmeras embutidas na viatura que Roarke tinha projetado para ela.

A perseguição estava montada no esquema de dois veículos que se revezavam, e isso significava uma de duas coisas. A primeira é

Corrupção Mortal 255

que ela tinha deixado Renee ou preocupada ou irritada o bastante para que a tenente ordenasse que dois homens ficassem na sua cola. A segunda é que Renee não estava nem preocupada nem irritada o suficiente para definir um sistema de vigilância mais elaborado.

Eve ligou sua filmadora.

— Estou sendo seguida por dois carros em rodízio. Os dois perseguidores usam viaturas oficiais. Pelo amor de Deus, será que eles acham que eu sou idiota?

Realmente, aquilo era um pouco ofensivo.

Ela recitou as marcas dos carros, os modelos e as placas. Depois ordenou que suas câmeras ampliassem cada um desses elementos para deixar tudo documentado, antes de solicitar uma identificação.

O veículo que estava dois quarteirões atrás dela pertencia ao detetive Freeman. O outro, que acabara de ultrapassá-la para dar a volta no quarteirão e reaparecer na sua traseira tinha sido designada para uso do detetive Ivan Manford.

— Vamos adicionar você à nossa lista, Ivan. Mas antes eu quero brincar um pouco.

Ela pegou a Quinta Avenida e continuou no sentido centro da cidade, caindo de propósito em um pequeno e agradável engarrafamento. Simulou algumas tentativas de ultrapassagem e viu quando o veículo de Freeman passou ao seu lado. Cronometrando tudo, abriu caminho entre um táxi da Cooperativa Rápido e uma limusine reluzente, forçou a passagem e acelerou para atravessar a rua no instante em que o sinal ficou vermelho.

Manford a passaria para Freeman, sabia ela, pelo menos até que ele pudesse voltar à posição anterior. Mas isso seria um problema, pois Freeman tinha seguido para o lado oeste. Eve ligou o modo vertical do carro e deslizou acima da pista ao som de buzinas zangadas; em seguida disparou para o leste com a intenção de montar seu próprio esquema de perseguição. Tirou um fino de um caminhão de entregas pesadas cujo motorista, tomado pela raiva, ergueu para ela o dedo médio.

Ela não poderia culpá-lo.

Voltou ao centro pela Lexington e acelerou ainda mais, curtindo a velocidade e as subidas e descidas do modo vertical, até que se dirigiu novamente para o oeste, atravessando a cidade na diagonal do mapa.

— Eles vão perseguir os próprios rabos agora — murmurou ela e, embora preferisse estacionar na rua, optou por uma vaga mais cara a dois quarteirões do prédio de Strong.

Encaixou sua viatura entre dois volumosos SUVs e ligou o seu sistema de alarme.

Renee vai ficar muito decepcionada com eles, pensou, enquanto passeava pela noite quente de verão.

Ela observou que aquela era uma região de classe trabalhadora; muita gente caminhava pela rua ou batia papo em várias das pequenas mesas espremidas na frente de cafés ou lanchonetes. Carros barulhentos passavam ininterruptamente, a caminho de outro lugar. Algumas das lojas tinham permanecido abertas na esperança de atrair alguns clientes entre os que trabalhavam o dia todo para ganhar a vida e os que não conseguiam gastar seu dinheiro durante o dia.

Seguiu um entregador de comida chinesa que se dirigia para o prédio de Strong e segurou a porta atrás dele, antes que ela se fechasse. Ele saiu no segundo andar da escada, mas o cheiro do frango xadrez permaneceu no ar enquanto Eve seguia para o terceiro andar.

Do lado de fora do apartamento de Strong, Eve ouviu o que lhe pareceu uma perseguição de carros em alta velocidade. Ela está assistindo a algum filme, concluiu. Já deve estar pronta para dormir. A luz de segurança sobre a porta estava acesa num vermelho vivo. Ela ergueu a cabeça e reparou no olho escuro de uma minicâmera.

A detetive Strong era prevenida com relação à segurança. Para Eve, isso era sinal de uma policial esperta que sabia se proteger.

Agora, ela veria exatamente que tipo de policial Lilah Strong era.

Ergueu o punho e bateu à porta.

Capítulo Quatorze

Eve ouviu o au-au-au do que lhe pareceu um cão de pequeno porte, depois o deslizar da tranca e o clique da fechadura se abrindo.

O homem que abriu a porta era grande — imenso como um jogador de futebol americano —, com ombros enormes, pernas que pareciam troncos de árvores e bíceps de halterofilista.

Ele exibiu um sorriso amigável para Eve, mas manteve o corpo obstruindo a porta toda.

— Olá. Posso ajudar?

— Estou procurando pela detetive Strong. — Ela olhou para a bola de pelos com dentes que pulava em volta dos pés dele. — Sou a tenente Dallas, da Polícia de Nova York.

— Ela não morde — tranquilizou ele, — Quer só que você pense que ela é feroz. — Curvando-se, ele pegou a bola de pelos na mão e a mandou parar de fazer barulho. — Lilah! Há uma policial aqui na porta.

— Ah, é? Que policial?

Strong espiou por cima da muralha humana e suas sobrancelhas se ergueram de surpresa.

— Tenente Dallas!

— Olá, detetive. Posso entrar?

— Ah, claro... — Obviamente pega de surpresa, Strong olhou ao redor da sala, como as pessoas fazem quando uma visita inesperada as faz pensar no tamanho da bagunça em casa.

No caso de Strong, a bagunça era mínima na sala de estar mobiliada de forma simples e planejada para oferecer conforto.

— Tic, essa é a tenente Dallas, Divisão de Homicídios da Central. Este é Tic Wendall.

Tic ofereceu a mão do tamanho de um prato, e a maneira cuidadosa como ele a cumprimentou a fez se lembrar de Leonardo, o marido de Mavis. Ambos eram homens imensos com modos gentis.

— Prazer em conhecê-la, tenente.

— Digo o mesmo. Desculpe interromper a noite de vocês. Detetive, eu gostaria de conversar com você por alguns minutos.

— Acho que vou deixar vocês duas à vontade — declarou Tic.

— Hora de levar Rapunzel para passear na rua.

Ao ouvir a palavra *passear* a cadelinha se remexeu no colo de Tic e fez o possível para arrancar a pele do rosto dele com lambidas. Ele a colocou no chão e ordenou:

— Vá pegar sua correia, garota.

Ao ouvir o comando, a cadelinha saiu correndo em meio a uma tempestade de alegria.

— Obrigada, Tic.

— Não precisa agradecer. — Ele pegou um saquinho para recolher excrementos em uma caixa perto da porta; quando a cadelinha voltou com uma correia rosa presa nos dentes minúsculos, ele a prendeu na coleira enfeitada com brilhantes falsos.

— Volto logo — avisou a Strong, e a beijou de um jeito que mostrou a Eve que eles já estavam juntos havia tempo suficiente para serem casuais.

Eve esperou até a porta se fechar quando eles saíram.

— Vocês têm uma cadela chamada Rapunzel que é do tamanho de um rato grande?

— Ela é do Tic. Praticamente só tem pelos, por isso seu nome é Rapunzel. Ele a leva a todos os lugares, até para o trabalho.

— Em que ele trabalha?

— Tic é advogado tributarista.

— Imaginei-o num jogo de futebol americano, correndo pelo campo para fazer um *touchdown*.

— Tic não tem o instinto assassino para isso. É o homem mais doce que conheci em toda a minha vida. Mas acho que você não veio aqui para falar sobre o meu namorado.

— Não. Podemos nos sentar?

— Tudo bem. — Strong desligou o telão e apontou para uma poltrona. — Tic faz cervejas artesanais — disse ela, apontando com a cabeça para as garrafas sobre a mesa de café. — Você quer uma?

— Não tenho como recusar — disse Eve, sabendo que compartilhar algumas cervejas serviria para indicar que a visita não era oficial.

Ela se sentou, pegou a garrafa que Strong lhe ofereceu e tomou um gole.

— Muito boa. Suave.

— Tic tem um talento especial. — Strong se largou sobre o sofá, mas não relaxou. — O que procura exatamente, tenente?

— Você sabe que estou investigando um homicídio que tem ligação com o seu esquadrão.

— Isso não é segredo.

— Você chegou a conhecer a minha vítima? Keener?

— Nunca tive o prazer.

— O esquadrão o deixava trabalhar em paz porque ele era informante da chefe?

— Talvez. — Strong tomou um gole de cerveja. — Eu nunca tive motivo algum para incomodá-lo.

— Você está na parte burocrática, agora. — O rosto dela permaneceu absolutamente neutro.

— O trabalho burocrático é muito importante.

— Verdade — concordou Eve. — Mas você é uma policial de rua, detetive; seu histórico anterior é excelente. Isso me faz pensar... por que a sua tenente a colocou para preencher formulários e redigir relatórios?

— Você teria que perguntar isso a ela.

— Estou perguntando a você.

Strong balançou a cabeça para os lados.

— Se você acha que vou reclamar da minha tenente ficará desapontada. Também não é segredo que a senhora e a tenente Oberman estão em guerra. Se veio até aqui em busca de fofocas, tenente, não as terá.

— Você não gosta da forma como ela comanda a equipe. Não precisa confirmar nem negar — acrescentou Eve, balançando casualmente a garrafa de cerveja. — Estou só fazendo uma observação pessoal. Você não gosta de ficar atrás de uma mesa quando sabe muito bem que seria mais útil à sociedade trabalhando na rua. Você acha que é uma tolice a preocupação exagerada da chefe com ternos, gravatas e sapatos bem engraxados. Também acha que a estrutura da equipe, que sempre reflete a da chefe, torna impossível qualquer demonstração de personalidade e impede a formação de amizades e parcerias. Você não gosta das reuniões a portas fechadas atrás das persianas; nem do desfile diário de roupas da moda; nem do fato de que ela age como a presidente de uma multinacional, em vez de atuar como uma policial. Aquilo não é o esquadrão dela, é o seu reino pessoal, além de representar um trampolim para suas ambições de ser promovida a capitã. — Como Strong não rebateu nada disso, Eve assentiu e se recostou na poltrona. — Eu sei mais uma coisa. Se algum policial atacasse daquele jeito um dos meus homens, ninguém na minha divisão aceitaria permanecer ali sentado, sem dizer nada.

Strong encolheu os ombros.

— Aposto que há um monte de gente nesta cidade que não gosta muito do chefe.

— Gostar não significa porra nenhuma. Respeito é o que importa, e você não a respeita. Tratá-la com respeito — explicou Eve — não é o mesmo que sentir respeito por ela. Por sinal, ela sabe que você não tem respeito pessoal por ela. Esse é um dos motivos pelos quais as suas avaliações despencaram desde que você se juntou ao esquadrão.

O primeiro sinal de raiva surgiu no rosto de Lilah.

— Como você soube sobre as minhas avaliações?

— Eu sei de muitas coisas. Sei que Oberman não é apenas uma policial incompetente. Sei que ela é corrupta.

Strong balançou a cabeça para os lados e olhou ferozmente para o outro lado da sala.

— Seu instinto lhe diz a mesma coisa — continuou Eve. — Você é uma policial boa demais para não ter sentido cheiro de coisa podre. É boa demais para não se questionar sobre o motivo de tantas pesagens erradas de drogas apreendidas.

— Se houvesse algum problema grave com as pesagens, alguém na linha de comando já teria descoberto.

— Não nesse caso, porque ela tem alguém cuidando dos números no Controle de Apreensões e na Contabilidade. Você tem experiência no trabalho policial, tem bons contatos, alguns deles valiosos. Mas quem recebe a incumbência de investigar os casos mais importantes? Bix? Garnet? Marcell? Manford? Por sinal, Manford e Freeman tentaram me seguir esta noite, enquanto eu vinha para cá.

Strong ergueu a cabeça subitamente e olhou para Eve.

— Sou melhor do que eles e os despistei, não se preocupe — informou Eve. — Eles tentaram me seguir porque hoje, um pouco mais cedo, Oberman finalmente descobriu que eu não vou entrar no jogo dela. Entendeu que me deixar no escuro não funcionou. Se ela pensa em me executar, precisa antes descobrir para onde estou indo a cada instante, e o motivo de estar indo. — Eve pegou o tablet, procurou um arquivo e o entregou a Strong. — Esta é a minha vítima.

Lilah analisou a cena do crime.

— Ele teve um fim terrível.

— Bix o executou por ordem de Oberman.

Com um ar contrariado, Lilah empurrou o tablet de volta para Eve, levantou-se da poltrona e circulou pela sala reclamando.

— Droga. Droga!

— Tenho certeza de que foi assim que aconteceu. Tenho uma testemunha que ouviu Oberman contando a Garnet exatamente isso; ela também a ouviu falando de *negócios* e de dinheiro sujo.

— Porra, porra, porra! — Lilah se apoiou com as duas mãos sobre a estreita bancada que separava a sala da cozinha.

— Ela construiu sua organização ao longo dos anos. — Eve também se levantou. — Usou o nome do pai; usou sexo, suborno, ameaças, fraudes, tudo o que foi necessário. Inclusive matar outros policiais.

Ao ouvir isso, Lilah ficou branca como papel.

— Não foi ela mesma que matou. Não sei se ela tem peito para fazer isso. Bix parece ser a sua principal arma. Mas ela tem outros meios. Marcell e Freeman armaram uma cilada para o antigo parceiro de Marcell, o detetive Harold Strumb. Estou tentando provar que ela também foi responsável pela morte da detetive Gail Devin, que serviu sob o comando dela durante um curto espaço de tempo. O histórico de Devin e o estilo dela eram muito parecidos com os seus. Quando ela não consegue transferir ou se livrar de policiais que não são úteis para ela ou que começam a analisar a fundo certas coisas que acontecem por lá, ela os mata.

— Você não tem como provar nada disso. — A voz de Lilah fraquejou e ela engoliu em seco. — Se tivesse ela já estaria atrás das grades a essa altura.

— Vou provar, pode contar com isso. Você não faz parte da quadrilha dela, detetive. Eu não estou enganada a respeito disso. Ela tem uma unidade de doze homens. Garnet, Bix, Freeman, Marcell, Palmer, Manford, Armand. Com esses já são sete, entre os doze.

Corrupção Mortal

Eu sei, ou estou bem perto de provar, que eles têm ganhos ilegais de grande monta. E o que é pior: graças a ela. Coloco você entre os outros cinco. E quanto aos quatro que faltam?

— Você quer que eu entregue gente do meu esquadrão, além da minha chefe?

— Quantos policiais mais terão que morrer antes que alguém se levante e a destrone? — A fúria na voz de Eve explodiu, não podia mais ser contida. — Você sabe que ela é corrupta, Lilah. Mostrou-se revoltada quando eu declarei isso, mas não ficou surpresa.

— Eu não posso provar nada. Não, não gosto do jeito que ela comanda a equipe. Há muitas coisas lá que eu não aprecio. Mas ralei muito para conseguir trabalhar na Central de Polícia. É lá que eu sempre quis trabalhar. Daqui a seis meses vou solicitar transferência para outro esquadrão. Se eu fizer isso agora vai parecer que eu não me adapto com facilidade. — Lilah pegou sua cerveja e esfregou a garrafa gelada na testa, como se aquilo pudesse esfriá-la. — Quero fazer o meu trabalho, tenente. Preciso voltar lá todos os dias e fazer o meu trabalho, para sentir que vale a pena me levantar todas as manhãs. Ela fez observações negativas nas minhas avaliações, mas eu consigo aguentar o tranco. Consigo aguentar ficar sentada junto de uma mesa durante mais um ano desde que saiba que, no final, poderei me transferir e voltar a fazer o que fui treinada para fazer. Mas quem vai querer trabalhar comigo, tenente? Quem confiará em mim se eu delatar os meus próprios colegas?

— Tudo bem. Obrigada pelo seu tempo.

— É só isso? — perguntou Lilah. — Você vem aqui, coloca essa bomba no meu colo e depois sai agradecendo o meu *tempo*?

— Não vou tentar convencê-la a fazer algo que vai contra os seus instintos. Os meus instintos me trouxeram até aqui. Se eles estiverem errados e qualquer coisa que eu disse aqui for parar nos ouvidos de Oberman, saberei quem contou. Caso contrário, não tenho nada contra você. Posso não concordar com a sua posição, detetive, mas eu a entendo. Não posso lhe prometer nada. Não posso

264 J. D. ROBB

lhe garantir que se você cooperar comigo a sua vida será um mar de rosas quando tudo terminar. Não posso prometer que outros policiais vão lhe dar tapinhas de gratidão nas costas.

— Eu não ligo a mínima para isso.

— Liga, sim. Todos nós ligamos. Porque se não pudermos contar uns com os outros, não poderemos mais contar com ninguém ou com qualquer outra coisa. Isso, por si só, faz de Renee Oberman a pior entre as piores. Obrigada pela cerveja.

— O Asserton não está no esquema.

Eve parou na porta e voltou.

— Como você sabe?

— Ela joga em cima dele basicamente as tarefas de merda, os casos mais banais. Isso é mais do que as investigações que ela geralmente encaminha para mim. Ela o obriga a desempenhar muitas tarefas de relações públicas com as escolas, nas quais ele banca o "policial amigo e camarada". Asserton é um policial de rua, mas está aguentando bem. A esposa dele teve um bebê há alguns meses e as tarefas simples e as horas tranquilas de trabalho até facilitaram as coisas em sua vida. Só que ele já começou a se sentir um pouco incomodado. Sei que está pensando em pedir transferência do esquadrão e do trabalho com drogas ilegais. Ele tira fotos do filho e me mostra escondido. Ele odeia Oberman com todas as suas forças.

— Ok.

— Se Manford está no esquema, Tulis também está. — Suspirando, Lilah pressionou as têmporas com os dedos. — Eles são praticamente gêmeos xifópagos. Tulis gosta de incomodar as garotas de programa na rua para que elas lhe ofereçam amostras grátis dos seus serviços. E me apalpou uma vez na sala de descanso.

— Quanto tempo levou para ele conseguir usar a mão novamente? — quis saber Eve.

O sorriso de Lilah surgiu por um instante, mas logo morreu.

— Dei um soco muito bem dado na cara dele e relatei o incidente a Oberman na mesma hora. O resultado foi que Manford jurou que

Corrupção Mortal 265

estava lá também e assegurou que Tulis nunca me tocou, apenas contou uma piada suja e eu exagerei na reação.

— Com Tulis já temos oito.

— Brinker está empurrando com a barriga até completar vinte anos na Força Policial. Planeja seguir carreira na área de segurança privada e isso o ajuda a aguentar tudo calado, se fazendo de morto. Eu diria que o esquema de Oberman seria aporrinhação demais para a cabeça dele. No caso da detetive Sloan, ela mantém a cabeça baixa e a boca fechada o tempo todo. Quer fazer trabalho de escritório. Foi agredida de forma terrível durante um confronto com dois traficantes de drogas no ano passado. A verdade, tenente, é que Sloan perdeu a coragem para atuar nas ruas.

— Isso acontece — concordou Eve.

— Talvez ela saiba ou suspeite de alguma coisa, mas não creio que esteja envolvida. Acho que Oberman não confiaria nela.

— Concordo. É bom saber de tudo isso.

Lilah sentou-se e passou as duas mãos pelo rosto.

— Ela carrega sempre um *tele-link* descartável. Abri a porta do gabinete dela uma vez e enfiei a cabeça pela fresta sem esperar que ela me mandasse entrar. Foi quando eu vi que ela usava o aparelho. Ela me deu uma represália tão grande que até parece que eu a peguei transando com o comandante. — Lilah deixou cair as mãos. — Acho que ela tem um cofre em seu escritório.

Interessante, pensou Eve, pois ela suspeitava da mesma coisa.

— Por que você diz isso?

— A tenente Oberman mantém sua sala trancada e protegida como um forte a maior parte do tempo. Eu só consegui enfiar a cabeça na porta aquela vez porque Garnet tinha acabado de sair e ela não tornou a trancar a porta. Aquela porta vive mais trancada do que aberta e as persianas estão sempre fechadas. Sempre! Mas acho que talvez ela tenha olhos e ouvidos na sala do esquadrão.

Ela deixa as persianas fechadas o tempo todo para não poder ser vista, pensou Eve, mas quer manter o controle total sobre os seus homens.

— Logo que eu me transferi para lá — disse Lilah —, recebi pistas excelentes de um informante. Antes que eu tivesse chance de ir em frente com a investigação ela jogou uma daquelas missões banais em cima de mim. Nas duas vezes em que eu reportei a ela que tinha algo quente para investigar, ela me ordenou que eu repassasse o caso para Garnet. Na verdade, foi só uma vez que aconteceu isso — refletiu. — Acho que não aconteceu nas duas vezes. Mas rolou a mesma coisa com Asserton — acrescentou. — Ela o jogou em uma tarefa banal quando ele descobriu algo grande. Tenho certeza de que a sala de descanso também é vigiada. Asserton me mostrou uma foto de seu filho lá, logo depois de o bebê nascer. Dez minutos depois, Oberman o chamou para lembrá-lo da sua política contra levar itens pessoais para o trabalho.

— Ele aceitaria conversar comigo? Asserton?

— Acho que sim, mas... tenho certeza de que conversaria *comigo*. Nós almoçamos juntos às vezes. Ele é o único no esquadrão com o qual sinto uma certa afinidade.

— Mas procure ter certeza absoluta antes de procurá-lo. E não conversem na sala do esquadrão, nem em parte alguma da Central. Não se comuniquem por *tele-link*, nem por e-mail. Falem um com o outro cara a cara, em algum lugar onde possam ter certeza de que ninguém ouvirá.

— Você já tinha desconfiado que ele não participava do esquema. Não me daria sinal verde com base unicamente na minha percepção.

— Ele era a minha próxima parada se você tivesse dito não. Mas você confirmou minha opinião sobre ele. Não tenha tanta certeza de que Brinker está empurrando as coisas com a barriga. Ele ainda é um mistério para mim. As pessoas que parecem não estar prestando atenção em nada geralmente são as mais ligadas.

— Eu não o colocaria dentro do esquema. Não consigo imaginar isso.

— Talvez ele não esteja — disse Eve. — Mas está no esquadrão desde quando ela assumiu o comando. Ninguém dura tanto tempo

Corrupção Mortal

ali, a menos que faça parte de tudo ou ela tenha outros usos para ele. Sloan provavelmente está limpa porque Oberman não gosta de trabalhar com mulheres, mas também não podemos tomar isso como certo, por enquanto. Sloan sofreu uma experiência traumática. Pessoas que sofrem traumas grandes tem mais chances de ser convencidas a entrar em um esquema como esse.

— Você pode me contar até que ponto a investigação já está avançada?

— Espero acessar alguns dados importantes hoje à noite ou amanhã no mais tardar, e isso me dará mais força. Portanto, espere 24 horas antes de se aproximar de Asserton.

— Sim, eu prefiro esperar mesmo, pois isso será muito pesado para ele. — Com tristeza no rosto, Lilah pressionou a barriga com a mão. — Ele está com um bebê novo em casa. Nossa conversa pode esperar até você conseguir ter mais evidências.

— Faça como julgar melhor — disse Eve. — Quando eu tiver certeza de que temos algo consistente e de peso, vou notificar a DAI.

— Ah, merda.

— Eles vão querer falar com você.

Lilah fechou os olhos e assentiu.

— Eu queria ser policial desde criança. Meu irmão... — Ela tornou a abrir os olhos. — Acho que você pesquisou meu histórico e já sabe.

— Sei, sim.

— Eu queria muito isso e ralei para conseguir. Queria talvez fazer algo para que a mãe de outra pessoa não tivesse o coração partido, a irmã de alguém não se perguntasse constantemente se poderia ter feito mais, se poderia ter impedido o irmão, se teria conseguido salvá-lo.

Os olhos de Lilah exibiram um fogo que fez Eve se lembrar da sra. Ochi.

— Toda vez que eu uso o meu distintivo é para isso. Mesmo que eu não pense na hora, o motivo é esse.

268   J. D. ROBB

— O motivo de termos escolhido a polícia tem muita importância no tipo de policiais que acabamos nos tornando.

— Talvez. — Lilah suspirou. — Não foi para isso que eu me alistei na Força, tenente. Para ficar com a bunda na cadeira em um esquadrão corrupto. Não foi para isso que eu me alistei.

— Ela está explorando a mãe de alguém, a irmã ou o irmão de alguém todas as vezes que lucra com as drogas e com o dinheiro; todas as vezes que faz algum tipo de acordo. Posso lhe garantir, detetive, ela pensa no lucro que vai ter todas as vezes que usa o distintivo.

— Se eu puder ajudá-la a prendê-la e o restante da quadrilha cair com ela, eu o farei.

— Peço apenas que você seja meus olhos e meus ouvidos lá dentro. Observe tudo, aguce o ouvido. — Eve pegou um cartão. — Caso precise ou queira entrar em contato comigo, use um *tele-link* descartável ou público. Não vale a pena correr riscos. Meu número pessoal está aí.

— Tenente? — chamou Lilah, quando Eve abriu a porta para sair. — Eu sabia de tudo, ou pelos menos parte das coisas que aconteciam. Eu sabia por instinto, mas não fiz nada.

— Agora você fará — disse Eve, com naturalidade, e fechou a porta.

Satisfeita com o progresso da investigação, Eve seguiu uma rota em ziguezague ao voltar para casa, sempre observando se alguém a acompanhava. Ninguém a seguiu, mas, quando ela se aproximou do portão de casa, percebeu que alguém já estava ali à sua espera.

O carro estava atravessado na rua, parado de um jeito que impedia a sua entrada. Ela pisou no freio.

A fúria surgiu na mesma hora, mas ela ligou a filmadora quando viu Garnet saltar e bater a porta do carro.

Não havia ninguém com ele, notou Eve, observando as câmeras para garantir que nenhum outro veículo faria algum movimento para encurralá-la. De *jeito nenhum* ela aceitaria ficar sem saída diante dos portões da sua própria casa.

Garnet queria outro confronto, pensou. Tudo bem, aquilo poderia ser interessante.

Ela saltou e bateu com força a porta do carro.

— Você não pode vir à minha casa, Garnet. Faça um favor a si mesmo. Tire o seu carro do caminho e dê o fora.

— Quem diabos você pensa que é? — explodiu ele — Acha que pode entrar no meu esquadrão e me sacanear? Pensa que pode colocar a DAI atrás de mim?

Webster já devia ter deixado alguma pista para ele, pensou Eve. Gasolina na fogueira que ela acendera.

— Sou sua superiora — disse ela, com um tom gélido e preparada para se defender contra o que notou não ser apenas uma explosão de raiva; ele tivera alguma ajuda química para amplificar sua reação.

— Você não é nada. Qualquer um pode se casar com alguém que tenha grana e usar isso para subir na carreira. Você não passa de uma puta com distintivo.

— Mesmo assim estou acima de você, Garnet. Aliás, você está prestes a dobrar sua suspensão de trinta dias.

— Não há ninguém aqui além de mim e você, vadia. — Ele colocou as duas mãos no ombro de Eve e deu um pequeno empurrão para provocá-la — Você vai descobrir que hierarquia não significa porra nenhuma.

— Toque em mim novamente, Garnet. — Ela sabia que o estava provocando e queria isso. — Coloque as mãos em mim novamente e você perde seu distintivo para sempre. Você está chapado, ingeriu alguma coisa. Acaba de enfrentar, ameaçar e agredir uma oficial superior. Pela segunda vez! Entre no seu veículo e vá embora, ou eu acabo com você de vez.

— Vá se foder! — Ele a golpeou com as costas da mão e ela deixou. Girou o corpo com a força do golpe para tomar impulso e voltou com os punhos erguidos.

Aplicou um soco certeiro na cara dele e respondeu:

— Não, porra, vá se foder você!

O soco inesperado o fez recuar um passo, com sangue escorrendo pelo canto da boca.

— Agora, afaste-se de mim! — avisou ela, mas ele tornou a atacar.

O punho dele passou raspando pelo ombro de Eve, mas com força suficiente para dar uma fisgada de dor no seu braço. Mesmo assim ela sabia que conseguiria derrotá-lo no mano-a-mano. Ele era maior e tinha mais alcance com o braço, mas estava tomado de fúria e isso o deixou descuidado.

Ela o bloqueou, bateu nele novamente com um soco curto e direto no rosto.

— Afaste-se de mim!

Atrás dela, Eve ouviu o som rouco de um motor e sabia que Roarke vinha chegando de carro pelo lado de dentro do portão. *Hora de terminar o show*, pensou, *antes que alguém aqui se machuque de verdade.*

Enquanto pensava nisso, viu o movimento que ele armava. Por instinto, ela o chutou com toda a força, fazendo com que sua bota entrasse em contato violento com o antebraço de Garnet. A arma que ele tinha sacado voou da sua mão e bateu contra o portão de ferro.

— Você ficou maluco. — Havia um toque de genuíno espanto na voz de Eve. — Pirou completamente.

Para provar isso, ele correu em direção a ela. Os portões se abriram. Eve e Garnet ouviram o bater de uma porta e o som de alguém correndo.

— Deixa ele comigo! — avisou Eve quando Roarke se abaixou para pegar a arma de Garnet. — Está tudo sob controle.

Corrupção Mortal

Os olhos de Roarke ardiam tanto quando a sua voz.

— Então é melhor você se livrar dele antes que eu o faça.

Garnet, a boca ensanguentada e o olho esquerdo já inchado, olhou de um para o outro e ameaçou:

— Isso ainda não acabou. — Voltou para o seu carro e abriu a porta. — Vou enterrar você, vadia! — Gritou, antes de pular dentro do veículo e sair cantando pneu.

— Você vai deixá-lo escapar?

— Por enquanto, sim. — Eve flexionou o ombro onde o soco a atingira. — Quero ver o que Garnet faz. Ele está totalmente descontrolado. Vou denunciar o que ele fez porque ficou tudo registrado no meu grampo, na filmadora de lapela e nas câmeras de vigilância. Se tudo correr bem ele já poderá ser pego amanhã e fichado por intimidação e agressão com arma letal. Acho que isso será o bastante para que ele negocie conosco e entregue Renee em troca de um acordo de delação premiada.

— Você poderia pegá-lo agora com os mesmos resultados. — Roarke entregou-lhe a arma. — Você não quer um acordo para liberá-lo.

— Tem razão, não quero. O que eu quero é pegar todos eles e ir até o fim, e talvez tenha todos os elementos para isso amanhã. — Ela movimentou os dedos, flexionou as mãos e deu de ombros ao ver os nós dos dedos arranhados. — De qualquer modo, dar um belo soco na cara dele não foi nada mau.

Roarke ergueu o rosto dela segurando-a pelo queixo, acariciou--lhe suavemente o lábio inferior com as pontas dos dedos e avisou:

— Seu lábio está sangrando.

Ela desligou a filmadora.

— Deixei que ele conseguisse me acertar um golpe. O filho da mãe pode contratar o advogado mais fodão do mundo, mas a gravação mostra que foi ele quem me agrediu primeiro e depois da minha reação de defesa veio me atacar de novo. Ele é um rato que caiu na ratoeira e não há como escapar.

— Gostaria que você não usasse o seu rosto com tanta frequência como ferramenta de investigação. Eu gosto muito dele.

Ela sorriu, mas estremeceu ao sentir dor.

— Você já devia estar acostumado a isso. De qualquer forma, obrigado por correr para me resgatar. Você precisa de um cavalo branco. Os mocinhos usam cavalo branco, certo?

— Eu fico melhor de preto.

— Vamos entrar. Tenho que denunciar um policial desonesto; e aposto que essa arma dele que ficou aqui não tem registro legal.

— Este dia foi movimentado — comentou Roarke.

Mas o dia ainda não tinha acabado.

A última coisa que Renee Oberman precisava depois de sofrer ao longo de uma refeição interminável que incluiu uma lição de moral do seu pai era encontrar Bill Garnet andando de um lado para outro na frente de sua casa.

O olhar que viu no rosto dele disse a Renee que ele saíra em busca de problemas, acabara encontrando-os e agora trazia o rolo em que se envolvera para a sua porta.

— Vá para casa, Bill. E coloque um saco de gelo no rosto.

Ele a agarrou pelo braço quando ela passou o cartão na fenda e abriu a porta de casa. Ela já esperava a reação dele e conseguiu se desvencilhar, mas isso não a fez ficar menos irritada.

— Não estou com disposição para isso.

— Estou cagando e andando para o que você quer. — Ele forçou a porta para empurrá-la e empurrou Renee junto.

Ela se virou, indignada e chocada.

— Você nunca mais coloque as mãos em mim!

— Vou colocar mais do que as minhas mãos em você, Renee, já estou de saco cheio. Fiz tudo do seu jeito e acabei pegando uma suspensão.

Corrupção Mortal

— Essa suspensão foi culpa sua. Você está fora de controle e a maneira como se comporta neste instante só serve para provar isso. Eu disse a você que iria lidar com sua suspensão.

— Então *resolva* isso, porra. — Sob as marcas roxas o seu rosto queimava, vermelho e furioso.

Ele não estava apenas descontrolado, percebeu Renee. Tinha enlouquecido. Ela tentou expressar um misto de compreensão e ar de cansaço.

— Estou fazendo tudo que posso. Pelo amor de Deus, Garnet, fui procurar pessoalmente a piranha para defender seu caso e livrar sua cara. Depois, tive que me humilhar hoje à noite e pedir ao meu pai para intervir a seu favor.

— Ele vai fazer isso?

— Vai falar com Whitney amanhã. — Mas ela sabia que ele não iria contestar a decisão final do comandante. Santo Oberman deixara isso bem claro.

Ela se virou e atravessou a sala até a cozinha. Pegou uma garrafa de uísque em um armário e dois copos baixos em outro. Derramou dois dedos de bebida em cada um.

O pai dela não iria apoiá-la naquilo e ela perguntou a si mesma por que razão continuava achando que ele o faria. Não o perfeito comandante Oberman, oh, não. Nunca o "certinho Oberman", que só fazia as coisas de acordo com as regras.

Mas ela colocou um olhar frio no rosto quando se virou trazendo os copos. Não fazia sentido deixar Garnet saber o tamanho da encrenca em que se metera justamente agora, quando ele fumegava de fúria.

— Beba isso e se acalme, porra!

— Não vou engolir uma suspensão e não vou ser cortado do acordo Giraldi. Se isso acontecer eu vou foder você, Renee.

— Entendido. E então... quem deu alguns socos em você?

Ele pousou o uísque sobre a mesa.

— A porra daquela puta.

Ela baixou o copo e teve de largá-lo sobre a mesa porque a mão que o segurava tremia de raiva.

— Você está me dizendo que saiu na porrada com Dallas? Você está me contando, Garnet, que a perseguiu e a atacou fisicamente? De novo?

— Ela pediu por isso. Colocou o pessoal da DAI para me farejar e eu fiquei sabendo do lance. Essa vaca colocou os ratos atrás de mim, mas vai encarar mais que os socos que eu lhe dei esta noite antes de eu acabar de vez com ela.

A Divisão de Assuntos Internos. Aquilo era um tapa na cara de Renee e uma ameaça gigantesca aos seus negócios.

Maldito Garnet. Maldita Dallas.

— Em nome de Deus, estou totalmente cercada por idiotas. Coloquei Freeman e Manford para segui-la hoje, quando ela saiu de casa; é algo bem simples de fazer, mas eles a perderam de vista em menos de cinco minutos, cacete! E depois você ainda foi atrás dela? Como diabos você soube que... — Um ataque de fúria queria sufocá-la. — Foi Freeman que te contou? Foi ele quem te disse que ela tinha saído de casa? Que diabos você fez, Bill? Não me diga, porra, que você foi à casa dela?!

— Fui à bela casa onde todos sabem que ela foi morar por ser uma puta. — Os nós dos seus dedos ficaram brancos segurando o copo enquanto ele bebia o resto do uísque. — E daí? É a palavra dela contra a minha, mas Freeman vai me apoiar. Ele vai jurar que eu estive com ele a noite toda e nem cheguei perto daquela xereca.

Tudo estava desmoronando ao seu redor, pensou Renee. Homens! Malditos homens! Nem por um caralho ela iria deixar alguém estragar tudo que era dela, tudo pelo qual ela trabalhara tanto. Tudo que ela tinha construído.

Tudo que lhe *pertencia*.

Ela se virou novamente e lutou para manter o controle. Pegou o copo novamente e seu cérebro ficou gelado.

Corrupção Mortal 275

— Certo. Vamos lidar com o problema. Vamos lidar com ela. Dallas está se colocando demais no nosso caminho.

— Já estava na hora, porra!

— Eu preciso bolar um plano. Vá se encontrar com Freeman e circulem em público. Tenha certeza de que todos vão ver vocês juntos. Depois vá para casa e espere. Talvez eu consiga organizar uma operação ainda para esta noite. Algo que vai tirá-la do nosso pé. Para sempre.

— Eu quero fazer isso. Eu quero acabar com ela.

— Tudo bem, mas vai demorar um pouco para eu organizar as coisas. Algumas horas, talvez três. Vá se encontrar com Freeman, tomem alguns drinques e circulem em público. Depois vá para casa, Bill, e espere lá.

— Se não limparmos tudo hoje à noite eu mesmo cuidarei disso. Do meu jeito.

— Não será necessário. — Ela pegou o copo dele. — Agora saia daqui!

— Pare de me dar tantas ordens, Renee, ou você vai se arrepender disso.

Mas ele foi embora.

Ela levou o copo dele para a cozinha e então, de propósito e com muita violência, estraçalhou-o na pia.

— Imbecil do cacete!

Tudo o que tinha dado errado nos últimos dias tinha começado com ele. Keener tentar fugir com os 10 mil dólares? Isso fora provocado por uma pisada de bola de Garnet. Se não fosse por essa mancada ela não teria Dallas no seu pé, nas suas costas, no seu esquadrão. Não teria que engolir a recusa do comandante em cancelar a suspensão que a piranha impusera ao seu ajudante. Não teria precisado se humilhar diante do seu pai rígido e inflexível.

Garnet se tornara um peso morto. Mais calma, ela se serviu de outro uísque. O problema com aquele peso-morto precisava ser resolvido. Se não houvesse jeito de resolver, ele deveria ser executado.

Pensando com cuidado, ela circulou pela sala de estar do apartamento que havia mobiliado com carinho e muito estilo, dentro de um orçamento estrito.

Ela não era tola como tantas pessoas que trabalhavam para ela.

Sua casa na Sardenha, essa sim, era outra questão. Lá ela poderia se entregar à exuberância. Poderia comprar obras de arte, joias, roupas — tudo e qualquer coisa que desejasse. E manteria uma criadagem formada pelos melhores androides de serviço doméstico para manter o interior, o terreno e os jardins da casa sempre imaculados.

Ninguém iria arrancar isso dela, muito menos um ex-amante que já tinha perdido o charme e toda a sensualidade.

Era hora de consertar as coisas de uma vez por todas.

Ela abriu a bolsa, pegou seu *mini-link* descartável e entrou em contato com Bix.

— Você está sozinho? — perguntou ela.

— Sim, senhora.

— Ótimo, Bix. Receio ter um problema sério e você é o único que pode resolver isso do jeito que eu quero.

Ele não disse nada por um momento, simplesmente olhou firme nos olhos dela.

— O que a senhora precisa que eu faça, tenente?

Capítulo Quinze

Quando terminou de apresentar seu relatório oral para o comandante Whitney, contando o incidente com Garnet, Eve se sentou para redigir tudo e anexar os registros ao arquivo.

— Quando terminar, talvez esteja interessada em ouvir o que eu achei enquanto você brigava na rua. — disse Roarke.

— Ele já estava à minha espera quando... — Ela se levantou e apontou o dedo para o marido.

— Você a pegou!

— Não exatamente, mas estou quase lá. Quero um pouco mais de tempo para atar as pontas soltas. Mas tenho tudo sobre Garnet e posso servi-lo em uma bandeja para você ou para a DAI.

Ela se sentou, sorriu e sentiu o lábio latejar mais uma vez.

— Eu te amo.

— Ótima notícia. Você pode me provar isso com muito sexo.

— Fizemos sexo poucas horas atrás.

— Não. Fizemos *amor* poucas horas atrás. Os anjos certamente choraram de emoção. Eu quero sexo em troca desse trabalho, pois ganhei uma dor de cabeça irritante tentando não ultrapassar os limites que você estabeleceu. Quero sexo louco, com fantasias, adereços e um enredo interessante.

— Vai nessa.

— Vou, até conseguir. — Ele jogou um disco para ela. — Garnet é dono de uma propriedade nas Ilhas Canárias sob o nome Garnet Jacoby. Por sinal, Jacoby é o nome de solteira da sua avó materna. Amador.

— Que tipo de propriedade?

— Uma casa em um terreno de 9 mil metros quadrados. Está avaliada em cinco milhões e meio de dólares, talvez mais. Jacoby pagou em dinheiro. Seus dados o descrevem como um empresário que tem cidadania britânica. Ele também comprou dois veículos e um barco lá. Um iate, no caso. Jacoby é alguns anos mais novo que Garnet, tem olhos verdes em vez de castanhos e perdeu sua primeira e única esposa em um trágico acidente de escalada.

— Isso é muito triste.

— Ele tem uma conta polpuda em seu nome e outra menor, uma espécie de grana de reserva, sob o nome de Jacoby Lucerne. Por coincidência, o nome da rua onde ele morava quando criança. Lucerne é australiano. Os três somados. Garnet, Jacoby e Lucerne, valem mais de 60 milhões de dólares. Nada mal para quem ganha salário de policial.

— E ele me chamou de puta — murmurou Eve.

Roarke se sentou na quina da mesa dela.

— Sinto muito se isso te magoou.

— Eu não fiquei magoada. Mas é revoltante em proporções bíblicas ser chamada de puta por um escroto como ele.

— Tudo bem, então.

— E Renee?

— Para isso vou levar um pouco mais de tempo. Ela é mais esperta e muito mais inteligente que Garnet. Acho que já a cerquei, mas preciso verificar e unir os dados. Você não vai perguntar como consegui os dados que estão nesse disco?

Corrupção Mortal

— Não. Se você me disse que não ultrapassou os limites legais, então é porque não ultrapassou. Desculpe pela dor de cabeça que a pesquisa lhe provocou.

— É para isso que servem os analgésicos. Bix também está nesse disco. No caso dele eu levei mais tempo e vou cobrar mais fantasias sexuais. Ele não é necessariamente mais esperto do que Garnet, mas seu traseiro certamente estava mais protegido.

— Interessante.

— E como! Ele basicamente não gasta o dinheiro que ganha, simplesmente o deposita. Tem várias contas, vários nomes, diversas nacionalidades. É dono de uma pequena propriedade em Montana. Um chalé que vale uma fração da casa que seu parceiro tem no exterior. E tem uma bela picape 4x4. Coleciona armas sob vários de seus pseudônimos, então nenhum deles chama muita atenção. Somados, porém, formam um arsenal. Ainda assim, nada que chame muito a atenção sobre Bix.

— A questão não tem a ver com dinheiro, no caso dele. Trata-se da cadeia de comando.

— Comecei a investigar os outros e fiz consideráveis progressos hoje à noite. Mas achei que você estaria mais interessada nesses três.

— Você tem razão. Achou algo pesquisando Brinker?

— Brinker. — Os olhos de Roarke se estreitaram enquanto ele pensava. — Ah, sim! Ele tem um pequeno castelo em Baden-Baden. Está voltando às suas raízes, eu diria. Também tem uma mansão em Surrey e três amantes.

— Três? Não é à toa que ele cochila na mesa de trabalho. — O instinto de Lilah errou na avaliação dele. — Já pesquisou Asserton ou Sloan?

— Nenhum dado me chamou a atenção no caso deles, é provável que estejam fora do esquema.

— Concordo. Deixe-os de lado e vá mais fundo no restante. Serviremos a bandeja com Garnet amanhã de manhã para a DAI, e vamos enfeitar o prato com as acusações relacionadas com a briga de hoje à noite comigo. Ele está ferrado. O que você trouxe a mais vai servir de molho.

— A curiosa analogia culinária não me deixa esquecer que você não vai querer servi-lo sozinho. Você quer Renee na mesma bandeja.

— Seria uma refeição mais saborosa — admitiu ela, mas logo acenou com a mão. — Temos que esquecer a comida. Prefiro tê-la cercada antes de entregar Garnet. Ela e o resto da quadrilha. Mas isso não é requisito fundamental. Ele vai entregá-la se eu precisar que ele faça isso, e mesmo assim ainda vai pegar um bom tempo de cadeia. Se você está cansado pelo trabalho desta noite, tudo bem, não há problema.

— Eu pareço um fracote, por acaso?

— Não me faça rir de novo porque meu lábio dói.

— Vou terminar o que comecei. Se eu avançar mais na pesquisa, posso programar o sistema para concluir a tarefa enquanto nós dois dormimos um pouco.

— Preciso entrar em contato com Webster — lembrou ela.

— Eve — disse Roarke, quando ela pegou o *tele-link*. — Ele está com Darcia.

— Tá bom, e daí? Ele precisa... — Ela parou de falar e estremeceu quando seu lábio latejou. — Você acha que eles estão transando?

— De um jeito selvagem, em estilo "que se dane o dia de amanhã"? Sim, é muito provável.

— Eu não consigo pensar nisso. E não quero *saber*. Eu sei a cara que ele faz depois que transa.

Roarke bateu com o dedo de leve na cabeça dela.

— Eu só queria saber por que preciso ser lembrado disso.

Dessa vez ela apertou o lábio com os dedos para prendê-lo quando ele latejou, já que não conseguiu engolir a risada.

— Estou só comentando. Gosto mais da cara que você faz depois que transa.

— Querida, que gentil da sua parte.

Corrupção Mortal 281

— Preciso de um banho para limpar o veneno que você acabou de jogar em mim antes de entrar em contato com ele, mas vou só deixar uma mensagem. Quero que ele e o resto da equipe estejam aqui às sete da manhã.

Bix pegou Garnet à uma da manhã.

— Até que enfim! — reclamou Garnet.

— Demorou um pouco para a tenente montar um plano. Ninguém quer pisar na bola e deixar rastros. Como ela disse, você e Dallas tiveram um confronto. Ela não quer que isso respingue em você.

— Freeman me deu um álibi. — O ressentimento pareceu lhe escorrer pelos poros. — Se Oberman tivesse feito a porra da sua obrigação eu não precisaria de um álibi.

Bix não disse nada e olhou para Garnet.

— Dallas fez esse estrago na sua cara?

Um vermelho de raiva e de humilhação pintou as bochechas de Garnet.

— A cara dela também não ficou nada bonita. O boqueteiro do marido dela me deu um soco. — A mentira tinha saído com a mesma facilidade quando a contou para Freeman, e o próprio Garnet estava quase acreditando nisso. — Ela apontou a arma na minha cara e disse que vai cancelar o meu distintivo. E talvez vá atrás do distintivo de Oberman depois — acrescentou, conhecendo a lealdade de Bix. — Ela está com ciúmes da nossa tenente, a verdade é essa. A vaca quer derrubá-la e nos causar problemas. Se ela continuar, tudo vai desmoronar. Ficaremos todos na merda, Bix.

— Eu sei.

— Qual é o plano? Você ainda não me contou.

— A chefe vai usar um informante falso que vai passar uma pista para Dallas. Uma pista daquelas grandes, relacionada com Keener. A chefe diz que Dallas está louca para encerrar o caso porque poderá fazer dele um belo embrulho para desacreditá-la. É por isso que vamos atraí-la hoje à noite de volta à cena original.

— Excelente! — assentiu Garnet, enquanto colocava um pouco de pó na palma da mão e inalava. Ele queria sentir a euforia intensa e forte da droga quando fosse retalhar a piranha. — Qual é a pista?

— Eu não perguntei, não preciso saber. A tenente me disse apenas que conseguiria levar Dallas lá, e é o que vai fazer. Nós cuidamos do resto, simples assim.

— Mas ela pode chegar com reforços. — Garnet tentou analisar as possibilidades em meio aos efeitos da droga que já atuava em sua cabeça. — Talvez ligue para a sua parceira.

— E daí se ela ligar?

— Isso mesmo. Matamos as duas. — Ele estava ansioso por isso. — Talvez seja até bom. Melhor ainda é que teremos alguém em quem jogar a culpa da coisa toda. Pela morte de Keener e das duas piranhas.

— A chefe já está trabalhando nisso — disse Bix, de forma casual, e estacionou o carro junto do meio-fio.

— Dallas é minha. — Garnet deu um tapinha no coldre vazio junto do cinto. — Lembre-se disso.

— Se é assim que você quer.

— Você me trouxe uma arma? A vaca ficou com a minha.

— Vamos cuidar disso depois de entrarmos.

Bix ficou calado enquanto caminhavam a curta distância até o prédio abandonado. Ele sabia que provavelmente estavam sendo observados, pois os dois vestiam preto; mas era improvável que fossem abordados. As pessoas raramente se aproximavam dele em busca de problemas. O tamanho de Bix as assustava.

Se alguém fizesse isso ele simplesmente faria o que fosse preciso. Tinha ordens a cumprir, tinha uma missão. Seguiria as ordens e completaria a sua missão.

Ele tirou o lacre da porta e abriu as fechaduras.

Corrupção Mortal

— Está escuro como uma tumba, aqui. E o fedor é ainda pior. — Garnet procurou uma lanterna no bolso. — É um bom lugar para ela morrer.

Ele passou a luz em volta, analisando o espaço arruinado para identificar o melhor ponto para a cilada.

— Quero que ela saiba que fui eu que a matei. Quero que ela me veja quando eu a cortar em pedacinhos.

Bix não disse nada. Simplesmente puxou a cabeça do parceiro para trás pelos cabelos e passou a faca afiada sobre a garganta de Garnet.

Pronto, estava feito.

Ele permitiu a si mesmo um momento para se lamentar quando Garnet caiu no chão, respirando mal e com o sangue borbulhando. Ele não gostava em especial do colega, mas eles eram parceiros. Esperou um momento até passar o leve arrependimento.

Em seguida, colocou a chave mestre que tinha usado para abrir os lacres e a porta na mão de Garnet e enfiou a mão no bolso do morto. O *tele-link* descartável de Garnet foi removido, bem como sua carteira. Ele colocou os objetos em uma bolsa, junto com a faca que usara. Descartaria tudo aquilo em outro lugar.

Pegou o saquinho de pó que Garnet tanto gostava e mergulhou o polegar e o indicador do morto dentro dele, para deixar mais vestígios; então colocou o saquinho dentro da embalagem para descarte.

De certa forma tudo pareceria exatamente com o que realmente era. Garnet tinha ido ao local para um encontro e esse encontro acabara mal. Seu assassino tinha levado o que havia de mais valioso do cadáver e o deixara ali para morrer.

Bix endireitou o corpo e limpou o sangue das mãos seladas. Em seguida se virou e saiu deixando a porta aberta, como faria um homem ao fugir da cena de um assassinato.

De volta ao veículo, dirigiu para o norte, afastando-se um pouco mais antes de entrar em contato com a tenente.

— Está tudo limpo, tenente.

O reconhecimento dela — um breve aceno de cabeça, como se ela não esperasse menos que isso — lhe serviu de recompensa.

— Obrigada, detetive. Descarte a arma antes de ir para a casa de Garnet e remova de lá qualquer coisa que precise ser removida.

— Sim, senhora.

No mesmo instante em que Bix circulava pela cidade a caminho de despejar o conteúdo da bolsa no rio, Roarke entrou no escritório de Eve.

Notou que ela estava quase desmaiando de cansaço. E imaginou que se colhesse sangue dela e o submetesse a análise teriam sido registrados níveis ultrajantes de cafeína.

— Marcia Anbrome anunciou ele.

Eve olhou para cima e piscou.

— Quem?

Sim, de fato, ela estava quase desmaiando.

— Descanse um pouco — sugeriu ele.

— Quem diabos é Marcia Anbrome? Eu só preciso confirmar alguns dados que... Merda. Você a pegou?

Pronto, com isso ela acordou, pensou Roarke.

— Quero colocar um laço de presente no pacote, então deixei o sistema fazer uma pesquisa automática para confirmar tudo e amarrar o laço mais tarde. Mas eu diria que sim, que eu... ou nós... a pegamos.

— Anbrome. Isso é um... como se chama mesmo? Um anagrama! Oberman, Anbrome. Marcia, Marcus. É um tremendo testamento, uma alfinetada no pai dela.

— Imagino que Mira terá muito a dizer sobre isso. Ele se aproximou, colocou sua pesquisa no modo automático e balançou a cabeça para os lados quando ela começou a protestar. — Você tem

Corrupção Mortal

285

uma reunião com sua equipe daqui a menos de 6 horas. Ela tem uma casa na Sardenha — continuou ele, enquanto ajudava Eve a se levantar. — E um apartamento em Roma. O passaporte dela é suíço. A propósito, excelentes imóveis e locais — acrescentou, levando-a para o quarto. — Ela deve ter gastado uma grana alta neles. Encontrei propriedades e contas no valor de duzentos milhões de dólares. Acho que deve haver um pouco mais escondido aqui e ali.

— Eu não entendo. Se ela já acumulou tanta grana, por que diabos não está na Sardenha? Por que continua preparando o terreno para chegar a capitã, e talvez comandante? Por que continua na polícia quando poderia estar deitada na areia de uma praia se abanando com seu próprio dinheiro sujo?

— Provavelmente eu sou a pessoa errada para responder a isso.

— Não, você é a pessoa certa. — Ela se sentou no braço do sofá no quarto e tirou as botas. — Mas eu já sei a resposta. É a adrenalina, o desafio, os *negócios*. Afinal, se você consegue ganhar duzentos milhões, poderá ganhar quatrocentos. Ela nunca vai desistir. Não se trata simplesmente do que ela faz, mas de quem ela é.

— Como eu acompanhei o caminho que ela trilhou na vida, ou nas vidas, para ser mais exato, devo dizer que concordo. Ela passa algum tempo como Marcia. Mantém um jatinho particular em Baltimore e voa para a Europa uma ou duas vezes por mês, dependendo da situação. Geralmente passa muito tempo lá no inverno, e às vezes também aproveita o verão. Mas passa muito mais tempo aqui, administrando os seus negócios.

— E aqui — disse ele a Eve — ela vive basicamente dentro dos seus meios. Uma vida um pouco restrita, até. Todas as contas pagas logo após o recebimento e nenhuma compra aparente que estoure o seu orçamento muito rigoroso. Nada de luxos de nenhum tipo. Portanto, eu diria que quando ela se permite algum luxo ou indulgência, paga em dinheiro vivo.

— Tudo é meticuloso na vida dela, o que significa que a contabilidade dos seus negócios é muito precisa e detalhada. Strong acha que ela mantém um cofre no escritório. Aposto que há cópias de tudo lá e outras no apartamento dela. Isso tem a ver com controle. Tem a ver com ela ser capaz de abrir sua contabilidade e se gabar de todas aquelas colunas arrumadas enquanto o pai a observa da parede.

Depois de vestir uma camisa de dormir, ela rolou na cama.

— É tudo a mesma coisa. Dinheiro é poder, poder é dinheiro, o controle mantém os dois e o comando abre portas para obter mais. Sexo e a posição de comando são as ferramentas para ela gerar mais dinheiro e mais poder. E o distintivo é a chave que abre todas as portas. Matar é nada mais que o custo de fazer negócios.

— Há outros como ela. — Deitando-se na cama ao lado dela, Roarke a puxou para perto de si. — Conheço gente assim. Eu até usava essas pessoas quando julgava conveniente, embora preferisse, até recentemente, evitar policiais por completo.

— Há mais gente como nós do que como eles. Eu preciso acreditar nisso.

— Desde que eu fui exposto à realidade de como os policiais de verdade trabalham, como pensam, o que arriscam e sacrificam, posso afirmar que um policial como vocês vale mais que dez dos que são como ela. Mas deixemos isso para lá agora. — Ele roçou os lábios nos dela. — É mais inteligente você entrar no ringue bem descansada.

— Você desistiu dessa vida por mim. Já estava praticamente fora desse tipo de negócio quando nos conhecemos, mas desistiu de todo o resto por minha causa.

— Esse resto era só mais um hobby, naquela altura. Como colecionar moedas.

Ela sabia que era verdade.

— Não me esqueço disso — murmurou ela, e fechou os olhos para dormir.

Corrupção Mortal

Seu comunicador tocou às quatro e vinte da manhã. Xingando baixinho, Eve tateou a mesinha para atender.

— Dallas falando!

— Olá, tenente, aqui é o detetive Janburry da 16ª DP. Sinto muito acordá-la a essa hora.

— Se sente, porque acordou?

— Bem, é que eu tenho um cadáver aqui na sua cena do crime. Seu nome está no lacre que foi colocado no local.

— Junto da Canal Street?

— Exatamente. Estou junto do corpo, mas quis lhe informar o que aconteceu. Especialmente porque a vítima é um colega da Força Policial.

A barriga dela se contraiu.

— Identidade? — quis saber Eve, mas já sabia.

— Detetive William Garnet, da Divisão de Drogas Ilegais, na Central de Polícia.

— Preciso que você mantenha a cena do crime até eu chegar aí. Já estou a caminho. Não libere o corpo.

— Tudo bem, eu espero. Não se preocupe que eu sou o investigador principal deste crime, tenente. Não entrei em contato com a senhora para lhe repassar o caso.

— Entendido. Agradeço a gentileza, detetive. Estou a caminho.

Ela desligou o comunicador, pulou da cama, puxou os próprios cabelos com força, andou de um lado para outro do quarto e xingou.

— Eu armei essa cilada para ele sem querer. E ela o matou. Droga, droga. Eu poderia tê-lo prendido. Poderia tê-lo colocado numa cela e fazer pressão nele com o que eu já tinha. Mas eu queria mais. Queria fazer com que eles suassem frio. Queria mais tempo para encaixar todas as peças e ver o que ela tentaria fazer depois. Agora ele está morto.

— Você não deve ficar aí assumindo a culpa porque um policial corrupto matou outro.

— Eu fiz uma escolha. Essa escolha o matou.

— Porra nenhuma, Eve. — A reação de Roarke foi tão forte que isso a deteve e a fez se virar. — As escolhas dele e as de Renee o mataram. Você acha que ela não conseguiria ter acesso a uma cela da polícia para matá-lo lá?

— Agora eu nunca vou descobrir. Calculei mal. Não imaginei que ela fosse se arriscar a atrair esse tipo de atenção para o seu esquadrão e abrir mais uma via de investigação. Ela jogou melhor que eu, dessa vez.

— Discordo. Você está com raiva, sentindo-se tola e culpada, então não está raciocinando direito.

— Estou raciocinando que Garnet está morto.

— Sim, e matá-lo vai provocar uma nova reviravolta na versão dela. Mais mentiras, mais dissimulações. Se ela *tivesse pensado* nisso tudo teria buscado outra forma de acalmá-lo e mantê-lo equilibrado. Na falta disso, certamente o teria matado, mas se livraria do corpo: depois, criaria um circo qualquer para indicar que ele fez as malas e fugiu.

Ela parou de se vestir e fez uma cara pensativa.

— Humm.

— Humm? Ele foi suspenso! Depois do que fez hoje à noite iria perder o distintivo. Ficaria desonrado. Puxa, eu mesmo poderia escrever esse roteiro. Mate-o, destrua o corpo. Depois, entre no apartamento dele e leve tudo que um homem com raiva que está cansado e humilhado conseguiria carregar. Quebre alguns objetos para simular raiva, muita raiva, e assim por diante. Em um ou dois dias, movimente a conta do morto, use o *tele-link* dele para enviar uma mensagem para a sua tenente, ou talvez para você, mandando todos vocês para o inferno. Podem ficar com a porra do distintivo! Estou farto de vocês, estou farto de Nova York!

— Ok, consigo entender como tudo isso poderia funcionar. É um pouco irritante a facilidade com que você criou todo esse enredo, mas eu consigo enxergar.

Mais calma, Eve viu com mais clareza todas as possibilidades.

Corrupção Mortal 289

— Continue movimentando a conta dele — considerou ela. — Use o seu cartão de crédito por algum tempo, faça parecer que ele está viajando, indo para Vegas II, ou sei lá onde. Depois transfira todo o dinheiro.

— Basicamente, sim. Haveria mais alguns detalhes para ajustar, mas o principal é isso: ele não está morto, simplesmente foi embora.

— Mas ela não pensou nisso e deveria ter pensado. Porra, *eu* deveria ter imaginado isso tudo. Mas ela o queria morto *e* fora do caminho. Agiu por impulso. Pode ser que ela não encare desse modo, mas foi o que aconteceu. E foi o que eu não esperava. Ela seguiu mais o impulso do que o planejamento. Então, certamente cometeu erros. Um deles foi não providenciar para que um dos policiais da sua equipe achasse o corpo. E Janburry não teria entrado em contato comigo de forma tão imediata se estivesse trabalhando com ela.

— Agora você começou a raciocinar. Deixe que eu dirijo o carro.

— Não. Agradeço a oferta de mais um par de olhos para me acompanhar e o seu cérebro assustador, mas se eu me atrasar no local do crime vou precisar de você aqui para começar a repassar as últimas informações para o resto da equipe.

Os olhos fabulosos de Roarke a encararam.

— Você quer que eu repasse informações policiais em uma sala cheia de policiais? Isso é terrível, Eve, em vários níveis.

— Ninguém sabe dirigir uma reunião tão bem quanto você. Vou tentar voltar a tempo, mas preciso acompanhar isso até o fim.

— Agora mais do que nunca vou querer um encontro entre nós dois com fantasias e apetrechos. Se quiser eu posso encomendar as suas.

— Um policial como nós vale mais que dez dos que são como ela — disse Eve, repetindo as palavras dele. — Você é um de nós.

— Sei que você enxerga isso como um elogio, mas... — Ele parou e suspirou. — Mesmo assim, obrigado.

— Volto assim que puder.

Roarke observou-a sair e suspirou novamente, exclamando:

— Que inferno!

Considerando que ele já estava acordado, resolveu trabalhar um pouco por sua conta antes que os policiais chegassem à sua porta.

Ela saiu a mil por hora. Não queria dar a Janburry tempo para mudar de ideia e fez uma pesquisa sobre ele enquanto estava a caminho.

O policial parecia íntegro. Quatorze anos de serviço, já trabalhava havia dez como detetive — e recentemente fora promovido. Tinha 37 anos e estava no segundo casamento havia quatro anos; tinha um filho de dois anos.

Tinha um bom histórico de trabalho, pelo que ela podia ver. Nada de altos e baixos. Ela conhecia um pouco o tenente dele. Poderia investigar mais a fundo, caso necessário.

Primeiro, ela iria descobrir como Janburry queria lidar com aquilo.

Ela parou atrás de uma patrulhinha e prendeu o distintivo no bolso superior da jaqueta.

Havia muitos policiais ali, notou ela, apontando para o distintivo antes de se agachar e passar sob as fitas de segurança. A notícia corria depressa quando um colega era abatido.

Quantos dos que estavam ali, refletiu ela, considerariam Garnet um colega, se soubessem da verdade?

Janburry veio ao encontro de Eve.

Tinha um rosto forte, sério, a pele marrom escura esticada sobre ossos proeminentes; seus olhos castanhos eram profundos. Olhos de policial, pensou, e estendeu a mão.

— Olá, detetive Janburry. Mais uma vez agradeço por ter entrado em contato comigo.

— Olá, tenente. A cena do crime já era sua antes. Um viciado que foi morto aqui. Como a minha vítima trabalhava da Divisão de Ilegais, foi só somar dois mais dois.

Corrupção Mortal

— Exatamente. Tudo bem se eu der uma olhada no corpo, antes de você me informar os detalhes?

— Claro.

— Meu kit de serviço ficou na viatura. Posso pegar emprestado um pouco do seu spray selante?

Ele assentiu e ela notou que ele entendeu de imediato que ela não pretendia atropelar o trabalho dele.

— Ei, Delfino, me jogue a lata do Seal-It.

Ele pegou a lata e a jogou para Eve.

— A que horas você recebeu o chamado da Emergência? — quis saber Eve, enquanto selava as mãos e as botas.

— O chamado chegou às três e cinquenta. Minha parceira e eu chegamos ao local exatamente às 4 horas. Policiais que faziam ronda pelo local viram o lacre da casa quebrado, a porta aberta, e foram investigar. Eles garantiram a integridade da cena do crime até chegarmos aqui.

— Excelente.

Ela entrou, sob o brilho forte das luzes da polícia.

Ele não tinha ido muito além da porta de entrada, notou Eve. Tinha dado no máximo seis passos. Caiu de costas e permanecia de cara para cima, braços e pernas estendidos. O imenso rasgo em sua garganta tinha derramado tanto sangue que sua jaqueta estava ensopada, bem como a camisa, e formara um lago vermelho no chão sujo.

Ela notou a faca ainda dentro da bainha, presa ao cinto, mas não viu a arma que certamente carregava. Sua lanterna estava caída a alguns metros de distância e sua luz ainda brilhava como um pequeno olho branco.

— O que você conseguiu descobrir até agora? — perguntou Eve a Janburry.

— Ele não tinha dinheiro algum, nem carteira de identidade. Pegamos suas impressões digitais e o identificamos. Quem fez isso foi minha parceira. Por favor venha até aqui, Delfino!

A parceira, uma mulher pequena e magra com cabelos escuros encaracolados presos em um coque, aproximou-se e se juntou a eles. Cumprimentou Eve com um aceno de cabeça.

— A detetive Delfino pesquisou sobre a vítima enquanto eu trabalhava no corpo.

Em um ritmo que dizia a Eve que eles trabalhavam bem juntos, Delfino entrou na conversa.

— Descobri o esquadrão dele, o nome da sua oficial superior e reparei que ele tomou uma suspensão na tarde de ontem. Suspensão ordenada pela senhora, tenente.

— Informação correta. Sua vítima não gostou do meu estilo de investigação na morte de Rickie Keener. Keener era informante da tenente de Garnet, e foi necessário que eu... discutisse essa relação e todos os casos que envolvessem a minha vítima e a tenente Oberman. No entanto, Garnet e seu parceiro decidiram invadir o apartamento da minha vítima sem autorização. Ao saber disso, eu tive uma discussão acalorada com a tenente Oberman e os detetives Garnet e Bix. Durante a discussão, Garnet usou linguagem abusiva, fez ameaças e, mesmo depois de ser alertado, fez contato físico comigo.

Delfino olhou para Garnet e declarou:

— Essa não foi uma atitude muito brilhante.

— Menos brilhante ainda foi me abordar na porta da minha casa hoje à noite. Talvez vocês suspeitem que as contusões faciais em sua vítima são resultado de uma briga do morto com o assassino, mas não foi. Eu mesma as coloquei lá.

Janburry franziu os lábios, de leve.

— Foi mesmo?

— Garnet estava à minha espera e tinha bloqueado a entrada da minha casa com o seu veículo. Ao me ver, ele me ameaçou novamente e mais uma vez fez contato físico. Eu reagi ao golpe. Nesse instante, Garnet sacou sua arma, que por sinal não estava registrada. Eu o desarmei. Tudo isso está registrado, tanto pelas câmeras do

Corrupção Mortal

meu sistema de segurança doméstico quanto pela filmadora da minha viatura, que eu liguei antes de saltar do veículo. Tudo isso também foi relatado de imediato ao comandante Whitney. Vou cuidar pessoalmente para que vocês recebam cópias de tudo para anexar ao caso de vocês.

— Isso seria bom — agradeceu Janburry.

— Tenente. — Delfino fitou-a como seus olhos claros. — Devo lhe dizer que se um cara tentasse me agredir duas vezes e me suspendesse, talvez eu quisesse fazer mais do que deixá-lo com um olho roxo.

— Posso lhe dar uma declaração sobre o meu paradeiro na hora da morte, se você me informar a hora exata.

— Logo depois de uma da manhã.

— Ok. Eu estava em casa, acordada e ainda trabalhando. Haverá um registro disso no meu computador. Não posso, no momento, lhes informar o conteúdo do trabalho. O que posso lhes dizer é que Garnet iria pagar pelo que fez amanhã... ou hoje, no caso — corrigiu-se. — Ele ia perder o seu distintivo e enfrentar acusações criminais. Vocês podem confirmar tudo isso com o comando. Eu queria que Garnet pagasse pelo que fez. Queria muito mais isso do que vê-lo morto.

— Sim — disse Delfino, depois de um momento. — Eu também iria preferir isso. A vítima tem traços curiosos de alguma substância no polegar direito e no indicador.

— Acho que ele fez uso de algum produto ilegal que, por obrigação de trabalho, deveria recolher das ruas. Acredito também que eu conseguiria acusá-lo disso. Também acredito que ele era um policial do lado errado da lei. *Sei* que ele era. Mas não importa o que ele era, agora é a sua vítima, e quem quer que tenha lhe cortado a garganta terá de pagar por isso. Repassarei para vocês todas as informações que estiver autorizada a divulgar, assim que receber a necessária autorização.

294 ⟶ J. D. ROBB ⟵

— Ele tem alguma ligação com a sua vítima? Com Keener? — perguntou Janburry.

— A resposta curta é sim. Não tenho liberdade para lhes dar a resposta longa, mas não quero bloquear o trabalho de vocês. Isso é tudo que eu posso lhes adiantar neste momento.

— Há ratos nesse caso?

Eve fez que sim com a cabeça para Janburry, reconhecendo o envolvimento da DAI no caso.

Ele soltou um suspiro e disse:

— Merda. De qualquer modo, não queremos abrir mão do caso.

— Entendido. Se eu tiver alguma influência sobre o assunto, farei o que for necessário para manter a investigação nas mãos de vocês.

Ela observou o olhar que os parceiros trocaram um com o outro e notou o acordo tácito que havia entre eles.

— Parece que a vítima entrou usando uma chave mestre que encontramos no seu bolso. Vamos confirmar a hora em que o lacre foi quebrado, mas neste momento, considerando que o registro do lacre ocorreu tão junto da hora da morte, diríamos que a vítima e o assassino entraram no prédio juntos. O assassino o pegou por trás de forma rápida e traiçoeira.

— Ele estava de costas para o assassino — disse Eve.

— Sim, é o que vemos aqui. Se alguém me tivesse dado um soco na cara poucas horas atrás, eu não daria as costas para essa pessoa. Além do mais, a senhora é uma mulher alta, tenente, mas não é alta o suficiente para infligir um ferimento no ângulo em que ele ocorreu, a menos que estivesse em cima de um caixote. Vamos pegar o registro, a gravação e todo o resto, mas posso lhe dizer que Delfino e eu não suspeitamos da senhora.

— Isso é sempre uma boa notícia. Ele tinha mais alguma coisa com ele?

— Sua faca ainda estava embainhada. O comprimento da faca usada no crime é ilegal. Ele estava sem o *tele-link* e sem o *smartwatch*; também não encontramos o seu caderno de anotações, nem sua carteira. Pelo

Corrupção Mortal

que vemos aqui, dá para suspeitar que tudo se tratou de algum tipo de acordo que deu errado. O assassino o derrubou, pegou o que podia usar ou vender e fugiu do local. Deixou a porta aberta.

— Sim, é o que dá para suspeitar — concordou Eve.

— Eu estou interessado na sua avaliação — disse Janburry para Eve.

Ela se agachou para olhar a vítima um pouco mais de perto. Não havia feridas defensivas no corpo, ela notou. E dava para sentir o cheiro de bebida nele. Ela ergueu a mão direita do morto — agora ensacada — pelo pulso. Nenhum usuário deixaria ficar tanta substancia nos dedos depois de usá-la. *Isso*, pensou ela, tinha sido um *exagero*.

— Acho que a vítima e o assassino entraram neste prédio juntos. Por que razão eu não saberia dizer, mas aposto que Garnet acreditava que eles tinham vindo até aqui para ferrar comigo ou com a minha investigação. Garnet não apenas conhecia o seu assassino como confiava nele. Entrou na frente dele, pegou a sua lanterna e a acendeu. E em seguida teve a garganta cortada. — Ela desejou ter seu medidor ali, mas imaginou a cena. — Acho que o assassino puxou a cabeça de Garnet para trás e expôs a sua garganta, dando a ele um alvo amplo e claro para fazer um rasgo amplo e rápido. O assassino veio até aqui para esse fim; em seguida pegou a identidade do morto e todo o resto para que tudo parecesse um encontro que deu errado, seguido por um roubo baseado em oportunidade. A overdose de Keener foi encenada. Isso é mais do mesmo.

Janburry se agachou e manteve a voz baixa.

— A senhora acha que foi outro policial que fez isso.

— Acho que as pessoas que matam por conveniência, por lucro, por qualquer motivo que não seja autodefesa ou defesa da vida alheia não são policiais. Elas simplesmente têm um distintivo no bolso.

— Qual a profundidade da merda em que estamos pisando?

— Ainda não posso lhe dizer, mas, se eu fosse vocês, usaria botas de cano alto.

Capítulo Dezesseis

Quando Peabody e McNab entraram no escritório doméstico de Eve, o coração, a mente e o corpo de McNab voaram como uma flecha para o bufê de café da manhã.

— Comida! Eu sabia!

— Eu só achei que você não devia contar com isso. — Peabody mudou sua pasta de arquivos de um braço para o outro e desejou que o cheiro de bacon grelhado não seduzisse o seu organismo como um amante.

Mas já que a coisa era assim, largou a bolsa e se rendeu à tentação; mastigava a primeira fatia quando Roarke entrou.

— Bom dia — cumprimentou ela, com a boca cheia. — Estas são as melhores reuniões de trabalho de todos os tempos.

— Não faz sentido investigar assassinatos com a barriga vazia. Você está com o rosto mais corado esta manhã, Peabody.

— Efeito do bacon.

— Uau! Rabanada. — McNab sorriu quando Roarke se serviu de café. — Obrigado pela abundância.

— Alimentar policiais tem suas recompensas.

E aquele policial ali, refletiu Roarke, tinha o metabolismo de um esquilo maníaco para comer tanto e continuar magro feito um arame.

— Chegamos um pouco mais cedo — explicou McNab —, para Peabody poder ajudar Dallas a montar tudo.

— E eu quero trocar algumas ideias com ela sobre o caso Devin — atalhou Peabody.

— Enquanto elas trocam ideias — continuou McNab, pegando mais um prato —, eu queria falar com você sobre uma ideia nova. Feeney e eu bolamos algo diferente ontem à noite.

— Pode falar.

— Acho que podemos usar os grampos instalados no veículo de Oberman para descobrir a frequência do *tele-link* descartável que ela usa. Precisamos ajustar e ampliar a ação do sensor remoto e restringir o foco ao sinal do aparelho descartável, quando ela o usar. Vamos precisar de alguma sorte para estabilizar o sinal, mas se conseguíssemos fazer isso poderíamos usá-lo para uma triangulação.

— Coordenar o sinal dos grampos com o do sensor remoto para aumentar o alcance, redirecioná-lo e captar o sinal dela. Depois cloná-lo — refletiu Roarke, interessado na ideia.

— Isso mesmo. Se conseguirmos fazer tudo isso nós poderíamos, teoricamente, usar o clone para captar os seus sinais e as conversas quando e onde ela usar o *tele-link* descartável.

— Como numa teleconferência — refletiu Roarke. — Interessante.

— Isso é só teoria.

— Ao amplificar a força você corre o risco de ela captar o grampo caso faça uma varredura completa, especialmente no momento da triangulação. Mas se fizermos tudo no tempo certo e com os ajustes exatos isso poderia funcionar.

— Se vocês quiserem desenvolver essa ideia — interrompeu Peabody —, eu posso adiantar o meu lado com Dallas.

— Ela ainda não voltou. — Roarke olhou a hora. — Foi responder a um segundo homicídio que aconteceu na cena original do caso de vocês. Garnet está morto.

— Merda, isso vai embolar o meio de campo — McNab mordeu um pedaço de rabanada de onde escorria calda. — Feeney e eu íamos analisar os aparelhos eletrônicos dele hoje, e se conseguíssemos autorização íamos até a casa dele para instalar os grampos. Agora isso não faz mais sentido.

— Por que Dallas não me ligou? — quis saber Peabody. — Se Garnet foi assassinado eu deveria ter sido avisada.

— Não é um caso dela, isto é, de vocês — emendou Roarke. — O investigador primário entrou em contato com ela de manhã cedo por questão de cortesia, eu diria. E provavelmente porque esperava que ela lhe desse alguma pista.

— Esse caso deveria ser nosso — insistiu Peabody, mas logo se acalmou e refletiu melhor. — Não, ele não pode ser nosso. Dallas teve dois confrontos com ele ontem. McNab estava monitorando tudo quando o imbecil tentou pular em cima dela aqui na porta de casa. Não podemos investigar o caso. Você sabe quem é o investigador principal? Quanto do que sabemos ela vai contar para ele?

— O nome dele é Janburry, mas quanto ao resto eu não saberia informar.

— Foi Renee que fez isso, porque ele saiu da caixa de contenção e se tornou um fator negativo. Preciso pesquisar sobre esse Janburry. — Peabody esqueceu seu caso de amor com o bacon e se afastou.

— Garnet pisou na bola — comentou McNab. — Pena estar morto, porque merecia cumprir uma pena extensa numa cela. Mas... — encolhendo os ombros, McNab colocou mais comida no prato. — Como foi que ele morreu?

— Eu também não sei. Eve tinha esperança de estar de volta para a nossa reunião. — Só Deus sabe o quanto ele torcia para isso acontecer. — Se ela não conseguir voltar a tempo ou ainda não estiver liberada do local, vou informar as novidades.

— Beleza.

Feeney entrou e sorriu ao ver o bufê.

— Eu avisei à minha mulher que teria um excelente café da manhã. O garoto já lhe contou sobre as ideias que teve?

— Já, sim — respondeu Roarke. — Será interessante programar tudo isso.

— Estou montando meus planos mentalmente — disse Feeney enquanto enchia um prato de comida. — Tudo se resume a captar as ondas certas.

Nos dez minutos seguintes eles discutiram opções, alternativas e possibilidades.

— Bom dia para todos. — Webster entrou com ar relaxado, mas cara de sono. — Puxa, eu estou morrendo de fome e essa mesa me parece ótima.

— Fique à vontade — ofereceu Roarke com um tom simpático quando Webster chegou ao bufê, e reparou no sorriso preguiçoso que ele exibia. — Que tal a peça?

— Inesquecível.

— Darcia voltará para casa logo.

— Daqui a uns dias. Mas eu tenho algum tempo de férias para tirar — disse Webster com naturalidade, enquanto colocava alguns ovos no prato. — Pretendo ir conferir pessoalmente aquele resort que você construiu fora do planeta.

— Você não conseguirá outra guia melhor do que a chefe da segurança local.

Mira e Whitney entraram na sala juntos. Whitney examinou o lugar e depois se concentrou em Roarke.

— Ela ainda não voltou?

— Não. Mas me pediu para começar a reunião, caso se atrasasse. Você pode comandar tudo, se preferir.

— Não, seguiremos a linha de Dallas. — Ele se serviu de café, mas dispensou a comida.

— Você me parece cansada, Charlotte — disse Roarke a Mira.

Corrupção Mortal 301

— Estou um pouco cansada, sim. Tive uma noite longa.

— Coma alguma coisa. Aumente a sua energia.

— Não creio que isso vá ajudar. Está claro que o meu colega está envolvido nisso. Um homem com quem trabalhei, um homem em quem confiei.

— Sinto muito. — Roarke colocou a mão no ombro da médica.

— É um tipo mais profundo de traição quando existe confiança, não é verdade?

— Quando eu penso em quantos policiais confiaram a ele os seus segredos, medos, sentimentos. Sim, é um tipo muito profundo de traição. Todo este caso é uma traição, não é verdade? — Ela olhou para o quadro. — No nível mais profundo. De médico para paciente, de policial para policial, da polícia para o público, de filha para pai.

— Vocês vão colocar um ponto final nisso, todos vocês. A traição só floresce no escuro. Vocês trarão a luz.

— Isso tudo é um peso para ele. — Mira olhou para Whitney quando ele se sentou sozinho com o seu café. — É um peso para todos nós, mas o comando é dele. Os atos dessa pequena e traiçoeira porcentagem de maus policiais que desonraram o trabalho de todos os outros homens e mulheres bons que se arriscam e lutam diariamente têm um peso grande sobre ele.

Ela foi se sentar ao lado de Whitney.

E assim, pensou Roarke, não daria mais para adiar o início da reunião.

Ele foi para a frente da sala.

— A tenente está atrasada.

— Dallas não está aqui? — interrompeu Webster. — Onde diabos ela está?

— No local onde Garnet foi assassinado. Espero que já esteja voltando de lá.

— Garnet? Como assim? — Webster ficou imóvel, o corpo relaxado e os olhos sonolentos desapareceram. — Quando foi que isso aconteceu, e por que eu não fui informado? Ela não pode investigar o assassinato de Garnet. Comandante...

— Se você se sentar eu explico. — Roarke lidou com a explosão de Webster como faria em qualquer reunião que conduzisse: com frieza. — Você será devidamente informado sobre esse assunto e todos os outros referentes à investigação. A tenente não foi designada para atuar nesse mais recente assassinato, foi só servir de consultora para os oficiais que pegaram o caso. A pedido deles. Agora, como estou com a palavra, começaremos com alguns progressos que fiz com relação às finanças dos três suspeitos. Apresentar dados no telão um! — ele ordenou ao sistema. A imagem do passaporte de Garnet, com a sua foto, surgiu. — Como podem ver, este é o detetive William Garnet, também conhecido como Garnet Jacoby. Embora ambos estejam mortos agora, devo informar que Garnet, com esse nome falso, acumulou mais de 35 milhões de dólares em dinheiro vivo, ações, títulos e propriedades. Tem uma bela casa nas Ilhas Canárias. Isto é, tinha. Dados secundários no telão!

— Como você descobriu tudo isso? — quis saber Webster, olhando para ele. — Você nunca me ligou pedindo um filtro para fazer essa pesquisa.

— Descobri tudo agindo com muito cuidado, de forma tediosa e rigorosamente dentro da lei. Ou no limite dela — acrescentou Roarke. — Mas me mantive dentro dos limites que a tenente definiu e exigiu.

— Nós poderíamos pegar Garnet só por isso — murmurou Webster, enquanto seu olhar zangado examinava a tela, a imagem da casa luxuosa e os números. — Daria para enquadrá-lo numa boa.

— Um pouco tarde para isso. Nesse meio-tempo, se você permitir, podemos seguir em frente e voltar a ele mais tarde. Pode ser que o seu humor melhore ao ver o próximo quadro de dados. Pesquisa 1-A no telão! — ordenou Roarke. — Conheçam Marcia Anbrome, residente da Sardenha, na Itália.

Corrupção Mortal 303

— Ah, sim. — Apesar de dizer isso entre dentes e com o rosto ainda mais endurecido, Webster assentiu com a cabeça. — Isso melhora o meu humor.

— Talvez a ideia de a derrubar por enriquecimento ilícito e corrupção ilumine o seu dia, tenente — disse Peabody girando na cadeira. — Mas ela matou policiais. Nem todos eles eram como Garnet. Eles estão mortos porque *não eram* como Garnet.

— Entendo, detetive. Todos nós queremos a mesma coisa aqui.

— Detetive Peabody. — O tom de Roarke foi mais gentil que o usado com Webster. — Sei que você está investigando a morte da detetive Gail Devin. Poderá ser útil para o seu trabalho saber que Renee Oberman, sob o nome de Marcia Anbrome, depositou dois milhões e oitocentos mil dólares em sua conta dois dias após a operação em que Devin foi morta. Garnet também fez um grande depósito na sua conta: um milhão e duzentos mil dólares. O mesmo para Bix, sob a sua identidade falsa. — Nem é preciso recorrer à tela, pensou Roarke. Ele tinha todos os dados na cabeça. — Sob o nome John Barry, Bix tem contas em Montana, onde comprou um chalé em um terreno de 200 mil metros quadrados. Também tem contas nas Filipinas, onde ele serviu no Exército. E em Tóquio, onde nasceu. Começamos com esses três, mas estamos trabalhando nos dados de todo o esquadrão. Os levantamentos de Freeman, Palmer e Marcell estão completos. Os outros eu devo completar em poucas horas.

— Você ainda deve acrescentar o doutor Adams à sua lista. — Mira sentou-se com as mãos cruzadas no colo. — Como já informei ao comandante, durante a revisão que fiz de todos os arquivos de casos, dos resultados de testes, das avaliações e do histórico de cada membro do esquadrão da tenente Oberman, encontrei inconsistências preocupantes. Depois de um estudo mais aprofundado, parece-me que os resultados dos membros do esquadrão que o doutor Adams examinou, testou ou tratou foram alterados.

— É claro — concordou Roarke. — Não fazia sentido contar à médica que ele já havia adicionado o seu colega à lista e já encontrara alguns dos tesouros que o homem tinha enterrado.

— Detetive Peabody — continuou Mira. — Você deve estar ciente de que, algumas semanas antes da morte da detetive Devin, a tenente Oberman, de acordo com as notas do doutor Adams, expressou preocupação com o estado de espírito de Devin, relatando que a detetive tinha dificuldades para se concentrar em seu trabalho e para seguir os procedimentos, além de tirar muitos dias de folga para resolver problemas pessoais. Adams organizou sessões com a detetive Devin. Ele a consultou duas vezes por semana durante sete semanas, até o dia da sua morte.

— Ela deve ter confiado nele.

— Pode ter desenvolvido uma relação de confiança, sim — concordou Mira.

— Se isso aconteceu, ela pode ter dito a ele que suspeitava de algo errado no esquadrão e explicado o motivo das suspeitas. Também deve ter perguntado o que poderia fazer a respeito.

— É possível. — O cansaço no rosto de Mira se aprofundou. — Se ela fez isso, acredito que Adams foi cúmplice na sua morte.

Eve entrou na sala com seus passos longos e rápidos.

— Peço desculpas pelo atraso. — Ela olhou para a tela e assentiu com a cabeça. — Vejo que vocês já foram informados sobre as descobertas financeiras. Elas nos provam que Renee, Garnet e Bix obtiveram identificações falsas e, com elas, ocultaram propriedades e fundos.

— Pode acrescentar Freeman, Palmer e Marcell — disse Roarke. — Os dados dos outros estão chegando.

— Ótimo. Isso por si só já é suficiente para removê-los da Força, prendê-los, acusá-los e tentar condená-los. Temos que tirar Garnet desse processo, pois acabei de examinar o seu corpo, mas os dados sobre ele também pesam sobre todos os envolvidos.

Corrupção Mortal 305

— Eu gostaria de receber um relatório sobre o homicídio de Garnet — disse Whitney.

— Sim, senhor. O detetive Janburry é o investigador principal do caso, junto com sua parceira, a detetive Delfino. Foi Janburry que entrou em contato comigo e me permitiu entrar na cena. Foi neste momento que eu dei a eles uma declaração sobre as minhas duas altercações com a vítima.

— O que você quer dizer com "minhas duas altercações"? — perguntou Webster.

— A segunda briga ocorreu por volta de 22 horas da noite passada, quando Garnet me confrontou do lado de fora dos portões da minha casa, onde aguardava a minha chegada. Suponho que tenha sido informado pelos detetives Manford e/ou Freeman de que eu tinha saído de casa, depois de eles tentarem me seguir em dupla, cerca de noventa minutos antes.

— Que diabos, Dallas! Por que não fui informado de tudo isso?

— Você estava ocupado — retrucou Eve —, mas está sendo informado neste momento. Minha briga com Garnet foi filmada e tanto o registro do ocorrido quanto o meu relatório sobre o ocorrido já foram enviados para o meu comandante.

Ela fez uma pausa, mas logo continuou.

— Vamos em frente. À uma da manhã de hoje o detetive Garnet entrou no prédio onde Keener foi morto, depois de quebrar o lacre e abrir o cadeado do lugar. Ou então o assassino fez isso e deixou a chave mestra no bolso do morto. A cerca de seis passos da porta, Garnet foi atacado por trás. Sua garganta foi rasgada. Não havia outros ferimentos visíveis, além dos hematomas que eu tinha provocado em seu rosto por volta das 22 horas.

— Jesus Cristo!

— Leia o relatório, Webster, e assista à gravação. Os objetos de valor de Garnet foram removidos, com exceção da faca, que ele ainda tinha embainhada no cinto. Os detetives encarregados concordaram em me manter informada sobre o progresso deles.

— O que você deu a eles em troca disso? — exigiu Webster.

Ela se virou para Webster, tão brava quanto ele.

— Nem tudo na vida se resume a pagamentos e trocas de favores. Tenho interesse no caso deles porque a vítima está conectada à minha e foi morta no mesmo lugar. Como são policiais com cérebro, conseguem ligar os pontos. Já lhes expliquei que eu não poderia compartilhar com eles certos detalhes e áreas de minha própria investigação, por enquanto. Como, repito, eles são policiais com cérebro, viram que o meu caso é muito maior do que a morte de um viciado. Eles são espertos o suficiente para já terem descoberto isso. Será o comandante que determinará se os policiais que investigam o assassinato de Garnet serão informados sobre o restante.

— Vou revisar tudo — disse Whitney a Eve.

— Sim, senhor. Pelo meu próprio exame, com base no ângulo da ferida, o assassino era mais alto que a vítima. E a vítima tinha um metro e oitenta e três. Ele foi atacado por trás, o que indica que entrou na casa à frente do assassino e estava de costas para ele. Era alguém em quem ele confiava. Acredito que foi Bix que matou Garnet e, considerando a sua patologia e o seu perfil, ele o fez por ordem da sua tenente.

— Uma pequena faxina — disse Feeney.

— Exato. Garnet estava sujando a área impecável da operação dela. Eu suspeito que, no intervalo entre a briga dele comigo e a sua morte, ele tenha entrado em contato com ela ou ido vê-la. Ele já sabia que a DAI estava farejando tudo — acrescentou, com um aceno de cabeça para Webster.

— Eu deixei um rastro para eles, conforme o combinado.

— Funcionou. Garnet já tinha se virado contra ela, e a ameaçou na noite em que Peabody os ouviu. Depois, perdeu o controle duas vezes comigo. Ela não conseguiu controlá-lo em seu gabinete ontem, e sabia disso. Suas tentativas de limpar a barra dele mais tarde não deram em nada e aumentaram o seu constrangimento. Ele me atacou novamente na noite passada e iria perder o distintivo por causa disso. Ele deixara de ser útil para ela e se tornara uma ameaça. Ela agiu com rapidez... exagerada, eu acho. Decisão tomada no calor do momento. Uma cabeça mais fria teria encontrado outro jeito mais discreto de se livrar dele.

— Sim, concordo — disse Mira, quando Eve olhou em sua direção. — Garnet e Renee já foram amantes. Ela tirou o poder que ele tinha no relacionamento deles ao terminar a ligação sexual.

— Poder provavelmente foi o motivo de ela ter começado e encerrado o caso amoroso — sugeriu Eve.

— É muito provável. Ele recebia ordens dela em dois níveis, e o fazia porque era algo rentável e porque Renee ainda via nele atribuições significativas nos dois níveis. Ela o repreendeu e o puniu pelos erros que ele cometeu com Keener. Depois ele se viu em confronto direto com outra mulher hierarquicamente superior, uma mulher que não lhe mostrou o respeito que ele considerava devido e nem colocou panos quentes como Renee teria feito. Agora ele tinha sido punido mais uma vez, repreendido novamente. E se descontrolou por completo.

— Oberman não conseguia mais controlá-lo e isso refletiu mal nela, naqueles dois níveis iniciais. As ações dele exigiam que ela fizesse isso e, como não conseguiu, ela o executou. Essa é a prova absoluta de que é ela que está no controle. É uma prova para si mesma — acrescentou Mira — e para todos os que estão sob o seu comando.

— Isso é prioritário para ela — atalhou Eve. — Estar no topo, no comando, no controle.

Mira assentiu e complementou:

— Se ela não está no comando, não representa nada. É apenas a filha de um homem importante e reverenciado, alguém de quem ela não está à altura, a não ser por traição e fraude. Ela agiu de forma rápida e decisiva porque enxergou isso como uma demonstração de controle. Quando, na verdade, era apenas medo e ódio.

— Por que ela escolheu esse local? — quis saber Eve.

— Suspeito que você já saiba essa resposta. A cena inicial serviria não só como um lugar aonde Garnet iria, caso fosse atraído de forma adequada, como também seria uma bofetada em você. Aqui está outro corpo quando o primeiro mal esfriou. Também era uma maneira de usá-lo contra você, principalmente se ela soubesse que você tinha brigado com ele mais cedo, e os resultados disso certamente iriam aparecer.

— Sim, eu deixei algumas marcas nele — concordou Eve.

— Foi a *sua* cena. Você e a vítima já tinham tido uma briga ontem, mais cedo. Ela não tinha como saber que você gravou tudo e relatou o segundo incidente, mas pode ter certeza de que os agentes de investigação seriam obrigados a questionar você sobre Garnet.

— Ela tem que provar que é melhor que você, Eve. Afinal, você abalou o comando e a confiança dela. Ela não pode tolerar tal coisa.

— Ela terá que tolerar muito mais antes de isso acabar. Alguma novidade da DDE? — perguntou ela a Feeney.

— Agora que você mencionou...

Antes de ele ter chance de continuar, Webster se levantou.

— Isto agora é um caso para a DAI. Sou obrigado a levar isso ao conhecimento do meu capitão e dar início a uma investigação oficial. Os dados financeiros e os documentos falsificados já são suficientes para enquadrá-los.

— Há uma pequena questão de assassinato — lembrou Eve.

— Também vamos investigar isso.

— A DAI não vai pegar o meu caso. Keener ainda é meu.

— O homicídio de Keener foi um desdobramento direto da corrupção e da má conduta interna, que envolvem todo ou a maior parte de um esquadrão.

— Corrupção da qual a DAI não teria conhecimento se eu não tivesse informado. Por que será, Webster? Por que será que o esquadrão de ratos não tinha sacado porra nenhuma sobre Renee e sua equipe?

— Eu não sei. Mas temos todos os elementos agora.

— E se ela tiver um informante dentro da DAI, e ele a avisar que a tempestade está chegando? Ela vai sumir do mapa. Tem os meios para fazê-lo em grande estilo. Ou então achará um jeito de distorcer tudo para que o raio atinja outra cabeça. Ela não chegou tão longe sendo burra.

— Há outro corpo no necrotério, Dallas. Policial sujo ou não, ele está morto e ela é a responsável. Ela precisa ser desligada das suas funções antes de decidir limpar a casa novamente.

— Ele tem razão — manifestou-se Whitney, antes de Eve ter chance de rosnar para Webster. — E você também tem, Dallas. Quero vocês dois e o seu capitão, Webster, no meu gabinete às 11 da manhã em ponto. Ele será totalmente informado sobre esse assunto. E nós vamos discutir o caso em pormenores. No que diz respeito aos dois homicídios que agora sabemos estar relacionados, a DAI terá que passar por cima de mim para retirá-los dos agentes que os estão investigando no momento. Não seria prudente você me enfrentar, tenente Webster. — Ele assentiu quando Webster balançou a cabeça para os lados. — Entrei em contato com Tibble, o secretário de segurança, e o informei sobre todas as áreas cobertas por esses assuntos. Vou solicitar que ele compareça à reunião também. Tenente Dallas, preciso de você no meu gabinete às 10 da manhã. O comandante Oberman solicitou um pouco do meu tempo hoje e também pediu para vê-la.

— Renee pediu para ele intervir. Comandante...

— A intervenção dele não ajudará Garnet agora — interrompeu Whitney. — Se ele me pedir para influenciar você ou ordenar que você alivie a pressão sobre a filha dele com relação ao assassinato de Keener, ele ficará muito desapontado.

Whitney se levantou e ordenou:

— Dez da manhã em ponto, tenente.

— Sim, senhor.

Ele olhou para o telão mais uma vez.

— Foi um bom trabalho o que vocês já fizeram — disse ele. — Um belo trabalho sobre algo feio.

Mira se levantou.

— Você se importaria de me dar uma carona?

— Claro que não.

Ela está preocupada com ele, pensou Eve. *Não é a única.*

Ela olhou para o resto da equipe.

— Dispensados.

— Espere, espere um pouco. — Obviamente indignado, Webster balançou a cabeça. — Você acha que pode me expulsar? Que pode me tirar do caminho antes de saber das novidades da sua equipe da DDE e da sua parceira?

— Eles não têm novidade alguma para mim. Não é verdade?

— Não temos nada — confirmou Feeney, com serenidade.

— Há uma liquidação de suéteres de caxemira — anunciou Peabody. — Não que eu possa comprar um desses, é claro. O nome da loja é Naturale, a promoção está em todas as filiais. Mas provavelmente não foi isso que você quis dizer com "novidades".

Eve lançou um olhar frio para Webster.

— Parece que terminamos.

Ele simplesmente balançou a cabeça novamente e cruzou os braços.

— Se vocês nos derem licença, o tenente Webster e eu precisamos de alguns minutos — pediu Eve.

Ouviu-se o som de pés e cadeiras arrastando. Mas Roarke continuou encostado na parede. Eve lhe enviou um olhar que conseguiu ser de desculpas e de irritação ao mesmo tempo. Roarke saiu.

— Cuidado com as mãos, garoto — murmurou ele, ao passar por Webster. — Senão, desta vez eu vou deixar que *a tenente* lhe dê umas porradas. E ela é mais cruel do que eu.

Webster se levantou da cadeira e franziu o cenho. Mas enfiou as mãos nos bolsos.

— Você não vai me cortar desse lance, Dallas.

Corrupção Mortal   311

— Eu, te cortar? Foi *você* que tentou pegar o meu caso, agora mesmo.

— Maus policiais se enquadram nas funções da DAI.

— Não me venha com esse papo furado de burocracia. Se eu não soubesse e nem compreendesse perfeitamente que a DAI precisava saber de tudo eu não teria pedido a sua ajuda, e vocês continuariam sem saber de porra nenhuma.

— Foi por isso que eu fiz as coisas do seu jeito, em vez de informar imediatamente ao meu capitão. Estou cansado dessa atitude de que não somos policiais de verdade.

— Eu nunca disse que vocês não eram policiais. Mas obviamente *você* não faz parte da Divisão de Homicídios. Deixou de fazer. Você fez sua escolha lá atrás, Webster. Tinha um trabalho a fazer e aceitou fazê-lo. Eu também, mas agora você não vai me roubar a investigação.

— Você precisa dos louros? Sem problemas. Vou garantir que você receba o crédito por tudo.

— Eu deveria te dar uma porrada por isso. — De fato, as mãos dela tinham formado punhos ao lado do corpo. — Foda-se. Vá se foder de cima a baixo se você acha que isso tem a ver com louros e crédito. Se você acha...

— Eu não acho. Não acho *mesmo* — repetiu e passou a mão na nuca. — Falar isso foi um golpe baixo, desculpe.

Ela praguejou mais um pouco e começou a andar pela sala.

— Eu poderia ter feito isso sem você.

— Sim, e parece que fez. Jogue uma pista para o rato, mas não continue alimentando-o com mais queijo.

Ela se virou.

— O quê?

— Por que razão eu não soube, até agora de manhã, que Garnet foi atrás de você? E também não soube que ele teve oportunidade de fazer isso porque você foi conversar com alguém do grupo de Renee.

— Lilah Strong não é alguém do grupo dela.

— Mas faz parte daquele esquadrão — lembrou ele. — Eu deveria ter sido consultado. Não ouvi até hoje de manhã que alguém tinha seguido você. E não soube da morte de Garnet.

— Eu informei o comandante — disse Eve.

— Agora quem está com papo furado de burocracia?

— Não é papo furado. Essa é a minha primeira obrigação. E eu não entrei em contato com você o tempo todo porque você estava... envolvido com o lance de Darcia.

— Agora você vai reclamar de mim e de Darcia?

— Não. Meu Deus! — Frustrada, Eve passou a mão pelos cabelos. — Eu não estava te mantendo de fora, Webster. Não entrei em contato nem com a minha parceira porque não achei necessário. Não entrei em contato com você pelo mesmo motivo, e também porque achei que estava te fazendo um favor ao te dar uma noite de folga para vocês irem... ao teatro. Assistir ao musical.

Ele a encarou por um momento, mas logo seu corpo perdeu a postura de confronto.

— Acho que você me fez um grande favor, sim. Obrigado. Mas sou policial e Darcia também é. Sabemos que interrupções na hora do... musical fazem parte do pacote.

— E o que você faria ou poderia fazer a respeito, caso tivesse sido interrompido?

— Nada, na verdade. Mas eu teria refletido sobre o assunto e assimilado melhor o que estava rolando.

— Tudo bem, da próxima vez eu interrompo. E se você estiver no clímax do espetáculo a culpa será sua.

Ele riu.

— Eu sempre tive uma quedinha por você.

— Ah, qual é?...

— Não desse jeito, não desse jeito! — Cautelosamente, ele deu um passo para trás. — Não me dê um soco nem chame os cães. Trabalhei com você algumas vezes e gosto do jeito como a sua

Corrupção Mortal 313

mente funciona. Mesmo quando eu não concordo com tudo. Gosto de como você consegue mastigar um caso até ele virar pó e depois cuspir tudo, e sempre fazendo as coisas do seu jeito. Você é durona, Dallas, mas essa é uma das razões do seu sucesso. Você nunca foi muito ligada em trabalho de equipe, pelo menos nas poucas vezes em que trabalhamos nos mesmos casos.

Talvez não, pensou ela. Não, definitivamente não era ligada nisso.

— Naquela época eu não estava no comando, ainda. O comando muda as coisas porque os seus homens dependem de você para liderar toda a equipe. Eu não era... muitas outras coisas por várias razões.

Ela pensou na caminhada que dera com Roarke em um anoitecer de verão.

— Hoje eu não sou a mesma pessoa que era naquela época.

— Não. Acho que eu também não. — Ele estendeu a mão. — Vamos esquecer o passado?

— Depende. — Ela aceitou a mão estendida — Se você tentar pegar o meu caso eu vou apertar a sua mão novamente. Mas dessa vez vai ser para lhe quebrar o pulso.

Ele sorriu.

— Força para a equipe!

— Vou confiar em você porque já enfrentei tiroteios ao seu lado. Se você quiser ficar para o resto da reunião, sente-se aí. Volto já.

— Não vou ficar, mas obrigado pelo convite. Tenho algumas coisas a fazer antes de nos encontrarmos com o comandante.

— Vejo você lá, então.

Ela caminhou até o escritório de Roarke, abriu a porta, entrou e tornou a fechá-la.

— Obrigada pelo espaço.

— De nada. E então?

— Já resolvemos os problemas. Havia basicamente objetivos paralelos, mas não exatamente conflitantes; e um mal-entendido de motivações. — Ela foi ao AutoChef e programou um café. Fechou os olhos e esfregou o espaço entre as sobrancelhas.

— Tire um minuto para si mesma, Eve. Sente-se.

— Melhor não. Preciso terminar essa apresentação e depois desligar por algum tempo para pensar. Ainda preciso me preparar para as outras reuniões. Por Deus!... Oberman, Tibble e a DAI. — Ela abriu os olhos novamente. — Vai ser uma manhã difícil.

— Você já teve uma. — Ele foi até Eve para acariciar e esfregar pessoalmente o ponto entre as sobrancelhas dela.

— A garganta dele foi aberta de orelha a orelha. Ele estava morto antes de cair no chão. Um jeito rápido demais para ele morrer, para o meu gosto. Ele merecia o jeito longo e doloroso, numa cela. Mesmo assim, não cabe a Renee decidir quem vive e quem morre, como e quando. A decisão não é dela.

Como Eve não era a durona que fora no passado, apoiou a testa que doía no ombro de Roarke.

— Garnet provavelmente teria feito o mesmo a Renee, a mim, a quem quer que fosse. É provável que tenha entrado lá planejando rasgar *o meu* pescoço de orelha a orelha. Ele era uma ferida aberta e inflamada no departamento.

Ela endireitou o corpo.

— Quanto a Keener? Talvez fosse inofensivo no grande esquema das coisas; talvez tenha dado uma boa gorjeta à atendente da pizzaria num momento de empolgação. Mas viveu sua vida com lixo, vendendo drogas. Não creio que tivesse escrúpulos mesmo que o comprador tivesse doze anos, desde que o garoto trouxesse a grana. Era um porco que procurava o caminho mais fácil para navegar pela vida.

Ela bebeu um pouco de café e colocou a caneca de lado.

— Mas nada disso importa. Fosse ele uma ferida purulenta ou um porco, não caberia a ela decidir o seu destino.

Roarke segurou o rosto de Eve.

Corrupção Mortal 315

— Ele teria matado você, se pudesse, com satisfação. Pode ser que outro policial seja o principal suspeito do assassinato dele, mas Garnet é sua vítima, agora.

— Sim, é assim que as coisas são.

— Para você, sempre são assim. É por isso que Renee Oberman nunca vai entender você.

— Eu a entendo.

— Sim, eu sei que você a entende. — Ele a beijou de leve. — Vamos resolver logo isso.

Fazendo que sim com a cabeça, ela caminhou até a porta que ligava os seus escritórios.

CAPÍTULO DEZESSETE

Eve ouviu a sua equipe de nerds explicar, do jeito deles, as ideias que McNab tinha para montar tocaias e rastreamentos eletrônicos. Ouviu tudo até seus ouvidos começarem a apitar. Balançou a mão no ar para interromper o falatório dos nerds.

— O resumo dessa ópera é que se vocês conseguirem fazer tudo isso nós teremos gravações de todas as ligações feitas e recebidas pelo *tele-link* descartável de Renee, certo?

— Em resumo, é isso mesmo — concordou Feeney. — Mas essa descrição não faz jus à complexidade do conceito e da execução, que é um trabalho de gênios.

— Parabéns a todos os envolvidos. Mas para vocês poderem levar a ideia do conceito à execução, precisamos de um mandado.

Feeney estufou as bochechas.

— Sim, e isso seria um pouco complicado. Temos o suficiente para um mandado, Dallas, começando com a declaração de Peabody, passando pelo seu encontro com Renee, os dados financeiros, a perseguição de ontem à noite, e até mesmo a morte de Garnet. A decisão é sua. A DAI poderia investigar oficialmente um deles.

A decisão era dela, refletiu Eve, mas tudo sugeria outro caminho.

— Vou solicitar um mandado e informarei a DAI, mas só depois que vocês tiverem conseguido colocar essas ideias em prática. Preciso me encontrar com Reo — disse ela, pensando na assistente da promotoria na qual confiava. — Preciso vê-la antes de conversar com o comandante novamente. E deve ser um encontro privado. Peabody...

— Já sei, você quer que eu ligue para Crack novamente.

— Isso mesmo, e depois para Reo. Diga a ela para me encontrar lá daqui a trinta minutos. Avise que é um assunto urgente e confidencial. Você sabe o que fazer.

— Sei — confirmou Peabody, emitindo um longo suspiro.

— Roarke, Peabody vai precisar de um veículo.

— Vou? Pensei que eu fosse com você à boate. Você precisa de mim para falar com Reo. Depois, Dallas, devo estar ao seu lado para o encontro com o comandante Oberman, e também para fazer pressão junto à DAI.

— Não. Tenho sua declaração para mostrar a Reo. Lidar com o comandante Oberman e com a DAI é o meu trabalho. Você precisa prosseguir com a sua investigação. Precisa defender a detetive Devin, Peabody. Precisa buscar justiça para ela, essa será a sua missão. Confio plenamente em você para cumpri-la.

— Eu nem tenho certeza se estou seguindo as pistas certas — começou Peabody.

— Você vai descobrir. — Ela olhou para Roarke e ele assentiu.

— Vou cuidar do veículo. Feeney, que tal eu encontrar você e McNab no laboratório? Eu já vou para lá.

McNab deu a Peabody um rápido e solidário aperto no ombro antes de sair com o capitão.

— Não lhe dê um carro que chame a atenção — disse Eve para Roarke.

— Talvez só um pouquinho chamativo. — Peabody mostrou o polegar e o indicador a alguns centímetros um do outro.

Roarke lhe enviou uma piscadela e as deixou sozinhas.

Eve apontou uma cadeira para Peabody, foi até a mesa do bufê e pegou uma caneca de café.

— Você me trouxe café? — estranhou Peabody.

— Não se acostume com isso.

— Geralmente esse é o meu trabalho.

— Sim, porque eu sou a tenente. — Eve se sentou. — Eu trouxe você para a Divisão de Homicídios porque a observei bem e você me pareceu uma boa policial. Confiável. Um pouco verde, não tão madura, mas confiável. E eu poderia ajudar você a se tornar uma policial melhor. Consegui isso.

Peabody olhou para o seu café e não disse nada.

— Você tem o trabalho de uma boa policial para fazer por Devin. Coloquei isso em suas mãos porque, bem, porque eu sou a tenente. Preciso conhecer meus homens, suas forças, suas fraquezas, seu estilo. Tenho que conhecê-los e preciso confiar neles para fazer o trabalho. Se isso não acontecer é porque eu errei na *minha* função. — Eve tomou um gole de café e considerou suas palavras. — Reuniões como as que eu tenho que organizar? Bem, isso também é trabalho policial, mas tem a ver com o poder do comando, Peabody. São as políticas, as negociações, as disputas para ver quem irrita mais o outro. Isso tem que ser feito e devo ser eu a fazê-lo.

— Porque você é a tenente.

— Exato. Desde que conheci Renee Oberman eu refleti muito sobre o que significa estar no comando e ter essa patente. Refleti não apenas sobre o que significa ser policial, mas o que significa ser chefe. As responsabilidades, a influência, minhas obrigações com o distintivo, com o público, com os homens e mulheres sob o meu comando. Eu quis esse cargo e batalhei para isso. Eu *tinha* que ser policial. É tudo que eu poderia ser. Já fui vítima, então sabia que poderia continuar arrasada ou poderia lutar. Eu poderia aprender, treinar e trabalhar até conseguir defender a vítima. Todos temos nossas razões para virarmos policiais.

— Eu queria muito chegar a detetive. Ser policial significava que eu poderia ajudar as pessoas que precisavam, e isso era importante. Mas tornar-me detetive... bem, para mim, isso mostrava que eu era boa e poderia melhorar. Você me fez chegar lá.

— Eu apenas ajudei você a chegar lá — corrigiu Eve. — Eu não quis minha patente alta para ter uma sala só para mim, nem pelo aumento de salário.

— Você tem uma das piores salas da Central de Polícia — garantiu Peabody. — Isso nos deixa orgulhosos.

— Sério? — Sentindo-se surpresa e tolamente satisfeita, Eve balançou a cabeça devagar.

— Você não liga para ostentação, só para o trabalho. E se preocupa com os seus homens. Todo mundo sabe disso.

Isso, percebeu Eve, não serviu apenas para agradá-la. Emocionou-a profundamente.

— Seja como for — continuou Eve —, eu queria o posto porque sabia que poderia fazer o trabalho. Sabia que seria boa e melhoraria com o tempo. Entendo que quando entro na sala de ocorrências eu posso confiar em todos os homens presentes. Mas é tão importante, ou talvez mais, que cada um dos meus homens saiba que pode confiar em mim. Que eu vou defendê-los, estarei ao lado deles e, se necessário, na frente deles. Se eles não souberem disso, se não acreditarem nisso plenamente, eu terei falhado.

— Você não falhou. — Peabody fungou de emoção. — Temos a melhor divisão da Central.

— Nisso eu concordo. Parte disso acontece por causa da minha visão, eu aceito o crédito. Sou uma boa chefe, e a chefia define o nível do esquadrão. Renee definiu o dela, Peabody, e algum policial que talvez tivesse desempenhado bem as suas funções e respeitado o distintivo escolheu usá-lo a seu favor e desonrá-lo. Fez isso porque a pessoa responsável por ele disse que estava tudo bem. Porque a pessoa responsável por ele procurou a fraqueza dele e a fez florescer.

— Eu nunca pensei nisso, pelo menos não dessa forma, acho.

Corrupção Mortal

— Outros policiais, bons policiais como Devin, morreram porque a pessoa responsável pela sua segurança, a pessoa em quem ela devia ter confiança absoluta, decidiu isso.

— Você vai enterrar a vida dela por isso.

Peabody olhou para cima e piscou ao sentir uma repentina ferocidade no tom de Eve.

— Eu sou a tenente, e lhe digo que você vai defender a detetive Gail Devin e vai conseguir justiça para ela.

— Sim, senhora.

— Agora, marque uma hora com Reo.

— Posso ao menos contar algumas coisas para você e mostrar as pistas que estou seguindo? — Peabody sorriu de leve. — Afinal, você é a tenente.

— Faça isso rápido. Tenho a agenda cheia de discussões políticas e competições para deixar os oponentes revoltados.

— Você me aconselhou a tratar tudo como um caso arquivado, então eu estudei o arquivo, os relatórios e os depoimentos das testemunhas. A investigação foi mínima porque houve declarações de policiais, os policiais de Renee, dando conta de que Devin se separou do grupo durante o ataque e perdeu a cobertura dos colegas. Nesse momento ela foi agredida e morta. Mas ela já tinha resolvido alguns casos antes, e derrubou alguns dos bandidos antes de cair.

— E...? — perguntou Eve.

— Parece uma distração, Dallas. Uma distração bem óbvia. Como se ela tivesse estragado tudo, mas seu esquadrão contornou essa "mancada" para ela conseguir honras póstumas. É o que normalmente acontece. Não faria sentido sujar o seu histórico, pois ela já tinha morrido; mas foi o que aconteceu, entende?

— Sei.

— Não consigo interrogar as testemunhas mais uma vez sem alertar Renee. Então, vou reavaliar ela mesma, a vítima.

Eve evitou sorrir, mas teve vontade.

— Ok.

— Vou analisar o seu histórico anterior ao comando de Renee, seus instrutores na Academia, os policiais com quem ela trabalhou quando ainda usava farda e depois que se tornou detetive. Sua família, seus amigos, o sargento-detetive Allo. Vou rever tudo de cima a baixo. Estou contando a todos, com exceção de Allo, que preciso recuperar alguns dados que se cruzam com os do ataque, então tenho que confirmar tudo.

— Boa.

— Ela não era uma tira incompetente, e depois de ouvir o que Mira disse na nossa reunião, consegui entender melhor como eles fizeram para que ela parecesse assim.

— Para onde você vai a partir desse ponto?

— Eu queria falar com a mãe dela — disse Peabody —, só que a mãe dela não quer falar comigo. Não quer revisitar o passado e tem uma tremenda mágoa de policiais. Sofreu um colapso nervoso pós o ocorrido e, pelo que eu percebi, nunca mais voltou ao normal. Elas eram muito chegadas. Acho que ela pode saber de alguma coisa sem desconfiar disso. Algo que Devin disse a ela, ou fez, que poderia me levar ao próximo passo. Mas não sei até que ponto devo forçar a barra.

— Se o seu instinto lhe diz que ela sabe de algo, force a barra. Vai aparecer um jeito. Você sabe como lidar com as pessoas, Peabody, como se relacionar, ter empatia, se colocar no lugar delas. Suas testemunhas são mentirosas e você está procurando pessoas que não têm motivos para mentir. É uma boa estratégia.

— Vou vê-la agora de manhã, mas... É possível que, se conseguirmos acusar esse médico e pressionar os policiais que participaram da operação, nós possamos derrubar Renee por causa de Gail Devin, sem precisar de mais nada.

— É possível. Você quer possibilidades? — questionou Eve.

— Escute, talvez você não consiga ir até o fim, mas continue em frente e saberá que fez o melhor por ela. É isso que ela merece, é isso que eu espero; e é isso que você poderá dizer a si mesma quando terminar. De um jeito ou de outro. Agora marque a porcaria do meu encontro.

— Fui! — Peabody se levantou. — Você sempre foi a minha heroína.

— Ai, cacete!

— Quando eu estava na Academia e consegui minha farda estudei muito a sua atuação e os seus casos, como se você fosse uma figura mítica. Eu me lancei numa cruzada pessoal: queria ser como você. Quando você me chamou para trabalharmos juntas, fiquei muito feliz e com muito medo.

Ao lembrar disso, Peabody soltou um riso leve.

— Foram dias inesquecíveis! — brincou Eve, e fez Peabody rir abertamente.

— Não demorou muito para eu aprender que você não era uma figura mítica, ou o tipo de heroína que bota para quebrar e vence sempre. Você sangra como todos nós, mas enfrenta os inimigos. Isso faz de você e de todos os que seguem o seu exemplo bons policiais. Aprendi que preferia ser uma boa policial a ser uma heroína. Aprendi que não queria ser como você. Porque você me ensinou a querer ser eu mesma. Você me ensinou e me ajudou a me tornar uma policial muito boa porque você é a minha tenente.

Peabody pegou seu *tele-link* para marcar o encontro.

Logo depois, Eve estava na porta de casa analisando o belíssimo carro compacto azul safira.

— Que parte de "carro que não chame a atenção" você não entendeu? — perguntou a Roarke quando Peabody soltou um empolgado "Uau!".

— Você acha que qualquer coisa feia é chamativa... este veículo é prático, bom de dirigir e tem excelentes recursos eletrônicos que Peabody poderá achar útil.

— Uau! — repetiu Peabody. — Ele é totalmente mag! Para um veículo simplesmente prático, é claro, que eu vou tratar com grande respeito — acrescentou.

— Espere dez minutos depois que eu passar pelo portão, antes de você sair — disse Eve a Peabody. — Se eles resolverem me seguir tudo bem, você ficará livre.

— Você acha que não consigo despistar alguém que me siga?

— Quantas vezes você já fez isso?

— Sempre existe uma primeira vez. Que eu sei que não deve ser esta — continuou Peabody —, devido à segurança da investigação.

— Exatamente. Atualize-me quando tiver algo que valha a pena ser relatado. Agradeço pelo empréstimo do carro à minha parceira — agradeceu Eve, olhando para Roarke —, e peço desculpas antecipadamente caso ela babe no estofamento.

— Vá conseguir seu mandado. — Ele a beijou de leve. — Quero ir brincar com os meus amigos.

— Tudo bem, aproveite. — Ela entrou na sua viatura. Balançou a cabeça quando Peabody acariciou o para-choque azul brilhante e ronronou. — Prefiro o meu carro — murmurou, e partiu em sua viatura feia, mas cheia de equipamentos sofisticados dos quais ninguém suspeitava.

Quando Eve entrou na Boate Baixaria, Crack lançou na sua direção um olhar que ela supôs ser de desagrado. Reo estava sentada no bar e conversava com ele, parecendo um raio de sol perdido em meio a toda aquela penumbra e decadência.

— Desculpe. — Eve colocou sobre o balcão a caixa que enchera de delícias que tinha recolhido no bufê da sua sala. — Trouxe doces e café de verdade.

Crack abriu a tampa e estudou o conteúdo.

— Nada mal, branquela. Além disso, para sorte sua, eu gosto da companhia da Louraça. Vou deixar vocês em paz. — Ele colocou mais uma garrafa de água sobre o balcão e levou a caixa com as guloseimas para longe dali.

Corrupção Mortal

— Não vou ganhar doces? — quis saber Reo.

— Talvez ele compartilhe com você. Desculpe o atraso, fiquei presa no trânsito.

— É melhor que o que você trouxe seja bom. Tive que remarcar minha reunião das nove. Então vamos lá. O que é tão urgente e confidencial?

Eve abriu a garrafa de água. Reo era uma loura baixa e curvilínea com um leve sotaque sulista. Parecia calma e sua voz era suave, coisas que costumavam desarmar e depois fritar advogados de defesa, réus e testemunhas adversárias.

— Se você não puder aceitar o que eu vou te relatar, ou respeitar a urgência e o sigilo do assunto, eu não posso contar.

— Não posso engolir esse papo de "urgente e confidencial", a menos que saiba o que estou engolindo.

— Pois é, esse é o problema, certo? Me diga uma coisa: você confia em seu chefe sem ressalvas nem hesitação?

— Confio. Ele é um bom promotor, um bom advogado e um bom sujeito. Quer saber se eu concordo com ele cem por cento do tempo? Não. Mas se eu concordasse, isso não seria bom para nenhum dos dois.

— Boa resposta. — Na verdade, decidiu Eve, ela não conseguiria pensar em uma melhor. — Se eu te pedir que você não comente com ninguém o que vou te contar ou o que preciso que você faça, a não ser para o seu chefe, você concorda com isso?

— Concordo. Mas não posso prometer que vou concordar com o que você precisa que eu faça, nem recomendar a ele que concorde.

— Você vai concordar. — Eve tomou um longo gole de água e em seguida contou a história toda, do início ao fim.

Levou algum tempo. Ao lidar com uma advogada, Eve sabia, cada passo era cercado de perguntas, argumentos, questões de direito penal. Reo pegou seu caderninho, fez anotações, exigiu que Eve voltasse a história e repetisse alguns pontos.

Tudo isso era garantia de que Eve tinha procurado a pessoa certa.

— Isso vai ser um massacre — murmurou Reo. — E o sangue que mancha o chão vai penetrar em tudo. Em cada coisa que ela tocou, Dallas; tudo com o que esse esquadrão teve contato vai carregar essa mancha. As ramificações legais são gigantescas. Prisões, confissões, acordos entre acusados e promotoria, condenações. Todo mundo vai se dar mal.

— Eu sei.

— É claro que ela vai ser destronada. Vamos derrubá-la com força. Eu já a interroguei no banco como testemunha de defesa. Ela, Garnet, Bix e alguns dos outros. E já os tive também como testemunhas de acusação. Afastei da sociedade pessoas que mereciam ser afastadas e agora, por causa disso, esses bandidos terão as portas abertas para sair de lá. Mas ela vai cair, sim — garantiu Reo, seus olhos azuis frios como aço. — Quantos policiais você suspeita que ela tenha executado?

— Contando com Garnet?...

— Não, sem contar Garnet — retrucou Reo.

— Ok. Nesse caso, tenho certeza de dois policiais. Aqui está o material que eu trouxe para você. — Ela empurrou um disco pelo balcão. — Você não está aqui apenas porque os meus nerds eletrônicos querem tentar um novo ângulo e precisamos do mandado, Reo. Está aqui porque eu quero que você se prepare devidamente e tenha tempo suficiente para conseguir ligar os pontos e fazer a sua parte.

— Pode crer que é isso que faremos.

— Reo, não estou tentando te ensinar a fazer o seu trabalho, mas tenho que te dizer uma coisa. Você precisa ter certeza absoluta e inquestionável do juiz que vai procurar para este caso. Pode ser que Renee tenha um juiz no bolso, um oficial de justiça, um funcionário qualquer. Ela pode até ter alguém na equipe da promotoria.

— Por Deus, isso me irrita; me irrita de verdade pensar que isso pode ser verdade. Vou falar com o meu chefe e vamos resolver as coisas a partir daí. Isso precisa ser feito logo de cara, então levaremos algum tempo para obter esse mandado.

— O trabalho de investigação eletrônica provavelmente não vai ser rápido.

— Eu te dou um retorno assim que for possível.

Sozinha, Eve continuou sentada no bar por um minuto, girando a garrafa de água em círculos. Crack desceu e deu uma longa olhada nela.

— Ainda tentando bancar a durona?

— Isso mesmo. E quero ficar revoltada. Basicamente já estou. Mas de vez em quando eu perco essa sensação e me sinto enojada.

— Talvez eu diga algo para te irritar. Assim você fica numa boa de novo.

Ela balançou a cabeça e sorriu de leve.

— Não. Eu já te devo muitos favores.

— Amigos não ficam cobrando. Pelo menos quando a coisa é séria. — Ele colocou a mão enorme sobre a dela, no bar, e deu um tapinha.

— Quer algo para comer?

Ela riu.

— Não, obrigada. Preciso voltar a bancar a durona.

Peabody se aproximou da casinha no Bronx com ansiedade. Não tinha medo de sair de lá de mãos abanando — embora isso fosse uma possibilidade. Estava com mais medo de forçar a abordagem errada e quebrar de vez a frágil sanidade de uma sobrevivente.

Pensou em sua própria mãe, e em como seria para ela saber que sua filha estava morta. Morta porque escolheu ser policial. Morta porque recebeu ordens de se arriscar e as cumpriu.

Sua mãe era forte, lembrou Peabody, mas algo assim a destruiria. Um choque desses abriria feridas que nunca cicatrizariam.

Foi com a própria mãe em mente que ela bateu na porta da pequena casa no Bronx.

A mulher que abriu a porta era muito magra, quase esquelética, e tinha o cabelo preso em um rabo de cavalo. Vestia camiseta e

328 J. D. ROBB

calça de moletom e olhou Peabody de cima a baixo com irritação nos olhos com profundas olheiras.

— Sra. Devin...

— Eu já expliquei ontem, quando você me ligou pelo *tele-link*, que não tenho nada a lhe dizer sobre Gail. Nem a você nem a qualquer outro policial.

— Sra. Devin, se ao menos a senhora pudesse me ouvir. Não precisa dizer nada, apenas ouça. Eu não iria incomodá-la se não fosse realmente importante.

— Importante para quem? Para vocês? Não me interessa o que é importante para vocês. Estão dando uma limpa nos arquivos? Isso é tudo o que ela é para vocês, um arquivo. Apenas um nome em um arquivo.

— Não, senhora, ela não é só isso. Não mesmo. — A emoção no coração de Peabody e em seu estômago manifestou-se com clareza em sua voz. — Não tenho desculpas que bastem se eu lhe dei essa impressão. Eu conheci um pouco sobre Gail. Sei que ela gostava de cantar e tinha uma voz forte. Sei que o pai dela a ensinou a pescar e, mesmo que ela não gostasse muito disso, ia com ele, pois gostava do tempo que passavam juntos. Sei que a senhora e ela tiveram um relacionamento forte e amoroso. Sei que mesmo depois que ela se mudou para Manhattan vocês duas se viam semanalmente. Só vocês duas. Um almoço, um jantar, um filme no cinema, salão de beleza, compras. O lugar era o de menos.

O estômago de Peabody se apertou quando as lágrimas começaram a escorrer pelo rosto da mulher, mas ela não parou.

— Gail dizia que a senhora era a sua melhor amiga. A senhora não queria que ela fosse policial, mas não se colocou entre ela e o seu sonho. A senhora ficou orgulhosa quando Gail se formou na Academia com honras. E, quando ela foi promovida a detetive, a senhora lhe preparou uma festa. Gail sabia que a senhora tinha orgulho dela. Acho que significou muito para ela saber que a senhora se sentia orgulhosa.

Corrupção Mortal 329

— Por que você está fazendo isso comigo?

Lágrimas arderam nos olhos de Peabody. Ela não as deixou escorrer, mas não teria vergonha de chorar. Não ali, diante da mãe de uma policial morta.

— Porque eu tenho mãe, sra. Devin, e ela também não queria que eu fosse policial. Sei que ela está orgulhosa de mim, e isso significa muito para mim. Eu a amo demais. Tem dias que eu me lembro que ela mora muito longe, no outro lado do país, e sinto tanta saudade dela que dói.

— Por que você fez isso então? Por que você a deixou e foi ser policial?

— Porque eu *sou* policial. Ser policial é o que eu sou tanto quanto é o que faço. Gail era uma policial. Era sua filha e amava a senhora. Era policial e tentou fazer do mundo um lugar melhor.

— Isso a matou.

— Eu sei. — Peabody deixou transparecer em seu rosto um pouco da raiva que trazia arraigada na alma e a deixou misturar--se com alguma compaixão. — Quando eu estava vindo para cá, pensei na minha mãe e no quanto ela sofreria, caso me perdesse. Eu gostaria, unicamente por ela, que eu pudesse ser outra coisa que não policial. Mas não posso. A senhora tinha orgulho de Gail. E eu ficaria muito orgulhosa em conhecê-la.

— O que você deseja de mim?

— Posso entrar, por favor?

— Pode. Que diferença faz, a essa altura?

Quando a mulher se virou, deixando a porta aberta, Peabody entrou. Reparou na mesa bagunçada, nos utensílios que claramente foram retirados de armários velhos e agora exalavam um perfume de produtos de limpeza.

— Sinto muito por tê-la incomodado ontem à noite, sra. Devin. A senhora certamente não dormiu muito depois que conversou comigo. Agora está num frenesi de limpeza para se distrair um pouco. — Peabody tentou exibir um leve sorriso. — Minha mãe faz a mesma coisa.

Não era cem por cento verdade, pois era o pai dela que usava esse artifício, mas contar que era a mãe pareceu melhor naquele instante.

— Pergunte o que você quer perguntar e vá embora. Preciso voltar para o meu trabalho doméstico.

Não vou conseguir segurá-la por muito tempo, calculou Peabody, e pulou as explicações iniciais que pretendia dar.

— Gail tinha um bom histórico. As avaliações de seus supervisores eram sempre excelentes. Encontrei algumas anotações em sua ficha, feitas no período em que ela serviu sob o comando da tenente Renee Oberman, que indicavam que ela andava enfrentando um momento difícil.

— E daí? — O ressentimento e a defesa instintiva da sua filha transpareceram em sua voz. — Esse é um trabalho difícil, e ela trabalhava com muita dedicação. Demasiadamente, até. Nas últimas semanas da sua vida ela quase não fazia mais nada além de trabalhar.

— A senhora esteve com ela durante esse período, nessas últimas semanas?

— Claro!

— Ela lhe disse por que razão estava estressada ou o assunto que investigava e lhe parecia particularmente difícil?

— Não. Nós não conversávamos sobre o trabalho dela. Ela sabia que eu não gostava disso. Ter orgulho da sua filha não significa que você precisa ser lembrada o tempo todo do quanto o trabalho que ela escolheu é perigoso. Mas sei que ela estava tensa. Estava no limite. Havia perdido muito peso.

— E a senhora andava preocupada com ela.

— Pedi a ela para tirar alguns dias de folga. Disse que faríamos uma pequena viagem, talvez passar alguns dias na praia. Ela disse que gostaria e que até precisava disso, mas tinha que terminar algo antes. Queria terminar algo importante para depois descansar durante algum tempo. Era algo relativo ao trabalho. Se fosse um namoro ou algo desse tipo ela teria me contado.

— Existe mais alguém a quem ela possa ter dito isso?

Corrupção Mortal   331

— Um de vocês. Policiais conversam com outros policiais.
Peabody concordou e sentiu que estava perdendo terreno.
— Ela mantinha algum caderno de anotações, um diário, algo
assim?
— Não.
— A senhora tem certeza?
— Claro que tenho certeza. — A raiva surgiu mais uma vez em
meio à dor. — E se ela tivesse um diário eu não permitiria que você
o visse. É algo pessoal. Mas ela não mantinha um. Guardei todas
as coisas dela e não há nada disso.
— A senhora tem as coisas dela? — Uma pequena fisgada de
empolgação e esperança surgiu na garganta de Peabody. — Posso
vê-las?
— Por que razão eu deveria...
— Por favor, sra. Devin. Não posso lhe explicar tudo, mas prometo que quero fazer o que é certo por Gail. Juro que esse é o meu
único propósito em vir aqui e perguntar tudo isso para a senhora.
— Você parece um cão que não larga o osso. — A mulher virou
as costas, caminhou pela sala de estar até a sala de jantar e em
seguida entrou em um quarto ao lado da cozinha, que brilhava e
tinha cheiro de limão.
Era um quarto pequeno sem cama. Muitas roupas estavam pen-
duradas de forma organizada em um closet. Peabody imaginou que
muitas mais estavam dobradas na pequena cômoda. Lembranças de
Gail Devin estavam por todos os lados. Caixas de enfeites, lenços,
um vaso cor-de-rosa. Fotos, pôsteres emoldurados, um troféu de
esportes do ensino médio, uma vara de pescar.
Um estojo continha discos. Eram discos e vídeos de música,
observou Peabody. Todos organizados por categoria e em ordem
alfabética.
Ela sentiu uma nova pontada de empolgação.
— Bela coleção — elogiou.
— Era assim que ela relaxava e diminuía o estresse.

Agora eu sei quem ela era, pensou Peabody. Ela era inteligente e determinada. Uma boa policial. Em que lugar uma policial inteligente e determinada esconderia um registro que ela queria manter à mão e a salvo?

— Sra. Devin, preciso pedir à senhora que me empreste a coleção de discos de Gail.

Um tom rosado surgiu nas bochechas já molhadas de lágrimas.

— E você acha que eu entregaria o que era de Gail, uma das coisas que ela mais gostava, para uma estranha?

— Ela não é uma estranha para mim. — Peabody olhou nos olhos da sra. Devin e repetiu: — Quero fazer a coisa certa por Gail. Se ela estivesse agora diante da minha mãe, sei que ela faria o mesmo por mim.

No caminho de volta para Manhattan, Peabody teve que encostar o carro para descansar a cabeça no volante.

— Por favor, Senhor — murmurou ela. — Permita que eu encontre algo aqui. Não me deixe machucar essa pobre mulher por nada.

Capítulo Dezoito

Eve tinha uma janela de tempo muito curta para se encontrar com seus próprios homens, então foi até a sala de ocorrências entre uma reunião e outra. Depois de uma rápida olhada em torno, chamou Trueheart.

— Venha à minha sala.

Ela entrou, pegou um café e bebeu metade da caneca.

— Onde está o Baxter? — perguntou, assim que Trueheart entrou.

— Trabalhando na sala de ocorrências, tenente. Estou verificando algumas informações pelo *tele-link*. Estamos...

— Existe algo importante em que vocês estejam trabalhando por aqui? — interrompeu Eve. — Alguma dificuldade, algum impasse, problema ou alguma pergunta que queiram me fazer?

— Não, senhora. No momento, não.

— Ótimo. Há algo ou alguém que exija a minha atenção agora? Se liga, Trueheart — continuou ela, quando ele hesitou. — Você sabe de tudo que acontece lá fora. Não tenho tempo agora para uma análise de tudo, a não ser que isso seja preciso.

— Ahn, não, senhora. Não creio que a sua atenção seja necessária em nada, no momento.

— Avise a todos que eu vou sair. Se alguém precisar de mim, deixe uma mensagem. Se for urgente, entre em contato comigo pelo *tele-link*.

— Sim, senhora.

Ela se apoiou na quina da mesa, um movimento proposital para tirar um pouco da formalidade da conversa.

— O que o pessoal tem fofocado por aí, Trueheart?

Ele olhou para ela, impecável em sua farda e reagiu:

— Como assim, senhora?

— Por Deus, Trueheart! Sei que Baxter já deu cabo de um pouco da sua inocência, mas eu repito: Se liga! Você sabe das fofocas. Eu quero saber também.

— Bem, ahn. Todo mundo sabe que algo estranho está acontecendo, e que é mais que um viciado morto. Dizem que um dos homens da tenente Oberman foi abatido no mesmo local.

— E como são policiais já estão especulando — declarou Eve.

— E apostando uma grana nos vários cenários.

Ele corou um pouco.

— É muito possível, tenente.

— Comunique a todos que eu considero essa especulação como natural e necessária, mas ficaria chocada, oficial, muito chocada e horrorizada se descobrisse que bolões de apostas estão acontecendo na minha divisão.

Ele assentiu com a cabeça, tentando se manter sóbrio, mas não conseguiu devido à dificuldade que teve para segurar um sorriso.

— Sim senhora, tenente.

— Devo ser contatada apenas em casos muito urgentes pelas próximas duas horas. Entendido?

— Sim, senhora.

— Dispensado.

Corrupção Mortal

Sozinha, ela ficou mais um momento terminando o café e estudando o quadro. Quando o *tele-link* tocou, viu Peabody na tela.

— Pode falar — atendeu Eve.

— Talvez eu tenha descoberto alguma coisa — começou Peabody.

Eve colocou o *tele-link* em modo de privacidade e continuou a conversa a caminho do gabinete do comandante.

Whitney abriu a porta pessoalmente. Havia novas rugas marcadas em seu rosto, notou ela, e mais fios brancos no cabelo dele do que havia alguns dias antes.

O comando, pensou ela, podia ser um amo cruel.

— Olá, tenente.

— Senhor.

Ele a recebeu no gabinete com amplas janelas que mostravam a cidade que ele jurou proteger.

O comandante Marcus Oberman estava em pé diante de uma delas — alto e robusto em seu sério terno cinza e gravata azul metálico. Ele deixara o cabelo ficar totalmente branco e o mantinha curto, em estilo militar. O comando deixara a sua marca nele também, mas ele continuava a ser um homem bonito, marcante e em forma, mesmo aos oitenta e seis anos.

— Comandante Oberman — apresentou Whitney —, esta é a tenente Dallas.

— É um prazer, tenente. — Oberman estendeu a mão. — Agradeço que você tenha reservado alguns minutos para se encontrar comigo. Entendo o valor do seu tempo.

— É uma honra, comandante.

— Digo o mesmo. Você tem uma reputação impressionante. Seu comandante fala muito bem de você.

— Obrigada, senhor.

— Podemos nos sentar? — perguntou Oberman, olhando para Whitney.

— Por favor. — Whitney fez um gesto na direção das poltronas.

Oberman se acomodou.

— Você mal tinha saído da Academia quando eu me aposentei deste cargo e saí deste gabinete, tenente — começou Oberman.

— Mas acompanhei algumas de suas investigações na mídia e já ouvi muito sobre você no lugar onde os velhos cavalos de guerra se reúnem.

Ele sorriu quando disse isso e os brilhantes olhos azuis que a filha herdara dele se mantiveram sobre os de Eve, de forma amigável. Mas Eve sentiu como se estivesse sendo examinada atentamente.

Ela não se incomodou com isso, já que fazia o mesmo com ele.

— Claro que agora, graças ao sucesso do livro de Nadine Furst, o seu trabalho no caso Icove está bem documentado, tenente. Tem sido ótimo para o departamento o interesse do público neste caso, graças à forma como foi conduzido, investigado e concluído. Você não concorda, Jack?

— Concordo.

— Pelo que me disseram e pelo que eu mesmo observei, tenente, você já bateu de frente com colegas policiais durante o curso de investigações.

— Pode ter a certeza de que o que o senhor ouviu uma descrição exata, comandante.

O sorriso dele se ampliou.

— Se você não bate de frente com ninguém de vez em quando, isso é sinal de que não está fazendo bem o seu trabalho, na minha opinião.

Ele se recostou na cadeira. Tentava parecer informal, julgou Eve, como ela tinha feito com Trueheart há pouco.

— É preciso ter confiança e um pouco de teimosia, além de treinamento, talento e dedicação para realizar um bom trabalho e subir na hierarquia. Eu soube que você e a minha filha estão batendo de frente neste momento.

— Lamento se a tenente Oberman enxerga isso dessa forma.

Ele assentiu, seu olhar fixo no dela. Não perdera os olhos penetrantes de policial, pensou Eve. Astuto, perspicaz, do tipo que poderia penetrar fundo na pessoa e expor o que estava escondido por baixo.

— Seu comandante atestará que eu não tenho o costume de interferir nos negócios departamentais. Não estou mais no comando e não tenho nada além de respeito pelo homem que assumiu meu posto.

— Sim, senhor, eu também.

— Mas um pai é sempre pai, tenente, e desse trabalho ninguém se aposenta. É de esperar que você e a tenente Oberman tenham certos atritos uma com a outra, pois são mulheres diferentes, e têm estilos de trabalho diferentes. Mas vocês duas continuam sendo oficiais do Departamento de Polícia de Nova York.

— Certamente. Eu compreendo isso, senhor.

— Eu não pretendia me envolver nessa situação de forma alguma. — Ele ergueu as mãos e as abriu em sinal de derrota. — Mesmo quando eu era comandante, já acreditava que os meus oficiais deveriam resolver entre si as suas próprias diferenças.

Papai estava se recusando a facilitar as coisas para a filhinha?, pensou Eve. Isso devia incomodar Renee absurdamente.

— Sim, senhor. Eu concordo.

— Reconsiderei minha posição só depois de saber, hoje de manhã, que um dos homens da minha filha tinha sido abatido. Justamente o policial que estava no centro de todo o atrito.

— É lamentável que o detetive Garnet tenha perdido a vida, senhor.

— Todo homem perdido afeta a todos nós, mas principalmente aos seus comandantes. Você já perdeu homens sob seu comando, certo, tenente?

— Sim, senhor. — Ela sabia até os seus nomes de cor. E gravara o rosto deles.

— Minha esperança, tenente, é que dadas essas novas e trágicas circunstâncias, você concorde em cancelar a suspensão que mancha o histórico do oficial abatido. Muito embora ele certamente a tenha merecido — acrescentou. — Mesmo assim eu gostaria de fazer esse apelo para você agora, em cortesia à tenente Oberman e ao homem sob o comando dela.

— Não, senhor. Lamento não poder atender ao seu apelo a respeito desse assunto.

Ele se recostou na poltrona, obviamente surpreso.

— É tão importante para você, tenente, que essa mancha permaneça? No histórico de um homem morto?

— Vivo ou morto, ele a mereceu. Peço desculpas ao pai, senhor, mas espero que o comandante que um dia ocupou esse cargo e serviu a este departamento com honra durante mais anos do que eu tenho de vida aceite a minha posição quando digo que a tenente do detetive Garnet, que esteve presente durante todo o incidente, não interveio em nenhum momento. Ela não controlou a situação.

— Você está direcionando essa suspensão a Garnet ou à sua tenente?

— Não estou em posição de disciplinar a tenente dele. Respeitosamente, senhor, não vou excluir essa suspensão. Para ser franca, já demos início aos procedimentos que resultarão, acredito, na expulsão desse detetive da Força Policial. De forma póstuma.

— Essa é uma postura implacável, tenente. Uma linha dura.

— Sim, senhor, é verdade. Talvez o senhor não esteja ciente, comandante, de que na noite passada o detetive Garnet foi até a minha casa. Estava parado na porta, à minha espera. Ele tentou me agredir. Na verdade, chegou a fazer contato físico comigo. E até sacou a própria arma.

— Não! — O rosto de Oberman ficou duro como uma pedra. — Eu não estava ciente. Não fui informado disso.

— O incidente está gravado, senhor, e foi relatado ao comandante Whitney imediatamente após acontecer. Acredito que a tenente Oberman também tenha sido informada de tudo. — Ela esperou alguns segundos para que aquela cintilante informação alcançasse o destino. — A morte do detetive Garnet é lamentável,

Corrupção Mortal 339

comandante, mas minha opinião é que ele não merecia a sua posição, nem o seu distintivo. Continuarei fazendo tudo o que estiver ao meu alcance para vê-lo despojado deles. A morte dele não o torna automaticamente um bom policial.

— Não, não torna. Retiro o meu pedido, tenente Dallas. E peço desculpas por fazê-lo.

— Não é necessário se desculpar, senhor.

Eve se levantou ao mesmo tempo que ele.

— Deixarei que vocês dois voltem ao trabalho. Obrigado, comandante Whitney, por me conceder este tempo. Agradeço a você também, tenente.

— Foi uma honra conhecê-lo, senhor.

Quando Whitney levou Oberman até a porta, o ex-comandante fez uma pausa e se voltou para Eve.

— Você acredita que a morte de Garnet tenha relação com o assassinato deste tal de Keener?

— Não estou trabalhando no caso da morte de Garnet, senhor, mas estou cooperando e continuarei a cooperar totalmente com os policiais designados para a investigação.

— Entendo. — Ele a encarou por longos instantes e em seguida saiu sem dizer uma palavra.

— Ele está envergonhado — declarou Whitney, ao fechar a porta. — Está zangado e envergonhado por ter se colocado nessa posição. Em algum lugar dentro dele há algo se retorcendo e ele se pergunta, se preocupa e considera em que posição a sua filha poderá estar.

— Sim, senhor — concordou Eve. — E a preocupação dele vai aumentar bem depressa.

Quando Whitney caminhou até a janela para olhar a cidade, Eve entendeu que ele também estava zangado e envergonhado.

— Todos os anos que ele dedicou a esta instituição e a esta cidade. Todos os anos em que esteve no comando. Todo o trabalho que fez para ajudar a reconstruir e reformar este departamento depois das Guerras Urbanas. No entanto, o nome dele sempre carregará esta mancha.

— O nome é dela.

Whitney balançou a cabeça e se virou.

— Você não tem filhos, Dallas. Sempre será o nome dele. E sempre será uma vergonha *para ele*.

Ela esperou um pouco. Whitney voltou para a mesa e se sentou pesadamente atrás dela.

— Peço permissão para falar abertamente, senhor.

— Pode falar.

— Não posso nem vou dizer que nada disso cairá sobre as suas costas. O senhor está no comando, então isso acontecerá. Mas posso e devo dizer que o senhor não é responsável pelo que houve.

— Estar no comando me torna responsável.

— Não, senhor. Assumir a responsabilidade e ser o responsável nem sempre são a mesma coisa. O senhor aceitará a culpa porque jamais agiria de outra forma. Mas Renee Oberman é a responsável por tudo isso. De um jeito profundamente injusto, o pai dela também é. O nome e a reputação dele e a admiração que ele inspira permitiram que ela obtivesse mais espaço, fez com que alguns fechassem os olhos para seus pequenos deslizes e influenciou outros a apoiá-la.

— Incluindo a mim?

— Não saberia responder a isso, comandante. Mas sei que quando eu lhe apresentei o problema o senhor não fez vista grossa nem deu mais espaço para ela. O senhor agiu como comandante, porque nunca faria o contrário. E o senhor agiu mesmo sabendo muito bem o que cairia sobre os seus ombros. O senhor poderia ter agido de maneira diferente.

Obviamente intrigado, ele se recostou.

— De que forma?

— Poderia ter arrumado um jeito de retirá-la do cargo. Poderia encontrar uma forma de pressioná-la, de manter o problema como

Corrupção Mortal 341

assunto interno e desmontar o seu esquadrão. O senhor poderia ter escondido tudo. Ou mantido a podridão dentro do nosso terreno, alegando sigilo interno. A vítima era apenas um viciado. Claro que policiais foram mortos, mas o senhor não poderia trazê-los de volta mesmo. — Ela fez uma pausa e avaliou a expressão dele. — O senhor provavelmente considerou isso e pesou os prós e os contras durante uns cinco minutos. A coisa poderia funcionar, eu mesma consigo ver como o senhor faria isso dar certo. Só que o senhor jamais tomaria esta atitude. Porque está no comando. Porque é um verdadeiro policial, senhor, e nunca poderá ser outra coisa.

Ele juntou as palmas das mãos e bateu no queixo com os dedos indicadores.

— Você supõe que me conhece, tenente.

— Eu o conheço, comandante. — Ela pensou no que Peabody tinha lhe dito um pouco antes. — Tive a oportunidade de estudar parte do seu trabalho desde que o senhor era detetive e ainda subia na hierarquia. Estudei e observei seus métodos e comportamentos desde que passei a servir sob o seu comando. Eu respeito a forma como o senhor honra este cargo.

— Você avalia que conseguiria fazer o mesmo? Acha que poderá assumir este cargo, um dia?

— Esse é um pensamento aterrorizante.

Isso o fez rir. Ele se levantou, caminhou até o AutoChef e suspirou.

— Por Deus, como eu gostaria de ter comido um pouco do seu café da manhã.

— Posso pedir que alguém lhe traga um pouco.

Ele balançou a cabeça e se contentou com o que tinha e serviu uma caneca para Eve, e isso também a fez se lembrar da sua conversa anterior com Peabody.

— Sente-se, Dallas. O secretário Tibble estará aqui a qualquer momento, e a DAI chegará logo depois. Nós vamos continuar fiéis ao trabalho, você e eu. Não apenas quanto ao seu papel principal na investigação do homicídio de Keener, mas também na sua importância fundamental para a investigação da tenente Oberman. Acredito que Tibble vá concordar conosco. Caso contrário, conseguiremos convencê-lo.

— Sim, senhor, conseguiremos. Comandante... Entre em contato com Nadine Furst.

Ele ergueu as sobrancelhas, sem dizer nada.

— Ela concordará e aceitará a sua estipulação quanto a prazos, declarações extraoficiais e sigilo. E não vai liberar nada até que o senhor lhe dê um sinal verde.

— Você quer que eu a use para tirar a sujeira de mim?

— Não exatamente, senhor, nada disso. Nadine gosta de carne fresca, como qualquer repórter. Mas ela consegue enxergar a história real, não apenas as fofocas que aumentam os índices de audiência. Aliás, eu acho que é exatamente por isso que a audiência dela sempre aumenta. Ela busca a verdade, não as especulações. Sei que temos os nossos próprios encarregados de Relações Públicas, contatos com a mídia e porta-vozes. Na minha opinião, porém, ela vale por dez deles.

Ele assentiu devagar, olhando-a com interesse.

— Continue.

— Senhor, as ações de Renee Oberman afetarão o departamento assim que se tornarem públicas. Além disso, elas prejudicarão o povo porque as grades de muitas celas certamente se abrirão. Acredito que é importante usarmos o que estiver à nossa disposição para minimizarmos esses danos. Usando a verdade. A corrupção aconteceu. Quando descoberta, foi cortada pela raiz de forma implacável, sistemática e sem hesitação.

— Vou considerar a sua ideia.

— Senhor...

— Prossiga, Dallas.

— Vá ao programa dela. Vão o senhor e o secretário de segurança, caso ele concorde. Peabody e eu também. Especialmente

Corrupção Mortal 343

Peabody. A situação em que ela esteve, as decisões que tomou, quem ela é, tudo isso vai causar uma ótima impressão ao povo — insistiu Eve, surpresa consigo mesma ao perceber o quanto lhe parecia terrivelmente importante convencer o comandante daquela ideia.

— Uma boa policial, uma jovem detetive presa em uma situação mortal, mas que superou o perigo e foi em frente para expor um caso de corrupção, assassinato e traição.

— Somos os mocinhos, senhor, isso vai repercutir bem na mídia. Mas Peabody é o rosto de tudo, o verdadeiro elemento humano. E ela simbolizará quem nós somos, contrastando fortemente com o que Renee Oberman é.

Ele esfregou o queixo e abriu um sorriso discreto acima dos dedos.

— Você consegue garimpar um ângulo de abordagem como esse, um ângulo excelente, e ainda acredita que a ideia de sentar nesta cadeira, no futuro, é um pensamento aterrorizante? — Ele dispensou a resposta dela com a mão antes de Eve ter chance de falar. — Eu mesmo deveria ter tido essa ideia, deveria ter pensado exatamente dessa maneira. Vou entrar em contato com Nadine Furst.

Um nó dentro da barriga de Eve se desfez.

— Obrigada, senhor.

— Não me agradeça. Estou me perguntando por que não designei você para trabalhar com a mídia e ser nossa Relações Públicas.

— Espero não ter feito nada para merecer esse tipo de punição, senhor.

Ele e Eve se levantaram quando o assistente de Whitney anunciou o secretário Tibble.

Ele era negro, alto, magro e sabia vestir um terno. Um bom conjunto, sabia Eve, para quem liderava entrevistas coletivas para a mídia e tinha uma boa presença na TV. Mas havia muito mais sob a superfície.

Ele estudou Eve por um momento e depois se dirigiu a ela diretamente.

— Esta avalanche toda foi causada por um viciado encontrado morto em uma banheira?

— Não, senhor, esta avalanche foi causada pelo uso corrupto e ilegal que Renee Oberman fez do seu próprio distintivo, do seu nome, da sua patente e deste departamento.

— Boa observação, e muito bem expressa. Mas eu não estava falando sobre a merda que está rolando ladeira abaixo, mas sim do que desencadeou esse momento.

— Foi o viciado encontrado morto em uma banheira, senhor... tecnicamente falando.

— Pois nós vamos usá-lo, vamos aproveitar tudo e todos que vieram antes e depois dele, para enterrá-la. Quando fizermos isso o departamento ficará no topo dessa pilha de merda e reivindicará a vitória. Vamos todos trabalhar por isso, Jack.

— A tenente acabou de me dar uma sugestão excelente sobre como podemos conseguir isso.

— Conversaremos a respeito dessa sugestão depois que terminarmos com a DAI. Falaremos sobre isso, trabalharemos no plano e lidaremos com tudo porque ela não vai levar nenhum membro deste departamento junto com ela, quando afundar. Você a derrubará — declarou para Eve, em um tom de quem preferia fazer isso sozinho, com as próprias mãos. — Você a derrubará de uma vez por todas, com força — completou Tibble. — E com força suficiente para que ela não consiga se reerguer. Não quero que ela saia apenas mancando e distorça as coisas para que o departamento seja ainda mais atingido.

— Essa é a minha intenção, secretário Tibble.

— Faça disso a sua missão de vida — retrucou ele, e depois se virou para Whitney. — Vamos todos enfrentar as consequências disso. Droga, Jack, como diabos uma mulher assim conseguiu boas avaliações, alcançou poder e recebeu carta branca para montar seus esquemas?

Corrupção Mortal 345

Antes que Whitney pudesse falar, Tibble gesticulou, como se não esperasse resposta. Em seguida, caminhou até a janela e ficou olhando para fora com as mãos atrás das costas.

— Eu deveria saber. Ela já esteve no meu gabinete. Eu já a recebi, junto com seus pais, em minha casa. Minha própria casa — repetiu ele, um pouco mais baixo. — Provavelmente eu mesmo já dei a ela algumas dessas cartas brancas. Maldição! Tenente Dallas, Renee Oberman ordenou o assassinato de policiais?

— Acredito que sim, senhor.

Ele se virou, tomado pela mais absoluta fúria.

— Não quero saber em que você acredita. Você deve *provar* isso. Deve provar tudo de um jeito que o promotor consiga levá-la diante de um júri sem que exista margem para qualquer dúvida. Suas crenças não significam nada em um tribunal, e sem provas...

— Secretário Tibble. — Whitney se colocou entre Eve e Tibble. — Renee Oberman está sob o meu comando, e todas as suas ações ocorreram sob a minha supervisão.

— Quando eu quiser que você enfie essa espada em si mesmo, Jack, pode deixar que eu aviso. Este departamento não pode se dar ao luxo de perder você, e eu me recuso a aceitar que condenar Renee Oberman conseguirá drenar mais sangue nosso. O que eu sei é que foi necessário uma tenente de homicídios e um viciado morto para trazer a você, a mim, à DAI e ao próprio Deus a percepção de tudo. Isso foi uma façanha e tanto.

— Secretário Tibble — começou Eve. — Na verdade foi a minha parceira que entreouviu a maldita conversa entre...

— Não me interrompa quando eu estiver elogiando o seu trabalho, tenente, nem quando eu estiver desabafando e colocando tudo para fora antes de lidar com a DAI.

— Sim, senhor.

Ele coçou os olhos por alguns instantes.

— Sua parceira agiu muito bem, tenente, assim como você. E como você também, comandante. Mas precisamos ter certeza de que, ao fim de tudo, isso poderá contrabalançar o vexame de termos uma policial corrupta e um esquadrão manchado.

Ele parou de falar quando a chegada da DAI foi anunciada.

— Vamos seguir a ordem hierárquica, Jack. Deixe-me assumir o volante antes de todos. Sente-se, tenente.

Aparentemente, pensou Eve, a fumaça que ele soltara já tinha se dissipado; Tibble permaneceu em pé, calmo e contido, quando Webster e seu capitão entraram no gabinete.

— Bom dia, capitão, bom dia, tenente. Sentem-se — Depois que eles atenderam ao seu convite, Tibble continuou: — Eis como eu quero que esta história se desenrole.

Ele expôs tudo de forma concisa, usando a razão e o tom de quem falava a verdade. Eve admirou o seu estilo, ainda mais depois de ser chamuscada pela explosão de seu temperamento.

Eve iria continuar liderando a investigação sobre a morte de Keener, fornecendo relatórios e dados à DAI, que, por sua vez, a manteria informada sobre todas as ações e progressos em suas investigações internas relacionadas a Oberman.

Houve algum debate e desacordo, mas ficou claro para Eve que Tibble mantinha o controle da discussão com maestria. Um bom general, pensou ela, que observava todo o campo de batalha e o terreno além, para depois escolher onde e como lutar.

— A investigação da DAI sobre Renee Oberman e os outros envolvidos permanecerá prioritária, pois é necessária e terá toda a assistência e a cooperação do meu gabinete, do gabinete do comandante, da tenente Dallas e de sua equipe. Mas o peso do assassinato de policiais e civis supera até mesmo isso.

— O assassinato de policiais faz parte da investigação da DAI — apontou Webster.

— É por isso que temos que trabalhar em regime de esforço coordenado. Você concorda, comandante?

— Sem dúvida.

— Tenente Dallas? — perguntou Tibble.

Corrupção Mortal

— Certamente, senhor. O fato é que minha equipe e nossa investigação fizeram um progresso considerável nesses homicídios envolvendo policiais. Recebi agora há pouco uma atualização da minha parceira a respeito disso, mas ainda não repassei as informações ao comandante nem à DAI. Gostaria de permissão para fazer isso agora, caso todos concordem, para acompanharmos juntos o andamento da investigação. Caso contrário, serei obrigada a seguir o protocolo de procedimentos e relatar tudo apenas ao meu comandante, deixando que ele repasse as informações que considerar adequadas para a Divisão de Assuntos Internos.

— Não seja evasiva, Dallas — alertou Webster.

— Não seja ganancioso, Webster.

Antes que ele pudesse retrucar, o capitão de Webster lançou-lhe um olhar de aviso.

— Há várias informações espalhadas. Embora talvez não estejamos no mesmo ponto do percurso, acho que todos queremos que esta história acabe da mesma forma. A DAI irá cooperar muito se nos garantir que qualquer informação sobre algum outro oficial e que seja descoberta durante a investigação externa nos será repassada. Nenhuma vigilância, rastreamento eletrônico e reuniões envolvendo qualquer tentáculo dessas investigações ocorrerá sem o conhecimento da DAI.

Tibble manteve o rosto neutro e se virou para Whitney.

— Comandante?

— Concordo. Tenente Dallas, apresente o seu relatório.

— A detetive Peabody conversou com a mãe da detetive Gail Devin esta manhã. A sra. Devin tem se mostrado irredutível à ideia de falar com a polícia sobre qualquer assunto, em especial sobre a morte da filha no cumprimento do dever. Como o senhor sabe, comandante, Peabody tem um jeito excelente para suavizar pessoas irredutíveis e aparar arestas. Através dos seus esforços, a sra. Devin permitiu que Peabody levasse com ela uma coleção do que parecem ser discos de música. Todos os bens de Devin estão agora com a mãe dela e foram mantidos lá. Já sabemos que Devin suspeitava que a sua tenente tinha algum esquema ilícito por suas declarações anteriores, informação já compartilhada com a DAI por meio do tenente Webster. A avaliação de Peabody é de que Devin era uma policial organizada, detalhista, e uma observadora perspicaz. Acreditamos que isso pode ter levado à ordem para a sua execução. Peabody acredita, e eu concordo, que é muito provável que Devin tenha mantido um registro de suas observações; um registro que ela seria inteligente o suficiente para esconder até que se sentisse preparada para divulgar, ou provar as suas suspeitas.

— Discos de música? — repetiu Webster, mas Eve o viu refletindo sobre o assunto.

— A tenente Oberman enviou dois homens para revirar a casa de Keener na manhã seguinte à sua morte, assim que soube que o caso tinha caído na minha mão e estava sendo investigado. Se ela se preocupou tanto com Devin a ponto de ordenar sua execução, certamente também arrumou um jeito de revistar o apartamento da sua detetive e todos os seus equipamentos eletrônicos.

— E pode muito bem ter encontrado, retirado do local e destruído quaisquer documentos ou arquivos — comentou o capitão da DAI.

— Pode, sim. Mas Peabody acredita que Devin foi inteligente o suficiente para não guardar nada em seu computador, nem no *tele-link* ou num arquivo óbvio. Uma coleção de discos de música bem ordenada e à vista de todos pode ter sido ignorada. Talvez o invasor tenha examinado alguns discos, mas logo seguiu em frente. Peabody os está levando, ou já o fez, para exames e análises no meu escritório de casa, que foi definido como nosso quartel-general.

— Mesmo que Devin tenha feito um registro secreto das suas suspeitas, elas são só suspeitas — apontou Webster.

— Isso tem a ver com padrões de comportamento e motivos. Deixe a investigação dos homicídios por minha conta. Esse é o meu trabalho. Podemos e vamos construir um caso contra ela por causa das mortes de Devin, de Strumb, de Keener e até de Garnet.

Corrupção Mortal 349

Eve mudou de posição para se dirigir diretamente a Whitney.

— Comandante, minha avaliação é que durante todo esse tempo ela navegou de forma relativamente tranquila em seu pequeno empreendimento. Teve muita sorte e possui habilidades, além de aproveitar o poder do nome do seu pai. Isso a tornou arrogante. Ela lidou mal com Garnet e o avaliava de forma errônea já havia algum tempo. Não conseguiu manipulá-lo de forma correta simplesmente porque se acostumou a fazê-lo dançar quando dizia "dance!". Ela tem mais sorte que inteligência — continuou Eve —, embora seja uma policial esperta — emendou. — Ela surfou na onda do sucesso do papai sempre que possível, mas isso é algo que a incomoda. Ela faz as coisas e se ressente, então precisa alcançar mais. O senhor ouviu a avaliação que Mira fez da tenente; é disso que ela é feita. Garnet não apenas desdenhou da autoridade dela como a atacou e provocou-lhe constrangimento, fazendo com que ela perdesse um confronto comigo. Ela ordenou que ele fosse executado tanto por orgulho e vingança quanto por conveniência.

— Como tudo isso se conecta a Devin? — insistiu Webster.

— Nossa, Webster, você não está afastado da Divisão de Homicídios há tanto tempo assim!

A impaciência que fez arder o tom de Eve adicionou ainda mais impacto à sua teoria.

— É assim que ela lida quando quer se livrar de algum problema, ou quando o assunto toca em algo pessoal. Devin era uma mulher que a questionava e andava fazendo perguntas sobre ela. Fazia pressão onde Renee não queria ser pressionada. O mentor de Devin é um veterano, um policial aposentado que já trabalhava no esquadrão quando Renee assumiu o comando. Ele não gostava da tenente e solicitou transferência.

— Allo — disse Webster. — Detetive-sargento Samuel Allo.

— Esse mesmo. Renee sabia que Devin andava falando com ele. Devin era uma pedra no sapato, não se alinhou aos esquemas e não pediu transferência, mesmo depois de avaliações cruéis e falsas.

Peabody pode encontrar mais, algo específico, a gota d'água que fez transbordar o copo...

— Está mais para balde — Webster sorriu de leve.

— Tanto faz. Renee precisava que Devin desaparecesse e cuidou disso. Vamos descobrir que a mesma coisa aconteceu com Strumb. É o padrão. Ela ordenou que Bix executasse Keener. Poderia ter apenas assustado um informante como ele, mas isso não seria suficiente para ela. Matá-lo a deixou mais segura. Ele não pode mais ferrar com ela, com seus planos, com seu sistema organizado. Uma vez mortos, os opositores estão fora da equação.

Eve se levantou.

— Comandante, eu gostaria de voltar ao trabalho, com a sua permissão. Confio no senhor para arquitetar os detalhes da nossa coordenação com a Divisão de Assuntos Internos. O comandante Oberman já deve ter tido tempo suficiente, acredito eu, para conversar com a filha.

— O comandante Oberman? — espantou-se Webster.

— Um momento, tenente, e você será atualizado sobre tudo. Permissão concedida, tenente Dallas.

— Obrigada, senhor. Bom dia a todos... Secretário, capitão, tenente.

— É permitido eu perguntar para onde você vai agora? — quis saber Webster.

— Vou jogar mais lama na cara de Renee Oberman — disse Eve, olhando para ele. — Essa é a parte divertida do meu trabalho.

Ansiosa por esse momento, ela saiu e fechou a porta.

Capítulo Dezenove

Eles usam braçadeiras de luto no esquadrão de Oberman. Fora isso, até onde Eve podia ver, tudo estava como antes. O clima ali parecia deprimente do mesmo jeito.

Como sempre, as persianas do gabinete de Renee estavam fechadas e as da porta também.

O olhar de Eve passou rapidamente por Lilah Strong, só o suficiente para os olhos delas se encontrarem. Então ela andou até a porta da tenente.

— A chefe não está disponível.

Eve se virou para Bix. Esperava um confronto com ele, mas não esperava que fosse tão fácil.

— Você falou comigo, detetive?

— A chefe não está disponível.

— Como está se dirigindo a uma oficial superior, a frase deveria ser: "A tenente não está disponível no momento, *senhora.*"

— Sim, senhora. — Ele continuou sentado e manteve os olhos frios como os de um tubarão. — As ordens da tenente Oberman são de que ela não deve ser interrompida, no momento. Perdemos um dos nossos colegas ontem à noite.

— Estou ciente da perda, detetive... Bix, não é?

— Isso mesmo.

— Isso mesmo, *senhora* — insistiu Eve.

— Senhora.

— Você era parceiro do detetive Garnet?

— Quando designado pela minha tenente.

Eve esperou dois segundos.

— E pelo visto compartilha da dificuldade que ele tinha em demonstrar o respeito devido aos oficiais superiores. Ou isso é um problema comum a todos os membros deste esquadrão? Como sou da opinião de que o chefe dá o tom da equipe, isso me faz especular se a tenente Oberman tem dificuldade em mostrar respeito pelos superiores.

— Você não é superior a ela.

Eve deu mais um passo na direção da mesa de Bix, sabendo que todos os olhares na sala estavam concentrados neles.

— Você quer disputar comigo para ver quem deixa o outro mais puto, Bix? Levante-se. De pé, detetive! — ordenou Eve, ao ver que ele não se mexeu.

Ele começou a se levantar lentamente. Seu rosto permaneceu impassível; olhos frios, mandíbula dura. Eve se perguntou o que seria necessário para incitá-lo a dar um soco nela. Bastava um soco, pensou, e ela teria o distintivo dele, ameaçaria Renee com uma comissão completa de revisão disciplinar e lançaria o seu esquadrão no caos.

A porta atrás dela se abriu e confirmou uma das suspeitas de Eve. Renee monitorava toda a sala do esquadrão a partir do seu gabinete.

— Dallas. Não aprecio nem um pouco que você venha até o meu esquadrão para provocar os meus homens.

— É isso que estou fazendo? — Eve manteve os olhos em Bix enquanto falava. — Você considera "provocar" o fato de eu esperar

Corrupção Mortal

e exigir o respeito devido a alguém com a minha patente? Seus homens são uma vergonha, Renee!

— No meu gabinete!

Nesse momento Eve se virou e o tom de sua voz trouxe um inverno pesado para dentro da sala de ocorrências.

— Não recebo ordens suas, Oberman. Você está prestes a me fazer apresentar uma queixa formal contra você e contra esse detetive, além de solicitar uma revisão completa do seu comando.

O vermelho de raiva coloriu as maçãs do rosto de Renee.

— Prefiro discutir os seus *ressentimentos* na privacidade do meu gabinete.

— Claro que prefere — disse Eve, e entrou. Teve que lutar contra a vontade de exibir um sorriso de satisfação quando a porta se fechou.

E foi simplesmente divertido reparar que, mesmo com os saltos altíssimos que Renee usava, Eve mantinha vantagem na altura. Tentou um olhar no estilo Summerset, erguendo o nariz e olhando-a de cima.

— Quem diabos você pensa que é? Entrar no *meu* esquadrão, me ameaçar, provocar os meus homens? Acha que só porque você é a menina de ouro da Central pode vir até aqui, mirar e atirar em mim? Ainda mais em um dia como o de hoje. Sua vaca! Eu perdi um homem ontem à noite e você vem falar comigo sobre respeito? Onde diabos está o seu?

— Já terminou? — perguntou Eve, suavemente. — Ou tem mais a dizer?

— Não gosto de você.

— Ai, isso doeu!

— Não gosto da sua atitude, da sua interferência, nem do seu hábito de se impor aos homens sob o meu comando. Você não é a única aqui que pode registrar uma reclamação formal.

— Fique à vontade para fazer isso. Acho que nós duas sabemos, especialmente porque papai não está mais no comando, quem iria

354   J. D. ROBB

se destacar no quesito "reclamação". Por falar no seu pai... — Eve olhou para o retrato na parede. — Foi um prazer conhecê-lo hoje, um pouco mais cedo.

— Vá se foder!

Desta vez Eve não se incomodou em se segurar e simplesmente riu.

— Uau! Essa doeu mais ainda. E agora, você vai continuar cuspindo em mim ou prefere resolver os nossos problemas?

— Já perdi mais tempo do que o necessário com você.

— Puxa vida, posso dizer o mesmo a seu respeito. No entanto, minha política é trabalhar de verdade, mesmo quando a missão é irritante. Estou aqui para falar de Garnet. Vejo que você já foi informada da morte dele, já que está vestindo preto. Belo terninho, a propósito.

O olhar fulminante de Renee serviu para alegrar ainda mais o coração de Eve.

— Vou redigir um documento onde vou registrar o seu sarcasmo e desrespeito a um oficial abatido em combate, Dallas.

— Enfie esse documento no rabo. Ainda está para ser provado se ele foi abatido em combate. Na verdade, a coisa pende para o outro lado. Sem considerar que ele estava suspenso da função no momento da sua morte. Sem falar também que ele certamente teria perdido o distintivo e enfrentado várias acusações criminais, caso tivesse sobrevivido.

— De que diabos você está falando?

— Puxa vida, até parece que você não recebeu o memorando, embora nós duas saibamos que ele lhe foi enviado, sim. — Eve pegou um disco do bolso e o jogou na mesa de Renee. — Essa é a gravação da câmera de segurança da minha residência, e ela mostra claramente Garnet me emboscando diante do portão principal, depois me ameaçando, me agredindo e me apontando sua arma com intenção clara de atirar. Seu homem era esquentadinho e desonesto, Renee, assunto que não duvido que você

Corrupção Mortal   355

e seu pai tenham discutido recentemente. Não é à toa que você está de mau humor.

— O que meu pai e eu discutimos não é da sua conta.

— Pelo contrário, e foi você que transformou o assunto em algo da minha conta. Você foi choramingar para o papai sobre a velha e malvada tenente Dallas, mas o tiro saiu pela culatra. Em vez de disciplinar seu detetive pelo comportamento dele, você tomou medidas para tentar varrer o problema para debaixo do tapete. E esse mesmo detetive, ciente de que você não o disciplinaria... como não disciplinou... resolveu emboscar uma colega policial usando uma arma não registrada. Estava drogado quando fez isso, e certamente será determinado que também estava drogado no momento de sua morte.

— É que...

— Eu ainda não terminei — protestou Eve. — Se você não recomendar e solicitar imediatamente um teste-surpresa para o seu esquadrão, em busca de usuários de drogas ilegais, eu o solicitarei, pois tenho motivos para isso.

— O que você sabe sobre o trabalho da Divisão de Drogas Ilegais? — quis saber Renee. — Garnet estava sob muito estresse nas últimas semanas. Estava trabalhando em uma pista do caso Giraldi que não deu em nada, e o insucesso pesou muito sobre ele. Ele estava batalhando para retomar o caso quando você apareceu aqui e começou a pressionar todo mundo.

— Eu não consigo entender como a minha presença para investigar um informante morto pode ter estimulado Garnet a encher a cara de droga, ir me ameaçar e acabar morto.

— Ele estava no limite. Eu já tinha me dado conta dos problemas de Garnet e os discuti com ele. Sugeri que ele tirasse umas férias ou fizesse algum tipo de terapia, mas ele me pediu mais tempo, queria mais algumas semanas para avançar sobre Giraldi. Eu atendi ao seu pedido e acredito que ele estava fazendo progressos na investigação e na solução dos seus problemas pessoais, até você aparecer e insistir na suspensão dele.

— É incrível! — exclamou Eve, com sincera admiração. — Realmente é inacreditável. Você consegue justificar o comportamento ultrajante e até criminoso do seu detetive e, ao mesmo tempo, julgar minhas ações em resposta a isso não apenas como injustas, mas também como um fator contribuinte para o fim dele. Seu homem só fazia merda e era perigoso. Agora ele está morto. Você tem muita culpa nisso, e como vai lidar com isso é problema seu, Renee. Uma coisa eu sei — continuou Eve. — Em poucos dias você perdeu um informante e um detetive. Já que eu sei como a Divisão de Homicídios funciona, vou buscar a ligação entre as duas mortes de forma implacável.

— É óbvio que Bill estava usando os serviços de Keener — disse Renee, parecendo cansada. — Não sei por que motivo ele não me contou isso. Sei que ele queria provar a mim que tinha valor. Desde que eu lhe expus minhas preocupações, ele já tinha sido avisado. O que quer que ele tenha conseguido extrair de Keener, ou quem quer que ele tenha tentado grampear, certamente matou Keener. Bill seguiu seu instinto e buscou pistas no apartamento de Keener. Depois, e isso me parece claro, marcou um encontro no mesmo local onde Keener tinha morrido. E isso lhe custou a própria vida.

— Que versão bonita e bem amarrada essa sua. Exceto pelo fato de você ter um detetive circulando por aí atrás de pistas, realizando operações que não aparecem em seus relatórios, nem nos arquivos dos casos, nem nos relatórios do detetive que trabalhava com ele no caso. E nem nos *seus* relatórios.

— Você mesma deu a resposta para isso. Ele só fazia merda.

É muito fácil jogá-lo na linha do trem, pensou Eve, agora que ele estava morto. Mas ela tinha outra testemunha que estava viva.

— Preciso interrogar Bix.

— Droga, você acabou de dizer que não há nada nas notas ou relatórios de Bix. Garnet agiu sozinho, isso já ficou claro. Bix nunca se encontrou com Keener.

Corrupção Mortal   357

— Como você sabe? — voltou Eve, com um tom de escárnio na pergunta, e observou o latejar das mandíbulas de Renee. — Se você tinha um detetive escrevendo o próprio *script*, poderia ter dois. — Ela olhou para o *smartwatch*. — Tenho um tempo livre agora.

— Eu não vou permitir que você...

— Não cabe a você *permitir* coisa alguma — interrompeu Eve. — Sou a investigadora principal de um caso de homicídio em aberto, consultora no caso da morte de um policial e acredito que isso tenha ligação com a minha investigação. Bix tem direito a um representante ou advogado, mas eu o quero na sala de interrogatório imediatamente.

Eve pegou o comunicador no bolso.

— Aqui fala a tenente Dallas, da Divisão de Homicídios. Solicito uma das salas de interrogatório.

— Você pode conversar com ele aqui, no meu gabinete — sugeriu Renee. — Não há necessidade de levá-lo a um interrogatório formal.

— Quanto mais revoltada você fica mais irritada eu me sinto — respondeu Eve. — Sala de interrogatórios B — confirmou, e desligou o comunicador. — Faça-o se reportar a mim daqui a exatos quinze minutos. Na minha divisão, sala de interrogatórios B.

— Vou com ele.

— Você será bem-vinda, mas terá de assistir a tudo da sala de observação. — Ela foi até a porta, parou e se virou. — Sabe o que é mais estranho? Eu acho que você, Bix e todos os membros da sua equipe deveriam se mostrar não apenas dispostos, mas ansiosos para cooperar em todos os níveis com uma investigação que poderá levar à identificação, condenação e prisão do indivíduo responsável pelo assassinato de Garnet. Mas essa... — deu de ombros — é só a minha maneira de pensar.

Ela saiu da sala a passos largos, da mesma forma que tinha entrado. Considerou pura sorte dar de cara com Janburry e Delfino, que estavam a caminho da Divisão de Drogas.

— Olá, detetives.

— Olá, tenente — cumprimentou Janburry.

— Acabei de me encontrar com a tenente Oberman. Tenho certeza de que ela irá informá-los, como fez comigo, sobre as medidas que tomará a respeito do uso de drogas ilegais por Garnet, e da aparente agenda pessoal da vítima em uma investigação em aberto, além do uso que ele fez, na opinião dela, do seu informante civil, Keener, como informante pessoal dele, Garnet. Vou enviar a vocês o meu relatório com todos os detalhes da troca de informações que ela acabou de ter comigo.

— Agradecemos, tenente. — As sobrancelhas de Delfino se ergueram de forma quase imperceptível. — A tenente Oberman afirmou que já sabia que Garnet usava drogas?

— Sabia. E tomou as devidas providências. No caso, *não as tomou*, já que julgou ser essa a melhor opção. Vou interrogar o detetive Bix, do esquadrão dela, pois Bix era o parceiro constante de Garnet e estava envolvido nessa investigação. Ele pode ter informações adicionais que poderão ser úteis para o seu caso e para o meu. Vocês são bem-vindos para assistir ao interrogatório dele.

— Isso é uma bela atitude de cooperação da sua parte — agradeceu Janburry.

— Estou com um estado de espírito muito cooperativo. Minha divisão, sala de entrevistas B, dentro de quinze minutos.

— Para pagar na mesma moeda — acrescentou Janburry —, o exame toxicológico de Garnet confirma que ele fez uso de substâncias ilegais e álcool. O álcool foi confirmado pelo detetive Freeman, também deste esquadrão. Freeman afirma que Garnet e ele estiveram juntos entre dez e meia-noite de ontem no bar Five-O. Os detalhes também estarão em nosso relatório, e enviaremos uma cópia para a senhora, mas Freeman afirma que Garnet estava com um ar agitado e nervoso. E teceu comentários muito desfavoráveis e pouco elogiosos sobre a senhora, tenente.

— Puxa, lamento muito por isso.

Janburry sorriu.

Corrupção Mortal   359

— Ele também afirma que Garnet recebeu uma ligação no *tele--link* por volta de meia-noite. Ele atendeu à ligação do lado de fora do bar; depois voltou, terminou sua bebida e contou a Freeman que tinha recebido uma nova pista para seguir.

— Mas apesar de beber, se mostrar empolgado, nervoso e ligadão, aposto que ele não deu mais detalhes sobre a tal pista.

— Nadica de nada.

— Nadica de nada. — Eve sorriu. — Gostei da expressão.

— Considerando a nova pista e o clima de empolgação, é curioso que Garnet não tenha ligado para o seu parceiro nesta investigação. Por outro lado, talvez ele fosse um canalha egoísta. Ou considerava o seu parceiro um idiota — disse Delfino.

— Pode ser. Vamos ver o que Bix tem a dizer sobre isso.

— Mal posso esperar. Bem, podemos prosseguir? — disse Janburry à parceira.

Admirando a relação dos dois, Eve seguiu em frente e foi se preparar para o interrogatório.

Em sua sala ela reuniu o que precisava e, em seguida, enviou memorandos para Whitney e para Webster, deixando a eles o encargo de informar aos seus superiores sobre o interrogatório que tinha agendado. E fez um pedido para Mira observar tudo, se possível.

Depois ligou para Feeney.

— Algum progresso?

— Ninguém gosta de ser pressionado.

— Ei, já se passaram horas!

— Não no tempo dos detetives eletrônicos. Estamos quase lá. — Ele mastigou uma das suas amêndoas caramelizadas. — Isso não é como trocar uma placa-mãe, sabia?

— Tudo bem. Você já deve saber que eu fui irritar Renee um pouco mais e coloquei muito mais pressão. Ela disse que não gostava de mim.

— Isso deve ter deixado você magoada.

— Fiquei arrasada, só que não. Falei ao pai dela sobre a explosão de Garnet ontem, e se ele não for procurá-la hoje para lhe dar uma bela comida de rabo eu vou me vestir como McNab por uma semana. Ela me chamou de vaca, bem na minha cara.

— Estou chocado por ela usar esse tipo de linguagem.

— Eu mal consegui esconder minha dor e vergonha. Também provoquei o garoto dela, Bix, e o convoquei para um interrogatório daqui a alguns minutos para saber sobre o possível uso que Garnet fez de Keener, o informante morto de Renee. Ela mesma me deu chance para eu pressioná-lo.

— Ela vai querer fazer mais do que xingar você.

— Você acha? Onde está Peabody?

— Está com a cara enfiada no computador, aqui no seu escritório de casa. É só o que eu sei.

— E Roarke?

— Ei, eu tenho cara de quê? Sensor para monitorar pessoas? — O rosto ofendido de Feeney encheu a tela. — Ele está fazendo coisas de homem rico e importante. Entra e sai daqui o tempo todo.

— Ok, me mantenha atualizada. Por escrito.

— Quando conseguirmos algo você saberá. Caso contrário, não me incomode.

— Eita! — murmurou Eve, quando ele desligou. — Que nerd mais temperamental!

Ela seguiu pelo corredor até a sala de interrogatório e viu Baxter diante da máquina de venda automática.

— Você resolveu o lance da testemunha?

— Essa é uma pergunta retórica? — Ele escolheu uma barra de creme de coco, o que fez o estômago de Eve revirar. — Quer um pedaço? — ofereceu ele, com óbvio espírito de generosidade.

— Nem que eu estivesse presa sob os escombros de um prédio há cinco dias e essa fosse a única comida disponível.

— Eu gosto. — Para provar o que dizia, ele rasgou a embalagem e deu uma bela mordida. — Trueheart e eu estamos trabalhando com

Corrupção Mortal

um suspeito em uma das salas de interrogatório. Estamos dando um tempo para que ele fique de mau humor e tenha chance de refletir sobre os erros nas suas escolhas de vida. Engraçado, quando saí eu vi Bix, um detetive da Divisão de Ilegais, entrando na sala B.

— Você conhece Bix?

— Não, nunca tive esse prazer. Você deve estar se perguntando como eu sabia que era Bix.

— Sim, estou mesmo.

— Chamo isso de curiosidade policial. — Ele deu outra mordida e mastigou com satisfação. — Já que a minha tenente está batendo de frente com a tenente Oberman, da Divisão de Ilegais, eu só precisei pesquisar um pouco mais sobre a oposição e a sua equipe. Por conseguinte, reconheci Bix.

— Por conseguinte — repetiu ela. — Você deve ler muito.

— Sou um devorador de livros. Agora a minha curiosidade policial se estende a Bix estar na Sala de Interrogatório. Talvez ele esteja de mau humor.

— Talvez. — Ela enfiou um polegar no bolso. — Não posso lhe contar, Baxter.

— Tudo bem. — Ele deu mais uma mordida e mastigou. — Se e quando você puder, eu gostaria de saber.

— Por quê?

— Essa é outra pergunta retórica?

Ela teve que rir, mas balançou a cabeça para os lados.

— Uma tempestade está chegando.

— Como observador treinado e com considerável curiosidade policial, eu já percebi isso. Se você precisar de outro guarda-chuva, me avise.

— Combinado.

— Enquanto isso, pode ou não ser do seu interesse, mas estão dizendo por aí que você está perseguindo Oberman porque ela está prestes a se tornar capitá; ou porque ela tem peitos maiores; ou porque ela rejeitou suas cantadas.

— Você inventou essa última fofoca.

— Na verdade, não, mas bem que eu gostaria de ter inventado. Esses boatos não vão muito longe porque foram soterrados por comentários mais relevantes, como os de que Garnet era um idiota e Oberman não o controlava; ou que foi você que rejeitou as cantadas dela. Na verdade, os últimos não têm muita força porque as pessoas têm mais medo de você que de Oberman.

— Gosto de dar medo. É útil.

— Nas mãos certas.

Ela o deixou escolhendo para mais um lanche e entrou na sala de interrogatório, onde Bix estava à espera.

— Ligar filmadora! Tenente Eve Dallas, começando o interrogatório do detetive Carl Bix. Detetive, tornei tudo oficial porque esta nossa conversa envolve outro policial cuja morte foi considerada homicídio; que, por sinal, já está sendo investigado por outros detetives. Você entende e está de acordo com isso?

— Sim.

— Vou ler os seus direitos e deveres para manter o caráter formal desta entrevista e seguir o protocolo. — Ela recitou pausadamente os seus direitos e deveres. — Você entende os seus direitos e deveres a respeito deste assunto?

Sua mandíbula tremeu de leve.

— Sou um policial. Sei o que significa ouvir meus direitos e deveres.

— Excelente! Detetive, a sua superiora direta é a tenente Renee Oberman, da Divisão de Drogas Ilegais, correto?

— Sim.

— Sob o comando da tenente Oberman, você costuma fazer parceria com o detetive Bill Garnet, do mesmo esquadrão, certo?

— Sim.

— Recentemente, você e o detetive Garnet foram designados como investigadores principais no caso Giraldi. Segundo as minhas

Corrupção Mortal 363

informações, o detetive Garnet acreditava que o caso estava prestes a ser solucionado.

— Estávamos seguindo várias pistas para a investigação.

Eve abriu uma pasta e a vasculhou, como se procurasse por dados específicos.

— Alguma dessas pistas foi obtida graças a informações recebidas de Rickie Keener, informante civil da sua tenente, e que agora encontra-se morto?

— Não que eu saiba.

Ela ergueu as sobrancelhas.

— Você não solicitou informações dessa fonte?

— Não.

— Nem Garnet?

— Não que eu saiba.

— Detetive, existe uma probabilidade muito alta de que tanto Keener quanto Garnet tenham sido mortos no mesmo local, e seus assassinatos tenham conexão direta um com o outro, sejam por conta de um mesmo assassino, um mesmo objetivo, ou ambos.

— Não acredito que Keener tenha sido assassinado. Acho que ele morreu de overdose, como costuma acontecer.

— Determinar isso não cabe a você, detetive. Cabe aos legistas e às evidências físicas chegar a essa avaliação, e, até agora, tudo indica homicídio.

Ela fechou uma pasta e abriu outra, exibindo as fotos da cena do crime de Keener. Em seguida pegou uma das fotos da morte de Garnet e as colocou lado a lado.

— Seria uma coincidência muito estranha se o detetive Garnet fosse assassinado no mesmo local e sua morte não tivesse ligação com a de Keener. Além disso, você e Garnet invadiram a residência de Keener após a sua morte e realizaram uma busca ilegal.

— Acreditávamos ter um bom motivo para isso na ocasião, pois não sabíamos que Keener estava morto.

— O motivo seria uma possível conexão com sua investigação.

— Exato.

— Mas você declarou não ter utilizado os serviços de Keener antes.

— Não utilizei. E eu disse que não sabia se Garnet tinha utilizado. Ele me disse que tinha um palpite e precisávamos dar uma dura em Keener.

— Qual foi o palpite? Qual foi o propósito de dar essa dura em Keener?

— Eu não sei.

Ela se recostou na cadeira.

— Você e Garnet estavam trabalhando no que você considera um caso importante. Um caso que você acreditava que em breve seria solucionado. Garnet teve um palpite e vocês dois foram ao apartamento do informante da sua tenente. Mas você não perguntou por que motivo, ou o que vocês procuravam quando realizaram essa invasão ilegal? Não perguntou como Keener poderia ter ligação com a investigação de vocês?

Bix deu de ombros, o primeiro movimento que fez desde que Eve tinha entrado na sala.

— Garnet quis dar uma prensa nele. Eu o apoiei.

— Você não tem muita curiosidade policial, não é verdade, Bix?

— Eu faço o meu trabalho.

— E segue ordens. Você considerava Garnet um parceiro ou um detetive sênior?

— Ele era ambas as coisas. Agora não é nenhuma delas.

— Você se dava bem com ele?

— Nunca tive problema algum com ele.

— Vocês tinham um relacionamento amigável?

— Nunca tive problema algum com ele — repetiu Bix.

— Você não tinha nenhum problema com o fato de que seu parceiro e companheiro de esquadrão usava drogas ilegais? As mesmas drogas que vocês combatiam nas ruas?

Corrupção Mortal

— Não sei nada sobre isso.

— Não sei nada sobre isso — repetiu Eve. — Das duas, uma: ou você está mentindo ou é burro. Aposto na mentira porque ninguém é tão burro a ponto de não perceber que o parceiro é um viciado. Se fosse o caso, essa pessoa não conseguiria chegar a detetive, e muito menos trabalhar na Divisão de Ilegais.

— Pense o que quiser.

— Ah, mas eu já penso. E acho que Garnet andava pisando na bola, ultimamente. Acho que ele ameaçou Keener. — Ela empurrou as fotos até o outro lado da mesa. Bix mal deu uma olhada nelas.

— Tinha que haver uma razão para Keener sair do próprio apartamento e se esconder num buraco. Tinha que haver uma razão para alguém sair procurando por ele até encontrá-lo e matá-lo. É uma cagada federal perder um informante desse jeito, especialmente o informante da chefona. Então ele fez mais merda e invadiu o apartamento de Keener para fazer, junto com você, uma busca ilegal. Ao ser questionado sobre isso, descontou em cima de uma oficial superior, constrangeu a própria tenente e ganhou uma suspensão. Mesmo assim continuou fazendo merda; ficou chapado e foi atrás de mim, a ponto de sacar sua arma. Devia saber que estava ferrado de vez — acrescentou Eve. — Então ele arranjou outro amigo para encher a cara; um companheiro de esquadrão, mas não seu parceiro. Depois voltou à minha cena do crime, quebrou o lacre, entrou lá e acabou com a garganta cortada.

Bix não disse nada.

— Acho que, quando alguém faz tanta merda num curto espaço de tempo, o homem que trabalha com ele sabe alguma coisa. Acho que, quando um policial desenvolve o hábito de consumir drogas, o seu parceiro, que supomos ser treinado para reconhecer isso, certamente sabe alguma coisa sobre o que está rolando.

— O que seu parceiro sabia sobre o assassinato de Keener, Bix?

— Você poderia perguntar a ele. — Uma leve sugestão de sorriso surgiu em seus lábios. — Só que ele está morto.

— Muito conveniente isso, não acha? Você era militar, certo, Bix? — declarou Eve, abrindo outra pasta.

— Eu já servi.

— Fez treinamento em manejo de armas e treinou combate. Você sabe usar uma faca. Cometer um assassinato rápido e silencioso, essa é uma habilidade importante. — Ela olhou para ele. — Seus pais também foram militares e seu irmão mais velho ainda é. É a sua herança, e você entende a importância de cumprir ordens. Quando a sua tenente lhe dá uma ordem você sempre a cumpre, detetive?

— Sim.

— Sem exceção? Sem questionamento?

— Sim.

— Você respeita a sua tenente?

— Respeito.

— Você é leal a ela?

— Sou.

— O comportamento de Garnet, suas ações, sua falta de disciplina e sua falta de respeito refletem mal na imagem da tenente Oberman.

— Garnet era responsável por si mesmo.

— Você sabe como funciona a cadeia de comando, Bix. Passou sua vida inteira nela. Garnet era um incompetente que metia os pés pelas mãos, e isso também faz da tenente Oberman uma incompetente.

Isso acendeu a primeira fagulha nos olhos dele.

— Ela é o dobro do que você jamais será.

— Admiro a sua lealdade, mesmo sendo mal direcionada. As ações e o comportamento de Garnet fizeram com que a sua tenente parecesse uma tola, provou que lhe falta pulso para controlar seus homens ou discipliná-los. O pai dela está decepcionado com a falta de liderança da filha.

— A época do comandante Oberman já passou. A tenente Oberman comanda uma unidade rígida e eficiente.

— Garnet foi o terceiro membro do esquadrão abatido desde que ela assumiu o comando. Isso não me parece sinal de rigidez ou eficiência.

— Os tiras da Divisão de Homicídios só chegam depois que tudo acabou. Os tiras da Divisão de Ilegais trabalham na rua.

— Oberman trabalha num gabinete — corrigiu Eve, e encolheu os ombros. — Garnet já se gabou com os colegas que costumava comer a chefe?

Os olhos dele ficaram frios, quase vazios, mas suas mãos se fecharam sobre a mesa.

— Você merece mais do que as porradas que Garnet lhe deu.

— Quer tentar sair na mão comigo? Ele a envergonhou, a humilhou, ignorou suas diretrizes e a colocou na posição de defender a si mesma e ao seu comando. Ele colocou em risco todo o esquadrão dela, Bix. O que você faz quando sua unidade está ameaçada? — Ela mordeu as palavras e pareceu cuspi-las. — O que você faz quando a sua tenente está sob fogo cruzado? O que você faz?

— O que precisa ser feito.

— Onde você estava ontem à uma da manhã, quando Garnet foi morto?

— Em casa.

— Onde você estava na noite em que Keener foi morto?

— Em casa.

— Qual é a sua resposta quando e se a sua tenente ordena que você elimine uma ameaça?

— Minha resposta é "Sim, senhora". — A voz dele estalou como se fosse uma continência. — Quando e como?

— E se essa ordem incluir assassinato você a questiona? Você hesita?

— Não.

— O que Keener tinha, o que ele sabia, o que havia feito para torná-lo um risco? Por que razão ele teve de ser executado?

Bix abriu a boca, mas tornou a fechá-la e empinou o peito.

— Não tenho mais nada para lhe dizer. Se você quiser me questionar mais, terá de fazê-lo na presença do meu representante legal.

— Esse é um direito seu. Quero deixar registrado que nem uma única vez durante este interrogatório o detetive Bix me tratou como "senhora", nem se referiu à minha patente, superior à dele. Esse desrespeito será incluído em seu histórico. Esta é apenas uma cerejinha no bolo que vou colocar para assar — disse a Bix. Em seguida se levantou, declarando: — Fim do interrogatório.

Capítulo Vinte

Sua tenente e Bix tinham saído havia dez minutos quando Lilah viu sua janela de oportunidade. Quatro membros do esquadrão estavam fora, em trabalho de campo; Brinker saíra da sala para uma de suas longas e frequentes visitas à máquina de venda automática ou ao banheiro. Sloan e Asserton estavam sentados junto de suas mesas, com a cara enterrada em documentos. Freeman e Marcell tinham acabado de ir para a sala de descanso.

Lilah pegou um relatório qualquer em sua mesa, caminhou rapidamente até o gabinete de Renee e passou o cartão mestre que trazia na palma da mão pela ranhura da porta de vidro e entrou. No instante em que se viu dentro da sala, guardou o relatório no bolso de trás.

Tinha cinco minutos, disse a si mesma. No máximo. Freeman e Marcell costumavam jogar conversa fora na sala de descanso durante mais ou menos esse tempo.

Vasculhou a mesa logo de cara, agachando-se para tentar abrir a gaveta inferior, que estava trancada. Usando a habilidade que tinha aprendido com seu falecido irmão, abriu o trinco.

Não deveria ter se surpreendido ao encontrar tantos itens pessoais aos quais o resto do esquadrão não tinha acesso. Maquiagem moderna e caríssima, um dispositivo de realidade virtual de última geração e uma coleção de programas de relaxamento e sexo.

Ela já sabia que Renee era fútil e vaidosa.

Passou os dedos por baixo das gavetas e nas laterais da mesa para verificar se havia fundos falsos. Encontrou algum dinheiro em notas altas, mas nada exagerado.

Fechou a gaveta e tornou a trancá-la. Com cuidado para não bagunçar a organização impecável de Renee, vistoriou as outras. Verificou discos comuns, abriu e analisou um caderno de anotações e uma agenda de compromissos antes de passar para os móveis, os balcões e as janelas.

Sabia que Renee tinha um cofre ali. Sabia que nesse local secreto ela guardava mais do que batons e sombra para os olhos; algo além dos perfumes importados e sofisticados, cujos frascos custavam mais que o seu salário.

Seu instinto dizia que ela chegara no último minuto da sua busca — o suor frio começou a lhe escorrer pelas costas.

Tenho só mais um minuto, disse a si mesma, afastando o quadro com a paisagem marinha para apalpar a parede e examinar a parte de trás da tela e da moldura.

No minuto em que ela o recolocou no lugar, ajustando-o com cuidado para não ficar torto, uma ideia veio.

— Sua idiota! — murmurou. — Você desperdiçou todos aqueles cursos de psicologia.

Olhou para o retrato do comandante Marcus Oberman, vestido de azul-marinho dos pés à cabeça.

O quadro era muito pesado para ela tirá-lo da parede sem ajuda, avaliou. Não iria conseguir, a menos que arrastasse a mesa abaixo dele para ela poder entrar debaixo da obra e conseguir um ângulo melhor para afastá-la um pouco da parede.

Corrupção Mortal

Conseguiu colocar a mão atrás da moldura e afastou o quadro da parede cerca de três centímetros e se amaldiçoou por não ter consigo uma lanterna.

Apoiou o retrato com uma das mãos e passou a outra atrás da tela enquanto tentava inclinar a cabeça para enxergar na escuridão. Afastou-o mais três centímetros, rezando para que ele não se soltasse do prego.

A mão que o apalpava esbarrou em algo, e a surpresa a fez erguer a parte inferior do retrato com um gesto brusco. Sua respiração quase parou quando ela viu o quadro subir sozinho sobre um trilho oculto e continuar suavemente até o teto da sala, revelando o cofre que havia atrás dele.

Ela pegou o *tele-link* e tirou várias fotos. Mesmo que houvesse mais tempo e ela estivesse disposta a correr o risco, suas habilidades de ladra eram limitadas a fechaduras simples, e ela não conseguiria abrir o que parecia ser um sofisticado cofre de parede.

Lentamente, puxou o retrato e o recolocou na posição certa. Recuou, verificou o alinhamento e a posição. Enxugou as palmas das mãos úmidas nas coxas. Ao chegar à porta, abriu de leve uma das palhetas da persiana e observou lá fora.

Asserton e Sloan continuavam em suas mesas. Brinker não tinha voltado de onde costumava ir dez vezes por dia. Freeman e Marcell ainda estavam na sala de descanso. Tudo limpo.

Mexa-se, ordenou a si mesma. Saia logo!

Ela tirou o relatório do bolso, saiu e fechou a porta. Um rápido deslizar do cartão mestre reativou a trava. Depois de ouvir o clique quase silencioso, caminhou rapidamente em direção à sua mesa. Estava no meio do caminho quando a porta do salão se abriu. Ela se sentou e grudou os olhos no monitor, como se analisasse alguns dados. E considerou suas opções.

Aja com naturalidade, lembrou a si mesma. Cabeça para baixo, bunda na cadeira. Quando o turno terminasse ela usaria um *tele-link* público, a caminho de casa, para entrar em contato com Dallas.

Quando Eve voltou à sua sala, Mira se virou da janela.

— Olá, doutora, foi ótimo. Eu não sabia se a senhora tinha conseguido descer para observar o interrogatório. A senhora acha que...

— O que você está fazendo, Eve? — interrompeu Mira.

Eve viu o que não percebera ao sair do interrogatório. A médica estava revoltada.

— O que estou fazendo sobre o quê?

— Por que você está se usando deliberadamente como isca para um homem que acreditamos ter matado pelo menos duas pessoas em poucos dias? Um homem absolutamente frio, sem brios ou arrependimento com relação a esses assassinatos? Um homem que tem todos os motivos para enxergar você como um obstáculo, uma ameaça para si mesmo e, o mais importante, para a mulher que ele segue com absoluta lealdade. Mesmo você sabendo que essa mulher tem todos os motivos e nenhum escrúpulo para ordenar que ele execute você. Por quê?

— Porque esse é o meu trabalho.

— Sem essa. Eu conheço você. Certamente existem outras formas de desenvolver e solucionar este caso, ideias que eu não tenho dúvida de que você já está seguindo. Você gostou de se colocar como isca. *Quer* que ele, por ordem de Renee Oberman, tente matar você.

— Ok. — Eve foi até o AutoChef e programou uma xícara do chá de ervas que Mira apreciava. — Acho que a senhora precisa de um pouco disso.

— Não se atreva a tentar me dispensar.

— Não vou fazer isso. — Eve colocou o chá na mesa diante da doutora e programou café para si mesma. — Não vou — repetiu.

— A senhora tem razão. Aliás, a senhora raramente está errada. Eu gostei do que fiz. Puxa vida, e como gostei! Quero que ele tente me pegar. Mas também não estou errada. Tudo isso *faz parte* do meu trabalho. Tudo bem, a parte de gostar talvez não, mas eu mereço algum benefício.

Corrupção Mortal

— Isso não é piada, Eve.

— Eu sei que não. Eles são policiais, doutora Mira, que não entregam uns aos outros com tanta facilidade. Bix certamente não vai entregar Renee se eu pedir com jeitinho, nem se a promotoria lhe oferecer um ótimo acordo. A tenente é a superiora direta dele, a sua comandante. Ela lhe deu uma missão, ela o tornou importante para o comando; fez dele o seu braço direito, e isso tem um imenso poder de sedução. Ela criou uma atmosfera onde eles se colocam acima do resto. Eles são a elite. Como... como as Forças Especiais, onde ele tentou entrar e não conseguiu. Eles fazem o que precisa ser feito e a comandante suprema toma todas as decisões. Seguir ordens faz parte do código de conduta dele, esse código é o deus dele.

— Você não consegue me convencer de que a única forma de os deter, todos eles, é você se tornar um alvo irresistível.

— Essa não é a única forma, eu sei, mas é o caminho certo não apenas para detê-los, mas para extirpá-los deste departamento e acabar com eles de uma vez por todas. É o caminho certo para garantir que Renee, Bix, Freeman e todos os demais envolvidos paguem o preço mais alto que a lei permitir. Todos, porque, a senhora pode acreditar em mim, vou derrubar e extirpar cada um deles. — Eve ergueu a mão antes que Mira tivesse a chance de falar. — Eu também estou seguindo ordens, doutora. O secretário Tibble ordenou que eu derrubasse Renee Oberman e todos os policiais do seu esquadrão, e os derrubasse com vontade. Bix não é o único que leva suas ordens a sério. Vou derrubá-los e farei tudo que estiver ao meu alcance para minimizar os danos ao Departamento de Polícia.

Eve serviu mais uma xícara de chá. Mira não estava apenas revoltada, ela notou. Estava cansada. E triste.

— Tome. É melhor a senhora se sentar.

Mira aceitou o chá e se sentou.

— Estou muito zangada com você.

— Já percebi. Ela tem cartas na manga, doutora. Deve ter um juiz no bolso, provavelmente alguns políticos. Tem funcionários dos tribunais, aqui dentro do departamento, talvez no laboratório, quem sabe até no necrotério. Estou empilhando muitas evidências contra ela e o resto deles, mas tenho que contrabalançar essas evidências com as linhas de ação que ela tomar. Pode ser que ela saia dessa impune. As evidências poderão se perder, os resultados do laboratório poderão ser adulterados, moções erradas poderão ser arquivadas, as testemunhas poderão sumir ou dar para trás.

— Toda essa investigação teve início por causa da declaração do que concordamos ser uma testemunha confiável — rebateu Mira.

Eve fez um esforço para não se aborrecer. Afinal, ela ensinava a Mira como fazer o trabalho *dela*? Mas resolveu enumerar alguns fatos contando nos dedos.

— Peabody não a viu em nenhum momento. O nome de Bix nunca foi mencionado. Garnet está morto. E se esse caso não for encerrado antes que se torne de conhecimento geral que Peabody testemunhou algo assim? — Eve sacudiu a cabeça. — Eu sou a tenente dela. Sou a parceira dela. A senhora acha que eu a deixaria em perigo?

— Não. — Mira finalmente tomou um gole do chá. — Eu sei que você não faria isso.

— Bix seria capaz de encostar a arma de atordoar no próprio ouvido e disparar à queima-roupa antes de entregar Renee. Estou errada?

— Também não. Acredito que ele se sacrificaria e até consideraria uma honra protegê-la. Mas isso significa que se ele tentar matar você e falhar, você só terá a palavra dele para condená-lo.

— Tenho alguns detetives eletrônicos na manga, mas mesmo sem isso, prendê-lo provocaria uma imensa rachadura na muralha dela. Renee estará arruinada, sua carreira sofrerá um golpe do qual ela não conseguirá se recuperar. Nesse momento nós vamos abrir as comportas para o dinheiro. De Garnet, de Bix, dela e dos outros. Explique isso, sua vadia! Ela estará perdida. Mais que isso: acho que fiz com que Bix se complicasse ainda mais que ela.

Corrupção Mortal

Mais calma, Mira tomou outro gole do chá.

— Você demonstrou, pelas próprias palavras dele e pelo seu comportamento, que ele é um soldado. Alguém que segue ordens sem questionar, um soldado que demonstra intensa lealdade a Renee. Ele não é um homem que se afasta das ordens da sua comandante máxima, desrespeita a hierarquia e sai por aí agindo por vontade própria.

— E ainda tenho escondida na manga uma psiquiatra maravilhosa que atestará isso, com linguajar técnico e elegante. Janburry e Delfino, os policiais do caso Garnet, vão chegar a Bix. Se Bix tentar me emboscar vai acabar com a cara na calçada e a bota de um policial no seu pescoço. Espero que essa bota seja a minha, mas me contentarei com a bota de qualquer colega.

— Sei que Renee também acompanhou o interrogatório. Você quis que ela visse tudo para saber que você está olhando na direção dela. Agiu assim porque isso a deixará revoltada e irritada; você espera que isso a leve ao passo seguinte, que seria dar sinal verde para Bix atacar você. Mas você também fez isso, Eve, porque esse caso é uma questão pessoal.

— É certamente pessoal, doutora, até o osso. — Era um alívio reconhecer. Era uma tremenda emoção poder expressar isso. — Essa mulher cuspiu em tudo que eu valorizo, em tudo que eu sou. Em tudo que me tornei depois de enfrentar pesadelos que ela nem consegue imaginar. Isso é importante para mim.

— Sim — murmurou Mira. — Bota importante nisso.

— Quando eu a destruir farei isso por mim, pelo meu distintivo, pelo homem que me treinou, que me ensinou e ajudou a fazer de mim alguém que merece usar esse distintivo. Mas isso é apenas parte disso. Estou fazendo isso por todos vocês, cacete!

— Eve...

— Calada! — ordenou Eve, e isso surpreendeu as duas. Ela precisava desabafar, percebeu. Tinha que permitir ali, naquele momento, que aquela sopa de emoções ferozes transbordasse das suas entranhas. — Estou fazendo isso por Whitney, por Peabody, por cada homem e mulher da minha sala de ocorrências. Estou fazendo isso por todos os policiais que ela matou e por um viciado morto. Estou fazendo isso por cada policial que merece usar o distintivo. Farei tudo que estiver ao meu alcance para derrubá-los, mas também estou fazendo isso por todos os policiais cuja carreira ela transformou numa vergonha.

Ela se deteve e respirou fundo.

— Se a senhora me conhece, acho que já deveria saber disso.

— Eu conheço você. E sei disso muito bem. Também levei o caso para o lado pessoal. Você é especial para mim.

Eve sentiu uma leve fisgada de emoção bem no coração.

— Estamos numa boa uma com a outra, doutora?

— Não consigo evitar, mas confesso que gostaria que você não tivesse apresentado os seus argumentos tão bem; pelo menos eu ainda poderia estar com raiva. — Mira se levantou. — Não vou me dar ao trabalho de aconselhar que você tome cuidado. E não preciso pedir para você ser inteligente. Há alguma pergunta que você queira me fazer?

— A senhora já respondeu a uma delas. Tenho só mais uma. Acho que já sei a resposta, mas não faz mal confirmar. Será que Renee sabe que estou desafiando-a a soltar o cão de caça dela em cima de mim?

— Embora ela agora saiba que você suspeita abertamente, e muito, ela jamais colocaria a própria vida em risco. Não acredito que possa conceber você fazendo isso, ainda mais por coisas que ela valoriza tão pouco como justiça ou honra. Se ela soltar seu cão de caça em cima de você, vai acreditar que isso foi ideia dela. E deve acontecer em breve.

— Tudo bem. Quanto mais cedo, melhor.

— Você anda tendo pesadelos, Eve? Lembranças do passado?

— Não. Não exatamente. Pelo menos há algum tempo. Parece que quase tudo acabou. Embora nunca acabe de vez. — Ainda

Corrupção Mortal 377

havia dor no fundo, bem lá no fundo, mas... — Basicamente, tudo aquilo foi resolvido, doutora.

— Ótimo. — Mira pegou a mão de Eve com cuidado e a apertou de leve. — Obrigada pelo chá.

Sozinha, Eve pensou em ligar para Peabody, mas Janburry bateu no batente da porta.

— Você está livre, tenente?

— Sim. Desculpe, você estava esperando por mim?

— Não, tudo bem. Teria sido uma boa se você tivesse conseguido uma confissão do colega sobre o nosso morto.

— Isso vai dar um pouco mais de trabalho. Só dei início à jogada e passei a bola para vocês. Poderia fechar a porta, detetive Delfino?

Depois de atender ao pedido de Eve, Delfino se recostou na porta.

— Renee Oberman — disse ela. — A garotinha do comandante Oberman.

— É isso que vocês acham?

— Quem acha é ele — Delfino apontou com o polegar para o parceiro. — Eu? Consigo sentir o cheiro, como merda e sangue na água.

— Ela tem um jeito de falar muito descritivo — comentou Janburry. — Será que poderíamos pegar emprestada a sua lição de casa, tenente, já que perdemos algumas aulas lá atrás?

— Não recebi autorização para isso, mas que nossas investigações estão indo na mesma direção e posso lhe entregar isso. — Ela pegou um disco do bolso. — Vai lhes poupar algum tempo. Mas antes eu gostaria de fazer um acordo com vocês.

— Estamos ouvindo — concordou Janburry.

— Vocês podem pegar Bix quando chegar a hora de tirá-lo da água com merda e sangue, mas Renee é minha. Não porque ela seja a caça de maior importância. Podemos dizer que se trata de algo pessoal. O resto... bem, podemos compartilhar informações dos dois lados.

— Quanto há de informações no resto?

— Ainda estamos trabalhando nisso. Temos um trato?

Os parceiros trocaram um olhar.

— Existe algum aperto de mão secreto nesse trato? — perguntou Janburry.

— Vamos nos contentar com um cumprimento normal. — Depois de eles trocarem um aperto de mão, Eve lhes entregou o disco. — Vocês encontrarão muitas identidades falsas aí, várias contas secretas e uma grande quantidade de propriedades rastreadas que pertencem a Renee, Bix, Garnet e a outras pessoas que já identificamos.

— Até que ponto a DAI está envolvida nisso? — quis saber a detetive Delfino.

— Até o pescoço. O tenente Webster é o nosso contato, mas o capitão dele já foi informado, bem como o comandante Whitney e o secretário de segurança Tibble. Trata-se de assunto sigiloso. Ninguém mais precisa saber dos dados deste disco até nós pegarmos todos eles.

— Sangue e merda na água — repetiu Delfino. — Esse é o cheiro de policiais corruptos. Tiras que matam tiras têm sempre um cheiro diferente.

— Ele vai tentar pegar você — avisou Janburry, estudando Eve. — Mas você já sabe disso.

— Sim, *estou contando* com isso.

— Você quer cobertura?

— Já tenho, obrigada. Mas entrarei em contato se precisar, ou quando precisar. Mas não importa quem o pegue, a coroa de louros desta prisão será de vocês. Esse foi o nosso acordo.

Quando a sala ficou vazia novamente, Eve trancou a porta. Merecia uma pequena recompensa e um pequeno incentivo antes de voltar à luta.

Pegou uma ferramenta em sua mesa e se agachou ao lado da máquina de reciclar lixo. Mas, quando removeu o painel lateral, não viu nenhum chocolate à sua espera.

Corrupção Mortal 379

— Droga! Essa doeu. Doeu para valer.

De mau humor e lamentando a perda, ela olhou para o que tinha considerado um esconderijo brilhante. Seu erro, admitiu para si mesma, foi ter deixado o esconderijo abastecido quando saiu de férias.

Isso deu ao desprezível ladrão de chocolates muito tempo e oportunidade para vasculhar sua sala e consumir o prêmio.

Agora ela não receberia a sua recompensa, o seu incentivo. E ainda teria de procurar outro esconderijo.

Recolocou o painel e jogou a ferramenta de volta na gaveta da mesa. E, em seguida, deu a si mesma trinta segundos para ficar de mau humor antes de entrar em contato com Peabody.

— Situação?

— Já passei da metade dos discos de música. Devin tinha uma tremenda coleção. Talvez isso seja um beco sem saída. Se ela mantinha alguma documentação ou anotações pessoais, a equipe da Renee provavelmente as encontrou e as destruiu.

— Mesmo assim continue pesquisando. Vá até o fim. Se eles não encontraram e destruíram as provas é sinal de que ela as escondeu bem. — Eve lançou uma careta para o reciclador de lixo. — Escute, tenho algumas coisas que preciso terminar de amarrar aqui, e depois vou para aí. Como vai a equipe eletrônica? Eles estão... espere um instante — ordenou, quando ouviu o leve clique em sua porta.

Ela se levantou e sacou a arma.

Roarke abriu a porta e inclinou a cabeça de leve.

— Ora, essa não era exatamente a saudação que eu esperava.

Ela soltou um suspiro e guardou a arma de volta no coldre.

— Vá em frente, Peabody — disse ela. — E me avise se encontrar alguma coisa. Caso contrário, vejo você quando chegar aí — avisou, antes de desligar e se virar para Roarke.

— A porta estava trancada — reclamou ela.

— E daí? — Ele se aproximou e a beijou com vontade. — Eu não bati porque achei que você estava tirando um de seus cochilos no chão, daqueles que mais parecem desmaios.

— Talvez eu precise de uma fechadura melhor. Talvez precise começar a trancar a porta com mais frequência. — Ela se largou na cadeira. — Não que isso fosse impedir o ladrão de chocolates. Meu estoque se foi.

— Você ia atordoar o seu ladrão de chocolates?

— Pode ser que eu faça isso, se o pegar no flagra. Mas não, só achei que Renee poderia ter pirado de vez e mandado Bix para me jogar pela janela da minha própria sala. Dei a ela muitos incentivos para ordenar isso, já que peguei Bix pelo pé na sala de interrogatório. Eis o motivo de eu merecer uma pequena recompensa. Queria chocolate.

— Eu não tenho chocolate comigo. Pegue uma barra na máquina de venda automática.

— Eu quero o *meu* chocolate.

Ele prendeu o riso.

— Pronto, pronto, já passou.

— Vá enxugar gelo! — Mas ela esqueceu o problema. — Por que você está aqui? Por que todo mundo resolveu vir à minha sala hoje?

— Estou aqui porque também mereço uma recompensa. Feeney e McNab também merecem.

— Vocês conseguiram!

— Conseguimos. Basicamente eles fizeram tudo, mas eu ajudei com alguns toques pessoais.

— Precisamos montar o esquema e avisar à DAI.

— Feeney está resolvendo isso. Afinal, foi uma ideia dele. Ou mais especificamente de McNab. Ian se mostrou brilhante hoje. E você, o que tem feito, tenente?

— Muitas reuniões. Eu ficaria louca se tivesse que enfrentar dias cheios de reuniões. Sempre há um monte de gente nelas.

— Normalmente sim.

Ela o atualizou rapidamente, mas fez uma pausa quando contou sobre o interrogatório de Bix e notou que Roarke tinha caminhado até a sua janela para olhar a rua lá embaixo.

Corrupção Mortal

381

Como Mira tinha feito.

— Discuti minha estratégia, objetivos e linhas de raciocínio com Mira, que não demonstrou muita empolgação. Pelo menos até eu explicar tudo melhor. Vou precisar fazer o mesmo com você?

— Não. Eu entendo a sua estratégia, seus objetivos e seu raciocínio. Imagino que Mira também tenha entendido. Mas é preciso mais que isso para ir em frente e aceitá-los.

— Roarke, tenho tanta cobertura que sinto como se estivesse plastificada por uma proteção à prova de bombas.

— Eu sei. — Ele virou para ela. — Mas demora um pouco para a gente aceitar tudo isso. Você é magra, querida, mas mesmo assim levaria algum tempo para alguém jogar você na rua por uma janela tão minúscula.

Ela sorriu porque sabia que ele precisava disso e se inclinou na sua direção quando ele se aproximou para passar a mão pelo cabelo dela.

— Mas como você é a *minha* magra, ficarei aqui por perto durante mais algum tempo. Tenho algumas coisas para resolver. Vou encontrar um lugar por aqui para fazer isso.

— Eu preciso redigir alguns relatórios, atualizar meu quadro e minhas anotações. Você pode usar essa área para visitantes.

Ele olhou para a cadeira patética.

— Você realmente chama isso de "área de visitantes"?

— Não.

— Pode deixar que eu encontro um espaço adequado.

Lilah continuou de cabeça baixa e bunda na cadeira quando Renee e Bix retornaram. E viu quando Renee, com uma expressão de revolta no rosto, se trancou em sua sala com ele.

O expediente estava quase acabando, pensou ela. Não havia muito mais tempo agora. Pensou em pedir um tempo para resolver algo pessoal e sair mais cedo. Mas sua tenente sempre fazia cara feia diante de tais pedidos, e frente à situação poderia fazer uma tempestade num copo de água.

Era melhor esperar o fim do expediente.

Ela não disse nada quando Manford e Tulis voltaram do trabalho na rua e Tulis largou as pastas sobre a sua mesa.

Ela sabia que todos esperavam que ela revisasse as anotações, redigisse os relatórios e arquivasse tudo. A tenente considerava os seus homens de campo valiosos demais para perder tempo com papelada.

Disse a si mesma que aquilo a manteria ocupada e iria fazê-la esquecer de contar os minutos. Já tinha passado algum tempo quando Renee saiu da sua sala e foi direto até a mesa de Lilah.

O coração de Lilah pulou, mas ela ergueu os olhos placidamente.

— Pois não, senhora?

— Você está com Bix — anunciou Renee, com um tom ríspido.

— Com Bix, tenente?

— Foi o que eu disse. Estamos com um homem a menos, caso tenha esquecido que um dos seus colegas de esquadrão foi abatido. Você tem alguma objeção contra trabalho de campo, detetive? Tinha a impressão de que você estava ansiosa para sair da sua mesa.

— Estava sim, senhora! — Ela infundiu algum entusiasmo à voz — Obrigada, tenente.

— Bix lhe dará os detalhes no caminho. E você está liberada para ganhar horas extras, caso seja necessário.

Bix ficou de pé, olhando para Lilah com seu olhar impassível.

— Vamos resolver logo isso — chamou ele.

Porra nenhuma, não é nada disso, pensou Lilah, enquanto se esforçava para se juntar a ele. Ela devia ter dado alguma bandeira, ou então um dos colegas a tinha visto entrar e sair da sala da tenente e deu o alerta. Ou talvez...

Não importa como acontecera, pensou. O fato é que ela estava ferrada.

— Aonde vamos?

Corrupção Mortal 383

— A uma loja que vende drogas na Avenida D. Precisamos pegar o chefe e fazer um pouco de pressão para ver o que conseguimos.

Porra nenhuma, porra nenhuma, pensou Lilah novamente.

— Isso é algum caso em que você e Garnet estavam trabalhando? Olha, sinto muito pelo Garnet. Sei que vocês dois trabalhavam juntos e eram muito amigos.

— Ele sabia do perigo. — Bix entrou no elevador e, como estava lotado de policiais, Lilah continuou ao lado dele.

De jeito nenhum ela pretendia ser levada como um cordeirinho para o matadouro, mas todos os seus instintos lhe diziam que estava marcada para morrer.

Rapidamente ela reviu mentalmente cada minuto que tinha passado no gabinete de Renee, cada movimento feito. Ela deixou tudo exatamente como tinha encontrado. Além do mais, se algo estivesse fora do lugar, Renee não saberia quem...

A menos que Renee *monitorasse* a sua sala do esquadrão, e não apenas quando estivesse em seu gabinete. E, se ela monitorava a sala do esquadrão, poderia muito bem ter seu gabinete monitorado também. Talvez ela tivesse visto tudo.

Burra, burra, burra.

— Você já lidou com esse chefe antes? — Ao perguntar isso, Lilah puxou a gola da blusa como se estivesse atormentada pelo calor. Isso não estava muito longe da verdade.

— Já. Sei como lidar com ele. Você vai só como lastro. — Ele a observou quando ela começou a hiperventilar. — Qual é o seu problema?

— Desculpe. Claustrofobia. Eu... — Ela saiu do elevador empurrando os colegas quando as portas se abriram. Poderia ter fugido nesse momento, mas Bix estava bem do seu lado. Em vez disso ela se agachou e colocou a cabeça entre os joelhos. — Eu não conseguia respirar.

— Como diabos você entrou na polícia?

Ela não se importou com aquele tom de desprezo. Era até melhor se ele a considerasse fraca e inútil.

— Escute, eu sou uma boa policial. Simplesmente tenho alguns problemas com espaços apertados. Vou descer sozinha e encontro você na garagem.

— Vamos pelas passarelas aéreas. — Ele a pegou pelo braço e a guiou em direção a uma das passarelas.

Corra para o banheiro e peça ajuda, pensou ela. Mas se ele a seguisse ela ficaria encurralada. Ela sacudiu o braço para se desvencilhar, mas ele a apertou com mais força.

— Tire as mãos de mim, Bix. Consigo andar por conta própria.

— Você deve ser do tipo que desmaia quando vê sangue.

— Vá à merda! — Lilah apressou o passo sobre a passarela, tentando aumentar a distância entre eles. Bix continuou colado nela como velcro.

Eles teriam que pegar um dos elevadores para a garagem logo adiante, calculou ela. Ou as escadas. Onde ele planejava atacá-la? Certamente não no prédio da Central. Mas quando ele a tirasse de lá...

Ela não poderia deixar que ele a levasse para fora dali.

— Ei! — Ela se virou de repente. — Tira a mão da minha bunda!

— Mas eu não...

Ela deu uma bofetada tão forte no rosto dele que o som chamou mais atenção que o seu grito de protesto.

— Seu imbecil, idiota! — Algumas pessoas deram sorrisos maliciosos quando ela tentou correr pela plataforma.

Ele quase a agarrou e teria conseguido puxá-la de volta, mas um casal de policiais bloqueou o caminho de Bix. A mulher era tão grande que conseguiria bloquear um maxiônibus.

Ela ouviu os gritos e xingamentos e olhou para trás. Os olhos dele permaneceram absurdamente calmos enquanto ele abria caminho e encurtava a distância que Lilah havia conquistado.

Ela seguiu o instinto e correu.

Corrupção Mortal

Passou para a plataforma seguinte, que estava cheia. Deslizou ao lado das pessoas e caminhou sinuosamente entre os que estavam à sua frente, como se fosse uma cobra. Tente despistá-lo, vá em frente, consiga uma brecha e peça ajuda. Corra direto para a próxima passarela, disse a si mesma. Ela sempre tinha sido muito ágil e rápida.

Ao olhar para trás mais uma vez, percebeu que ele também era rápido, e ela resolveu empurrar as pessoas. Conseguiu uma boa dianteira e parou um segundo para escolher a melhor direção. O barulho atrás dela foi alto e surgiu um instante antes que a massa de gente a empurrasse com violência, impulsionada pelo violento progresso de Bix. Lilah estendeu a mão para se segurar no corrimão, mas suas pernas cederam.

Por um segundo, e sem ar, ela viu o aço prateado da pilastra da passarela que parecia vir em sua direção. Os braços dela se ergueram, em uma tentativa instintiva de proteger o rosto, mas o ombro sofreu o primeiro golpe violento. Por um instante o mundo girou — do teto ao chão — depois explodiu quando sua cabeça bateu no aço corrugado.

Ela caiu e continuou caindo como se não tivesse ossos, até atingir o implacável chão no andar de baixo.

Quase pronta para encerrar tudo na Central, Eve atendeu o *tele-link* que tocava. Imaginou que fosse Peabody e lutou para não fazer cara de irritada ao ver Webster na tela.

— Dallas falando!

— A detetive Strong despencou feio da passarela aérea, entre o quarto e o terceiro andar.

Eve se levantou da cadeira.

— Como isso aconteceu?

— Ainda não determinaram o que aconteceu, mas Bix foi detido.

— Porra, ele a empurrou da passarela, dentro da Central?

— Isso ainda não foi confirmado. Os relatos das testemunhas são conflitantes.

— Ela está viva?

— Inconsciente, e muito ferida por causa da queda. Já está a caminho do Hospital Angel. A DAI conseguiu um jeito de acusar Bix, mas Renee já está mexendo os seus pauzinhos para impedir isso. Vamos revisar os discos de segurança do prédio e manter tudo em sigilo, por enquanto.

— Strong está protegida?

— Ela já estava na ambulância e foi embora antes que eu soubesse do que houve.

— Vou providenciar proteção para ela. — Eve saiu da sua sala e seus olhos voaram para Baxter. — Quero você e Trueheart no Hospital Angel agora mesmo! Vocês vão proteger uma colega, a detetive Lilah Strong, que está sendo transportada para lá com ferimentos provocados por uma queda. Colem nela como unha e carne. Não quero médico algum sozinho com ela, e nenhum outro policial perto dela. Esta é uma ordem direta, e mesmo que o próprio Deus apareça e diga o contrário vocês devem me obedecer.

— Sim, senhora.

— Vão na frente, estarei logo atrás de vocês.

Depois de voltar à sua sala para pegar a jaqueta que tirara para trabalhar, ela ligou para Roarke.

— Escute, me encontre na garagem. Depressa! — Ela desligou e depois chamou uma amiga.

— Olá, Dallas. — A dra. Louise Dimatto sorriu para ela. — Como foi que...

Lutando para a vestir a jaqueta, Eve trocou o *tele-link* de mão.

— Louise, eu preciso de você no Hospital Angel o mais rápido possível. Uma paciente vai dar entrada, já está sendo transportada da Central. Detetive Lilah Strong. Ela sofreu lesões por queda.

— Mas como...

Corrupção Mortal 387

— Eu não sei a condição em que ela está. Preciso que você chegue lá, Louise, e assuma o caso. A vida dela está em risco. Preciso que você se apresente ao médico que estiver lá e quero que você a atenda. Não quero ninguém que você não conheça e não confie com a própria vida perto dela. Nenhum outro médico, enfermeira ou servente; nem mesmo um penico deve ser colocado perto dela se você não tiver confiança absoluta. Baxter e Trueheart estão a caminho de lá neste momento. Nenhum outro policial poderá chegar perto dela sem a minha autorização. Nenhum!

— Estou a caminho de lá. Vou ligar antes para acelerar as coisas.

— Obrigada.

Ela correu de uma passarela para outra, seguiu até o elevador e atravessou a garagem até onde Roarke já a esperava.

— Com que rapidez você consegue nos levar até o Hospital Angel?

— Com toda a rapidez que existe. Aperte o cinto!

Capítulo Vinte e Um

Com a sirene ligada, Roarke decolou no instante em que eles saíram da garagem. Logo adiante aterrissou, forçou passagem por um trecho de tráfego mais leve e fez uma curva tão fechada ao virar uma esquina que a viatura ficou em duas rodas por alguns instantes. Em seguida tirou um fino ao passar entre um táxi e um carro particular lentíssimo, mas logo voltou a decolar com a velocidade de um foguete e disparou sobre as cabeças dos pedestres que atravessavam a faixa, apesar da sirene ensurdecedora da viatura e das luzes que piscavam.

— Strong caiu — contou Eve. — Eu não sei o quão grave foi.

Ele fez que sim com a cabeça e abriu caminho pelos desfiladeiros da cidade. Ao chegar na rampa do pronto-socorro disse a Eve:

— Vá.

Ela já soltava o cinto de segurança e abria a porta. Passou como um foguete pelas portas do pronto-socorro e viu os médicos junto à recepção empurrando uma maca em alta velocidade, com Baxter e Trueheart ao lado deles como cães de guarda.

— Situação! Como ela está?

O sangue das feridas na cabeça e dos cortes no rosto encharcava as roupas de Lilah. Eve viu a tala que fora colocada no seu braço direito; outra tala enjaulava a sua perna e um colar ortopédico lhe imobilizava o pescoço.

Os paramédicos dispararam termos técnicos para um homem de jaleco que parecia ser menor de idade. Ele, por sua vez, emitiu várias ordens enquanto eles empurravam a maca por mais um conjunto de portas duplas.

E disparou outra ordem para Eve.

— Você precisa ficar aqui fora.

— A médica dela já está a caminho. O nome é Louise Dimatto. Ela está encarregada deste caso.

— No momento quem está no comando sou eu.

Ele contou até três, e os ajudantes ergueram o corpo ensanguentado e quebrado de Lilah, ainda ligado a um estabilizador, e o transferiram da maca para uma mesa cirúrgica.

Com o movimento, Lilah gemeu. Suas pálpebras tremeram. O médico lhe abriu um dos olhos para examinar sua pupila, enquanto outro médico cortava as suas calças e revelava uma fratura exposta com péssimo aspecto abaixo do joelho.

Eve conseguiu se misturar ao grupo, agarrou e segurou a mão de Lilah enquanto a equipe trabalhava ao seu redor.

— Relatório, detetive. Por favor, me faça um relatório.

Os olhos de Lilah, cegos de choque e de dor, se abriram lentamente.

— O quê?

— Detetive Strong! — Eve viu seus olhos se arregalarem de leve ao ouvir o próprio nome. — Eu preciso do seu relatório.

— Ele tentou... me matar.

— Não, eles não conseguiram matar você. Mas por que tentaram?

Corrupção Mortal 391

— Oberman. Atrás de Oberman. — As palavras truncaram quando os dedos de Lilah se moveram fracamente sobre os de Eve.

— Minha mãe. Tic.

— Vou avisar à sua mãe. E vou trazer Tic.

— Apavorada.

Uma nova dor sacudiu o corpo dela e fez estremecer seus olhos. Eve se obrigou a olhar diretamente para eles.

— Eu já providenciei proteção para você. Agora você está comigo, detetive.

— Oberman. — Eve sentiu que Lilah lutava para emitir as palavras. — O cofre. Bix. Eu estraguei tudo.

— Não, você não estragou nada. Eu já entendi.

— Mamãe. Tic.

— Vou trazê-los.

Eve se inclinou mais quando os olhos de Lilah tornaram a se fechar, ao mesmo tempo em que as máquinas apitavam. Nesse momento o jovem médico mandou que Eve se afastasse da mesa e ameaçou chamar a segurança.

— Não ouse morrer na minha frente, detetive. Isso é uma ordem, cacete!

Atrás dela, Eve ouviu a voz de Louise, muito calma, forte e cheia de autoridade. Ela deu um passo para trás e viu a amiga enfiar os braços em uma roupa protetora.

— Trueheart, fique com ela. Baxter, venha comigo.

Eve empurrou as portas.

— Ela disse mais alguma coisa antes de eu chegar aqui? — exigiu Eve.

— Você chegou meio minuto depois de nós, Dallas. Ela tinha acabado de ser retirada da ambulância segundos antes de chegarmos aqui, mas não disse nada que eu conseguisse ouvir.

— Um de vocês ou os dois ficarão com ela o tempo todo. Ninguém pode chegar perto dela. E ninguém pode tocá-la, a menos que Louise autorize.

— Alguém a empurrou do alto daquela passarela aérea, Dallas?

— Isso ainda não foi confirmado, mas é bem provável. E, se houve uma razão para eles fazerem isso, há uma razão para tentarem matá-la novamente.

— Eles não vão passar por nós. — O olhar dele se fixou na porta e voltou para Eve. — Ela é uma policial do esquadrão de Oberman?

— Não é mais. Agora ela é minha.

Louise saiu da sala de atendimento quando Eve ainda circulava pelo corredor.

— Estamos assumindo o caso dela e preparando-a para a cirurgia. Ela precisa de um cirurgião ortopédico, um cirurgião plástico e um neurocirurgião. Eles têm bons profissionais aqui — avisou Louise, antes de Eve precisar perguntar. — Eu os conheço bem. Ela sofreu ferimentos internos e eu vou cuidar deles. Se ela sobreviver, e suas chances são boas com essa equipe, precisará de muito trabalho de recuperação e fisioterapia. Será um inferno.

— Ela vai conseguir. Um dos meus homens tem de ficar com ela a cada segundo. Preciso que você escolha todos os médicos, enfermeiros e auxiliares que chegarem perto dela, e forneça todas as informações para Baxter.

— Sala de cirurgia 5! — ordenou Louise à equipe. — Preciso entrar. Você pode me contar o resto mais tarde.

— Louise... Eve caminhou a passos largos ao lado de Louise até o elevador. — Qual é a chance dela?

— Até que ponto ela é forte?

— Ela é durona, eu acho.

— Isso ajuda. Confie em nós para fazer o resto.

Sem escolha, Eve se afastou e observou os atendentes levando Lilah até um elevador. E viu Baxter e Trueheart se colocarem, mais uma vez, na posição de proteção ao lado da vítima.

— Vamos cuidar dela, tenente. — Trueheart colocou a mão na alça lateral da maca, e Eve fez que sim com a cabeça quando as portas se fecharam.

— Como ela está? — perguntou Roarke.

Ela fechou os olhos um momento enquanto sua mente revia todas as cenas na sala de exames.

— Braço quebrado, incluindo um cotovelo esmagado. Fratura exposta na perna, fratura de crânio, baço e rins comprometidos, lacerações faciais graves. Esses são só os ferimentos principais.

Ela olhou para a mão que segurara a de Lilah e o sangue que deixara marcas.

— Preciso me lavar. Vou me limpar e depois vou acabar com Renee.

Ela precisava guardar sua raiva para depois. A raiva poderia esperar.

Na volta para a Central, desta vez em uma velocidade mais normal, Eve entrou em contato com Feeney.

— Você pode usar o seu novo brinquedo em uma sala de conferência da minha divisão?

— Podemos configurar isso.

— Preciso que você faça isso agora, e sob o mais absoluto sigilo. Já que o garoto de Renee está na detenção, ela vai começar a agitar os seus contatos. E eu tenho outra missão para vocês.

— Ainda mais impossível, desta vez?

— Vocês é que vão me dizer. Ela deve ter câmeras ocultas e também microfones na sala do esquadrão e no próprio gabinete. Talvez um sistema de monitoramento local de acesso remoto. Possivelmente também tem algum tipo de alerta em sua sala, que está configurado para informar se alguém entrou e saiu de lá quando ela não está por perto. Você pode verificar tudo isso e nos dar um retorno?

— Ora, mas pelo amor de Deus! Sem conhecer o sistema, a localização exata dos sensores, nem as senhas, nem as especificações do sistema de alerta? — Ele lançou para Eve um olhar longo e triste. — Que diabos, por que não? Que diferença faz um milagre a mais ou a menos em um dia como o de hoje?

— Você consegue fazer isso bem depressa?

— Não na mesma velocidade com que eu daria um chute no seu traseiro, caso você estivesse perto de mim e bem ao meu alcance.

— Estou levando o meu nerd para ajudar você.

— Ele entra, mas você fica longe.

Eve fez uma careta quando ele desligou na cara dela, e então se virou para Roarke.

— Você consegue fazer isso bem depressa?

— Localizar e redirecionar os sinais de um sistema teórico desconhecido, com possíveis senhas não identificadas até o momento, além de um cofre que certamente tem segurança máxima? Eu não me importaria de chutar eu mesmo o seu traseiro. Mas a resposta é "sim" — concluiu ele, antes de lhe dar chance de falar. — Garanto isso porque você vai arrancá-la do seu gabinete e tirar todas as pessoas da sala do seu esquadrão durante um período de tempo suficiente para eu entrar lá, rodar um programa de varredura, localizar e identificar o sistema e tornar a sair.

— Mas como é que eu posso tirar *todas* as pessoas da sala do esquadrão dela?

— Isso, tenente, é um problema que só você poderá resolver. Vou precisar de cinco minutos lá dentro.

— Se eu te conseguir quinze minutos, há mais uma coisa que eu quero que você faça enquanto estiver lá.

— E o que seria isso?

— Tem a ver com roubar.

O rosto dele se iluminou.

— Já estou gostando da missão.

— Deixe-me chamar Peabody de volta para cá e eu te explico tudo. — Antes que ela pudesse ligar para Peabody, o *tele-link* tocou na sua mão.

— Dallas, eu consegui! — Peabody quase cantarolou as palavras. — Consegui! Achei mais de três meses de anotações, horários,

Corrupção Mortal 395

locais e trechos de conversas entreouvidas. E nomes! Ela andava pesquisando bastante e listou os nomes de todas as pessoas que acreditava estarem envolvidas na rede de Renee. E embasou sua teoria com muita documentação.

— Traga tudo para a Central.

— Você não vem para cá?

— Mudança de planos. Faça cópia de tudo e traga.

— Tudo bem, estou a caminho. Caramba, Dallas, eu quase não consegui encontrar o material. Ela protegeu tudo com gravações de música por cima da camada superior do disco. A análise do material não detectou nada, mas depois eu achei que ela talvez tivesse feito uma gravação por cima de outra, e antes de eu ter a chance de...

— Explique tudo isso depois. Vamos encerrar esse caso esta noite e quero que você tome parte nisso.

— Esta noite? Oba, já estou quase aí!

— Belo trabalho o que elas fizeram — comentou Roarke para Eve. — Se o disco encontrado tinha sido configurado em camadas e os arquivos estavam disfarçados por uma regravação sobre a camada superior, esse foi um excelente trabalho da parte de Devin e de Peabody.

— Vou dar um tapinha nas costas dela mais tarde. — Ela olhou para a hora e calculou. — Vou te explicar o que eu preciso que você faça assim que eu conseguir autorização e esvaziar a sala do esquadrão.

— Acho que você já descobriu como fazer isso.

— Um policial no necrotério, outra em cirurgia e um terceiro sendo interrogado pela DAI? Puxa, isso é um quarto do esquadrão dela. Eu diria que Renee e seus homens precisam ser convocados para dar algumas explicações ao comandante.

Ela começou a planejar tudo enquanto Roarke seguia até a Central.

— O comandante e Mira deverão participar — comentou Roarke. — É o que chamamos de avaliação do desempenho de comando. Eles exibirão certa preocupação com o que está havendo, um pouco de desaprovação e austeridade, com um leve toque de terapia de grupo.

— Ela não pode se recusar a comparecer — concordou Eve. — Eu aviso assim que receber a notícia de que todos eles estão na sala de conferências. Caso você precise de mais tempo ou simplesmente não conseguir, entre em contato comigo o mais rápido possível.

— Você acaba de merecer outro chute no traseiro, por me insultar.

Eles pegaram o elevador da garagem, mas saltaram para fazer o resto do caminho pelas passarelas aéreas, como era seu hábito. Deliberadamente, Eve deu uma boa olhada entre o terceiro e o quarto andares, na parte onde Lilah tinha caído.

Eles tinham bloqueado a parte da passarela que descia, e a manteriam bloqueada até que a DAI ordenasse a sua liberação. Ela imaginou que Webster iria atrasar esse momento mesmo que os vídeos de segurança não provassem que Bix era culpado.

— Renee manteve Strong acorrentada àquela mesa e hoje, sem mais nem menos, ela a manda sair em trabalho de campo? E com Bix? Ele tinha ordens para executá-la. Se ele tivesse conseguido tirá--la daqui do prédio ela estaria morta agora, em vez de estar sobre uma mesa de cirurgia. Strong suspeitava que a sala do esquadrão estivesse monitorada, mas entrou no gabinete da chefe assim mesmo.

— Ela assumiu um risco. Todos vocês assumem riscos todos os dias.

— Eu *sabia* que o lugar era monitorado depois da última vez em que estive lá. Eu também *sabia* que Brinker tinha envolvimento na história. Mas não contei isso a ela. Não contei a tempo. Vi uma oportunidade de ter um membro lá de dentro que não estivesse sujo, aproveitei essa chance e a puxei para dentro do problema.

— E, ao que parece, ela viu nisso uma bela oportunidade e a aproveitou. Riscos e oportunidades, Eve. É tudo parte do trabalho.

Corrupção Mortal 397

— Louise vai salvá-la. Porra, ela vai salvá-la, porque essa vaca não vai matar mais uma policial. Ela se virou e pegou a passarela seguinte.

O comunicador dela emitiu três apitos curtos. Ela o pegou e leu o código.

— Whitney já convocou a reunião.

— Acho que vou circular por aí e me aproximar um pouco mais da sala do esquadrão, para quando eles todos saírem.

— Seu rosto é bem familiar por aqui — lembrou Eve. — Não deixe que nenhum deles te veja.

— Um insulto atrás do outro! — Com um aceno de cabeça, ele se afastou.

Eve mudou de caminho para se encontrar com Webster, como havia combinado.

— Tenho apenas cinco minutos — avisou ele, assim que ela entrou na sua sala. — Bix está cozinhando em fogo brando. A tenente dele acabou de ter uma discussão acalorada com o meu capitão. Recebi ordens para me apresentar ao comandante. — Webster fez uma leve continência para Eve. — Temos pouco tempo, Dallas.

— O que aparece nas gravações da segurança?

— Ele não a empurrou, mas sem dúvida a estava perseguindo. Ambos estavam forçando passagem, correndo e empurrando todo mundo em cima da passarela. Uma pessoa caiu no chão entre eles, e todas as outras foram tombando para frente como um efeito dominó. Foi uma sorte ela ter sido a única que sofreu uma queda forte. Ela perdeu o equilíbrio, estava sem fôlego e não conseguiu se segurar no corrimão.

— Como ele respondeu a esse questionamento? Por que ele estava perseguindo uma colega oficial?

— Bix declarou que ela começou a gritar assim que o avistou, e depois começou a correr pelas passarelas aéreas, colocando em risco as vidas dos outros. Ele a perseguiu por instinto, e porque temia

398   J. D. ROBB

que ela se machucasse ou ferisse outras pessoas. Isso foi mais ou menos o que aconteceu, teríamos dificuldade em acusá-lo de algo sem as declarações dela. Ele não se desviou dessa história nem uma vez, não se traiu sequer por uma palavra.

— Eu quero ver essa corrida dos dois.

— Imaginei que sim. — Ele pegou um disco do bolso. — Se você pretende fritá-lo, sim, você pode interpretar que ele estava no local certo na hora exata, calculou os ângulos mais favoráveis e provocou a queda. Mas isso não se sustentaria por conta própria. Renee está bancando a chefe indignada, mas temos visto muito isso. Como podemos questionar um dos homens dela quando o que ocorreu foi obviamente um acidente terrível que parece ter sido causado pela própria policial ferida, que já demonstrava comportamento instável? Conforme foi registrado em suas avaliações?

— Nesse caso ela terá que explicar por que designou uma oficial de comportamento instável para um trabalho de campo.

— Está com poucos homens. Perdeu um deles ontem à noite. Ela tem uma resposta pronta para tudo. Eles ficam abalados quando você os pega sozinhos e nós sabemos o que rolou, mas eles têm respostas na ponta da língua.

— Ela está prestes a ficar sem respostas. — Eve enfiou o disco no bolso. — Não deixe Bix sair daqui, Webster, pelo menos por mais trinta minutos. Vou entrar em contato com Janburry e Delfino, para colocá-los em alerta. Eles podem querer interrogá-lo em breve.

— Ora, podemos mantê-lo ocupado por um bom tempo. Qual é a situação de Strong?

— Ela está aguentando. — Eve olhou que horas eram. — Preciso sair. Tenho minha própria fileira de dominós para derrubar.

Ela foi direto para a sala de conferências, onde Feeney e McNab estavam instalados. Feeney lançou-lhe um olhar de reprovação.

— Você sabe o quanto isso seria mais fácil se pudéssemos trabalhar com o pessoal da DDE? Nada do que você nos pediu é simples.

— A DDE trabalha em todas as áreas, mas, se eu chamar a DDE para isso, alguém que não queremos que desconfie pode desconfiar.

Corrupção Mortal

Estamos tentando encurralá-la, Feeney. Quero nossa posição sólida. Roarke teve cerca de cinco minutos desde o momento em que esvaziamos a sala do esquadrão. Se ele tiver alguma sorte, o resto do trabalho deverá ficar mais fácil.

Ela colocou o disco para rodar no computador da sala e assistiu à sequência de imagens. Ficou com o semblante duro quando viu Lilah despencar e cair no andar de baixo.

— Ela sabia que estava em apuros — murmurou Eve. — Alguém estava no seu encalço e ela procurava uma saída. Ele a manteve perto e chegou a agarrá-la. Ela procedeu muito bem até o fim. Quase conseguiu escapar.

— Ele a empurrou. Não colocou a mão nela — disse McNab, quando Eve olhou para trás —, mas na prática ele a empurrou. Olhe só para ele. Nem sequer suou. Ficou cortando o caminho das pessoas, esquivando-se delas, forçando passagem, mas em nenhum momento tirou os olhos dela. Como um cão de caça atrás de um coelho.

— Tem razão. Ele tinha ordens a cumprir. Se tivesse conseguido alcançá-la depois da queda, ele a teria matado. Se pudesse achar um jeito de fazer isso, ele a teria matado dentro da Central.

Ela se virou de costas, em busca de café, mas girou o corpo ao ouvir a porta se abrir.

— Você não conseguiu entrar lá? — perguntou, ao ver Roarke.

— Puxa, que ladainha de insultos! — Roarke jogou uma pequena mochila sobre a mesa de conferência. — Peguei emprestada esta mochila em uma das suas salas de suprimentos. Espero não ser preso por isso.

— Você entrou, resolveu tudo e tornou a sair em menos de dez minutos?

— Bem, tive que parar no caminho para pegar a mochila. E parei de novo para escanear o sistema de segurança dela. — Ele jogou um disco para McNab. — Isso deve acelerar as coisas.

— Ô se deve!

— Quer ver o que está na mochila, tenente? — perguntou Roarke. — Quer ver o que estava dentro do cofre de Oberman?

Eve abriu a mochila.

— A roupa de corrida dela. Carteira de identidade, fichas de crédito, dinheiro. Pouco mais de duzentos dólares?

— Ahn... duzentos e cinquenta, e mais cento e tantos euros.

— Um *tele-link* descartável, uma arma sem registro, um tablet... e discos.

— Seus livros contábeis — afirmou Roarke. — Sua folha de pagamento, despesas operacionais, receitas, tudo muito organizado. Eu tive pouco tempo, então dei só uma olhada rápida.

— Eu ouvi um "amém!"? — murmurou Eve.

— Se você quiser eu digo. Não examinei tudo, só o suficiente para confirmar. Os nomes estão em código, é claro, mas de maneira bastante simples. Eu diria que havia uma quase certeza de que ninguém iria dar uma espiada no cofre. Já o sistema de segurança dela é mais complexo. Se ela ligou o sensor antes de sair do gabinete, o alarme a avisou no instante em que Strong entrou na sala. Foi um sensor silencioso que acionou as câmeras. Renee deve ter visto quando ela entrou pelo aviso do alarme.

— Mas ela não conseguiu esvaziar o cofre. Pelo menos num primeiro momento. Não houve tempo hábil para isso — concluiu Eve. — Era preciso se livrar de Strong. Se ela não conseguisse matá--la teria de responder a muitas perguntas embaraçosas. Depois ela poderia esvaziar o cofre com calma e colocar lá dentro algo que não a incriminasse.

— Strong sofreu um severo golpe na cabeça; ficou e ainda está obviamente confusa — concordou Roarke. — Havia muitas formas de contornar o problema, mas executar Strong era a mais certa e garantida.

— Ela gosta de coisas certas, mas não sabe que eu já coloquei dois homens para proteger Strong. Ainda não houve tempo para ela saber. Merda, eu me esqueci de Whitney e de Mira. — Ela pegou seu comunicador e avisou Whitney que já estava tudo resolvido.

Corrupção Mortal

— Por favor, você poderia ajudar o meu garoto? — pediu Feeney a Roarke, e inclinou a cabeça, pedindo para que Eve o seguisse até o outro lado da sala.

— Você a encurralou, Dallas. Com tudo que montamos e com o que o garoto disse que Peabody vai trazer. Além disso, com o pequeno assalto que Roarke acabou de fazer, ela está acabada.

— Talvez. Mas só se ao examinarmos com cuidado os seus discos nós descobrirmos que ela registrou todo o ouro das suas operações e deu ordens para matar os policiais, depois Keener e quem mais ela possa ter condenado.

— E ela terá que explicar a identidade falsa e o dinheiro.

— Subornos, corrupção e falsificação de documentos não são assassinatos, Feeney.

— Você e eu sabemos que, mesmo se Bix se mantiver firme como uma rocha, os outros vão entregá-la. É preciso apenas que um deles caia para dar início a uma avalanche. Se você fizer um acordo de delação com um dos homens dela, a avalanche vai esmagá-la até ela virar pó.

— É assim que você lidaria com isso?

— O que estou dizendo é que você pode sair daqui direto para colocar as algemas nela.

Ela se virou e deu alguns passos para tentar acalmar a sua raiva. Depois voltou ao decidir que não queria que tudo se resolvesse desse jeito.

— Fazer acordo com um policial corrupto ou dois para poder decepar a cabeça da organização criminosa? Porra nenhuma, Feeney, porra nenhuma. Nada de ofertas. Nada de acordos, nem que eu tenha que pressionar o promotor contra isso até que ele chore e chame pela mãe. Não quero negociar acordo algum para derrubá--la. Vou acabar com ela do *meu* jeito. Vou lidar com isso e tocar as teclas certas como se ela fosse um piano.

Ele começou a sorrir com o primeiro "porra nenhuma" e depois soltou um suspiro.

— Você não sabe tocar piano.

— Mas sei como quebrá-lo em mil pedaços usando uma marreta.

— É uma boa.

Ela soltou um suspiro e sentiu a raiva ceder.

— Você também iria de marreta?

— Talvez uma serra elétrica. Preciso pensar nas minhas costas.

Ela olhou para Roarke e McNab.

— Vocês me fornecem os dados. Eu consigo o martelo e a serra.

Eve circulou pela sala enquanto eles trabalhavam. Perguntou a si mesma por que as coisas sempre demoravam mais do que você gostaria que elas demorassem, a menos que você quisesse que elas se alongassem; nesse caso elas não demorariam tempo suficiente.

A questão do tempo era terrível.

Peabody entrou.

— Coloque os dados no telão — ordenou Eve. — Preciso vê-los.

— Sim, senhora.

— Bom trabalho, Peabody. Você fez um ótimo trabalho hoje.

— Eu precisava disso. — Peabody olhou para trás enquanto rodava o disco. — Quero poder voltar à casa da mãe dela para contar que a detetive Gail Devin ajudou a derrubar um esquema de corrupção. Dallas, será que você conseguiria uma menção honrosa póstuma para ela? Vindo do mais alto comando? Você poderia sugerir isso ao comandante?

— Poderia e vou fazer isso. Mas acredito que o comandante providenciará essa honraria, mesmo sem que eu lhe peça.

Eve ficou em pé diante dos dados.

— Céus, ela foi minuciosa. Veja só isso. Horários, datas, duração das operações, participantes de reuniões a portas fechadas no gabinete de Renee. Tudo coordenado com ações de apreensão de drogas ou operações que deram errado, ou nas quais a apreensão ficou bem abaixo das expectativas anunciadas pelos informantes. Alterações nas faturas; ela registrava tudo sempre que pegava algo

Corrupção Mortal

assim. Também há registros de reuniões semanais entre Renee e Dennis Dyson, da Contabilidade. E tem mais um policial corrupto que aparece regularmente a cada duas semanas, em especial após grandes apreensões. Esse aqui trabalha nos Registros. Também vejo observações sobre inconsistências nos arquivos e nos relatórios. Devin era do tipo que ia fundo na pesquisa.

— Ela estava construindo um excelente caso — elogiou Peabody.

— Também tem registros de contatos nas ruas que começou a desenvolver por conta própria. Ela verificou os registros do tribunal para descobrir testemunhas e fez um acompanhamento delas. Foi visitar traficantes na cadeia. Começou a pressionar mais abertamente, até que...

— Pressionou alguém errado e Renee sentiu a fungada no cangote. — Eve ordenou que os dados fossem mostrados no telão, lado a lado com os de Renee. — Comparar as duas listas! Temos correspondências entre várias pessoas aqui. Muitos dos nomes da lista de Devin batem com os que aparecem na folha de pagamento de Renee.

— Você conseguiu a folha de pagamento dela?

— Vou te informar as novidades. Como é que é, Feeney!? Estou cansada de segurar esta marreta.

— Então coloque-a no chão por um minutinho.

— Uau, veja quanta grana! — Peabody ficou boquiaberta ao ver a mochila aberta. — E mais um... um passaporte, carteira de identidade falsa... você encontrou o cofre dela? Sem mim?

— Você estava ocupada fazendo um bom trabalho.

— Agora é a sua vez de dizer "amém" — anunciou Roarke, virando-se para Eve. — Estamos dentro da sala dela, tenente.

— Ela ainda não voltou ao gabinete. — Eve viu no telão a imagem do gabinete vazio de Renee e estreitou os olhos. — Ela voltou à DAI para tentar livrar o garoto dela. Tudo bem. — Eve flexionou os ombros — Está na hora da brincadeira começar.

Capítulo Vinte e Dois

Em seu gabinete, Renee estava reunida com a sua equipe mais chegada.

— Vamos limpar essa bagunça toda hoje à noite.

Ela permaneceu em pé atrás da mesa e fitou longamente cada homem sob seu comando — algo que aprendera com o pai. Seu tom de voz era cortante e exibia confiança.

— Nada de pontas soltas. Nada de erros. Freeman, vá para o hospital. Se Strong conseguir sair viva da cirurgia, precisará ser executada. Fique em alerta até eu entrar em contato com você. Faça o que você sabe fazer de melhor: misturar-se com as pessoas.

— Entendido, tenente.

— Vá agora mesmo! Mais uma coisa, Freeman. *Se* e *quando* acontecer, não deixe marcas.

— Você me conhece. Sou um fantasma.

— Marcell — continuou Renee quando Freeman saiu e a porta se fechou. — Você e Palmer vão cuidar de Dallas. Ela já era.

— Como você quer que isso seja feito? — perguntou Marcell.

— Ando pensando nisso. Levamos tudo de volta a Keener. — Isso iria formar um círculo perfeito, calculou ela. Fechado e sem saída. — Ela está tão obcecada por aquele merdinha que isso parece apropriado. Você a pegará na garagem quando ela estiver saindo. Armand, você precisa nos dar alguns minutos de falha no sistema de segurança.

— Deixa comigo.

— Terá que ser rápido e limpo. Espere até que ela esteja dentro da sua viatura. Não quero que você lhe dê espaço para manobras. Use a pistola de atordoar nela. Depois, leve Dallas e a viatura até o buraco de Keener. Depois de colocá-la lá bem presa, acabe com ela do jeito que preferir, mas certifique-se de que ela esteja morta. Deixe algum vestígio de droga barata nela. Vamos plantar um pouco dessa substância mais tarde e entregaremos o traficante que a "matou" à Divisão de Homicídios. Quando tudo terminar, entre em contato com Manford que ele irá buscá-lo.

— E se ela não estiver sozinha na garagem? — quis saber Palmer.

— Se ela estiver com a parceira ou com um de seus homens você pega os dois. Tulis vai ficar de olho nela e entrará cm contato com Armand para avisar quando ela estiver descendo.

Ela olhou para Tulis e ele fez que sim com a cabeça.

— Armand cuidará das câmeras e dos elevadores. Ele dará a vocês uma janela de tempo, é melhor que vocês não a percam. Até esse momento, fiquem longe dela. Sem contato, sem ligação.

— Considere isso resolvido.

— Quando tudo acabar, procure Samuels no Five-O para que ele te dê um álibi. Ele fechou o bar para que vocês possam ficar de olho em Strong e fazer uma homenagem à memória de Garnet. Ela olhou para o *smartwatch*. — Minhas fontes garantem que Dallas raramente sai antes do fim do expediente, vai ser mais fácil pegá-la sozinha. Vocês têm algum tempo para preparação, mas eu jogarei algum osso novo para ela investigar e garantir que ficará na Central até o fim do turno.

Corrupção Mortal

— E quanto a Bix? — perguntou Marcell.

— Armand vai invadir o computador de Dallas e inserir alguns dados que vão livrar a cara dele e deixará bem claro que a piranha queria algum tipo de vingança contra mim e os meus homens. Destruir a excelente reputação dela além de acabar com a sua vida, refletiu Renee, quase compensaria os problemas que Dallas tinha causado.

— Enquanto isso a DAI ficará com Bix, para que ele tenha um álibi quando Strong e Dallas forem executadas. Com as duas fora do caminho, tudo voltará ao normal. Faremos um minuto de silêncio pelos nossos camaradas abatidos. Daqui a uma semana encerraremos o caso Giraldi e teremos um belo dia de pagamento.

— Agora... — ela fez uma pausa e sorriu. — Vou deixar Dallas ocupada por algum tempo, bancando a superpolicial, e em seguida farei mais uma visita à DAI para expressar minha indignação com essa injustiça contra Bix, antes de sair para conferir o estado de Strong e expressar minha profunda preocupação com ela. Se todos aqui fizerem o seu trabalho isso termina hoje à noite e seguimos em frente.

Eles trabalharam mais um pouco refinando os detalhes e coordenando o tempo entre as ações. Depois, sozinha em sua mesa, Renee se sentou, encarou o retrato do seu pai e piscou com força até os olhos lacrimejarem. Em seguida, pegou o seu *tele-link*.

— Pai? — Ela apertou os lábios, como se lutasse para se controlar. — Sei que o senhor está decepcionado comigo.

— Renee...

— Não, eu sei que o decepcionei. E me decepcionei também. Nunca deveria ter deixado as coisas com Garnet escaparem ao meu controle. Eu devia ter sido mais forte. E vou ser. Preciso ir conversar com o senhor, pai, para pedir um conselho. Tenho que ir ao hospital para visitar uma das meninas do meu esquadrão que sofreu um acidente hoje. Depois disso eu posso ir até a sua casa?

— Claro.

— Obrigada, pai. Sei que deixei que meus sentimentos pessoais prejudicassem o meu trabalho e as minhas responsabilidades. Meus sentimentos por Garnet e por Dallas também. Consigo enxergar isso, agora. Ela é o tipo de filha perfeita que o senhor sempre quis. Eu me ressenti com ela por causa disso.

— Ela não é minha filha, Renee. Você é que é.

— Eu sei. Eu sei, pai. Vejo o senhor daqui a pouco.

Ela desligou e encarou o retrato com olhos gélidos.

— Eu sou sua filha? Pena para nós dois que você sempre tenha desejado um filho, não é? Pena que eu nunca consegui alcançar os seus elevadíssimos padrões. Você ficaria orgulhoso de mim agora, seu filho da puta, se soubesse o quanto eu tenho as coisas sob o meu comando?

— Ela tem mágoas do papai — comentou Eve, observando tudo pelo monitor. — Tem problemas muito sérios com a figura do papai.

— É uma mulher fria e fodida da cabeça — completou Feeney, balançando a própria cabeça. — Uma tenente que ensina aos policiais do seu esquadrão como matar outros policiais!

— Eu já começava a me preocupar que ela não mandasse alguém atrás de mim. Odiaria perder essa oportunidade.

— Ela planeja executar você simplesmente porque a considera uma ameaça. — Mira tinha entrado na sala para observar e disse essa frase olhando para Eve. — Mas isso é só parte da questão. O que ela disse ao pai era verdade, pela forma que ela avalia. Você é mais o que ele queria ter como filha do que ela. E isso é uma motivação extra para te matar.

— Vamos nos preocupar com as motivações dela mais tarde. Vou precisar da equipe de detetives eletrônicos para lidar com a falha que ela planeja promover no sistema. Eles precisam achar que tudo funcionou direitinho. Peabody, verifique o estado de Strong. Preciso falar com Louise no minuto em que ela for liberada. Não quero que Louise ou nenhum dos médicos converse com mais ninguém, nem mesmo a mãe de Strong ou o namorado. Ninguém!

Corrupção Mortal 409

— Pode deixar que eu cuido disso.

— O que você vai fazer? — quis saber Roarke quando Eve pegou o seu *tele-link*.

— Pretendo cronometrar minha operação. Vou enviar uma mensagem para Jacobson e depois eu preciso ser vista pelo homem de Renee. Queremos que o plano dela siga adiante.

— Você vai encurralá-la por todos os lados — disse Feeney, com algum orgulho.

— Todos os lados mesmo! E quando terminarmos ainda vai sobrar espaço para pressioná-la. Ora, vejam só que conveniente; acho que estou recebendo uma pista anônima enviada de um *tele-link* sem número. A mensagem diz: *Verifique os registros e relatórios de Garnet arquivados na pasta Strong e confirme a inclusão das despesas. Esta é a prova de que foram Garnet e Strong que mataram Keener.*

— Colocaram neles a culpa da morte de Keener. — Feeney apertou os lábios. — Como estarão mortos, eles não vão poder se defender.

— Ela vai ser pressionada por causa de Garnet, mas tem as anotações e avaliações que fez de Strong. Nada mal para um plano improvisado — decidiu Eve. — E será o suficiente para me manter ocupada até o fim do expediente. Vocês conseguem redirecionar esse ataque *hacker* que eles vão fazer no meu computador?

— Não só redirecionar — explicou Roarke. — Mas rastrear a fonte e fazê-la pensar que você mordeu a isca.

— Tudo isso? — Eve sorriu para ele. — Muito cômodo para mim. Isso me dará tempo para contatar Janburry e Delfino, e sugerir que eles interroguem Bix novamente. Eles precisam cronometrar a ação deles.

— Bix não a trairá — acrescentou Mira.

— Ele não precisa fazer isso. *Ela* o trairá. Janburry e Delfino levarão o crédito pela investigação e Garnet terá mais justiça do que merece. Eu tenho que me manter visível. Manterei contato por meio do *tele-link*. Peabody, me dê dois minutos e depois vá para a sala de ocorrências. Quero você colada na mesa até o final do expediente.

— O expediente já está quase acabando.

— Dois minutos — repetiu Eve, mas, quando chegou à porta, Roarke colocou a mão sobre o seu braço. — Eu preciso *muito* ir em frente com isso. E cronometrar o tempo é crucial.

— Eles não precisam de mim aqui. Eu prefiro estar na garagem.

— Mas eu preciso de você aqui, porque tudo que eles conseguem fazer você consegue mais rápido. — Ela colocou a mão sobre a dele. — Vou ter uma boa cobertura na garagem. Confio nos meus homens. Em todos eles.

— São os seus homens contra os dela. — Ah, sim, como ele entendia a sua mulher, a sua policial. — Isso é outra forma de você disputar com ela.

— Talvez. Mas vai servir de exemplo. É o tipo de exemplo que cai bem para a imagem do departamento na mídia. É uma questão de política e moral, e essas coisas importam. Mas também importa que mostremos de forma irrefutável que ela não apenas deu as ordens, mas os que estavam sob o comando dela não tiveram escrúpulo algum em cumpri-las.

— Você está muito tranquila para alguém que acabou de ouvir a própria sentença de morte.

— Porque os meus homens são melhores que os dela. De todas as formas possíveis. Se você confia em mim, deve confiar neles.

Ele tocou na bochecha dela.

— Os drinques para toda a equipe serão por minha conta, quando tudo isso terminar.

— Bebidas de graça? Isso garante uma operação sem falhas. Vou manter contato.

Ela saiu e apertou o passo. Uma policial com pressa, refletiu. Cheia de registros para verificar. Quando ela entrou na sala de ocorrências, Jacobson a chamou.

— Tenente, posso falar com você um minuto?

— Parece que tenho um minuto livre? — praguejou Eve baixinho, mas encolheu os ombros. — Na minha sala. — Ela entrou, esperou que ele a seguisse e fechou a porta.

— Ok, eu interrompi você, tenente, conforme combinado. Por que eu interrompi você?

— A história é longa, mas darei os detalhes completos em seguida — disse Eve. — Por enquanto... — Ela se virou para o computador e pediu as fotos e os dados de Marcell e de Palmer. — Esses dois homens estão planejando me emboscar na garagem daqui a duas horas. As ordens deles são para me atordoar, me jogar na minha própria viatura, me levar para a cena do crime e me deixar lá mortinha da silva.

Enquanto Jacobson estudava as imagens, os seus olhos ficaram duros como pedra.

— Essa porra é séria?

— Seríssima.

— Daqui a pouco eles terão um fim de dia péssimo.

— Terão, sim. A tenente Renee Oberman deu a eles essas ordens e determinou que este homem, Tulis, ficasse de olho em mim. E que este aqui, Armand — acrescentou, exibindo a foto seguinte —, invadisse o meu computador e criasse uma falha no sistema de segurança da garagem para encobrir toda a ação.

Ele olhou para ela mais uma vez. Ainda era visível o olhar de pedra, mas também havia uma espécie de tristeza.

— Quantos homens estão envolvidos nesse esquema, Dallas?

— Muito mais que o aceitável, eles são muitos. Seu foco estará em Palmer e Marcell, e cuidado para não alertar Tulis. Os rapazes da eletrônica cuidarão de Armand. Os outros já estão recebendo ou receberão a devida atenção.

— Como você quer que isso seja feito?

As palavras de Jacobson para ela ecoaram as de Marcell para Renee, percebeu Eve. Mas a diferença entre os significados era gigantesca.

412 ⇥ J. D. ROBB ⇤

Ela explicou a ele como desejava que tudo fosse feito.

Quando ele saiu da sala, Eve mandou uma mensagem para Peabody e atualizou a equipe eletrônica. Quando o seu *tele-link* tocou, ela viu o rosto de Louise na tela.

— Ela está viva?

— Está, sim — disse Louise, e seus lindos olhos castanhos exibiram fadiga. — E as chances de ela de continuar viva são boas. Já estão finalizando o trabalho ortopédico. Esse foi o dano mais extenso. Depois, vamos colocá-la em observação na UTI. A recuperação dela dependerá, em grande parte, do quanto a paciente é forte. O trabalho de fisioterapia será extenso, longo e doloroso. Agora me conte por que Peabody pediu que ninguém entrasse em contato com a família dela.

— Vou chegar nessa parte, mas preciso que você informe a outra pessoa o estado dela, mas com algumas variações. Você a manteve viva nessa etapa, Louise. Ajude-me a mantê-la viva até o próximo passo.

Durante a hora seguinte, Eve percebeu que não gostava muito de coordenar uma operação via *tele-link*. Preferia olhar nos olhos dos homens que comandava, para ver nos seus rostos a sua determinação, o seu astral, a sua vontade de arriscar tudo pela missão.

Quando o fim do expediente chegou, ela começou a contagem regressiva.

Primeiro passo, pensou. Louise.

Renee, com o rosto marcado pelo cansaço e pela preocupação, correu em direção ao centro cirúrgico.

— Sou a tenente Oberman — informou à enfermeira no balcão.

— Vim aqui para saber do estado de uma das pessoas da minha equipe. Lilah Strong.

Corrupção Mortal 413

— Tenente? — Louise, ainda de jaleco, se aproximou do balcão.

— Sou a doutora Dimatto, um dos membros da equipe cirúrgica. Por que você não vem comigo para conversarmos?

— Ela já saiu da cirurgia?

— Já. — Louise continuou andando. — Que tal entramos nesta sala para conversarmos?

— Oh, Deus. Ela não resistiu? Disseram-me que ela estava gravemente ferida, mas eu ainda tinha esperanças.

— Ela aguentou as cirurgias muito bem — Louise fez um gesto para Renee entrar em um pequeno escritório e fechou a porta. — A sua idade e a sua boa condição física ajudaram muito. Não há razão para que ela não se recupere por completo.

— Graças a Deus! — Renee fechou os olhos e se sentou. — Estamos todos tão preocupados, no esquadrão. Eu planejei vir para cá mais cedo, mas... isso não importa. Eu posso vê-la?

— Não. Sinto muito, mas ela não pode receber visitas no momento. Nem mesmo de familiares. Existe um risco elevadíssimo de infecção, por isso tivemos que colocá-la em quarentena. De qualquer forma, ela está em coma induzido. Sofreu um trauma muito grave e queremos dar tempo ao corpo dela para se curar. Nós a levamos para a ala leste, oitavo andar. Lá é mais calmo e isolado do resto do hospital. A infecção é a grande inimiga dela, neste momento.

— Compreendo. Mas há mais alguém acompanhando a paciente? E se ela acordar?...

— Esperamos tentar tirá-la do coma em cerca de vinte e quatro horas. Enquanto isso, uma enfermeira da UTI está verificando seus sinais vitais e sua recuperação a cada trinta minutos. Descanso e silêncio são as coisas de que ela mais precisa agora. Pode ser que ela esteja pronta para receber visitas amanhã de manhã por essa hora, ou no máximo depois de amanhã.

— Qual é o número do quarto dela? Quero avisar aos seus companheiros de esquadrão. E enviar flores para quando ela puder recebê-las.

— Claro. Ela está no quarto 8-C. Ficarei feliz em entrar em contato com você quando ela for liberada para receber visitas.

— Eu agradeceria muito. — Renee se levantou. — Obrigada por tudo que você fez, doutora. Acredite, a recuperação da detetive Strong é uma imensa preocupação para mim.

— Compreendo. Vou acompanhá-la até o elevador.

Louise seguiu com ela, esperou até a porta do elevador se fechar e pegou o *tele-link*.

— Tudo correu bem — disse a Eve. — Contei uma mistura de mentiras e verdades para essa tal tenente Oberman. Se você não precisa de mais nada por agora, gostaria de monitorar a minha paciente.

— Obrigada, Louise. — Eve desligou e contou as novidades para a sua equipe. Em seguida, pensou: "Passo Dois: Renee para Freeman."

Com um sorriso felino de pura satisfação, Renee entrou no carro. Quando estava a um quarteirão do hospital, ligou o *tele-link* sem registro.

— Ela está no quarto 8-C, ala leste. Vai ficar em quarentena, sendo monitorada a cada trinta minutos por uma enfermeira da UTI. Condição crítica, coma induzido, perspectiva otimista.

— Não por muito tempo.

— Termine o que Bix começou e tire-a de ação de forma rápida e silenciosa, Freeman. Quero que pareça que ela sofreu complicações devido aos ferimentos graves.

— Tenho algo especial comigo. E já peguei uma roupa no vestiário dos profissionais de saúde. Posso entrar lá como médico e adicionar este medicamento especial ao seu soro intravenoso. Ela simplesmente vai apagar. Vai ser como colocar um cão doente para dormir.

— Faça isso e depois vá para o bar Five-O. Quero todo mundo com bons álibis, por precaução.

Corrupção Mortal

— Preciso só criar uma distração para poder entrar no quarto despercebido, como um fantasma. Se eu conseguir terminar lá bem depressa, posso voltar e ajudar a acabar com Dallas.

— Não, faça só o que estou mandando, nem mais nem menos. Marcell e Palmer vão cuidar de Dallas. Devem atacá-la daqui a pouco. Entre em contato comigo quando terminar no hospital. Por escrito. Não quero atender a uma ligação quando estiver conversando com o meu pai.

— Como quiser, tenente.

Como quiser, pensou Eve, acompanhando a conversa em tempo real. *Pode colocar mais uma acusação à sua lista, Renee. Conspiração para cometer assassinato.*

— Você ouviu essa conversa, Dallas? — perguntou Feeney baixinho, em seu ouvido.

— Cada palavra. Vou desligar aqui e dar início à próxima fase.

— Proteja o seu traseiro, tenente. — Era a voz de Roarke que sussurrava em seu ouvido agora. — Gosto muito dele.

— Eu também.

Ela desligou o computador e flexionou os ombros. Era chegada a hora de entrar na brincadeira. "Terceiro passo: Dallas vai para a garagem."

— Estou em movimento — avisou ela em seu microfone.

Saiu da sua sala e passou pela sala de ocorrências, onde Carmichael e dois colegas olharam para ela.

— Boa noite, tenente.

— Boa noite, detetive. Até amanhã, oficiais.

Ela pegou as passarelas aéreas sem pressa, para dar a Carmichael e aos outros policiais alguns minutos para posicionamento, além de tempo para quem a vigiava informar que ela já estava a caminho.

Trocou para o elevador que a levaria até a garagem subterrânea e ouviu Feeney no fone.

— Eles posicionaram os outros carros atravessados na passagem dois andares acima do seu. Qualquer pessoa que queira descer até o andar em que você está terá de esperar um pouco, ou ir de escada. Conseguimos localizar a fonte do sinal. Roarke está redirecionando a falha que eles criaram. Armand está à espera de que Marcell ou Palmer deem a ele sinal verde para congelar as imagens dos monitores do sistema de segurança. Mas nós teremos a sua imagem real aqui, numa boa.

Ela assentiu e entrou na garagem quando as portas se abriram.

Eles não podiam se aproximar de Eve até ela alcançar a sua viatura e decodificar as fechaduras. Então eles a atacariam por trás. Se ela estivesse errada sobre isso, seria atingida por armas de atordoamento.

Droga, ela provavelmente seria atingida de qualquer jeito.

Seus passos ecoaram no espaço amplo enquanto ela caminhava até o carro e digitava o código.

O ataque vai ser por trás, confirmou, ao ouvir o som fraco de uma janela se abrindo e um veículo se movendo atrás dela e um pouco à direita.

Tudo aconteceu depressa. A ação foi suave e dissimulada, exatamente como ela esperava.

Seus homens surgiram de todos os lugares com as armas em punho. Agora, vozes e passos pesados ecoavam nas paredes da garagem. Ela foi atingida — provavelmente tanto por reflexo automático quanto intenção do atirador; sentiu a propagação do calor junto com uma fisgada fraca porém irritante através do colete protetor que usava sob a jaqueta.

Sua própria arma já estava na mão quando ela se virou e viu Jacobson encostar a própria arma no ouvido de Marcell.

— Largue a porra dessa arma, seu filho da puta, ou eu vou explodir a porra dessa sua cabeça de merda. Mãos ao alto! Coloque a porra das mãos onde eu possa vê-las, seu filho da puta. Se você der um suspiro errado ou piscar errado eu vou te foder.

Corrupção Mortal 417

Enquanto Reineke e Peabody arrastavam Palmer pelo outro lado, Eve se afastou, deixando Jacobson lidar com Marcell.

— Parabéns pela bela combinação de *palavrões*, detetive.

— Filho da puta — rosnou Jacobson quando empurrou Marcell com a cara no chão. — Beije o asfalto com essa cara de bosta, seu covarde de merda. Atordoar a minha tenente pelas costas? Vá se foder!

Houve um estalo forte seguido de um grito.

— Parece que pisei errado, tenente, e atingi sem querer um dos dedos deste filho da puta. Acho que está quebrado.

— Tudo bem, isso poderia ter acontecido com qualquer um. — Ela se agachou quando Jacobson colocou as mãos de Marcell nas costas e as conteve. — Você matou o seu próprio parceiro. O detetive Jacobson já expressou com muita eloquência os meus sentimentos. Não consigo pensar em mais nada para dizer a um policial que tomou parte no assassinato vergonhoso do seu próprio parceiro.

— Quero fazer um acordo! — berrou Marcell, com o suor escorrendo pelo rosto enquanto Eve lhe arrancava o distintivo, o comunicador e o *tele-link* sem registro.

— Aposto que quer. — *Mas vamos nos ver no inferno antes disso,* pensou Eve. — Você vai entregar Renee para mim, Marcell? Vai entregar tudo como um bom menino? Tirem-no da minha frente. Levem os dois, tranquem-nos em celas separadas e sem contato de nenhum tipo. Depois recitem os direitos de ambos. Procurem um médico para tratar o dedo deste imbecil. — Ela se levantou e respirou fundo várias vezes; depois olhou para seus homens e fez contato visual com cada um deles.

— Obrigada. Belo trabalho. — Ela se encostou na viatura. Viu que seus homens já arrastavam Marcell e Palmer para longe dali quando Peabody se juntou a ela.

— Você está bem? — perguntou Peabody. — Ouvi relatos de que o choque de uma arma de atordoamento pode doer muito, mesmo que a pessoa esteja de colete.

— Ele aplicou a potência máxima. Isso fez com que o choque tivesse a força de um soco forte que pareceu mais leve por causa do colete, mas vai pesar muito nas acusações contra ele. Feeney, leve a sua equipe para pegar Armand. Estamos todos numa boa, aqui.

— Eles já foram para lá.

— Entendido. Está na hora de Marcell avisar à sua chefe que me pegou.

— Vamos fazer isso daqui — avisou Roarke.

— Ótimo, vamos subir novamente. Quero dar prosseguimento ao restante da operação.

Etapa quatro, pensou ela. *Freeman.*

Usando as roupas e o crachá que tinha roubado de um armário no vestiário, Freeman subiu os lances de escada que levavam até o oitavo andar. Ele se orgulhava da sua reconhecida capacidade de se misturar com o ambiente, e se considerava um camaleão humano.

Ele entreabriu a porta e examinou a direita e a esquerda; em seguida deslizou pela passagem e entrou no quarto que ficava do outro lado do corredor.

Máquinas bipavam e zumbiam, monitorando algum pobre moribundo que estava sobre a cama. Mantendo-se fora do alcance da câmera, ele deslizou o corpo contra a parede até conseguir apontar o *jammer* que carregava.

No momento em que o alarme disparou, ele saiu de onde estava e entrou no quarto seguinte, antes que a equipe da UTI surgisse correndo. Repetiu o processo no segundo quarto e sorriu ao ver os médicos passando apavorados pelo corredor. Repetiu a estratégia em um terceiro quarto, para tumultuar ainda mais, e só então correu para a porta do quarto 8-C.

No momento em que eles determinassem que tudo não tinha passado de uma falha eletrônica, reiniciassem o sistema e fizessem

Corrupção Mortal

o que costumavam fazer pelos pobres moribundos nas camas, ele teria cumprido sua missão e já estaria longe.

Entrou no quarto 8-C. Eles mantinham as luzes fracas ali, observou. Descanso e silêncio eram as ordens para aquela paciente. Perfeito, porque ela conseguiria essas duas coisas no lugar para onde ele iria enviá-la. Ele foi até a beira da cama e pegou um frasco no bolso.

— Você devia ter mantido o seu nariz fora dos nossos negócios, sua piranha burra.

Baxter saiu das sombras e encostou a arma na cabeça de Freeman.

— Quem é o burro agora? — perguntou Baxter, enquanto Trueheart se posicionava entre Freeman e Strong. — Quem é o burro agora?

Freeman está preso — reportou Eve.

— Runch também foi pego — informou Peabody. — E o contador; e Tulis; e ainda Adams, o psiquiatra. Eles estão reunindo todo o povo da tenente como se eles fossem patos em uma lagoa.

— Já que Janburry e Delfino estão passando algum tempo agradável com Bix, eu diria que está na hora do último ato.

Renee estava sentada no escritório de seu pai, amando-o profundamente cada vez que inspirava. E odiando-o cada vez que expirava.

— O senhor não sabe como é trabalhar com drogas ilegais nos dias de hoje — insistiu ela, preservando o tom ameno e respeitoso. — Não posso me dar ao luxo de jogar um homem aos ratos por conta de um deslize. A princípio, foi o que eu achei que estava acontecendo com Bill Garnet.

— Renee, quando um de seus homens se entrega exatamente àquilo que jurou combater, é necessário agir. Você é a responsável pelo código de conduta do seu esquadrão.

Vá em frente, pensou ela, *me dê um sermão sobre os elevados padrões de Marcus Oberman. Já ouvi tudo isso antes.*

— Sei disso perfeitamente. Mas a lealdade também é vital, o senhor sabe disso. Conversei com Garnet, mantive tudo fora das suas avaliações, mas ordenei que ele participasse de um programa de recuperação. Faz poucos dias que comecei a suspeitar dele e de um dos meus outros detetives. Pai, tenho motivos para acreditar que duas pessoas estavam usando o meu informante civil para obter produtos para uso próprio e para venda. E tenho motivos para acreditar que eles mataram esse meu informante antes que ele pudesse entrar em contato comigo.

— Foi Bix?

— Não, não foi Bix. Garnet estava usando Bix apenas como disfarce. Acho que ele pode ter colocado Bix como bode expiatório, mas a grande corrupta era Lilah Strong. — Renee se levantou. — Ela deve ter percebido que eu estava chegando perto da fonte. Deve ser por isso que tentou escapar hoje à tarde. Dois membros do meu esquadrão, papai; traindo o esquadrão que também é deles; e o departamento; traindo *a mim*. E aos distintivos que carregam.

Ela desejou que as lágrimas brilhassem em seus olhos.

— Foi tudo culpa minha.

— Culpa e responsabilidade nem sempre são a mesma coisa. Renee, se você acreditou nisso, ou se tinha alguma evidência, por que não informou tudo à tenente Dallas?

— Eu *fiz* isso, papai. — Ela se virou. — Hoje mesmo. Mas ela me dispensou, simplesmente me dispensou. Está muito focada em Bix e em mim. É metida a santa.

— Ela é uma boa policial, Renee.

É uma policial morta agora, pensou Renee.

— Melhor do que eu, suponho — retrucou ela.

— Não foi o que eu disse, ou quis dizer. Você precisa levar essas informações ao seu comandante. Já devia ter feito isso. Você precisa entrar em contato com ele e solicitar uma reunião, da qual Dallas

Corrupção Mortal

irá participar. Deve contar a eles tudo o que você sabe e todas as informações que tem a respeito desse caso.

— Eu queria ter certeza antes de... Tenho trabalhado sozinha. Essa é a minha responsabilidade — lembrou ela, já que essa era uma das palavras favoritas dele. — Pai — continuou —, acho que eles foram mais fundo e além de Keener, que não passava de um informante. Acho que eles foram muito além, e isso custou a vida de Garnet. Tenho uma pista sobre o que aconteceu e queria investigá-la até o fim. Sei que o caso é de Dallas, mas... Pelo amor de Deus, pai. Garnet, Strong, e até mesmo Keener são responsabilidade *minha*, e eu queria lidar com isso.

— Eu compreendo. O comando pode ser um lugar solitário, Renee, e também pode ser difícil. Mas você faz parte de um todo, faz parte de um sistema. Não pode sair desse todo e desse sistema de acordo com suas próprias necessidades. Você deve aos seus homens esse comportamento exemplar. A prova da verdadeira liderança. Dois dos membros da sua equipe agiram mal. Agora você deve mostrar aos outros que não haverá tolerância, nem meias medidas.

— O senhor tem razão. Claro que sim. Vou entrar em contato com o comandante e solicitar essa reunião.

— Você quer que eu esteja presente?

Ela balançou a cabeça para os lados.

— Preciso fazer isso sozinha. Eu não deveria ter envolvido o senhor nessa questão. Preciso ir embora para organizar meus pensamentos. Obrigada por me ouvir. Vou fazer a coisa certa.

— Espero que sim.

— *Espero que sim* — repetiu ela, num murmúrio, quando bateu a porta do carro. Era típico do seu pai lhe dar sermões, doutrinar e lançar-lhe aquele olhar de desaprovação por ela não ter seguido cegamente a trilha de Santo Oberman.

Ele nunca saberia até que ponto ela tinha se desviado dessa trilha ou o quanto *ela* traçava o próprio caminho. Mas no momento ele era, mais uma vez, uma ferramenta útil.

Quando encontrassem o corpo de Dallas, quando Strong morresse por não resistir aos ferimentos e ela contasse a Whitney o que ela queria que ele acreditasse, o querido papai confirmaria que ela já havia lhe contado tudo aquilo antes. Confirmaria que ela tinha sugerido a Dallas que investigasse Strong, mas fora rejeitada.

Tudo estava se encaixando com perfeição.

Ela pegou o *tele-link* e ficou satisfeita ao ver que havia recebido uma mensagem de texto de Freeman. Mas logo depois ela parou o carro no acostamento para poder reler o texto com mais atenção.

Não consegui chegar até onde ela está. Não dá para chegar nem perto dela. O lugar está cheio de médicos. Vão tirá-la do coma induzido esta noite. Quais são as suas ordens?

— Maldita incompetência. Será que eu preciso fazer tudo sozinha? — Ela bateu com os punhos no volante até conseguir pensar.

Abortar a missão, ordenou.

Não faria diferença se Strong sobrevivesse, disse a si mesma. Ela seria obviamente desacreditada. Quem iria acreditar em uma simples detetive de terceiro grau que tinha plantado provas falsas e dúvidas contra a sua tenente? Contra a filha de Santo Oberman?

Ninguém.

Eles teriam que dar uma olhada no cofre, é claro, quando a vaca traidora contasse tudo a eles. Renee voltou à estrada. Eles teriam que verificar tudo que a vaca metida lhes contasse. Então ela iria simplesmente limpar o cofre e guardar ali dentro cópias dos relatórios que montara, a partir das suas suspeitas ou evidências que ligavam Garnet, Strong e Keener.

Ela simplesmente arrumaria o resto daquela bagunça e logo depois, calculou, dali a algumas semanas, estaria tirando férias muito merecidas.

Capítulo Vinte e Três

Renee caminhou decidida pela Central, pois ia cuidar de negócios. Queria tomar um banho quente e demorado — com os óleos que comprara em sua mais recente viagem à Itália. E degustar uma de suas garrafas de vinho, produzidas no vinhedo em que ela investira.

Poderia ficar de molho na água morna e brindaria ao infortúnio de Strong e à sua provável prisão. E o mais importante e mais gratificante: à morte da tenente Eve Dallas.

A vaca sentimentaloide usava uma aliança de casamento, lembrou. Peça interessante, com design exclusivo. Esse seria um item perfeito para ela passar adiante e entregar a um bode expiatório que ela já tinha em mente — um traficante particularmente violento que iria penhorar aquela aliança na primeira oportunidade.

Será fácil colocar a culpa do assassinato de Dallas nele e de Garnet também.

Pontas soltas deviam ser cortadas, refletiu, ao sair do elevador no seu andar. O melhor é que ela já tinha encontrado um jeito de ser a seta que iria apontar o bode expiatório para os investigadores. Isso apagaria qualquer mancha que ainda persistisse a respeito do problema Garnet/Strong e muito provavelmente lhe daria um belo impulso em direção à merecida divisa de capitã.

Na verdade, as coisas estavam funcionando muito melhor do que ela planejara.

Ela passou pelo brilho azulado do sistema de segurança na sala do esquadrão e destrancou seu gabinete. Ordenou que as luzes se acendessem e foi direto para o retrato do pai.

— Dane-se o senhor e tudo o que o senhor representa.

Levantou a moldura e se virou ao ouvir um ruído atrás dela. Eve girou a cadeira na direção em que Renee estava e sorriu.

— Esse não é um jeito bonito de conversar com papai, Renee. Puxa, parece que você viu um fantasma.

— O que você está fazendo no meu gabinete? No meu gabinete, que estava trancado? Você não tem o direito de...

— Você se recupera muito depressa, isso eu reconheço. Mais depressa que os cães de guarda que você soltou sobre mim.

— Não sei do que você está falando.

— Por favor, Renee, eles me entregaram você de bandeja. Marcell choramingou pedindo um acordo de delação premiada antes mesmo de colocarmos as algemas nele, e Palmer não ficou muito atrás. E mesmo que não tivéssemos isso? — Eve estendeu a mão e ligou o gravador.

A voz de Renee encheu a sala e ela se ouviu planejando a morte de Eve e de Lilah Strong.

— A propósito, a detetive Strong está muito bem — informou Eve. — Quanto a Freeman, nem tanto. Ele está refletindo sobre as suas opções dentro de uma cela, neste momento, assim como a dupla de incompetentes que você escolheu para me matar. Armand, Bix, Manford e pelos menos mais cinco outras pessoas da sua equipe também já estão na prisão. Você está completa e irremediavelmente fodida.

Corrupção Mortal

— Você está blefando, ou não estaria aqui dentro sozinha.
Portanto, vou simplesmente entrar em contato com...

Eve sacou sua arma e a apontou para o botão do meio do poderoso paletó de Renee.

— É melhor você pegar a sua arma muito lentamente, colocá-la
sobre a mesa e se afastar dela. Sei que você nunca matou ninguém.
Nunca sequer atirou com essa pistola que está na sua bolsa, ou
com qualquer outra arma. Pelo menos uma arma registrada. Eu já
matei, e pode acreditar em mim quando eu digo que não hesitaria
em atirar em você.

Renee jogou a bolsa sobre a mesa.

— Você acha que ganhou esse jogo? Acha que eu não consigo
consertar tudo isso?

— Exatamente, *eu* ganhei o jogo. E acho que você não consegue
consertar isso.

— Você ainda não ganhou porque quem vai ganhar sou eu. É
a *sua* cabeça que vai rolar.

Ela não estava em pânico, reparou Eve. Apenas irritada. Na
esperança de provocar uma nova onda de raiva em Renee, Eve
abriu um sorriso largo.

— Sério? Você tentou matar Strong duas vezes, uma com Bix,
outra com Freeman. E não se saiu muito bem, concorda? Agora
acha que pode me derrubar?

— Ela teve sorte com Bix. Ele nunca falha.

— Ele matou Keener, mas ele era apenas um viciado fraco.
Também matou Garnet. Mas Garnet era o seu parceiro e confiava
nele. Eu diria que é isso que traz sorte a Bix. Todos confiavam em
você, não confiavam, Renee? Pelo menos dentro dos limites em que
gente como vocês consegue confiar. Você tem tanta certeza assim
de que Bix fará o que você manda quando a opção for passar a vida
dentro de uma cela de concreto?

— Ele fará exatamente o que eu mandar e dirá exatamente o que
eu determinar. É desse jeito que você deve comandar seus homens.

— Verdade. É preciso muita coragem para ordenar a um homem como Bix que corte a garganta do seu próprio parceiro e que injete veneno no braço de um drogado.

— É preciso ter visão, perspicácia e inteligência para dobrar alguém como Bix até que ele cumpra exatamente o que lhe foi ordenado. Nenhum de seus homens faria por você o que Bix fez e fará por mim.

— Nesse ponto você está certíssima.

— Isso te faz uma mulher fraca. Segurar essa arma apontada para mim também te faz fraca.

— Faz?

— *Você* tem essa coragem, Dallas? — Renee desceu lentamente dos seus sapatos vermelhos de salto muito altos — Vamos descobrir quem realmente está no comando aqui.

— Você está falando sério? — De todas as reações dela, essa era a última que Eve esperava. Uma ponta de puro divertimento surgiu nela. — Você quer sair na porrada comigo?

— Você é fraca. E covarde.

— Ai! Quantos insultos. Isso dói. Mas que diabos, confesso que eu adoraria isso. — Eve largou a arma e despiu a jaqueta.

Enquanto circulava em torno da mesa, Renee se agachou ligeiramente, colocando-se em posição de luta.

— Olha só ela! — Eve inclinou a cabeça e apontou para a oponente. — Você andou tendo aulas de luta?

— Desde os cinco anos de idade. Você vai sangrar.

— Não seria a primeira vez.

Eve assumiu sua posição e elas se circundaram. Eve deixou Renee vir com força para cima dela, mas bloqueou o chute, o soco que o acompanhou e uma tentativa de um contragolpe com as costas da mão.

Havia força nos movimentos dela, reconheceu Eve. E também estilo e habilidade. Renee não iria ser derrotada com facilidade; não se permitiria cair rapidamente.

Corrupção Mortal 427

Tanto melhor que fosse assim.

Ela chutou o punho de Renee para o lado e avançou com um soco poderoso, mas ele foi repelido. Eve levou um golpe bem no meio do corpo que fez sua barriga arder. O chute seguinte a pegou no ombro e ela sentiu a dor descer pelo braço. Mas ela aproveitou o ritmo e bateu com a bota no peito de Renee com uma força tão descomunal que derrubou sua oponente até a poltrona atrás dela e a fez despencar no chão.

Com os punhos prontos, Eve deu um pulo para frente, mas Renee pulou junto, deu um chute no joelho de Eve que a jogou para trás com os pés para cima. Eve provou o próprio sangue dessa vez, mas disse a si mesma que aquilo serviria para despertá-la, e quando Renee voltou pronta para atacar o seu joelho ferido, Eve lhe deu uma rasteira.

Dessa vez, quando a oponente caiu, houve o satisfatório barulho de algo se quebrando no instante em que a mesa sobre a qual ela caiu de costas desmoronou com grande estrondo.

As duas se levantaram rapidamente e atacaram ao mesmo tempo.

Agora foi uma espécie de júbilo o formigamento que subiu pelo braço de Eve quando seu punho encontrou com muita força o rosto de Renee e o sangue da outra jorrou entre gritos de dor e de raiva. Mas logo ela também levou um soco no rosto, acompanhado por estrelas que explodiram diante dos seus olhos. Voando em meio às estrelas, Eve girou o corpo e veio para baixo com tudo até bater com o cotovelo na barriga de Renee, ao mesmo tempo em que ergueu o antebraço para plantar o punho no queixo da oponente.

— *Você* está sangrando, sua vaca — avisou Eve, agarrando no ar o pé que Renee usou para tentar lhe dar um chute e empurrando-a para trás.

Renee caiu, rolou, girou as pernas no ar em um movimento de tesoura e acertou um chute duplo no quadril de Eve antes mesmo que ela conseguisse se levantar.

428   J. D. ROBB

Sede de sangue. Eve sentiu exatamente essa sensação pulsar e bombear através dela; e deixou-se tomar por uma fúria primitiva que, de algum modo, era um prazer perverso. Com as duas circulando e girando em posição de ataque, um golpe era aplicado, outro recebido. O suor pinicava os olhos de Eve e lhe escorria pelas costas — e ela viu tudo isso se misturando com o sangue espalhado no rosto de Renee.

Eve sabia que as duas desejavam a mesma coisa naquele instante; vencer era tudo que importava e o sabor do sangue era doce na língua. Um sabor, ela sabia, que provocava uma sede por mais.

Eve disse a si mesma que devia acabar logo com aquilo e dar um passo atrás na linha da satisfação.

— Você já era — anunciou Eve. — Você já era!

— *Eu* é que decido isso! — exclamou Renee, lançando-se contra Eve, que girou o corpo para desviar do ataque. Mas as duas se agarraram com força, bateram na porta do gabinete como uma bala de canhão e invadiram a sala do esquadrão em um emaranhado íntimo de pura violência. Rolaram pelo chão trocando socos e atingiram a lateral de uma mesa com o rugido de um trovão.

Eve impediu o polegar de Renee, que pretendia furar-lhe o olho, e aproveitou para segurar o pulso dela com toda a força e o torcer. Em um grito de dor, Renee agarrou os cabelos de Eve, enterrou as unhas no seu couro cabeludo e puxou os fios com violência.

Mais estrelas explodiram em um campo vermelho como sangue.

— Que porra é essa? Puxões de cabelo? — exclamou Eve. — Ah, para mim *já chega*! — Ela torceu mais uma vez o pulso de Renee e deleitou-se com os gritos. Com o próprio couro cabeludo ainda ardendo, virou Renee de costas no chão e gritou: — Sua covarde! — Fechou o punho e o lançou com força uma vez e depois outra no rosto de Renee e recuou de leve, mas se deteve quando sentiu o aperto no seu cabelo enfraquecer e viu o olhar fixo da oponente perder a expressão.

Foi a vez de Eve exclamar:

Corrupção Mortal 429

— *Eu* é que decido quando acabou! — Eve limpou o sangue da boca. — *Agora* acabou. Porra, assunto encerrado. — Ela rolou de lado, sentou-se no chão e tentou controlar o ar que sibilava em seus pulmões, que pareciam estar em chamas. — Peabody!

— Sim, senhora! — Peabody deu um passo à frente em meio à multidão de policiais e um civil em particular que tinha acabado de entrar na sala do esquadrão.

Eve passou a mão por baixo do nariz e depois apertou-o com cuidado. Não estava quebrado, determinou ela, apenas sangrava.

— Pode levá-la, ela é sua — disse para Peabody.

— Há?

— Ei, sou eu que estou com os ouvidos apitando, pelo amor de Deus. Eu disse que ela é sua. Prenda-a. Leve-a daqui.

— Mas, Dallas, foi você que...

Embora doesse praticamente em todo lugar, conforme ela descobriu ao tentar se movimentar, Eve se levantou. Perguntou a si mesma, por um momento, se o joelho machucado tinha inchado até ficar do tamanho de uma bola de basquete ou era só impressão.

— Detetive, acabei de lhe dar uma diretiva e espero que você a siga sem questionamentos. Prenda esta pessoa que é uma vergonha para o distintivo que usa, um vexame para a sua linhagem e para todas as mulheres em geral. Uma puxadora de cabelos! — terminou Eve, com cara de nojo, e passou a mão de leve sobre o couro cabeludo dolorido.

— Sim, senhora.

— Espere só um minuto. — Eve se agachou dolorosamente, inclinou-se perto do rosto de Renee e falou baixinho, só para as duas ouvirem: — Está vendo esta policial, Renee? A detetive que está prestes a prender você? Ela é a razão de tudo isso. Ela é a razão de você estar aí caída, derrotada e prestes a ser presa. Ela é mais policial, mais mulher, mais humana do que você jamais foi. E ela é minha parceira.

430 J. D. ROBB

Eve se levantou, endireitou o corpo com esforço e considerável desconforto.

— Leve esse lixo daqui — ordenou a Peabody.

— Com prazer, tenente. Renee Oberman! — começou Peabody, inclinando-se para algemar a prisioneira. — Você está presa!

Peabody recitou a lista de acusações enquanto arrastava Renee e a obrigava a se colocar em pé. Eve apontou para o lado com a cabeça olhando para McNab, que correu e agarrou o outro braço de Renee. Peabody continuou a informar à presa os seus direitos e obrigações enquanto a conduziam para fora da sala.

— Tenente.

Eve lutou para não estremecer quando se colocou em modo de atenção.

— Sim, senhor, comandante.

— Foi desnecessário entrar em contato físico com a acusada, quebrar o protocolo de procedimento e deixar de lado a sua arma, ainda mais porque você claramente já tinha a acusada sob controle.

— Sim, senhor.

— Desnecessário — repetiu ele —, mas compreensível. E acredito que tenha sido tão gratificante fazer isso quanto observar. Sugiro que você visite a enfermaria para se limpar e tratar. Será o meu triste dever informar ao comandante Oberman sobre a prisão da sua filha.

— Senhor, na condição de chefe da equipe investigativa e parceira da policial que efetuou a prisão, acho que esse é o *meu* dever.

— Você conhece a cadeia de comando melhor do que faz parecer, Dallas. Cabe a mim levar esse fardo. Você trabalhou bem. — Ele se virou e seu olhar percorreu todos os policiais na sala. — Vocês todos fizeram um belo trabalho.

Assumindo sua postura de comando, ele se retirou da sala.

Roarke se aproximou, entregou-lhe a arma e uma toalha. Ela não sabia de onde diabos ele tinha tirado uma toalha, mas ela parecia limpa. Ela limpou um pouco do sangue do rosto.

Corrupção Mortal

— Eu chutaria a sua bunda por colocar a sua arma de lado — murmurou ele. — Só que, como eu disse antes, gosto muito dela. E também porque, no fundo, concordo com Whitney. Além do mais — ele pegou a toalha e ajudou a limpar o rosto de Eve —, acabei de ganhar 50 dólares do cara novo.

— O quê? De Santiago?

— Apostei que você iria provocar uma briga com ela, só para ter a chance de dar uma surra nela. Ele foi o único que apostou contra. — Roarke se inclinou suavemente e beijou com cuidado a sua boca inchada. — Mas só porque ainda não conhece você tão bem quanto o resto do pessoal. E perdeu.

Ela poderia ter sorrido, mas sabia que iria doer.

— Bem, ele é o cara mais novo. Eu preciso... — Ela parou de falar e notou que a sala continuava cheia de policiais. Pensando no beijo que tinha levado, quase fez careta, mas isso também iria doer.

— O que vocês ainda estão fazendo aqui? Não têm família? Estão todos dispensados!

Para seu choque completo, Baxter se colocou em posição de sentido, fez uma continência e manteve a mão junto da testa.

— Tenente! — disse ele, e todos os policiais da sala seguiram o seu exemplo.

Eve esqueceu todas as dores, todas as fisgadas, ferimentos e cortes. Não havia espaço para mais nada além do orgulho.

— Bom trabalho. Todos vocês. Belo trabalho — respondeu ela também com uma continência. — Dispensados.

Enquanto todos saíam, Feeney veio caminhando lentamente. Colocou a mão no ombro dela e fez que sim com a cabeça.

— Nada mal — disse ele. — Nada mal mesmo.

Ele se afastou a passos curtos, quase aos pulinhos de tanto orgulho.

Eve soltou um suspiro.

— Preciso me sentar por um minuto. — Ela fez isso e abaixou a cabeça. — Deus. Oh, Deus.

Percebendo o lamento em sua voz, Roarke se ajoelhou ao lado.

— Você está com dores. Querida, deixe-me levá-la ao hospital.

— Não é isso. Quer dizer, pelo menos um pouco. Mas basicamente... — Ela deixou cair a cabeça no ombro dele e manchou de sangue a sua jaqueta com corte perfeito. — Estou tocada por tudo que eles fizeram. Toda a minha equipe. O quanto eles aguentaram, todos eles. Sei a relação que tenho com eles. Não posso... não sei como explicar.

— Não é preciso. Acho que eu sei.

— Eles são tudo o que ela não é. Tudo o que ela violou, todos a quem ela abusou, matou, explorou. Eles são a razão de eu... não exatamente a razão pela qual eu faço o que faço, mas a razão pela qual eu *consigo* fazer. — Ela ergueu a cabeça coberta de lágrimas e de sangue. — Você vai bancar os drinques para todos eles?

— Vou sim. Minha querida Eve. — Ele colocou os lábios na bochecha dela. — Minha policial.

— Roarke. — As lágrimas pressionaram e tornaram a queimar. Ela permitiu que algumas escorressem e simplesmente as deixou rolar pelo rosto. Ela podia fazer isso junto de Roarke. Ela agarrou a lapela do paletó e transferiu mais sangue para a parte da frente da roupa dele, enquanto o olhava fixamente.

— Quero ir para casa, ok? Tudo que eu preciso é ir para casa agora. Você pode cuidar de mim quando chegarmos lá. Não estou assim tão mal. Você pode me levar para casa e cuidar de mim. Porque no fim das contas é o que você faz sempre. É você que cuida de mim.

— Eve. — Ele pressionou os lábios na testa dela e se manteve ali por mais um momento, simplesmente segurando-a. — Tudo bem, então. Vou te levar para casa e vou cuidar de você.

— Obrigada. — Quando ele a ajudou a se levantar, ela se apoiou nele. — Você também é o motivo de eu conseguir fazer tudo isso.

— Então eu preciso cuidar de você logo, para que consiga fazer tudo isso outro dia.

Corrupção Mortal

433

Quando eles começaram a sair da sala, ela soprou de dor.

— Merda! Isso está doendo. Nada que não possa ser tratado em casa, mas, puxa, ela sabe lutar bem. Pelo menos até a hora em que puxou meus cabelos.

— Você estava se segurando um pouco.

Ela fez uma careta.

— Quem disse?

— Eu te conheço.

Ela suspirou e se apoiou nele mais uma vez.

— Talvez eu tenha me contido um pouco, até...

— O incidente da puxada de cabelo.

— Aquilo foi um insulto e realmente não fez jus ao momento.

Ele riu e aguentou o peso dela. Eve mancou até o elevador para que ele pudesse levá-la para casa e cuidar dela. Para que ela pudesse fazer tudo de novo um outro dia.

Impresso no Brasil pelo
Sistema Cameron da Divisão Gráfica da
DISTRIBUIDORA RECORD DE SERVIÇOS DE IMPRENSA S.A.
Rua Argentina, 171 – Rio de Janeiro, RJ – 20921-380 – Tel.: (21)2585-2000